LEA SÖHNER

Vielleicht im Himmel einmal

Lea Söhner

Vielleicht im Himmel einmal

Roman

Silberburg-Verlag

www.silberburg.de

Lea Söhner, geboren 1958 im Schwäbischen, studierte
Diakonie und Religionspädagogik und arbeitete
zehn Jahre als Diakonin in der kirchlichen Sozial-
arbeit. Ausbildung zur Psychotherapeutin. Mehrere
Jahre hielt sie sich in England, Israel, Indien und
Südamerika auf. Nach Aufbau und Führung von zwei
Instituten für Tantramassagen (Dakini) zwischen
1996 und 2015 lebt sie heute als Unternehmerin in
Zürich und in Ammerbuch. Viel beachtet wurde ihr
Zeitungsbericht »Die letzte Reise« über den Freitod
ihrer Schwiegermutter in der Schweiz.

1. Auflage 2017

© 2017 by Silberburg-Verlag GmbH,
Schönbuchstraße 48, D-72074 Tübingen.
Alle Rechte vorbehalten.
Umschlaggestaltung:
Christoph Wöhler, Tübingen,
unter Verwendung des Bildes
»Der breite und der schmale Weg«
nach Charlotte Reihlen.
Druck: CPI books, Leck.
Printed in Germany.

ISBN 978-3-8425-2051-6

Besuchen Sie uns im Internet
und entdecken Sie die Vielfalt
unseres Verlagsprogramms:
www.silberburg.de

Ihre Meinung ist wichtig …

… für unsere Verlagsarbeit. Wir freuen
uns auf Kritik und Anregungen unter:

www.silberburg.de/Meinung

Diese Geschichten sind wahr und erfunden.
Die Figuren aber gehören mir,
sie müssen sagen und machen, was ich will.

LEA SÖHNER

INHALT | *Die Hauptpersonen*

(1890–1928) Die große Liebe Heinrichs, seine erste Frau und Mutter seiner vier ältesten Kinder. Nach ihrem Tod wurde sie von Heinrich tabuisiert.

(1922–2015) Älteste Tochter Wilhelmines. Sie leidet unter dem Verlust ihrer Mutter und noch mehr unter dem Fluch, der angeblich auf dieser lastet. Erst im Alter und in der Natur findet sie zu sich selbst.

(1889–1977) Bildungshungriger Kleinbauer. Gottsucher. Zunächst zerrissen zwischen Armut, Frömmigkeit und Liebe, wird er später charismatischer Vater und Glaubenslehrer seiner Töchter.

PROLOG | *2015*

Auf Tumult ist Sonja gefasst. Diese Familie mag fromm und gottesfürchtig sein, Sanftmut hingegen ist nicht ihr Ding.

Offizielle Ansprachen lassen darauf hoffen, dass eine kurze Zeitlang alle zuhören müssen, deshalb hat Sonja zur Beerdigung ihrer Tante Luise eine Rede vorbereitet. Die älteste von Wilhelmines Töchtern war mit 93 Jahren als Letzte gestorben.

Mitte fünfzig und endlich mutig genug, am Allerheiligsten zu kratzen, krempelt Sonja im Geiste die Ärmel hoch und holt aus zum Schlag.

Schluss müsse endlich sein mit der alten Geschichte von Sünde, Fluch und Tod. Die Legende, Opa Heinrichs erste Ehe sei gegen den Willen Gottes geschlossen worden, geistere noch immer in allen Schneider-Familien umher. Bis hinein in die Urenkelgeneration wirke die Tabuisierung von Luises Mutter, verkündete Sonja. Ihr Konzeptblatt noch in der Hand, fühlt sie bereits, wie sich die Luft im Dottinger *Lamm* eindickt und wie der Dunst von Frittierfett mit einer etwas benommenen Stimmung verschmiert. Schon sieht sie, wie die Tanten auf ihren Stühlen rutschen und die Onkel von den Rotweingläsern aufblicken.

»Wie muss sich ein Kind fühlen, dessen Mutter nicht nur gestorben ist, sondern als Fluch bezeichnet wird? Man hat euren vier ältesten Geschwistern den Boden unter den Füßen weggezogen und niemand hat es gemerkt. Bis heute kennt keine von euch auch nur den Namen der ersten Frau eures Vaters!«

11

Sonjas Rede ist nicht lang, eine Seite, 14er-Schrift Arial, und ihr letztes Wort verklingt gerade, da geht es schon los. Alle reden gleichzeitig und laut. Wie immer. Längst bekannte Geschichten werden ausgepackt, die das Gesagte widerlegen sollen und doch bestätigen, neue Storys kommen hinzu, wie eine Sammlerin verkannter Preziosen nimmt Sonja sie an sich – der Fundus an Geschichten scheint nie zu Ende zu gehen in dieser personalintensiven Familie –, es wird gesprochen, gequasselt, geschrien, gerufen, gelacht, geschimpft, manche stehen auf, um sich allgemeines Gehör zu verschaffen, andere reden auf ihren Nachbarn ein, der wiederum sich mit dem Gegenüber von der anderen Tischseite unterhält.

Von ihrem Rednerplatz aus betrachtet Sonja die Szene und lässt zuweilen ihren Blick aus dem Fenster gleiten. Wie von Urzeiten her verströmen die Wacholderheiden der Schwäbischen Alb ihre sänftigende Kühle.

Drinnen derweil – ein aufgestörter Ameisenhaufen. Alles Gerede, alle Aufregung, alles Gestikulieren, Rufen, Schreien, Funkenschlagen scheint nur einem einzigen Zweck zu dienen: Kein Stäubchen möge auf Vater Heinrichs Glorienschein fallen.

Tante Anna spricht Sonja als Rednerin an: »Aber wie oft hat Vater das erzählt: Er habe gespürt, dass Gott etwas anderes mit ihm vorhatte und dass er diese Frau nicht heiraten sollte. Wir können das doch heute nicht mehr beurteilen oder gar bestreiten!«

»Na und – was ist denn stärker als Gottes Wille?«

Verdutzte Blicke.

»Warum hat der Opa es dann trotzdem getan, wenn er doch so genau Gottes Stimme gehört haben will? Warum nur?«

Oh Wunder – noch immer verwirrte Stille, welch seltene, köstliche Sekunds bei einem Familientreffen.

»Weil er sie begehrt hat, natürlich!«, ruft Sonja.

Verlegene Gesichter bei den Tanten, verhohlenes Grinsen bei den Onkeln, große Augen über Brillenrändern, schockierte Basen, feixende Vettern, die Fensterscheiben beschlagen sich von unten her. Schon sieht sie ihr Publikum Luft holen. Reaktionsschnell kommt sie dem nächsten Sturm zuvor.

»Stärker als Gottes Wille auf dieser Welt ist doch nur der Eros!«

Heraus ist es, das Wort. Ein Wort, das in dieser frommen Welt nicht existiert, schon gar nicht im Zusammenhang mit Vater Heinrich. Ein Wort, das die Kommunikationsregeln der Großfamilie massiv durchbricht.

»Nicht die Strafe Gottes hat doch das Verhängnis herbeigeführt, sondern Opas Angst vor dem eigenen Begehren, er hat seine große Liebe verleugnet und damit Wilhelmine *und* ihre Kinder verraten.«

Mit diesem, wie sie findet, gelungenen Schlusswort setzt Sonja sich zurück an ihren Platz und überlässt das Terrain der tobenden Trauergemeinde.

Sie betrachtet manche der Onkel, wie sie mitten im Trubel fein lächelnd ihr Weinglas festhalten, gewohnheitsmäßig den Kopf einziehen und ihr von der Seite her zunicken, als hätten sie ihr Leben lang darauf gewartet, dass ihr mächtiger Schwiegervater endlich Mensch würde und dass ihm jemand herabhelfe von seinem Thron *zur Rechten Gottes.*

Zufrieden mit sich nippt Sonja an ihrem Kaffee (scheußlich, mit Kondensmilch und Würfelzucker), atmet tief durch, streckt die Beine von sich und verschränkt die Arme hinter dem Kopf.

Später singt man Choräle, alle auswendig und mit vielen Strophen, so können sich die ins Wanken geratenen Strukturen wieder stabilisieren. Mit besonderer Inbrunst wird heute Luthers *Ein feste Burg ist unser Gott* gesungen. Immer ist es das Singen, das die Sippe verbindet. Man streitet sich, schreit sich an, widerspricht sich, rauft sich fast, aber niemals bleibt Groll zurück, selbst heute nicht, wo am gottgleichen Patriarchen gerüttelt worden ist. Denn heißt es nicht schon von alters her: *Was schert es die Eiche, wenn sich die Wildsau an ihr reibt.*

KAPITEL 1 | *Wilhelmine*

Zerlumpt, verlaust und halb verhungert wankte ihr Vater aus dem Zug voll todmüder Soldaten. Knochig fühlte er sich an, als Wilhelmine ihn umarmte, er starrte ihr in die Augen ohne Lebensfunken, und als sie nebeneinander zum Hof gingen, fanden sie keine Worte.

Schwermut legte sich wie Blei auf ihr Herz. Während sie ihm die Zinkwanne für ein warmes Bad bereitete und seine dreckigen Uniformfetzen in das Feuerloch warf, während sie eine Fleischsuppe kochte und den Tisch deckte in der Küche – immer sprach sie sich Mut zu. Aufpäppeln und pflegen würde sie ihn, und sie malte sich aus, wie sie ihm den florierenden Hof zeigen würde, wie seine Lebensgeister wieder aufwachen würden, wenn er sich erst einmal in der schönen Natur erholen könnte. Hauptsache, er lebte.

Vier Teller auf dem Tisch, endlich wieder zu viert! Mehr als drei Jahre lang hatte sie den großen Hof zusammen mit ihrem Großvater und dem alten Knecht bewirtschaftet. Wie ein Mann hatte sie gearbeitet, aber es war ihr recht gewesen, denn sie war jung und die Arbeit hatte sie gestärkt. Sich als Hofherrin zu erleben, Entscheidungen zu fällen und den Betrieb trotz aller Schwierigkeiten blühen zu sehen, machte sie stolz. Doch waren es Jahre voll Angst und Trauer. Ihr Verlobter war schon zwei Jahre zuvor in Verdun gefallen und ihr Bruder in französische Gefangenschaft geraten.

In der wilden Hoffnung, unter den Aussteigenden ihren Vater zu finden, war sie in den letzten zwei Wochen jeden Tag zum Bahnhof gegangen, und als sie ihn dann tatsächlich entdeckt hatte, musste sie gleichzeitig lachen und weinen.

Das Zittern bemerkte sie erst beim Essen. Er schaffte es kaum, seinen Löffel zum Mund zu führen, konnte kein Glas halten, ohne es zu verschütten, das Messer rutschte ihm aus der Hand, als er das Fleisch schneiden wollte, das Brot wackelte zwischen seinen Fingern und alles, was er anfasste, schien sich ihm entwinden zu wollen. Und er schwieg. Sein ausgemergelter Körper war zurückgekehrt, aber es schien, als habe er sein Leben im Schützengraben gelassen bei seinen toten Kameraden. Das würde sich schon geben, wenn er erst zur Ruhe gekommen wäre. Beharrlich machte sie sich Mut, auch wenn die Sorge sich schon in ihr festgefressen hatte.

Zuerst kam das Fieber. Dann Schüttelfrost und Nasenbluten. Wilhelmine brauchte keinen Arzt, um zu wissen, dass dies die Spanische Grippe war. Es verengte ihr das Herz, und als sie ihn anschaute, sah sie Erleichterung in seinen Augen.

»Lass nur, ist schon recht.«

Das war das erste Wort, das er sprach, seit seiner Rückkehr.

Und dann: »Du musst leben.« Und noch zwei Worte: »Meine Stall-Prinzessin.«

So, als ob jetzt, wo er dem sicheren und schnellen Tod gegenüberstand, das Leben noch einmal angeklopft hätte und er sich ein letztes Mal an die Liebe zu seiner Tochter und an die gemeinsame Vergangenheit erinnerte.

Husten krachte aus seiner Lunge, Gliederschmerzen folterten ihn bei der kleinsten Bewegung, er wollte der Krankheit nichts mehr entgegensetzen, für ihn geschah endlich das, worauf er in den Kriegsjahren täglich, stündlich gefasst war, ja sogar gewartet hatte: zu sterben, wie die vielen anderen, die neben ihm zu jung verreckt waren. Schließlich verfärbte sich seine Haut bläulich-schwarz, und bevor der Tod ihn erlöste, hustete er Unmengen von Blut.

Sein Sarg war eine rohe Kiste aus Tannenholz, Kriegsmassenware, schnell zusammengezimmert. Sofort wurde er von den Totengräbern abgeholt und in ein weit ausgehobenes Grab zu vielen anderen gelegt, alle in den gleichen Särgen.

Nur vier Tage waren es gewesen von der Rückkehr des Vaters bis zu dessen Tod. Unwirkliche und hektische Stunden für Wilhelmine, wie mechanisch hatte sie ihn gepflegt, hatte die Laken gewechselt, wenn sie verschwitzt und blutig waren, ihm die Arme und Beine gewaschen, damit er sich frischer fühlte, seine zerschundenen Füße massiert, ihm die Hand gehalten, wenn er sich vor Schmerzen wand, seine nasse Stirn mit einem kühlen Tuch abgewischt, die Bettschüssel untergeschoben, Suppe eingeflößt, ihm heißen Tee gegeben. Nicht nachdenken, taub bleiben, dann hält man besser durch.

Die Angst vor einer Ansteckung sickerte erst in sie ein, als alles vorüber war. Gerade kochte sie im großen Waschkessel die blutigen Laken des Verstorbenen aus, als Panik sich wie ätzende Säure in ihr breitmachte. Ihre Knie zitterten und immer wieder rang sie nach Luft. Die Trauer um den Vater war süß, verglichen mit dieser Todesangst, die drohte, sie zu ersticken. Aufgewühlt wälzte sie sich nachts im Bett und wenn sie doch in leichten Schlaf verfiel, träumte sie von blutspuckenden, gequälten Menschen oder von sich, wie sie im selbst ausgeworfenen Blut fast ertrank. Nach Luft ringend erwachte sie.

Erst als die Zeitungen meldeten, dass die Epidemie vorüber sei, wurde sie ruhiger und konnte nach und nach wieder frei atmen, doch unmerklich heftete sich ein Schatten an sie, und auch als sie längst nicht mehr daran dachte in ihrem randvollen Alltag, wucherte das Myzel der erlittenen Todesangst in ihrem Inneren weiter.

Die Rhythmen des bäuerlichen Daseins begleiten tröstlich durchs Leben. Egal, was sich zwischen zwei Melkzeiten zuträgt, die Tiere wollen versorgt, gefüttert und gemolken werden. Egal, welche welterschütternden Ereignisse die Menschen heimsuchen, das Korn muss geschnitten und gedroschen werden. Egal, ob ein Kaiser abdankt oder Millionen für ihn krepieren, der Stall muss ausgemistet und der Mist auf die Felder gebracht werden. Im Frühjahr werden die Kartoffeln gesteckt und im Spätsommer werden sie geklaubt. Egal, wem die Stunde schlägt, und egal, wer geboren wird, die Weinberge werden geschnitten, gebunden und im Herbst werden die süßen Trauben gelesen, die Sau wirft ihre Ferkel, sie werden gesäugt, gemästet, geschlachtet, in Gläser gepökelt und im Ofen gebraten, die Saat wird ausgebracht und das Unkraut herausgerissen.

Zu einem Geländer war dieses Gleichmaß auch für Wilhelmine geworden, das ihr nach dem Tod des Vaters Halt gab. Sie verrichtete ihre Arbeit, schuftete vom Morgen bis zum Abend, fiel wie ein Stein ins Bett, um frühmorgens wieder aufzustehen.

Jeder Tag wiederholte sich, aber das war gut, denn sie musste nicht denken und nicht fühlen. Sie merkte nicht einmal, dass sie keine Freude mehr hatte und auch keine Freunde. Alles war stumpf geworden und die Resignation hüllte sie langsam ein.

Bis ein Tautropfen sie ins Leben zurückholte.

Gerade als sie die Kannen aus der Milchküche schleppte, um sie auf den Leiterwagen zu hieven, hing er an einem Blatt der alten Linde im Hof und glitzerte in der Sonne, als ob er eben vom Himmel gekommen wäre, allein, um ihr zu gefallen. Nur für sie allein schien dieser Tropfen zu leuchten.

Zum ersten Mal seit seinem Ende konnte sie an ihren Vater denken, und auch wenn es wehtat, fühlte sie sich lebendig. Etwas in ihrem Inneren erhob sich, alles wurde leicht, wie ein goldener Fluss strömte ungekanntes Glück durch sie hindurch und spülte den Trauerschleier aus ihren Augen.

Atmen. Fühlen. Leben. Tränen bahnten sich ihren Weg.

Heilsame Tränen. Auch wenn sie zwei ihrer liebsten Menschen verloren hatte, so wusste sie jetzt, dass sie selbst Wärme und Liebe in sich trug, und dass dies immer so bleiben würde.

Wie ein einziges Wunder empfand sie die Natur um sich herum, als hätte dieser eine Tautropfen ihr die Größe und Schönheit des Lebens gezeigt. Die Sonnenstrahlen, die durch die Baumkrone leuchteten, das Grün das sie umgab, die Frische des Morgens, der Duft nach Heu und Wiesenblumen, der Gesang der Vögel. Dies war Gottes Schöpfung und sie war ein Teil davon. Sie saß auf dem Bänkchen im Hof, die Morgensonne beschien sie mit Liebe und Güte und Geborgenheit, und als sie aufstand, um ihre Arbeit fortzusetzen, fühlte sie sich reingewaschen, wie neugeboren. Freude senkte sich in ihr Gemüt. Sie war wieder bereit für das Leben.

Heinrich wirkte seltsam unversehrt, naiv fast, als ob die Verheerungen des Krieges an ihm vorbeigegangen wären. Unter all den seelischen und körperlichen Krüppeln, die dieses Schlachten aus den überlebenden Männern gemacht hatte, war er eine ungewöhnliche Erscheinung. Lang und dünn ragte er hinter dem Rednerpult auf.

Der junge Laienprediger war eingeladen worden, um die monatliche Bibelstunde in der Gemeinde zu halten. Sein schwarzer Haarschopf erlaubte sich an der rechten Stirnseite einen Wirbel, sodass eine Strähne wie eine winzige Kirchturmspitze zum Himmel wies. Ein markanter Schnurrbart ließ sein Gesicht ernster und älter erscheinen, als es vermutlich war, denn seine Augen leuchteten jungenhaft – nein, bei genauem Hinsehen schillerte sein Ausdruck zwischen Schüchternheit und Hochmut, doch der Witz, den sein Blick versprühte, schien diese Gegensätze zu überbrücken. Schwarze Jacke, schwarze Hose, schwarze Schuhe, weißes Hemd – was hätte man anderes anzuziehen gehabt als den Sonntagsanzug. Feingliedrige Hände fingerten die Predigtunterlagen zusammen.

Das sind doch keine Bauernhände, sinnierte Wilhelmine im Stillen. Jetzt erst fiel ihr auf, wie genau sie diesen Mann studiert hatte. Sie saß in der ersten Reihe und als sich ihre Blicke trafen, war es ihr, als ob der sonnenbeschienene Tautropfen am Lindenblatt erneut für sie aufleuchtete.

Zwei Tage später saß er auf dem Bänkchen im Hof, während sie sich in der Küche den Stallgeruch abwusch. Hastig, denn sie wollte ihn nicht so lange warten lassen. Ihr Herz pochte und im kleinen, halbblinden Spiegel erspähte sie die roten Flecken der Aufregung an ihrem Hals. Ihre Augen glänzten und wie heiß war ihr geworden. Dies alles gefiel ihr. Flirrendes Leben.

Sie war entschlossen, es zu genießen. Die Existenz ist so brüchig, man darf sich ihr nicht entgegenstellen, dachte sie. Jetzt im Augenblick empfand sie sich als lebendig und sehr weiblich. Sie schluckte einmal kräftig, fuhr sich mit der Zunge über ihre vollen Lippen, strich ihre welligen Haare aus dem Gesicht, lächelte sich aufmunternd zu und eilte Heinrich entgegen, der seine Aufwartung machte.

Mit einer gewissen Befriedigung stellte sie fest, dass er zuerst etwas stotterte und bald gar nichts mehr zu sagen wusste. Allein seine Augen sprachen zu ihr, und die konnten seine Aufregung nicht verbergen. Wilhelmine stand ihm gegenüber und zwischen ihnen entstand ein Sog, der sie alles um sie herum vergessen ließ. Mit diesem Mann wollte sie ihr Leben teilen, es gab in ihr keinen Widerstand, kein Grübeln und kein Abwägen. Sie wusste es sofort und sie ließ es zu.

Bald jedoch spürte sie die Zerrissenheit Heinrichs. Sie fühlte seine Leidenschaft und sie bemerkte sein Zaudern. Wenn sie zusammen waren, genoss sie sein Herzblut und seine Zärtlichkeit, doch oft von einem Moment zum andern wurde er starr und versank in Gedanken, an denen er sie nicht teilhaben ließ. Heute trug er sie auf Händen, morgen schottete er sich ab, unerreichbar für sie, er kam sie besuchen und es schien ihr, als wisse

er nicht, wohin mit seiner Zuneigung und seinem Verlangen, dann blieb er wieder für Tage fern, ohne ihr eine
Botschaft zu hinterlassen.

Wenn er wieder einmal nach getaner Arbeit an-
geradelt kam, verschwitzt und strahlend, das Fahrrad
gegen die Hauswand schmiss, wenn er im Hof auf sie
zurannte, als wollte er sie wild umarmen, dann direkt
vor ihr anhielt und mit einer alles durchdringenden
Zartheit ihre Haarsträhnen langsam, fast unerträglich
liebevoll nach hinten strich, wie er sie dabei ansah, als
würde er ihr Innerstes erschauen, wenn er sie dann an
der Hüfte packte und um die Ecke in die Scheune riss
und sie dort mit einer solch ungezähmten Inbrunst
küsste, wie sehr fühlte sie sich dann als Frau. Nicht,
dass er etwa gierte oder die schnelle Erfüllung forderte,
davon war er weit entfernt. Es war Wilhelmine, als
wolle er sein Feuer spüren und ihr seine ganze männliche Kraft schenken, nicht sich verpuffen, er wollte sich
ganz an sie hingeben.

Umso schmerzvoller war sein unerklärtes Fern-
bleiben. »Bis morgen«, flüsterte er etwa, indem er ihr
Gesicht in beiden Händen hielt. Aber er kam nicht am
nächsten Tag. Manchmal blieb er auch einen weiteren
Tag aus, ohne sie zu benachrichtigen.

Irritierend war dieses Hin und Her zu Beginn, dann
schmerzhaft, später wurde sie wütend. Sie fühlte sich
mit hinabgerissen in das düstere Wirrwarr seiner Zweifel, die sie nicht einmal kannte, die sie nicht verstand
und von denen er auch nicht sprach.

Der Großvater half ihr, zur gewohnten Gelassenheit
zurückzufinden, als sie ihm eines Abends seinen Teller mit Bratkartoffeln und Siedfleisch so auf den Tisch

knallte, dass das Porzellan zerbrach und das Essen zwischen zwei Scherbenstücken auf den Tisch lief.

»Da musst du jetzt nicht den Kopf verlieren, dein junger Kavalier hat bloß Angst vor seiner eigenen Courage.«

Beiläufig sagte der Großvater dies. Offenbar hatte er sie beobachtet und Wilhelmine schämte sich ein wenig.

»Einfach die Nerven behalten, Mädle, der braucht jetzt eine starke Frau. Und kann ich jetzt einen anderen Teller haben?«

Wilhelmine nahm das Essen vom Holztisch und versuchte, so viel wie möglich davon auf einen anderen Teller hinüberzuretten, den Rest wischte sie mit der Hand in den Schweineeimer und fuhr dann mit dem Lappen über den Tisch. Dankbar war sie dem Großvater. Und froh, dass er keine Antwort von ihr erwartete.

Wilhelmines Liebe war jung und stark und ein knappes Jahr später heirateten sie. Für eine Weile siegte das Leben.

In jenem Frühjahr war dann auch alles so, wie es sein sollte. Die Märzsonne ließ den letzten Schnee von den Dächern tröpfeln und trocknete die Gassen vom ewigen Schlamm. Die nackte Erde der Felder atmete auf und verströmte einen erwartungsvollen Duft, brünstig fast, als ob sie die Getreidekörner und Saatkartoffeln anlocken wollte, um sie in ihrem Schoß reifen zu lassen. In den Wäldern streckten die ersten Anemonen ihre weißen Köpfchen in die Luft und ließen sich vom lauen Wind umwehen. Die Hühner wagten sich aus ihren Holzhäuschen und scharrten aufgeregt in den zart keimenden Gärten oder suchten auf den Misthaufen ihre Leckereien. Gemessenen Schrittes stolzierte der Ziegenbock über die eigens für ihn abgetrennte Wiese, derweil konnten es die neugeborenen Zicklein nicht fassen, wie schön die Welt war, in die sie hineingeboren waren. Sie rauften und überschlugen sich vor Freude, während ihre Mütter sie gleichmütig aus den Augenwinkeln beobachteten, jederzeit bereit, ihnen ihre Euter zu überlassen. Die Kinder reihten ihre Spiele aneinander, ihr Lachen, Schreien und Jauchzen war bis in den Abend hinein im Dorf zu hören. Unterdessen bestellten die Bäuerinnen und die wenigen heimgekehrten Bauern ihre Felder, Gärten und Weinberge. Alles Saatgut, jede Kartoffel, jeder Setzling konnte in Ruhe und rechtzeitig ausgebracht werden, bevor man vom unsteten April die nassen Stürme erwartete. Alles, was lebte, atmete und freute sich.

Und Wilhelmine trug ein Kind.

Am liebsten hätte sie vor Freude Luftsprünge gemacht.

Tagelang sang und summte sie vor sich hin und konnte vor Glück nicht schlafen. Auch Heinrich war über der Schwangerschaft ruhig geworden und es schien, als sei er endgültig mit sich ins Reine gekommen.

Eines Abends lag er auf dem Rücken und starrte ins Dunkel.

»Gott hat nun doch seinen Segen gegeben zu unserer Verbindung. Immer schien es mir, dass er genau das nicht wollte.« Er tappte hinüber zu Wilhelmine, suchte mit seiner Hand die ihre und hielt sie schweigend fest.

Luise wurde ein gesundes, stilles Mädchen und Wilhelmine erlebte mit ihrem ersten Kind eine nie gekannte Zärtlichkeit, ein ganz neues Maß an Liebe. Auch musste sie jetzt nicht mehr »ihren Mann stehen« wie während der Kriegsjahre auf dem väterlichen Hof. Endlich durfte sie Frau sein, Mutter und Ehefrau. Sie mochte die Arbeit in Haus und Hof, freute sich über ihre jugendliche Körperkraft und war stolz auf ihre Erfahrung als Bäuerin. So manche vorteilhafte betriebliche Entscheidung war ihrem geschulten Blick zu verdanken. Es waren erfüllte Lebensjahre, auch die eheliche Liebe mit Heinrich war von einer Intensität und Schönheit, die sie zutiefst dankbar machte.

Das sind geschenkte Jahre, sagte sie sich immer wieder.

So, wie ein Geschenk nur im Augenblick genossen werden kann, raunte tief in ihrem Inneren eine Stimme, dass dies nicht von Dauer sein werde. Doch noch blieb das Glück ihnen treu und Karla wurde geboren, ein Mädchen von völlig anderer Statur und Temperament.

»Falls wir keinen Jungen mehr bekommen, kann sie einmal der Hoferbe werden«, sagte Heinrich. Er lachte und hob seine Tochter in die Luft. »So ein kräftiges Mädchen wie das hier würde auch einen guten Bauern abgeben.«

Die unsichtbaren Fäden, die sich zwischen dem Vater und seiner zweiten Tochter spannen, bereiteten Wilhelmine stille Freude.

Die Arbeit hörte jedoch nie auf. Abends, nach Feldarbeit und Stall besorgte sie den Haushalt: Essen vorbereiten, die Windeln auskochen, die Gartenfrüchte versorgen, Wäsche flicken oder Brotteig vorbereiten, wenn das Gemeinde-Backhäusle am nächsten Tag befeuert wurde. Was noch vor einigen Wochen leicht und schnell von der Hand ging, wurde in letzter Zeit beschwerlicher.

Erst neulich hatte sie wieder dieses Stechen in der Brust gespürt. Vielleicht war doch alles etwas zu viel für sie geworden, schließlich war die zweite Geburt noch nicht lange her. Dieses Stechen kehrte immer wieder und manchmal bereitete es ihr sogar Atemnot. Sie sollte sich ein wenig ausruhen. Jetzt im Herbst ging das natürlich nicht, doch bald käme der Winter, da würde alles gemächlicher werden.

Der November machte es den Bauern in diesem Jahr schwer. Es wurde schnell kalt, Nebel und Nieselregen gingen ineinander über, und die Feuchtigkeit blieb in der Luft stehen. Man schlüpfte morgens in die nasskalten Arbeitsschuhe, fasste den klammen Stiel der Mistgabel an, war den Tag über feucht und ausgekühlt bis ins Mark und am Abend dauerte es lange, bis man sich im Bett warm und trocken fühlte. Die Futterrüben mussten geerntet werden. Matschig und zäh war die Erde, aus der die Rüben herausgestochen wurden, so als wolle sie jede einzelne mit ihrer klebrigen Masse festhalten. Da lagen sie dann in langen Reihen bereit, dass man ihnen Köpfe und Blätter abschlug. Das aufgeweichte Feld war rutschig, bei jedem Schritt blieb man im pappigen Dreck stecken, was die Stiefel schwer und schwerer werden ließ und die Finger eisig und steif. Zum Glück kam man ins Schwitzen und vergaß für kurze Zeit die feuchte Kälte, die umso unbarmherziger unter die Kleider kroch, sobald man sich eine Verschnaufpause gönnte. Es war eine harte Arbeit, die Wilhelmine in diesem Jahr an die Grenze ihrer Kräfte brachte und neben all dem zermürbte sie ein Husten, der nicht aufhören wollte.

»Lassen Sie Ihre Frau eine Weile in Ruhe. Schon wieder schwanger, das ist einfach zu viel.«

Voll Scham und Ärger starrte Heinrich auf den Boden, der junge Arzt sprach mit ihm wie mit einem Schuljungen.

Vom Kanapee her kam Lachen und Husten gleichzeitig. »Schwanger! Das ist es! Warum bin ich nicht selbst draufgekommen!« Wilhelmine ließ ihren Kopf auf das Kissen fallen und stieß einen erleichterten Seufzer aus.

Warum hatte sie daran nicht gedacht. Die schon vergessen geglaubte Angst hatte sich in letzter Zeit wieder in ihrem Herzen ausgebreitet. Doch jetzt hätte sie heulen können vor Freude. Schwanger. Zwar war es ihr zu viel, ein drittes Kind, das wusste sie genau, aber wenn das der Grund für ihre Schwäche war, dann nahm sie eine Schwangerschaft gerne in Kauf.

»Ihre Frau braucht jetzt absolute Ruhe, sie darf die nächsten Wochen nicht arbeiten«, sagte der Doktor zum Schluss.

Heinrich begleitete ihn zur Tür und Wilhelmine wunderte sich, wie lange er brauchte, um den Arzt zu verabschieden. Wieder in der Stube, setzte er sich zu ihr auf den Rand des Kanapees und starrte zum Fenster hinaus.

Sie nahm seine Hand und hielt sie an ihre Wange.

»Das werden wir auch noch schaffen. Ein drittes Kind, das können wir doch willkommen heißen, freu dich, dass es nur die Schwangerschaft ist, die mich so geschwächt hat.«

Heinrich entzog ihr seine Hand und ging in die Schlafstube. Ihr kam es vor, als stünde er unter Schock.

Schmerzen drücken ihre Rippen nach unten, im Inneren ihres Brustkorbs sitzt ein Tier, das ihr alle Luft zum Atmen stiehlt und das bei jeder falschen Bewegung umso kraftvoller zuschnappt. Keuchend wacht sie auf, versucht dem Monster einige Atemzüge zu entreißen, beim Husten sticht ihr jemand mit einem Schwert in die Brust, es bleibt stecken, ein Stich im Rücken, sie kann sich nicht bewegen, jeder Versuch zu atmen ist eine Qual, so, als ob ein glühendes Kohlestück in ihrer Lunge läge. Ruhig bleiben, sagt sie sich, es ist nur die Angst, ich muss sie bezwingen. Ganz still wird sie, beansprucht die Atemluft nur in kleinen Zügen, langsam lässt die Enge in der Brust nach, der Schmerz beruhigt sich ein wenig und sie kann wieder vorsichtig und etwas freier atmen.

Sie weiß es jetzt. Die Schwangerschaft allein ist es nicht.

»Was hat der Arzt gesagt gestern vor der Tür?«, fragte sie Heinrich am Morgen im Bett.

Sie lagen beide auf dem Rücken und starrten an die Decke. Er schwieg.

»Was?«, rief sie.

»Du hast Tuberkulose und musst in eine Heilanstalt.«

Kalt war es im Schlafzimmer und obwohl die Fenster geschlossen waren, bewegte ein kleiner Lufthauch die Vorhänge. Man müsste diese Rahmen einmal abdichten, dachte sie. Aber nein, daran sollte sie ja gerade nicht denken.

»Wer soll das bezahlen?«, fragte sie nach einer Weile.

»Ich weiß nicht, vielleicht verkaufen wir eine Kuh?«

»Kommt nicht in Frage.«

Sie setzte sich im Bett auf und zog die Decke bis unter das Kinn. Seltsam. Jetzt, da sie die volle Wahrheit kannte, wuchsen ihr von irgendwoher Kräfte zu. Sie würde wieder gesund werden. Tuberkulose. Das ist nicht unbedingt tödlich, das ist heilbar. Schonen müsste sie sich, aber sie würde es schon schaffen, schließlich hatte sie bald drei Kinder. Oder sollte sie doch in ein Sanatorium gehen? Jetzt, bevor ihr Drittes geboren würde?

»Es ist nicht die Frage, wer es bezahlt oder ob du es willst. Du musst in ein Sanatorium, Schwindsucht ist ansteckend. Der Doktor meint, du hättest gar keine Wahl.« Heinrichs Worte klangen hart und abweisend.

Ansteckend. Sie durfte also ihren Kindern nicht mehr nahe kommen und auch ihrem Mann nicht.

Luft, atmen, nichts tun müssen. Nur atmen, liegen, in den Himmel schauen, dem Regen lauschen, die Morgensonne aufgehen sehen und ihren Lauf beobachten. Nicht gerade still war es in der eng belegten Frauenliegehalle der staatlichen Lungenheilanstalt, doch welch ein Luxus, einfach im Bett liegen zu dürfen und nicht arbeiten zu müssen. Wie sie es genoss, für sich zu sein und das Essen serviert zu bekommen, vor allem aber, an nichts denken zu müssen. Und immer im Freien durfte sie liegen, Tag und Nacht an der frischen Luft in der überdachten Halle. Warm eingepackt in kalten Nächten, geborgen und mollig unter der dicken Decke, die heilsame kühle Nachtluft in die kranken Lungen einsaugen, die erste fahle, noch kalte Frühlingssonne im weißen Krankenbett genießen, da konnte sie wieder Kräfte sammeln. Und frei atmen, atmen, atmen. Wenn sie nur wieder gesund würde, dann wäre der Preis nicht zu hoch gewesen, den sie für diese Wochen zu bezahlen hatten. Wenn sie nur wieder nach Hause käme und erholt ihre Arbeit wieder aufnehmen könnte. Dann wird es sich gelohnt haben, zwei Kühe und den Schmuck aus ihrer Mitgift verkauft zu haben. Dann wird sie mit neuen Kräften ihre Aufgaben anpacken können.

Und wirklich, schon bald verlor sich ihre Müdigkeit und sie bekam wieder Appetit. Nach ein paar Wochen war sie viel kräftiger geworden und die Schwangerschaft hatte sie neu erblühen lassen.

Im März war sie wieder zuhause und im Mai wurde Rosa geboren. Zwar war es eine leichte Geburt, doch Wilhelmine war sehr schmal geworden und hatte länger gebraucht, um danach wieder zu Kräften zu kommen. Nun war es Mitte Juni und die Erdbeerzeit war doch immer die schönste Zeit. Die milde Frühsommersonne schien all ihren glänzenden Ehrgeiz dareinzulegen, Wilhelmine mit neuem Lebensmut zu erfüllen.

Im satten Grün standen die Bäume, das Gemüse und die Beeren im Garten präsentierten sich verführerisch und schienen miteinander zu wetteifern, wer zuerst geerntet würde.

Mit kindlicher Wichtigkeit spielten die beiden größeren Mädchen »Mutterles-und-Vaterles« in den Furchen der Gemüsebeete, wofür Steine, Holzstücke und alte Wurzeln zu Familienmitgliedern erklärt wurden. Die kleine Rosa schlief im Weidenkorb, der mit einer Windel bedeckt war, um sie vor der Sonne zu schützen. Wilhelmine genoss die leichte Gartenarbeit und ließ ihre Gedanken schweifen.

Heinrich. Manchmal fragte sie sich, ob sie ihn überhaupt kannte. Seine grüblerische Frömmigkeit war ihr fremd. Seit ihrer ärztlichen Diagnose vom letzten Spätherbst schien wieder seine einstige Zerrissenheit von ihm Besitz ergriffen zu haben.

Sie selbst war gläubig in der Weise, dass sie die natürlichen Lebensrhythmen mit ihren Freuden und Dramen aus den Händen des Schöpfers nahm. Selbstverständlich ging sie, wie alle Frauen des Dorfes, in die Kirche und empfing oft Trost und Zuversicht aus den biblischen Predigten, doch noch nie hatte sie sich gefragt, ob Gott etwas anderes von ihr wollte als das, was sie sowieso tat. Sie war hineingeboren worden in das bäuerliche Leben und hatte noch nie woanders ihre Bestimmung gesucht. Heinrich hingegen schien ständig gebeutelt zu sein von der quälerischen Frage, ob Gott nicht etwas ganz anderes von ihm wollte als dieses Leben, das er führte. Der Wechsel konnte von jetzt auf nachher eintreten. Erst neulich, kurz vor der Geburt Rosas, hatte er sie so liebevoll angeschaut und war mit seinem Finger zärtlich die Konturen ihres Gesichts nachgefahren, als könne er nicht an das Glück glauben, sie wieder bei sich zu haben. Lange hatte er im Bett seinen Kopf an ihre Schulter gelegt, sie festgehalten und sie hatten sich erzählt, was sie während ihrer Trennung im Frühjahr alles erlebt hatten.

Er war so glücklich, dass es ihr wieder besser ging, und irgendwann hatte sie festgestellt, dass er Tränen in den Augen hatte.

»Es wird alles gut«, hatte sie gesagt.

»Woher weißt du das?«

»Ich weiß es eben, es ist mein Gefühl.«

»Dein Gefühl! Denkst du, du bist Gott? Woher willst du wissen, was er mit uns vorhat? Und welches Zeichen, denkst du, hat er uns mit deiner Krankheit geschickt?«

Wenn sich das Gespräch in diese Richtung entwickelte, war er innerhalb von Sekunden wie erloschen. Sein Gesicht wurde hart und unzugänglich. Meist zog er sich zurück. Wilhelmine blieb es abzuwarten, bis er sich ihr wieder zuwandte, das tat er zumeist innerhalb eines Tages und in diesen Momenten der Öffnung war dann wirklich alles wieder gut.

Vor einigen Jahren, als sie sich noch jung, gesund und unbesiegbar fühlte, konnte sie Heinrich seine Zweifel lassen als Teil seiner Wesensart und seines Glaubens, und es fiel ihr leichter, sich nicht selbst zu belasten mit diesen Wechseln von einem Extrem ins andere. Ihre Liebe, meinte sie, würde für zwei reichen. Doch nach und nach spürte sie, wie ihr die Kraft dafür weniger wurde.

Der Sommer wurde reifer, die Kinder größer und Wilhelmine befand sich in der warmen Jahreszeit deutlich auf dem Weg der Besserung. Sie hatten eine gute Getreideernte und die Trauben standen bereits üppig am Stock. Endlich konnte sie sich wieder auf die Zukunft freuen. Die Arbeit nahm nicht ab und sie spürte, dass ihre früheren Kräfte wohl in der alten Form nicht wiederkamen, sie musste damit haushalten.

Kritisch wurde erst der Winter in dem zugigen Haus. Der Husten kehrte zurück und sie wurde wieder dünner. Sobald aber die Frühjahrssonne ihr Licht durch die Fenster fluten ließ, und sie auf den Stufen vor der Haustür sitzend, die laue Wärme in sich aufnehmen konnte und die ersten grünen Sprösslinge erblickte, atmete sie auf und spürte, wie das Leben sie durchströmte. In ihrem Inneren aber verharrte die dunkle Gewissheit, dass die Krankheit noch nicht ausgestanden war.

Als die nächste herrliche Erdbeerzeit vorüber war, wusste Wilhelmine, dass sie ihr viertes Kind im Leib trug. Zum ersten Mal erschrak sie. Wie sollte sie das schaffen? Schon jetzt blieb viel Arbeit liegen, die sie nicht mehr leisten konnte. Wie würde sie die Geburt überstehen? Was, wenn sich die Krankheit wieder verschlimmerte?

Es war immer der November, der ihr die Freude am Leben vermieste. Seine Kälte, seine Feuchte und seine düsteren Tage nahmen ihr den Lebensmut und damit auch ihre brüchige Gesundheit. Wieder begann dieser harzige, aufreibende Husten, und als sie an diesem grauen Morgen, an dem es nicht richtig Tag werden wollte, in ihr weißes Taschentuch hustete, war es rot, rot, rot. Alles wurde schwarz um sie, sie taumelte an den Küchenstuhl und versuchte, ihre Verzweiflung vor den Kindern zu verstecken. Luise, die Sensible, spürte es und stellte sich wortlos dicht neben sie, als wollte sie ihre Mutter vor einer unsichtbaren Gefahr behüten. Nochmal ein Aufenthalt im Krankenhaus oder in der Lungenheilanstalt würde die Familie wirtschaftlich ruinieren.

Noch verbarg sie es vor Heinrich, aber schon bald musste sie sich tagsüber wieder auf das Sofa legen und der Doktor wurde geholt. Noch einmal schickte der sie nach Kalmbach, diesmal unverzüglich und an Weihnachten war sie ohne Besserung wieder nach Hause zurückgekehrt. Die letzte Kuh hatte verkauft werden müssen und Heinrich nahm einen Kredit bei zwei Verwandten auf. Schließlich besaßen sie ein paar Äcker als Sicherheit. Zum Glück war da noch eine trächtige Sau im Stall, die sie mit ihren Ferkeln über die Krise und den Winter bringen würde. An diesem Weihnachten war das Festtagsessen knapp bemessen.

Ein weiterer Aufenthalt im Krankenhaus kam nicht mehr in Frage, auch wenn der Doktor drohte, sie wegen der Ansteckungsgefahr zwangseinzuweisen. Wohl, weil er wusste, dass es nicht zu bezahlen war, ließ er sie zuhause. Die Kinder durften nicht mehr zu ihr.

»Die Sau ist verreckt!« Blass vor Sorge und Wut stand Heinrich vor ihr am Bett. Er roch nach Stall. »Rotlauf. Es kommt mir vor, als stünde unser Leben unter einem Fluch. Wir haben so viel Pech. Wieso versagt uns Gott seinen Segen? Wollte er von Anfang an nicht, dass wir heiraten? Ich habe nicht auf diese Stimme in mir gehört – das war *doch* Gottes Stimme!«

Etwas in Wilhelmine stürzte ins Bodenlose. Jetzt nahte der Abschied. Von Heinrich. Von ihren Kindern. Von ihrem Leben. Und doch war sie schwanger.

Der Zwiespalt, den Heinrich seit ihrer ersten Begegnung mit sich herumtrug, wurde mehr und mehr zu einem Graben zwischen ihnen. Warum tat er sich so schwer, die Krankheit und den drohenden Tod seiner Frau als gemeinsames Schicksal anzunehmen? Immer wieder schwankte er zwischen Schuld, Vorwürfen und zärtlicher Sorge. Nach wie vor liebte und begehrte er sie, und immer wieder wandte er sich fast angeekelt von ihr ab. Die ganzen Jahre waren es ihre Bodenständigkeit und Klarheit gewesen, die die Brücke zu ihm geschlagen hatten. Nun gab es nichts mehr in ihr. Leer war sie und ausgebrannt.

Als er dann nach ihrer letzten innigen Umarmung seine Bettdecke nahm und sich auf das Sofa in der Wohnstube legte, wusste Wilhelmine, dass ihre bitterste Wegstrecke begonnen hatte, und die war voller Einsamkeit, Verrat und Todesangst.

Zwei Tage später wurde sie nach einem weiteren Blutsturz von den Sanitätsmännern des kleinen Krankenhauses unter den großen Augen ihrer Kinder abgeholt und in die Quarantänestation gebracht.

Die Schmerzen schienen sie zu zerreißen. Jedes Luftholen fühlte sich an, als ob Glasscherben in ihrer Lunge ständig neue Löcher rissen. Oder zerfetzte gerade ihr Unterleib? Zwischen den Wehen schenkte ihr die Ohnmacht ein paar barmherzige Minuten der Ruhe. Mama, wo bist du, bist du hier? Du bist gestorben, damit ich leben kann, jetzt sterbe ich auch, dann kann mein Kind leben, du bist schon so lange fort, hol mich ab, wenn ich zu dir komme. Eine Welle von Trauer um ihre Mutter, die sie nie gekannt hatte, holte sie ein, oder weinte sie um ihre Kinder? Um sich selbst? Sie solle pressen, schrie der Arzt, aber sie konnte nicht mehr, allein schon das Atmen fiel ihr schwer, wie soll sie da pressen, woher soll sie die Kraft dafür nehmen? Der Geruch von Äther für die Narkose drehte ihr den Magen um, dann wurde alles dunkel und still um sie.

Grauenvoll war das Aufwachen. War sie noch immer am Leben? Ihr Kopf zerplatzte vor Schmerzen, ihr war übel, aber sie konnte sich nicht übergeben. Wo war ihr Kind? Die Verzweiflung kam von der Brust her, als ob ihre Muttermilch schwarz wäre und ihren ganzen Körper ausfüllte mit Gift, wird Milch, die nicht gebraucht wird, schwarz und giftig? Warum durfte sie es nicht einmal sehen? Wenigstens von Weitem? Durch das Fensterchen ihrer Krankenzelle? Nicht ein einziges Mal in den Armen halten? Jetzt erkannte sie wie durch einen Nebelschleier die Umrisse der Schwester.

»Was … ist es?«, versuchte sie zu fragen.

»Es ist ein Junge. Er ist wohlauf und bei Ihrem Mann.« Die Schwester klang mitleidsvoll unter ihrem Mundschutz.

Wilhelmine wurde von einem Hustenanfall geschüttelt und es war, als zerreiße es dabei ihren Unterleib.

Wieder rann Blut aus ihrem Mund. Sterben, einfach sterben dürfen. Dann zog die Schwester die Decke zurück und hielt sich die Hand vor den Mund, um einen Schrei zu unterdrücken. Die Naht des Kaiserschnitts war schlampig durchgeführt worden, man hatte sich bei der hochansteckenden Todespatientin nicht mehr besonders viel Mühe gegeben.

Durch den Hustenanfall war sie wieder aufgerissen. So gut es ging, versorgte die Krankenschwester die Wunde. Wilhelmine war wieder in einen Halbschlaf gefallen, ihre kleine Luise versuchte verzweifelt, die Mama zurückzuhalten von ihrem Weg in den Tod, sie spürte, dass sie weiterziehen wollte, sie musste weg, sich von ihrem Kind verabschieden, Luise hielt ihre Hand fest, bleib hier, bleib hier, meine Mama.

Das Traumbild zerfloss und sie versuchte, ihre Gedanken wach zu halten. Wie wird ihre verträumte Älteste wohl durchs Leben finden? Sie waren sich immer nahe gewesen. Luise war so gescheit, doch oft woanders in ihren Gedanken und Träumen. So, als ob sie nicht in dieses Leben, in diese Familie gehörte. Hoffentlich würde Heinrich nicht zu hart mit ihr umgehen. Karla, die Fleißige, Robuste würde es leichter haben. Sie würde sich fest an ihren Papa halten. Um sie musste sie sich keine Sorgen machen. Und die kleine Rosa? Ihre Hübscheste? Sie hätte ihre Mutter besonders gebraucht. Heinrich hatte nicht viel Geduld mit ihr.

Das ihr zustehende Maß an Tränen schien Wilhelmine verbraucht zu haben, so oft hatte sie sich in den letzten Wochen innerlich von ihren Kindern verabschiedet. Nun klebte die Traurigkeit trocken wie Sägemehl in ihrem Mund. Und der kleine Junge? Wie sieht er aus?

Was wird aus ihm? Wer gibt ihm einen Namen? Wer gibt ihm die Brust? Wer wird ihn begleiten in seinen ersten Jahren? Gott stehe ihnen bei, meinen Kindern.

Die Schmerzen im Unterleib und im Kopf überwältigten sie, dann hüllte ein gnädiger Dämmerschlaf sie ein. Ihr Vater erscheint ihr vor Augen, ist sie schon in der anderen Welt? Will er sie abholen? Nein, sie hält ihn an der Hand, sie ist ein kleines Mädchen, ihr Vater geht mit ihr durch den Stall und begrüßt jede Kuh mit Namen, jede Kuh wird der kleinen Wilhelmine vorgestellt, als wären sie auf einem großen Fest, bei dem sie der Ehrengast sei, eine Prinzessin, eine Stall-Prinzessin, und die Kühe müssten ihr huldigen, immer sonntags hat der Vater mit ihr das Spiel mit den Kühen gespielt, sie sei sein Augapfel, hatte er gesagt, und Wilhelmine wusste nicht genau, was das war, ein Apfel mit Augen, das musste etwas ganz Besonderes sein, so etwas hatte sie noch nie gesehen, und sie spürte die Liebe des Vaters, für ihn war sie etwas ganz Besonderes, das war ihr genug.

Die zarten Fäden des Traumgewebes zerstoben zu nichts, als stählerne Schmerzen Wilhelmine wieder wachhämmerten und sie in eine noch schwärzere Einsamkeit hinabstießen. Heinrich, wo war Heinrich? Wie hatte sie ihn geliebt, diesen feinen, sensiblen Mann, der so gar nicht in das bäuerliche Leben passen wollte. Ein Gottsucher. Wie tief war seine Leidenschaft gewesen, wie hatte er sich in sie vergraben in den langen Nächten ihrer ersten Jahre, nie hatte er sie einfach genommen wie ein Bauer sein Weib, immer hatte er sie fast überschwemmt mit einem Meer von Liebe und Zärtlichkeit, und wie sehr hatte es sie verwundet, wenn er sich, wie so oft, danach hastig von ihr abgewandt hatte, so, als ob er etwas Verbotenes getan hätte. Daran konnte sie sich nie gewöhnen. Immer wieder hatte sie sich geöffnet für ihn mit allen Fasern ihres Leibes, ihrer Seele und ihrer Lust, und sich verletzlich gemacht für seine Liebe, die so grenzenlos erschien und deren Fluss er oft brutal abbrach, als ob er sich misstraute und der Tiefe seiner Leidenschaft Herr werden wollte, als ob er das Meer einzäunen wollte. Müde war sie geworden, so unendlich müde, vielleicht auch ein wenig bitter. Alles verschwamm vor ihren Augen.

Hat er ihr eine Nachricht hinterlassen? Ein Abschiedswort? Jemand war im Zimmer, war es Heinrich? Durfte er noch einmal kommen, hatte sie ihn gerufen mit ihrer Liebe? »Heinrich …?«, wollte Wilhelmine fragen.

»Er ist heute Nachmittag schon gegangen«, sagte die Nachtschwester, und als sie Wilhelmines flehenden Blick sah, verstand sie und schüttelte den Kopf. »Nein, er hat keine Nachricht hinterlassen.«

Wilhelmine schloss die Augen und als sie sie wieder öffnete, sah sie die helle Sonne durch das Fenster scheinen.

»Ist schon Morgen? Die Sonne scheint so schön.«

»Nein, es ist halb vier mitten in der Nacht, es ist finster«, flüsterte die Schwester.

Fasziniert vom gleißenden Licht, das nur sie sah, atmete Wilhelmine zum letzten Mal aus.

KAPITEL 2 | *Luise*

»Vater, segne diese Speise, uns zur Kraft und dir zum Preise, Amen«, sprachen die drei Mädchen im Chor, wie sie es gelernt hatten.

Sie teilten die große gekochte Kartoffel vom Vortag untereinander auf. Um es sich ein wenig wärmer zu machen, hatten sie eine Wolldecke um ihre Beine gewickelt, ganz eng rutschten sie auf der Küchenbank aneinander. Neben dem Herd lagen ein paar Holzscheite. Der Vater hatte sie angewiesen, damit zu sparen, aber das war unnötig, denn keine von ihnen konnte Feuer machen.

Warum kam Vater so lange nicht zurück aus dem Krankenhaus?

»Er holt das neue Geschwisterchen ab«, flüsterte Luise, die Älteste.

»Seit wann holt man die Kindlein aus dem Krankenhaus?« Karla machte große Augen.

»Seltsam ... Der Ilse ihr Brüderchen wurde nicht aus dem Krankenhaus geholt, das war irgendwo zuhause, es ... hmm.«

Luise schwieg. Dass Säuglinge im Bauch der Mutter wuchsen, wusste sie schon, immerhin war sie schon in der Schule. Unklar war aber, wie die Kindlein von dort herauskamen. Luise hielt also besser den Mund, denn schließlich war sie die Älteste und die kleinen Schwestern sollten nicht merken, dass sie etwas nicht wusste. Neulich hatte sie sich schon mit ihrer Freundin Pauline darüber ausgetauscht, wie ein kleines Kindlein wohl aus dem Bauch der Mutter herauskäme, und sie waren zu dem Schluss gekommen, dass es letztlich nur der Bauchnabel sein konnte, denn wenn es woanders rauskäme, würde es womöglich in den Abort fallen und von so einem Fall hatten sie noch nie gehört. Das wäre außerdem eklig. Nicht umsonst war der Bauchnabel so verschrumpelt. Er konnte sich bei einer erwachsenen Frau wie ein Gummi dehnen und heraus kam das Kleine geschlüpft. Aber erstens war sich Luise da nicht so sicher, und zweitens war noch immer die Frage offen geblieben, wie es im Bauch einer Frau anfangen konnte zu wachsen. Luise war von allen die Beste in der Schule, es wurmte sie, dass sie etwas so Wichtiges noch nicht wusste, und sie hatte schon seit Wochen überlegt, wen sie danach fragen könnte. Papa und der Lehrer kamen nicht in Frage, das hätte sie sich nie getraut, denn sie ahnte schon, dass um das Thema etwas Geheimnisvolles lag. Im Übrigen waren das Männer und hatten womöglich selbst nicht viel Ahnung. Denn Kinder auf die Welt bringen, das wusste jeder, konnten nur die Frauen. Sie nahm sich vor, Tante Gertrud zu fragen, obwohl – die war nicht verheiratet und das Ganze hatte auch damit zu tun, dass man verheiratet war. Denn sonst hätte Tante Gertrud bestimmt selbst Kinder.

»Wann kommt Mama wieder?« Die piepsige Stimme der kleinen Rosa unterbrach sie beim Nachdenken.

»Mama ist krank«, sagte Luise.

Dass Rosa immer so blöd fragen musste. Doch da fiel ihr ein, dass die Sache noch komplizierter lag. Die Mama bekam ein Kindlein und sie war krank. Viele Mütter sind krank, wenn sie ein Kindlein bekommen, aber normalerweise erst nachher und nur für ein paar Tage. So viel hatte sie schon erfahren von Freundinnen und anderen Familien. Die Mama war schon viel länger krank und konnte immer seltener aufstehen.

Kurz bevor sie von den Männern neulich abgeholt wurde, hatte die Mama Luise zu sich an ihr Bett gerufen. Die Mädchen durften sonst nicht mehr so nahe an sie herankommen. Luise konnte die Mama kaum ansehen, weil sie so fremd aussah. Sie war bleich, hatte aber rote Backen und schwitzte und schnaufte, manchmal hustete sie und unter den Augen hatte sie dunkle Ringe. Sie würde bald ins Krankenhaus gehen, hatte sie erklärt, und vielleicht nie wiederkommen. Doch wenn sie Glück hätten, käme dafür ein Geschwisterchen.

»Du brauchst keine Angst haben. Wenn ich gestorben bin, bin ich beim Lieben Heiland und schaue auf euch. Du bist die Älteste, passt du gut auf die Kleinen auf? Karla ist schon groß und kann viel, aber Rosa und das neue Kindlein, die brauchen jemanden, der auf sie aufpasst.«

Luise nickte, es fiel ihr aber nichts ein, was sie hätte sagen können. Dass anstatt der Mama ein Schwesterchen vom Krankenhaus zurückkehren sollte, war unausdenkbar. Sie nickte trotzdem und starrte auf die Wand gleich über Mamas Kopf.

»Mach's gut, meine Große«, flüsterte die Mutter.

Im Licht der Nachttischlampe glitzerten Tränen, die über ihre Wangen liefen. Luise hatte nicht gewollt, dass Mama weinte. Auf einmal waren diese schweren Klumpen in ihrem Hals gewesen und sie war ganz stumm stehen geblieben, so lange, bis die Mutter sie hinausgeschickt hatte.

»Ich muss ein Rolle machen!«

Die kleine Rosa zerrte sie schon wieder aus ihrer Gedankenwelt. Luise seufzte und blickte mit den Augen an die Zimmerdecke. Dann holte sie das Häfele aus der Stube und setzte ihre kleine Schwester drauf.

Während ihr Wässerchen in den Blechhafen gluckerte, fragte Rosa: »Warum ist die Mama krank?«

»Das weiß ich auch nicht.«

»Aber wann kommt sie wieder?«

»Vielleicht gar nicht, vielleicht kommt ein ganz kleines Kindle.«

»Wie klein? So?« Rosa zeigte mit Daumen und Zeigefinger ungefähr einen Zentimeter.

»Schon ein bisschen größer«, antwortete Luise mit herablassender Miene.

»Aber die Mama soll jetzt kommen und das Kindle dort lassen!« Rosa greinte und fing an zu schluchzen.

Das war es, was sich Luise auch gewünscht hätte, aber das wollte sie der Rosa natürlich nicht sagen.

Als die Kleine fertig war, trug Luise das Häfele hinaus und leerte es auf dem Abort, im zugigen Durchgang zwischen Haus und Stall. Ein eiskalter, stinkender Lufthauch blies ihr ins Gesicht, als sie den speckigen Holzdeckel hochklappte. Beim Ausleeren des Hafens ging natürlich was daneben und mit einem Stück Zeitungspapier machte sie den Rand wieder notdürftig sauber. Sie ekelte sich, musste sich jetzt aber auch setzen und pinkeln. Rosa sollte bald lernen, selbst auf den Abort zu hocken, diesen Hafen wollte sie nicht immer wieder leeren. Das muss Mama ihr beibringen, sobald sie wieder da ist, dachte sie. »Mama kommt nie wieder«, sagte eine Stimme in ihr. »Vielleicht doch«, erwiderte Luise, die auf dem frostigen Abort saß. Sie zitterte vor Kälte und vielleicht auch vor Angst, dass die Mama nie wiederkommen würde.

Als sie ihre Mutter das letzte Mal sahen, durften die drei Mädchen ihr nur von der Küche aus zuwinken und adieu sagen. Die Mama machte den Mund auf, vielleicht wollte sie auch adieu sagen, aber es kam nur Husten aus ihrem Mund und da lief das Blut auf das weiße Leintuch der Trage-Pritsche.

»Mama, Mama!«

Die kleine Rosa wollte zu ihr rennen, aber der Vater packte sie und nahm sie auf den Arm. Luise starrte den roten Fleck an auf dem Laken. Rot auf weiß. Blutrot. Der Kloß saß wieder in ihrem Hals. Sie hätte adieu sagen und sich verabschieden sollen, doch ihre Lippen gingen nicht auf, und die Zunge blieb im Mund kleben. Wie von weit her hörte sie Rosa auf den Armen des Vaters strampeln und schreien. Neben Karla stand sie und schaute auf die Tür. Die hatte sich hinter den Männern geschlossen. Mama war weg.

Das war vor zwei Wochen. Seither erschien ihr immer wieder dieses Bild: die Tür, die sich schließt hinter der Mama. Es blieb in ihrem Gedächtnis eingebrannt. Manchmal tauchte es nachts im Traum auf, manchmal auch untertags, aber immer sah sie es als Erstes morgens beim Aufwachen – die Tür. Mama wird hinausgetragen. Die Tür schließt sich. Und sie, Luise, steht stumm.

Von außen schob sie den eisigen Metallriegel der Aborttüre vor, und – pf… pf… pf… – betrachtete die kleinen Atemwölkchen, die sie aus ihrem Mund stieß, auf dem Weg über den Hof zurück in die Küche.

Natürlich! Mit Anni mussten Karla und Rosa spielen. Ausgerechnet. Das war ihre Puppe, Mama hatte sie für Luise gemacht vor vielen Jahren, als sie noch klein war. Einen alten Lumpen hatten sie mit Spelzen gestopft, die vom Weizendreschen im Sommer überall herumlagen. Mit einer Schnur wurde der Kopf abgebunden und der Bauch. Dann hatte die Mama die ausgestopften Beine und Arme angenäht, ein Gesicht daraufgestickt und mit Wolle die Haare angebracht, darüber trug Anni – so hieß die Puppe schon, bevor sie fertig war – ein schneeweißes Kopftuch. So eines, wie Mama immer bei der Arbeit trug.

»Du, du, du, mein kleines Kindelein, trink nur schön …«, singsangte Karla und hielt einen Holzspan, der ein Säugling sein sollte, an Annis Brust.

Rosa piepste dazu: »Trink du, Kleines …«

Luise wollte ihnen die Puppe wegnehmen, da fiel ihr ein, dass sie allmählich zu groß war für ein solches Kleinmädchen-Spielzeug, immerhin war sie die Älteste.

So schlenderte sie in die Stube und wusste nicht recht, was mit sich anzufangen. Noch immer war der Vater nicht zurück aus dem Krankenhaus. Wie es dort wohl aussah? Kinder durften nicht hinein, weil sie die Kranken störten. Ob auch sie die Mama stören würde, wenn sie mal hineinschauen könnte, überlegte sie sich.

Ganz in ihren Gedanken versunken, drückte sie auf den Türgriff zur elterlichen Schlafstube, trat ein, von selbst fiel die Tür wieder hinter ihr zu. Mutters Bett war ordentlich gemacht, aber Vaters Decke lag da, als ob er gerade aufgestanden wäre. Groß und geheimnisvoll ragte der dunkelbraune Kleiderkasten an der hinteren Wand empor. Ohne dass je ein Verbot ausgesprochen worden war, wusste sie, dass sie an diesem Kasten nichts zu suchen hatte. Sie betrachtete sich selbst, wie sie dem Spiegel an der Schranktür langsam näher rückte. Ihre Hände strichen schließlich am dunkel-glänzenden, kalten

Holz entlang und wie von selbst fanden ihre Finger den Schlüssel. Er gab einen kleinen Widerstand beim Drehen. Die Holztür knarrte, als sie sich unter ihren Händen in Bewegung setzte. Aus dem Inneren des Schranks roch es nach der Mama und nach Kernseife, Papas Sonntagsanzug hing auf der einen Seite – hoffentlich würde er nicht merken, dass sie hier herumstöberte – und in einem Regalfach stapelten sich, akkurat gefaltet, seine Hemden, darunter Bettwäsche und Leintücher. Auf der anderen Seite lockten Mamas Kleider und Röcke. Diese Bluse, dunkelblau mit weißem Blumenmuster und einem Spitzenkragen, fühlte sich besonders fein an. Über der Kleiderstange zog das obere Fach sie in seinen Bann: der Sonntagshut, den Mama nur zum Kirchgang trug. Mama liebte ihn. Luise hatte einmal gehört, wie Papa sagte, sie sei eitel, aber er hatte dabei gelacht und ihr über die Wange gestrichen. Ob sie es wagen durfte, einmal nach Mamas Hut zu greifen? Leise schob sie den Stuhl an den Kasten und stieg hinauf, fingerte nach dem Hut, setzte ihn auf, stieg vom Stuhl herab und betrachtete sich im Spiegel. Später, wenn sie einmal einen Mann haben würde, sollte er sie auch an der Wange streicheln, wenn sie einen Hut aufhätte oder sonst hübsch angezogen wäre. So platzierte sie das Hütchen in die Stirn, drehte sich vor dem Spiegel und musterte sich von der einen Seite, hob das Kinn, bewegte es auf die rechte Seite, bewunderte sich von links, schob ihre Zöpfe unter das Hütchen, drehte sich wieder nach rechts. Sie zog sich den Stuhl wieder her und streckte sich nach dem oberen Fach. Weiter hinten leuchtete etwas Weißes. Ihre Fingerspitzen tasteten einen zarten, traumhaft leichten Stoff. Sie zog ihn hervor. Wie warme Milch floss er über ihre Hände. Was war das bloß? Ein Schleier? Der Brautschleier! Sie kannte ihn vom Hochzeitsbild ihrer Eltern, das in der Stube auf dem Büffet stand. Als hätte sie ein kostbares Diadem in der Hand, legte sie ihn sich auf den Kopf. Wie gehört das nur? Da fehlt noch etwas. Das Stirnband. Wo kann das sein? In der Schublade? Dort fand sie nur Wäsche. Wenn sie den Schleier tief in die Stirn zupfte, hielt er auch so. Wie duftig er über ihre Schulter rieselte, kaum konnte sie sich von ihrem Spiegelbild lösen. Einmal würde sie auch heiraten und einen solchen Schleier tragen, und ihr Bräutigam würde sie schön finden und sie an der Hand halten und ihre Wangen streicheln.

Krachend flog die Stubentür auf. Sie starrte den Vater an, er starrte zurück. Dann blickte sie zu Boden, da war der Vater auch schon bei ihr und schlug ihr ins Gesicht, riss den Schleier vom Kopf und sagte: »Raus.« Das kam ganz leise, hallte aber in Luises Kopf lauter als jedes Wort, das sie bisher gehört hatte. Während sie aus der Stube rannte, hörte sie, wie der Vater den Kasten zuschlug und abschloss.

In der Küche schnitt Karla Karotten. Daneben lagen ein paar dreckige Kartoffeln und eine rote Rübe. Rosa spielte mit dem Holzspan-Säugling und Anni, die Puppe, lag auf der Bank, niemand achtete auf sie. Zum Glück. Luise drückte sie fest an sich. Sie wiegte sich mit Anni an der Brust immer vor und zurück, vor und zurück, vor und zurück. Ob sie wohl sterben würde, wenn sie einfach aufhörte zu atmen? Wie Mama. Dann könnte sie bei ihr im Himmel sein. War Mama schon tot im Krankenhaus? Das Gesicht brannte noch vor Scham und von Vaters Schlägen. Tränen wollten kommen, aber sie sollte doch nicht weinen. Vor und zurück. Anni festhalten. Nicht atmen. Sie schaute die Küchentür an, hinter der die Mutter verschwunden war. Mama war fort. Vor und zurück. Die andere Tür ging auf, die von der Stube her. Der Vater kam. Luise starrte auf den Boden.

»Deine Mutter liegt im Sterben und dir fällt nichts Besseres ein, als dich eitel vor dem Spiegel zu drehen!«, fauchte er.

»Da, hilf endlich deiner Schwester und schäl die Kartoffeln!«

Still war es in der Küche. Die beiden großen Mädchen schnitten das Gemüse, Rosa spielte noch immer mit ihrem Holzspan, aber ganz leise diesmal, so, als ob sie auf etwas lauschen würde. Karla stand auf dem Schemel vor dem Ofen und rührte die Gemüsesuppe.

Endlich, mit einer anderen Stimme, sagte der Vater: »Ihr habt ein Brüderle bekommen. Die Mama lebt noch.«

Rosa begann zu greinen und jammerte: »Wo ist Mama, will kein Brüderle.« Sie warf den Holzspan über den Tisch.

Die Art, wie der Vater das gesagt hatte, ließ Luise aufschluchzen. Tränen liefen ihr über das Gesicht, und so sehr sie sich bemühte, sie konnte einfach nicht aufhören. Sie wollte doch so sehr zu Mama, sie streicheln und ihr helfen, sie wollte ihre Hand halten. Mama soll nicht sterben, sie soll wiederkommen, *bleib hier, meine Mama, stirb nicht, komm zurück zu uns.* Luise weinte und immer, wenn sie innehalten wollte, schüttelte sie ein Schluchzer und die Tränen flossen einfach weiter.

Da rief Karla vom Herd her: »Warum kann der Herr Jesus die Mama nicht gesund machen? Schließlich bringt er doch auch kleine Kinder und hat die ganze

Welt gemacht. Das kann für ihn doch nicht so schwer sein!« Mit einem Bein stampfte sie auf den Schemel, der ihr die nötige Größe für den Herd verschaffte.

»Der Herr Jesus kann sie gesund machen, wenn er will. Aber vielleicht will er sie zu sich rufen. Das wissen wir noch nicht«, sagte der Papa.

Er sah sehr müde aus. Rosa schrie nach Mama. Luise schluchzte. Karla stand auf dem Schemel und rührte im Kochtopf, dass es nur so spritzte. Der Vater stierte auf die leere Tischplatte. Unterdessen taumelten draußen die ersten Schneeflocken zu Boden.

Am nächsten Morgen hatte der Vater schon früh Feuer gemacht und Wasser aufgesetzt. Es gab Tee von den Kräutern, die Luise und Karla im Sommer gesammelt und getrocknet hatten. Ein Brotkanten und ein wenig von der Suppe war noch da. Luise überließ das Essen ihren Schwestern. Die beiden Großen sollten Rosa zu Tante Gertrud bringen noch vor der Schule, weil der Papa nochmals ins Krankenhaus gehen musste.

Aber so weit kam es nicht.

Es klopfte. Der Vater öffnete. Ein Mann stand draußen und nahm seinen Hut ab. Er flüsterte mit dem Papa. Luise verstand etwas wie »Beileid«. Als der Vater wieder an den Tisch kam, wusste Luise, dass die Mama tot war. Kalt war es in der Küche.

»Mama ist tot«, sagte Papa.

Auf den Gassen lag graubrauner Schneematsch, als Luise und Karla hinter dem Vater hereilten und versuchten, mit ihm Schritt zu halten. Rosa hatten sie bei Tante Gertrud gelassen, nun waren sie auf dem Weg zu Onkel Anton.

»Mama ist tot.« In Luises Brust drückte und brannte und hämmerte es. Nur rasch an etwas anderes denken, damit dieser Schmerz aufhörte. An die Frau im Automobil zum Beispiel, das vor einigen Wochen ins Dorf gefahren kam. Dass sich ein Automobil in das kleine Städtchen verirrte, passierte selten, aber wenn, dann gab es immer Anlass zum Staunen. So war es auch, als Luise einmal früher von der Schule nach Hause musste und deshalb alleine auf der Gasse war. Sie hüpfte von einem Fuß auf den anderen, die stinkende Abwasserrinne zwischen den Beinen.

»Ein-Huut-ein-Stock-ein-Ree-gen-schirm-und-vorwärts-rückwärts-seitwärts-ran …«, sang sie, als sie hinter sich den Motor hörte und mit großen Augen jenes schwarze Gefährt erblickte.

Das Unfassbare geschah. Neben ihr hielt das Auto an. Auf dem Beifahrersitz saß eine Dame mit Hut, der ein wenig aussah wie ein eleganter Topf und tief in ihre Stirn hineinragte. Ihre Haare waren abgeschnitten. Nicht so kurz wie bei einem Mann, nur ungefähr bis zum Hals, alle in der gleichen Länge, immerhin so kurz, dass man sie nicht mehr zu einem Knoten zusammenbinden konnte. Um die Augen hatte sie dünne schwarze Striche, ihr Mund war mit Rot bemalt, kein Knallrot war das, eher wie ein dunkleres Rosarot. Ein Rosarot wie die Heckenröschen am Weg zum Weinberg. Die Halskette bis zum Bauch, ein dunkelblaues Kleid. Sogar eine Art Fell lag über ihrer Schulter.

Solch eine Erscheinung hatte Luise noch nie gesehen, sie blieb stehen und starrte auf die Dame. Rot bemalte Fingernägel! Kurz dachte Luise an ihren Vater und dass diese Frau sehr gottlos, vielleicht sogar vom Teufel sein musste, aber alles, was Luise sah, war faszinierend und fremd. So sehr war sie gebannt, dass sie zuerst nicht mitbekam, wie die Dame sie ansprach. Dann endlich verstand sie. Die Frau und der Mann wollten zum Bürgermeister. Vor lauter Verlegenheit brachte Luise kein Wort heraus. Noch einmal fragte die Dame, nochmal und nochmal, doch Luise blieb stumm stehen und staunte, und nach einiger Zeit fuhr das Automobil mit der Dame weiter.

Wenn die Mama so reich gewesen wäre, wäre sie nicht gestorben. Wieder dieses Reißen in ihrer Brust, etwas wurde zersplittert in ihr drin. Schnell stellte sie sich vor, dass sie eine solche Mama gehabt hätte, oder vielmehr, dass Mama diese Dame gewesen wäre, wie sie selbst als Mädchen auf dem Rücksitz im Auto säße, wie sie zuhause ganz viele Kühe hätten und ebenso viele Knechte und Mägde und niemand aus der Familie müsste arbeiten. Dann hätte Mama bestimmt in aller Ruhe gesund werden können, und sie wäre nicht gestorben. Wie dieser Schmerz drückte und klopfte, als würde er jetzt, nachdem er alles eingerissen hatte, eine Mauer aus Stein in ihrer Brust bauen. Nur ihre Gedanken ließen sie noch ein wenig höher fliegen als diese immer härter werdende Mauer in ihr.

Solche Damen – das sah man – mussten nicht arbeiten, vielleicht wäre sie, Luise, sogar das einzige Kind gewesen und man hätte sie verwöhnt und ihr Sachen geschenkt zum Anziehen, ihre Mama wäre immer für sie da gewesen und hätte mit ihr gespielt. Wenn ihre richtige Mama nicht so viel hätte arbeiten müssen, wäre sie vielleicht nicht tot. Immer stärker tat es jetzt weh, bis in den Hals schraubte und presste es. Ihr Vorrat an schönen Gedanken, die den Schmerz hätten vertreiben können, war aufgebraucht.

»Träum nicht ständig vor dich hin, du bist fast in den Dreck getreten!«

Die Stimme des Vaters riss sie zurück in die Gegenwart von Regen, Schlamm und Düsternis. Vor der Tür von Onkel Anton hatte sich eine pampige Pfütze aus Schneematsch und Mistbrühe gebildet. Wie bei allen Bauernhäusern lag der Misthaufen, eingefasst von halbmeterhohen Mäuerchen, direkt neben der vorderen Haustür der Straße zu.

Vater klopfte und die Tür öffnete sich.

»Beileid«, sagte Onkel Anton und gab dem Vater die Hand.

Schon wieder dieses Wort. Das hatte sie vorher noch nie gehört. Sie gingen hinein und blieben im Halbdunkel des Flurs stehen. Durch die löchrigen Schuhe waren Luises Strümpfe nass geworden, die Steinplatten des Bodens schienen ihre Füße mit Eis zu umhüllen. Auch Tante Lisl tauchte jetzt auf, gab Vater die Hand und sagte ebenfalls *das* Wort. Dann sagte für eine Weile niemand mehr etwas.

»Sie können schon ein wenig arbeiten für ihr Essen – nur über den Winter. Im Frühjahr oder Sommer kann ich sie selber wieder ernähren.« Endlich hatte der Vater etwas gesprochen.

»Einige Zeit können wir die beiden schon durchfüttern. Du hast es ja wirklich schwer«, sagte Tante Lisl.

»Solange der Friedhofsdreck noch an den Schuhen ist, soll man wieder heiraten«, sprach Onkel Anton. »Du brauchst bald wieder eine Mutter für deine Kinder.«

Der Vater nickte und drehte seinen Hut in der Hand herum. Dann nickte er nochmal, setzte den Hut auf und ging, ohne sich nach den Mädchen umzusehen.

Wieder heiraten? Während sie hinter Tante Lisl über unebene Steinstufen nach oben in die Küche stiegen, dachte Luise kurz an die Frau im Automobil. Nein – so etwas gab es nicht im Dorf und auch nicht in den umliegenden Dörfern. Wenn sie so eine Mutter bekäme! Wo war Mama jetzt? Wie ist es, wenn man tot ist? Alles war wund in ihr. Steine, Geröll und eine bittere Flüssigkeit schienen sie auszufüllen. Sie hatte noch nie jemanden gesehen, der tot war. Wie kommt man in den Himmel? Mama! Nein, sie sollte nicht weinen, sie war doch die Älteste. Aber wo war das Brüderchen? Und warum war Rosa allein bei Tante Gertrud? Alles verschwamm vor ihren Augen, weil sie immer nasser wurden. Ihr ganzer Kopf, ihr Hals und ihre Brust waren voller Tränen, ob Tränen einen von innen her verbrennen können?

Sie schaute auf den Boden, damit Tante Lisl ihre tropfenden Augen nicht sah, während sie ihr einen Teller hinschob. Die Suppe mit Fleisch und Kartoffeln roch wundervoll und weil sie den ganzen Tag noch nichts gegessen hatte, vergaß sie alles andere bei diesem herrlichen Eintopf. Neben ihr saß Karla, die riesige Fleischstückchen in sich hineinstopfte.

In der guten Stube von Tante Lisl teilten sich die beiden Schwestern das Kanapee. Tagsüber räumten sie ihre Decke unter das Sofa, damit auch die anderen die Stube nutzen konnten, obwohl dieser Raum nur sonntags betreten wurde. Bevor sie zur Schule gingen, halfen sie im Stall. Zum Melken waren ihre Hände noch zu klein, aber ausmisten und einstreuen, das konnten sie schon. Anschließend brachten sie die Milch zum Milchhäusle. Onkel Anton hatte acht Kühe, da kam schon eine ganze Menge Milch zusammen. Karla musste hinten schieben, damit Luise den Leiterwagen die leichte Anhöhe hinaufziehen konnte. Über ihre Schuhe hatten sie dicke Strümpfe gezogen, damit sie auf dem Eis nicht ausrutschten. Sie besaßen nur dünne Mäntel. Nach dem Essen gab man jeweils einer von ihnen einen Schemel, um das Geschirr zu spülen. Die andere trocknete ab. Sobald das Frühjahr kam, jäteten sie das erste Unkraut und halfen beim Kartoffelstecken. Das war viel Arbeit. Sie bekamen gutes Essen bei Tante Lisl.

Nachts weinten sie manchmal miteinander. Oder sie überlegten, wo die Mutter jetzt sei, ob sie vom Himmel auf sie herabschauen würde und wie sie es verhindern könnten, dass der Papa wieder heiratete.

»Ob Mama vom Himmel aus helfen kann? Sie ist ja beim Lieben Heiland und könnte ihn fragen, ob er ihr hilft«, fragte Karla.

Diese Idee fand Luise kindisch, aber sie wusste auch nicht, was sie tun sollten, um ein solches Unglück abzuwehren. Denn sicher war es der Mama nicht recht, wenn plötzlich eine neue Frau da wäre, auf die sie auch noch schauen müsste, vom Himmel aus.

Karla fragte: »Wozu braucht der Papa noch eine Frau, er hat doch uns. Wir sind doch schon so groß und tüchtig.«

»Na ja, aber für das kleine Brüderle, da braucht man schon eine richtige Frau mit Brüsten. Wo ist das Kindle überhaupt?«

Auch Karla hatte keine Ahnung.

»Und wann dürfen wir endlich wieder nach Hause?«

Spät in der Nacht, als Karla schon längst schlief, begann in Luise ein unbekanntes Empfinden seine schwarzen Flügel auszubreiten. Jede Nacht kam es, dieses düstere Wesen und raunte ihr ins Ohr: »Ist es richtig, dass du auf der Welt bist und Mama tot?« Schattenhaft angstmachend zuerst, doch immer vertrauter wurde das Hauchen, Zischeln, Wispern: »Es ist sicher ein Versehen. Mütter braucht man doch, aber Mädchen wie du? Wer braucht die schon? Hat Gott doch einen Fehler gemacht und die Mama verwechselt? Warum hat er dich nicht geholt?« Schmutzig fühlte sie sich. Sie war zu viel auf der Welt. Bald schon hörte und empfand sie es nicht mehr, dieses trübe Munkeln. Es hatte sich heimisch gemacht in ihr, und unlösbar blieb es für immer mit ihrem Leben verschmolzen.

KAPITEL 3 | *Heinrich*

N ur der Geruch von Äther und Chlor war für Heinrich schwerer zu ertragen als dieses tatenlose Herumsitzen. Ärzte segelten in ihren weißen Kitteln den Krankenhausflur entlang, behäbiges Hilfspersonal schob Rollwägen mit Wäsche von Tür zu Tür und graugekleidete Diakonissenschwestern eilten vorbei, ohne von ihm Notiz zu nehmen. Die hölzerne Sitzbank drückte sich gegen die Wand, unscheinbar, wie all diejenigen, die tagtäglich darauf saßen, um auf die Verkündigung ihres Schicksals zu warten.

Da öffnete sich die Flügeltür, eine Schwester eilte auf ihn zu und übergab ihm ein aufgerolltes Paket, an dessen einem Ende ein Köpfchen mit schwarzem Säuglingsflaum hervorlugte.

»Ihre Frau hat die Geburt überstanden, das Kind auch. Einen Sohn haben Sie bekommen.«

Erschöpfung sprach ihr aus den Augen, obwohl ihr Mund lächelte. Keine sechs Pfund wog das Sohn-Päckchen, doch schwer wie ein Sack voll Steine lastete es auf Heinrichs Arm.

Stumm und blass und unrasiert folgte er der Schwester. Wie in einem Gefängnis sah es aus, denn jeder Quarantäne-Patient hatte eine Zelle für sich und durch das kleine Fensterchen blickte er nun auf seine bewusstlos schlafende Frau im weißen Bett, ihre Wangen glänzten, als seien sie aus Porzellan, und die vertrauten dunkelblonden Haare lagen wie Flachs auf dem Kissen, jemand hatte sie sauber nach hinten gekämmt.

»Soll ich ihr etwas ausrichten, falls sie noch einmal zu sich kommt? Es wird nicht mehr lange gehen mit ihr.«

Wie müde die Schwester aussah. Er schwieg. Seine Kehle war wie zugeklebt.

»Sie werden Ihre Frau vermutlich nie wiedersehen. Falls Ihnen doch etwas einfällt, kommen Sie gerne nochmal her.«

Der zähe Schleim im Hals wich nicht von der Stelle und in seinem Hirn war nur Leere, in der das Echo der Krankenschwestern-Worte nachhallte ... *Ihre Frau vermutlich nie wiedersehen ... es wird nicht mehr lange gehen ...*

»Hier auf dem Zettel – zwei Namen. Die Frauen haben neulich entbunden, eine davon könnte vielleicht als Amme dienen, fragen Sie dort nach.«

Heinrich nahm das Papier in seine Faust, drehte sich langsam um und ging.

Novembergrau drückte der Himmel auf Heinrichs Gemüt, als er vor das kleine Krankenhaus trat. Wie fremd ihm dieses schwarzhaarige Etwas in seinen Armen war. *Den hätte ich nicht auch noch gebraucht.* Wie ein Nachtfalter flatterte dieser Gedanke durch seinen Kopf, ziellos, sinnlos. Fast zeitgleich glühte das schlechte Gewissen in ihm auf, denn war nicht auch dieses Kind Gottes Wille und hatte er nicht selbst oft genug sein Vorhaben gebrochen, Wilhelmine nicht mehr anzurühren?

Drei Kinder waren schon zu viel gewesen für seine geschwächte Frau, doch trotz ihres Leidens hatte es immer wieder Zeiten der Hoffnung gegeben und die Sorge um ihren durchscheinend gewordenen Körper hatte sein Begehren nach ihr nur vertieft.

Die Erinnerung an ihr letztes Zusammensein quälte ihn noch immer. Sie hatten im Bett leise über die neue Diagnose des Arztes gesprochen und gemeinsam die Tatsache zu verstehen versucht, dass Wilhelmine nicht mehr lange zu leben hatte. Konnte sie wohl das vierte Kind, das sie trug, noch gebären, oder würde sie es mit ins Grab nehmen? Sie hatte sich zur Seite gedreht, während er ihr im Rücken lag und sie fest in seinen Armen hielt, sein Gesicht verbarg er in ihrem vollen Haar. Es roch nach Kernseife und frischem Heu und schmeckte salzig von seinen lautlosen Tränen. Er hielt ihren Leib an sich gepresst, die Schwangerschaft hatte den dünn gewordenen Körper noch einmal rund werden lassen, so als ob ihre Weiblichkeit eine letzte verzweifelte Blüte treiben wollte. Ihre Brüste fühlten sich voll und fest an. *Du versündigst dich! Sie ist krank und zudem schwanger!*, schrie sein Verstand, aber angesichts des Todes und des Schmerzes stieg das Leben aus seinem Unterleib umso machtvoller in ihm auf. Als das Verlangen ihn überwältigte und alle frommen Vorsätze vergessen machte, schob er ihr leinenes Nachthemd nach oben. Lange und langsam waren sie miteinander verschmolzen und beide wussten, es würde das letzte Mal sein, und beide versanken ineinander, als ob sie noch einmal die ganze Tiefe des Lebens und ihrer Liebe auskosten wollten. Lange blieb er bewegungslos in ihr und lauschte mit seinem innigen Verlangen ihrer Seele. So lange blieb er in ihr, bis sie stöhnte und schluchzte, weinte und lachte, wieder weinte und sich in seinen Armen wand vor Wonne und Trauer, vor Schmerz und Lust, und er hielt sie fest und ließ sie nicht los. So lange blieb er in ihr, bis sie sich wieder ganz still und fast entspannt wiegte, und er blieb noch immer in ihr, als ihr ganzer Körper wieder und wieder bebte vor Ekstase und nass war von Schweiß und von Tränen, seine Wollust quoll an bis zur Unerträglichkeit, aber er wollte es auskosten dieses eine Mal noch, er wollte dem Tod noch ein Quäntchen Leben abringen und er wollte niemals aufhören, diesen Frauenkörper zu lieben. Aus tiefstem Grund drang sein erhitzter Fluss schließlich herauf und bereits mit dem höchsten Gipfel der Lust brach sich das kalte Urteil seiner mosaischen Prägung die Bahn und vergiftete die letzte und existenziellste Intimität mit seiner Frau.

Sein Absturz traf ihn eisig. Sofort stand er auf und ging ein paar Schritte in den Hof. Wie konnte er sich schon wieder so gehen lassen? Wieso konnte er seine Begierde nicht unter Kontrolle halten? Von Anfang an war er dieser Frau verfallen gewesen, fast spürte er eine Spur von Hass auf sie, und als er wieder ins Schlafzimmer schlich, in der Hoffnung, dass sie schon schliefe, nahm er leise seine Decke und legte sich in der Stube auf das Sofa. Hier würde von nun an seine Schlafstätte sein. Wilhelmine lag im Bett, noch immer auf die Seite gedreht, regungslos, als würde sie schlafen, stumm wie ein abgelegtes Stück Fleisch. Zu beschäftigt war er mit sich, um zu spüren, dass ihr Abgrund diesmal bodenlos war.

»Jakob«, fiel ihm ein, als er den Säugling einer der beiden Ammen überließ. Das war ein guter Name. Wie er die Frau bezahlen sollte, wusste er noch nicht.

Zuhause zog es ihn in den kalten, leeren Stall. Kalt und leer war es auch in ihm. Hiob. Sollte er von Gott wie Hiob geprüft werden? War sein Glaube nicht tief genug?

So war es also doch ein Fehler gewesen, Wilhelmine geheiratet zu haben? Er wollte beten, aber da war kein Gebet in ihm. Auch Tränen hatte er keine mehr.

Nur der Druck im Hals, der blieb.

Draußen grub er aus dem Erdloch, in dem das Wurzelgemüse lagerte, ein paar Kartoffeln, Karotten und Rote Bete und nahm die Steinstufen in die Küche hinauf zu seinen Mädchen.

Er machte Feuer, gab Karla das Gemüse und seine Mittlere fing an, für alle eine Suppe zu kochen.

Als am nächsten Morgen die Todesnachricht kam, atmete er auf. Für diesen frischen Hauch von Erleichterung krallte ihn sein Schuldgefühl und schützte ihn viele Monate lang vor der schwarzen Trauer.

Wegen der Ansteckungsgefahr wurde Wilhelmine schnell begraben, und noch am Tag der Beisetzung kamen zwei Männer vom Gemeindeamt und räumten das Haus leer: Alle Kleider, alle Wäsche, Bettzeug, Decken, Kissen, Matratzen, Hüte, Schuhe, alles, worin sich Tuberkulose-Bazillen festsetzen konnten, trugen sie hinaus auf einen Karren und verbrannten es vor dem Dorf auf dem Feld, wie auf einem Scheiterhaufen. Jetzt gab es nichts mehr, was an Wilhelmine erinnerte. Und es gab auch sonst nichts mehr in Haus und Hof.

Selbst die ganz Alten konnten von keinem kälteren Winter erzählen als jenem, der auf Wilhelmines Tod folgte. Meterdick war der Neckar gefroren, Schneemassen lagen mannshoch in den Gassen und vor den Haustüren, täglich wuchs der weiße Ballast, die Fenster zierten sich mit kunstvollen Eisblumen, in den Brunnen gefror das Wasser. Während sich die Kleinbauern unter den schwer mit Schnee beladenen Dächern in ihre rauchigen Stuben duckten, grölten in den Städten die Kriegsgewinnler vom fröhlichen Weltuntergang und die Arbeitslosen in den Straßen wärmten ihre erfrorenen Hände über Fässern mit offenen Feuern. Eiszapfen in Metern gemessen, hingen an Laternen, Dachgiebeln und Brücken, der wechselnde Himmel zeigte sich bleiern schwer, bis er seine Last abgeworfen hatte, dann wieder erstrahlte eine eisklirrende Bläue, die alles Lebendige erstarren ließ. Auch in der Politik türmten sich schon wieder die Eiswolken auf, angefüllt mit falschen Versprechen von blühenden Zeiten, Hoffnungen einsammelnd auf Rettung vor Hunger und Not, Arbeit und tausendjähriges Glück verheißend.

Allein hauste Heinrich in seiner sparsam beheizten Küche. Arbeit, die ihn hätte ablenken können, gab es keine, das Essen war so knapp, dass er zuweilen nachts vor Hunger erwachte, nicht einmal der kostenlose Schlaf war ihm üppig vergönnt, Schlaf, der ihn für ein paar Stunden hätte erleichtern können von seinem grüblerischen Trübsinn. *Und ob ich schon wanderte im finsteren Tal* ... Immer wieder wand sich dieser Psalm durch seinen Kopf, ein nichtssagender Ohrwurm, abschütteln wollte er ihn, denn er fand keinen Trost darin, unablässig surrte und schnurrte dieses Wort weiter in seinem Hirn. Etwas in ihm ahnte, dass er dieses frostige Tal durchwandern müsse, und dass irgendwann auch in seinem Leben wieder Frühling werden würde. Lange dauerte dieser Winter und dunkel war Heinrichs Talgrund, auch wenn es noch nicht sein dunkelster sein sollte. Die Hoffnung hielt ihn aufrecht.

Und wirklich – als der Himmel anstatt Eiskristallen wieder zarte Wärme herbeizauberte, als das fein duftende Vorgefühl des neuen Frühjahrs durch die noch kalte Luft zog, spürte er, wie seine Wunden zu heilen begannen.

Als es Zeit war, im Weinberg die Reben zu schneiden, als er noch einmal etwas Geld leihen konnte für Saatgut und Steckzwiebeln, holte er seine beiden Ältesten für ein paar Tage nach Hause, damit sie ihm halfen, die Felder zu bestellen. Die Frühlingssonne, die keimenden Feldfrüchte, der blühende Birnbaum vor dem Haus und der Geruch von Erde ließen ihn wieder frei atmen. Langsam grünten die Wiesen und auch in seinem Herzen wuchs die Zuversicht.

Als Karla fragte, wann sie ganz nach Hause kommen dürften, hörte er sich sagen: »Sobald ich wieder eine Frau gefunden habe.«

»Papa, Papa, du musst nicht heiraten, du hast doch mich!«, rief Karla, während Luise seitlich auf den Boden schaute.

Kinder, dachte Heinrich, lächelte und strich Karla über den Kopf, die zu ihm heraufstrahlte.

An einem Sommersonntagmorgen nach dem Gottesdienst stand sie vor der Kirche: schwatzend und lachend mit anderen jungen Frauen. Er kannte sie, wie man sich im Dorf eben kennt, flüchtig, doch heute warf er einen neuen Blick auf sie. Sie trug ein schlichtes Kleid und in ihren hochgesteckten Locken verfingen sich die Sonnenstrahlen zu einem filigranen Goldkrönchen. Fast selbstvergessen betrachtete er sie, dann trafen sich einen Lidschlag lang ihre Blicke. Das ist sie. Diese wird seine zweite Frau. Kein Zögern, kein Hin und Her diesmal.

Im Spätherbst fand die Hochzeit statt. Wie zu jener Zeit im bäuerlichen Stand üblich, trug die Braut ein schwarzes Hochzeitskleid, um ihren Kopf lag ein feiner weißer Schleier und umschmeichelte die Schultern. Als Zeichen ihrer Jungfräulichkeit zierte ein weißer Myrtenkranz ihre Stirn. Heinrich Schneider, vierzig Jahre alt, lang und sehr dünn, hatte bereits die Höhen und Tiefen eines Menschenlebens ausgekostet und überragte seine Braut um mehr als einen Kopf. Elfriede war klein, rundlich, fast noch jung und übernahm in ihrem sechsundzwanzigsten Lebensjahr zusammen mit einem Ehemann dessen überschuldeten Hof und vier hungrige Kinder.

Neuanfang. Elfriede hatte ihn mit ihrer Mitgift erleichtert: Einen Ochsen, zwei Kühe, zwei Hektar Äcker, dreißig Ar Wengert, sogar etwas Geld hatte sie mit in die Ehe gebracht und Heinrich konnte seine vier Kinder nach Hause holen. Die Mädchen und sein junges Weib taten sich schwer miteinander, aber das würde sich geben, und an einem späten Samstagnachmittag schritt Heinrich die Furchen seines frisch bestellten Kartoffelackers ab. Alles wuchs und drängte ans Licht und würde bald in voller Pracht stehen. Vom Waldrand her zog ein kühles Lüftchen, die Goldmünzen des Löwenzahns blinzelten von der Wiese herüber, auf der die Apfelbäume ihre Blüten aufgehen ließen, um sich voll Inbrunst Wind und Bienen hinzugeben, die zarten Düfte des keimenden Lebens vermischten und verloren sich im endlosen Himmel. Da überflutete Heinrich eine solch wilde, unbändige Lust am Leben, wie man sie nur nach vergangenem Leid verspüren kann. An den Wegrand setzte er sich und genoss seinen freudetrunkenen Aufruhr, bis er ganz eins war mit der Stille der Landschaft.

Durfte er nun endlich auf Gottes Segen hoffen? Oder hatte ER noch weitere Prüfungen für ihn vorgesehen? Wie aus alter Gewohnheit streute Heinrich Sorgen auch noch in sein tiefstes Glück. Doch nicht nur nach innen richteten sich seine Gedanken diesmal, nicht nur seinem eigenen Weg galten die Zweifel. Unbehagen verschaffte ihm auch das Erstarken dieser SA-Rüpel, die sich jetzt in allen Dörfern breitmachten. Die Bauern waren begeistert, aber das war für Heinrich noch nie ein Maßstab gewesen. Dumm und außerdem recht bedrohlich erschien ihm diese neue Bewegung. Er bezwang sich. Jetzt war das Leben. Die Zukunft sollte er den Wegen Gottes überlassen.

Der Sommer brachte reichliche Ernte, sonnig und trocken war auch der Herbst, so gerieten die Trauben in diesem Jahr wunderbar süß und der Wein bescherte ihm einen beachtlichen Ertrag. Immer tiefer begann Heinrich sich zu entspannen.

Im späten Herbst plagte ihn ein zäher Husten, der nicht weichen wollte. Schwere Arbeit hatte ihm zugesetzt, und er freute sich auf ein paar ruhige Weihnachtstage, in denen er sich erholen konnte, dann würde es schon besser werden.

Der Januar war kalt, der Husten verschärfte sich und als er bei einem Gang über den winterlichen Hof seinen blutigen Auswurf in den weißen Schnee fallen sah, gefror ihm das Herz.

»Was habe ich dir getan? Was willst du von mir? Gott! Was habe ich falsch gemacht? Warum verfluchst du mich? Wo bist du, Gott?«

Alles in ihm schrie und bäumte sich auf gegen neues Unglück, wie eine monströse Last senkten sich die schweren Jahre wieder auf seine Schultern, er konnte diese Bürde nicht mehr tragen und sank in sich zusammen auf das Stroh.

Der Stall war wieder warm und belebt. Im kommenden Jahr wollten sie sogar einen zweiten Ochsen kaufen. Wilhelmines Krankheitsjahre mit den endlosen Schleifen von Leiden, Genesen, Hoffen und Beten, schließlich Resignation und Verzweiflung – all das stieß jetzt gewaltsam nach oben, jede Einzelheit war noch frisch und lebendig in ihm, als hätte nur ein dünnes Tuch über den Erinnerungen an seine erste Frau gelegen. Nun trieb das Verdeckte mit Macht ins Helle, er hatte keine Kraft mehr, es niederzuhalten, und erst in diesem Moment brach eine grausame Trauer um Wilhelmine durch die Schichten seines Bewusstseins. Wilhelmine, mein Leben, meine einzige Liebe! Was habe ich dir angetan? Warum habe ich dich nicht mehr geliebt, als ich dich noch hatte? Warum hast du mich verlassen? Warum bin ich vor dir geflohen in deiner letzten Stunde?

Weich hüllte die schwarze Seide des Kummers ihn ein, doch wie Galle schmeckte das Gefühl der Schuld, das sich in seine Tränen mischte, so lange, bis die Bitterkeit bald alles durchdrang. Er riss sich auf die Beine. Schließlich hatte er Verantwortung zu tragen und konnte sich nicht gehen lassen. Beim Aufstehen spürte er, wie ihm etwas die Kehle zudrückte.

Dieses eine Wort – wer es einmal gehört hat aus dem Mund eines Arztes, begleitet von dessen professionell-mitfühlendem Gesichtsausdruck, kühl in seiner fachlichen Sicherheit, der weiß es: niederwalzend, zertrümmernd, zu Grunde richtend, zerstörend ist dieses Wort: Krebs.

Kehlkopfkrebs war es in Heinrichs Fall und Elfriede war schwanger. Wie in einem stumpfen Delirium verbrachten sie die nächsten Tage. *Was wollte Gott von ihnen?*

»Gesundbeten lassen willst du dich? Bei allem Respekt, Heinrich! Eine Irrlehre ist das, was dieser so genannte Prediger da im Schwarzwald verkündet, sag ich dir! Du bist Kirchengemeinderat und Vorbild für die Gemeindeglieder!«

Nach Kuhstall, Schweiß und Kokskohle roch es im kleinen, überheizten Gemeindesaal der Dorfkirche, den Mündern der Gemeinderäte entströmte der Dunst von Rotwein und halbverdauter Räucherwurst. Eine Duftmischung insgesamt, die Heinrich an den Rand brachte.

»Für die Arbeiter haben sie schon lange überall eine Krankenkasse eingeführt, das ist ja schon recht, aber was haben wir Bauern?«, schrie der Wagner-Fritz.

»Wir könnten Geld für dich sammeln, dass du dich ganz normal operieren lassen kannst im Krankenhaus.«

Der Pfarrer Klein sonnte sich in seiner Idee der Wohltätigkeit, während Heinrich schwieg und sich darauf konzentrierte, seinen Ärger in Schach zu halten. Sogleich stellte er mit einer gewissen Befriedigung fest, dass auch die anwesenden Bauern schwiegen. Keiner war erpicht darauf, Geld zu spenden.

In das verlegene Schweigen hinein sprach abermals der Pfarrer Klein, noch schriller war sein Tonfall diesmal: »Ich will dir mit großem Ernst und aller Entschiedenheit abraten, dich auf diese gefährlichen Abwege zu begeben, das ist Teufelswerk, was sich da als Heilsversprechen tarnt, auf keinen Fall kann ich dich darin unterstützen und ich will sogar noch weiter gehen …«

Pfarrer Klein machte eine kurze Pause, schaute in die Runde und erst als alle auf ihn blickten, fuhr er fort: »Falls du wirklich zu diesem Quacksalber gehst, wäre das mit deiner Tätigkeit im Kirchengemeinderat nicht vereinbar, du müsstest dein Amt niederlegen.«

Jetzt lieber das Maul halten, nichts sagen, lass ihn rumschimpfen, diesen Kleingeist. Zu schweigen fiel Heinrich leicht, denn er sah, wie die anderen Ratsmitglieder über die Worte des Pfarrers erschraken. Zögernd räusperte sich Hoffmans Alfred und stellte richtig, dass dies der Gemeinderat gemeinsam beschließen müsse und nicht der Pfarrer allein. Mehr Rückendeckung konnte Heinrich von diesen Männern nicht erwarten. Er atmete durch.

»Also. Dann will ich mal gucken, was ich mache. Ich geh jetzt heim, morgen früh ist die Nacht rum, gute Nacht.«

Ratloser als zuvor stapfte Heinrich nach Hause. Reste von Schneematsch hatten aus dem Gassenpflaster lauter glitschige Stein-Köpfchen gemacht, leicht konnte man darauf ausrutschen und sich den Knöchel verstauchen. Nebenbei passte er auf, um in der Dunkelheit nicht in die Kandel, die stinkende Abwasserrinne, zu treten.

»Wart mal, Heinrich!« Hans, der Schäfer, keuchte, um ihn einzuholen.

»Ich hab's mir gerade nicht getraut vor den anderen. Aber ich kann dir nur sagen, die Schwester von meiner Anna aus Kirchheim, die war dort im Schwarzwald. Sie hat auch die Schwindsucht g'habt, wie deine Wilhelmine. Aber sie ist wieder ganz gesund geworden. Dieser

Prediger, Vater Stanger sagen sie zu ihm, kann wirklich Kranke heilen. Überleg's dir. Daheim hast du vier Kinder zu versorgen. Und bald sind's fünf, wenn ich den Gerüchten glauben darf! Ganz zu schweigen von deinem jungen Weib. Geh halt einfach mal und horch bei seiner Predigt zu. Du bist so belesen in theologischen Sachen und merkst schnell, ob es eine Irrlehre ist.«

Während er der erstaunlich langen Rede des sonst stillen Schäfers lauschte, rieb Heinrich mit einer Hand seine eingefallenen Wangen.

Warm und zuversichtlich wurde es ihm ums Herz bei den Gottesdiensten in diesem kleinen Schwarzwalddorf.

Rettungsarche hieß das Gemeindehaus, das Vater Stanger in Möttlingen aufgebaut hatte, und dem er vorstand. Etwas Neues, Leichtes begann in Heinrich zu schwingen und der Wunsch, sich wieder ganz unter den Schirm Gottes zu begeben, wuchs. Wie froh war er, dass Elfriede sich nicht querstellte und nun schon den vierten Sonntag gleich nach dem Stall mit ihm hierherkam. Bereits hochschwanger stiefelte sie mit ihm die drei Kilometer vom Bahnhof in Bad Liebenzell durch den Schnee, immer den kleinen Jakob im Rucksack. Wie dankbar war er für dieses vertrauensselige, sanfte Wesen an seiner Seite.

So ersuchte er schließlich um Seelsorge bei diesem Prediger, der angeblich Kranke heilen konnte.

Weder Scham noch Schuld noch Dünkel hielten ihm wie sonst den Hals zu, er sprach und sprach, noch nie hatte Heinrich so viel geredet, als ob eine Schleuse geöffnet worden wäre, endlich traute er sich auszupacken, und es war ihm, als würde dieser eiserne Ring um seine

Kehle bei jedem Gespräch mit Vater Stanger ein Stückchen lockerer.

»Erzähl mir alles von dir«, sagte der Prediger. »Was hat dich geprägt?«

Was ihn geprägt hatte? Unvermittelt stach ein altbekannter Schmerz im Magen wieder zu und Schemen aus längst vergessenen Kindertagen zogen wie graue Nebelschwaden an seinen inneren Augen vorbei, saurer Nachgeschmack von widerlichen Lebensbrocken breitete sich in seinem Mund aus, ausspucken wollte er. Ein Erinnerungsbild baute sich blitzartig vor ihm auf, weg mit ihm, zu läppisch, diese Buben-Erlebnisse zu erzählen. Er schwieg. Wie mit einer Kerze im dunklen Keller suchte er seine frühen Jahre ab nach bedeutsameren Geschichten, nach wichtigen Meilensteinen seines Lebens. Viele gab es davon, doch unerbittlich drängte sich ihm diese kleine, dumme Begebenheit in den Sinn. Der Gestank nach zerkauter Speckschwarte war es, den er förmlich wieder heraufbeschworen hatte in seiner Innenschau. Nie würde er diese Duftwolke vergessen und auch nicht die Ausdünstung von aufgestoßenem Alkohol oder die Angst und den Ekel, der sich mit diesen Aromen verband. Fast nahm es ihm wieder den Atem.

»Joooo … du G'scheitle. I gäb dir glei was uff dein saubere Meggl, du!«

Nach Schweinespeck dampfte es aus Ottos Mund und feucht war seine Aussprache, die schwarzgeränderten Fingernägel seiner linken Hand hatten sich in die Speckschwarte gekrallt, mit der Rechten umklammerte Otto eine dicke Brotrinde. Ganz nahe kommt er mit dem Gesicht an Heinrich, stößt ihn mit der Schulter und zwingt ihn, immer weiter rückwärts zu stolpern, so kräftig, so wütend, so kampflustig ist er, Heinrich wagt nicht, sich zu wehren, lieber ausweichen, noch ein Stück zurück, nochmal ein wenig nach hinten, da verliert sich sein Fuß in einer Vertiefung, hart fällt er auf das Kopfsteinpflaster, den Fuß verdreht in der Kandel, der Gestank, der rasende Schmerz im Knöchel, der aufheulende Stich im Steißbein schnüren ihm die Luft ab, und den Moment, in dem er nicht aufstehen kann, nutzt Otto, um seinen Fuß auf Heinrichs Brust zu stellen, wie ein Jäger auf die erlegte Wildsau. Andere Jungs, größere, aber auch kleinere, kommen hinzu und höhnen.

»Das hast du davon, du Klugscheißer. Jetzt liegst du in der Dreckbrühe. Dabei hat er daheim nicht einmal genug Säue im Stall, um ein gutes Vesperbrot mit in die Schule zu bringen.«

Otto weidete sich am Lachen der anderen Kinder und drückte seinen Schnürstiefel tief in Heinrichs Magen, als dieser versuchte, aufzustehen.

»Dein Vater versäuft halt alles, der alte Rebenschenkel.«

Im Schutz der Gruppe wagte sogar der kleine Nachbarsjunge Albert, sich großzutun. Jetzt bloß nicht heulen.

»Georg, komm her!«, schrie Otto im Rausch seines Triumphs. Georg war Erstklässler und gehorchte aufs Wort.

»Da – nimm die Rossbollen, die da liegen, und stopf's dem Schneider-Heinrich in den Kittel, damit er weiß, was ein richtiger Bauer ist! Hasch g'hört!«, kreischte Otto. »Ich hab keine Hand frei, ich muss mein Vesperbrot essen!« Er schrie vor Lachen über seinen eigenen Witz. Als Georg zögerte, legte er nach: »Sonst drück ich dich nach der Schule mit dem G'sicht rein! Also mach schon!«

Georg nahm einen Pferdeapfel in die Hand.

»Da – im Heinrich sein Kittel nei! – Bisch du schwer von Begriff?«

Georg schickte sich an, zu gehorchen, aber Heinrich wehrte sich mit Händen und Füßen, während Otto seine Stiefel immer noch schwerer in dessen Magen drückte.

»Dann schmier's ihm halt ins G'sicht, wenn er sich wehrt – er hat ja daheim keine Gäul' wie ein anständiger Bauer! Soll er halt was davon abkriegen.«

Genau in dem Augenblick, als der Lehrer zur nächsten Stunde rief, drückte der kleine Georg, das Gesicht nass vor Schweiß, die Augen rund vor Angst, den Pferdeapfel mitten auf Heinrichs Mund.

»Wie siehst du denn aus!«, schrie der Lehrer. »Du stinkst! Geh runter an den Brunnen und wasch dich! Und komm mir nicht mehr unter die Augen, bevor du sauber bist – was müsst ihr euch immer streiten in der Pause!«

Noch während Heinrich hinaushumpelte, begann der Lehrer mit dem Unterricht, wie ein weggejagter Hund kam er sich vor, gerade Religionsunterricht, wie gerne wäre er dabei geblieben. Schmerzen bei jedem Tritt, Reißen im Knöchel, Brennen im Ellbogen, unerträglich vor allem der Steiß, kaum konnte er gehen, doch was wog das alles gegen die feixenden Blicke einer ganzen Schulklasse, die Löcher in seinen Rücken brannten!

»Mama, wieso haben wir keine Gäule?«, fragte er die Mutter später, die gerade Holz nachlegte, um die Kartoffelsuppe aufzuwärmen.

»Ja, was ist denn mit dir, Bub? Was hast du denn gemacht?«

Wie jedes Mal mussten sich seine Augen an die düstere Küche gewöhnen, wenn er von draußen kam, und so sah er fast einen Augenblick zu spät, dass die Mutter ihre Arme ausbreitete.

Nein, nicht, bitte nicht umarmen, das kann ich nicht haben, bitte lass mich, nein, nicht anfassen! Ohne Worte flehte er die Mutter an, nicht heulen wollte er in ihren Armen, schließlich war er schon zwölf.

Die Mutter hatte verstanden. Zum Glück. Im letzten Moment. Nur seine Tränen konnte er nicht mehr zurückhalten. Mindestens wollte er nichts von seiner Schmach mit den Schuljungs erzählen. Es roch nach Ruß und altem Fett in der Küche – seltsam, wieso war ihm dieser abstoßende Dunst vorher nie aufgefallen?

»Wir haben keine Gäule, weil wir uns keine leisten können«, sagte die Mutter. »Und bei den paar Äckerle, die wir besitzen, bräuchten wir auch keine. Wir können ja unsere Kühe anspannen. Wir gehören halt zu den ärmeren Bauern hier im Städtle. Immerhin haben wir einen kleinen Wengert, den muss man sowieso von Hand schaffen – und wenn dein Vadder net alles versaufe tät …« Den letzten Halbsatz sprach sie mehr zu sich selbst.

»Heut Nachmittag wird Mist gezettelt«, sagte der Vater beim Mittagessen.

»Lass doch den Bub noch ein wenig ausruhen, er hat sich arg wehgetan heute, siehst du das nicht?«

»Nix da, der Mist muss raus und der Heinrich muss helfen. Morgen regnet's! – Siehst *du* das nicht?« Die Aussprache des Vaters besaß bereits eine alkoholische

Unschärfe, seine Stimme wurde umso schriller. »Immer verzärtelst du den Kerl. Er hat nichts auf den Rippen und keine Kraft in den Armen. Wie soll aus ihm ein Bauer werden? Am liebsten tät er ja sowieso nur Bücher lesen.«

Damit und mit einem weiteren Schluck Rotwein war das Machtwort gesprochen und nach dem Essen lud Heinrich zusammen mit dem Vater Mist auf den hölzernen Sprossenwagen. Jede Bewegung tat ihm weh, er biss die Zähne zusammen, nur nicht heulen vor dem Vater. Der spannte die Kuh an, schwankte und musste sich immer wieder festhalten an ihrer Flanke und ihrem Hals, zum Glück verlor sich die Alkoholfahne im alles durchdringenden Aroma der Kuhscheiße.

Schweigend arbeiteten sie nebeneinander. Schweigend auch die Fahrt hinaus auf den Acker. Der Vater machte sein Nickerchen, die Kuh wusste allein ihren Weg und Heinrich rieb seine schmerzenden Glieder, froh um die halbe Stunde Wegs, in der er ruhig sitzen und seinen Gedanken nachgehen konnte.

Mit Mühe und Plag sollst du dein Brot verdienen, so stand es schon in der Bibel, also musste man Mist zetteln und Kühe melken, Kartoffeln stecken und Weizen dreschen, um Essen zu haben. Aber wer hatte die vielen Bücher geschrieben, die der Pfarrer Frey in seiner Stube hatte? Irgendwo musste es ein anderes Leben geben. Wie sie ihn anwiderten, diese Bauern, nichts anderes hatten sie im Kopf als unentwegt dieselben Rhythmen von Arbeit. Jahraus, jahrein. Nur am Sonntag, da verschwanden die Weingärtner, allen voran sein Vater, nach der Kirche im Rössle. Meist kam er erst am frühen Abend nach Hause getorkelt. Heinrich versuchte dann, sich von ihm fernzuhalten, aber oft bezog er aus fadenscheinigen Gründen väterliche Prügel.

»Was hockst du so faul herum!«, schrie der Vater und stieß ihn an seinem verletzten Ellbogen an. »Wir sind da! Runter vom Wagen und schaffen!«

Eine Welle von Dreckbrühe aus Schmerz, Wut und Hass auf den Alkohol, auf seinen Erzeuger, auf den Mistgestank und auf diese drückende Atmosphäre brandete in ihm auf und trieb ihm beißende Tränen in die Augen. Schreien und zurückschlagen hätte er wollen, aber da erhob das schlechte Gewissen seinen bleichen Zeigefinger, denn hieß es nicht, man solle Vater und Mutter ehren? Konnte man einen Vater ehren, der täglich säuft?

»Und? Hast darauf inzwischen eine Antwort gefunden?« Der Prediger Stanger war Heinrichs Geschichte achtsam gefolgt.

»Noch nicht, mein Vater ist schon lange tot. Aber vielleicht ehre ich ihn damit, dass ich keinen Alkohol trinke?«

»Ja, das ist gut. Und wo hast du die ganze Theologie gelernt, die du in deinem Hirn herumträgst?«

Der spöttelnde Ton gab Heinrich einen Stich. Hatte dieser Prediger überhaupt Vorstellungen davon, wie hart er sich seine Bildung hatte erkämpfen müssen? Nicht wenig stolz war er darauf, dass er als kleiner Mistbauer jedem studierten Pfarrer das Wasser reichen konnte.

Nur bis zu seinem 13. Lebensjahr hatte Heinrich die Schule besucht und auch das nur vormittags, weil er nachmittags auf dem Hof gebraucht wurde. So konnte er beim Schulabschluss nur wenig mehr als schreiben und rechnen. Bücher lesen? Nicht daran zu denken. Das Gesangbuch und die Bibel gab es zuhause. Manchmal fand er in der Kirche ein Traktat, das nahm er dann wie eine besondere Kostbarkeit und las es immer wieder.

Eines Sonntags nahm er seinen Mut zusammen, wartete an der Kirchentür, bis sein Vater – wie üblich – im Rössle verschwunden war, und passte den Pfarrer Frey ab. Das für einen Dorfpfarrer unüblich große Bücherregal war sprichwörtlich und hatte am Stammtisch schon Anlass für mancherlei Witze gegeben.

Nun stand er an der Kirchentür vor dem Pfarrer und starrte auf den Boden.

»Was ist denn, Kerle?«

»Dürfte ich ein Buch bei Ihnen lesen?« Heinrich zwang sich aufzuschauen.

»Abenteuerromane hab ich keine, Bub, ich glaub kaum, dass du meine Bücher lesen willst.«

»Eigentlich ist mir egal, was drinsteht. Hauptsache, ich kann einmal ein Buch lesen, das habe ich noch nie gemacht.«

In den nächsten zehn Jahren war Heinrich regelmäßig zu Besuch im Pfarrhaus. Bücher durfte er ausleihen, so viele er wollte, und nicht nur das – der Pfarrer lehrte ihn nach und nach, sich mit komplexen theologischen Fragen auseinanderzusetzen, und sogar vor der Philosophie machte er nicht halt.

»Diese alten Griechen, das sind zwar allesamt Heiden, aber vieles von der Art, wie wir heute denken, kommt von ihnen, ohne dass wir es merken.«

Damit schärften vor allem Aristoteles, aber auch Platon und Sokrates Heinrichs Denk- und Urteilsvermögen.

In diesen Abendstunden und Sonntagnachmittagen hatte er nicht nur eine Bildung von mittlerem Rang erhalten, sondern auch Freude am Denken und Hinterfragen entwickelt. So wurde aus dem Schüler im Lauf der Jahre ein ebenbürtiger Gesprächspartner für den Pfarrer, welcher umgekehrt ein männliches Gegengewicht zu Heinrichs schwierigem Vater bildete.

»Weißt du, Heinrich«, sprach unvermittelt eines Tages dieser inzwischen alte und hochgebildete Dorfpfarrer, »du wirst oft irre werden an den Ratschlüssen Gottes. Wir können Theologie lernen, so viel wir wollen, und auch die Philosophie noch dazunehmen. Aber wie Gott denkt und lenkt, werden wir nie ergründen, er schützt sich geradezu vor unserer kleinen Einsicht. Nur eines weiß ich ganz genau und das will ich dir ans Herz legen.«

Frey machte eine Pause und Heinrich spitzte die Ohren, denn es kam ihm vor, als wollte der Pfarrer ihm eine Art geistiges Vermächtnis geben.

»Eine Sache ist sicher«, fing dieser nochmals an. »Krieg ist niemals Gottes Sache, auch wenn sie nicht müde werden, uns das weiszumachen. Mach ihn also auch nicht zu deiner Sache.«

Heinrich stutzte. Nun war er recht stolz auf seinen weiten Horizont. Mit fast fünfundzwanzig Jahren hatten sich ihm geistige Welten aufgetan, die sein Leben unendlich bereicherten und von denen man als kleiner Bauer nur träumen konnte. Doch die Vehemenz, mit der Pfarrer Frey ihm dies einschärfen wollte, fand er übertrieben und er lächelte. Nachsichtig musste man langsam werden mit dem alten Mann.

»Es ist wohl kaum vorstellbar, dass es noch einmal einen Krieg geben wird in Europa. Dafür wissen die Menschen inzwischen wirklich zu viel.«

Das war im Januar 1914 gewesen. Der Pfarrer schwieg. Heinrich hatte viele Jahre lang diesem Schweigen nachgelauscht.

Pfarrer werden, Gott hauptamtlich dienen, das war es, wonach Heinrich sich sehnte. Das hätte ihn herausgeholt aus dem ewig gleichen Sumpf von Armut, Erde, Mist und Arbeit bis zum Umfallen.

»Hirngespinste sind das und du weißt es«, sagte der Pfarrer.

Ja, er wusste es.

»Aber du kannst ehrenamtlich Bibelstunden abhalten, dafür hast du eine Begabung. Kaum einer kann wie du schwierige Themen einfach erklären! Die Leute werden das schätzen.«

So kam es, dass Heinrich bald von verschiedenen Kirchengemeinden eingeladen wurde, Bibelstunden abzuhalten.

»Und so hast du dann deine Wilhelmine kennen gelernt?«, fragte Vater Stanger.

»Ja, aber erst nach dem Krieg.«

»Erzähl mir davon!«

Heinrich sträubte sich, diese Zeit mit seiner ersten Frau noch einmal aufzurühren. An die erregenden, lebensvollen Jahre ihres ersten Liebesglücks konnte er nicht mehr denken, ohne sich an die deprimierende Zeit ihrer Krankheit und an seine inneren Kämpfe zu erinnern. Schwermut ergriff ihn. Schon fühlte er, wie sich die Tränen in seinem Hals sammelten, aber der vertraute Groll hielt sie zurück. Wilhelmine war tot. Wieso sollte er sie nicht ruhen lassen? Warum konnte er dieses Kapitel seines Lebens nicht endlich hinter sich lassen?

»Es ist wichtig, dass du deiner Vergangenheit ins Auge blickst«, sagte sein Seelsorger und so stolperte Heinrich erzählend hinein in sein früheres Leben.

Wilhelme saß in der ersten Reihe der Dorfkirche Bönnigheim-Hohenstein und steckte sein Leben in Brand, ohne auch nur einen einzigen koketten Blick auf ihn geworfen zu haben.

Es war das Jahr 1919 und der verheerende Krieg war noch allgegenwärtig. Man hatte lange nicht alle Toten gezählt, denn nachdem Giftgas, Maschinengewehre, Granaten und Panzer ihre Arbeit beendet hatten, forderten die spanische Grippe, Typhus und Tuberkulose noch Menschenleben, an deren Zahl jede Vorstellung scheitert. Das Schicksal hatte aus einer merkwürdigen Laune heraus beschlossen, dieses gigantische Schlachten und Geschlachtetwerden ohne Heinrich Schneider stattfinden zu lassen.

Zunächst hatte man ihn aufgrund seines chronischen Magenleidens vorläufig nicht eingezogen. Und später, als die Feuerwalzen der Artillerie nicht mehr so wählerisch waren mit ihrem Futter, als das Giftgas unterschiedslos jede Lunge zerfetzte, als die neuen Maschinengewehre auch die prachtvollsten jungen Männer niedermähten wie Weizen im Hochsommer, als die Generäle aller Länder die Anzahl der Soldatenleiber mit einplanten in ihre kalte Taktik wie berechnende Metzger, als ein Leben nicht mehr zählte als der Brennwert, den es hatte, um die Höllenmaschine am Laufen zu halten, zu jener Zeit also, spätestens 1917, als man auch noch das letzte Pfund Männerfleisch aus dem Volk herauspresste und -schnitt, da hatte man ihn – allein Gott wusste, warum – vergessen.

Niemand konnte erklären, warum Heinrich Schneider im besten Mannes- und Soldaten-Sterbe-Alter an der blutigen Menschenmühle des Ersten Weltkriegs nicht hatte teilnehmen müssen. Heinrich selbst hatte diese wundersam-glückliche Fügung immer so verstanden, dass Gott noch anderes, wenn nicht gar Großes mit ihm vorhatte.

War es ihr Blick oder ihre gesamte Ausstrahlung, die ihn vom ersten Moment an verwirrte? Viele Frauen, jüngere wie ältere, schauten ihn an in jener Zeit. Er war ein guter Redner, ein stattlicher Mann und dünn waren damals alle. Zum Heiraten hätte er schon manche Möglichkeit gehabt, denn es waren nur noch wenige an Leib und Seele unversehrte Männer übrig. Überdies lag ihm seine Mutter in den Ohren, endlich eine Familie zu gründen und sich auf die Arbeit im Betrieb zu konzentrieren, zumal sein Vater inzwischen tot war und er der Älteste. Die beiden kleinen Brüder waren zu jung für den Krieg gewesen und arbeiteten nun zuhause, dadurch musste der sowieso kleine Hof noch nicht in drei Teile geteilt werden. Das gab Heinrich eine gewisse Freiheit, seinen kirchlichen Tätigkeiten nachzugehen.

Im Grunde wusste er, was ihn immer davon abgehalten hatte, zu heiraten, obwohl er schon dreißig war. Eine Ehe würde ihn für immer in diesem dumpfen Bauerndasein gefangen halten, er fürchtete sich vor dem kümmerlichen Leben eines kleinen Bäuerleins, das geistlos und mit viel Mühe sich und seiner Familie dem wenigen Land einen bescheidenen Lebensunterhalt abtrotzen musste, er hasste dieses immerwährende Kämpfen, bei dem die einzige Würde darin bestand, etwas mehr Vieh im Stall oder ein Äckerlein mehr als der andere Bauer zu besitzen, und selbst dieser armselige Triumph würde ihm mit seinen Voraussetzungen versagt bleiben. Das konnte Gott nicht für ihn vorgesehen haben. Aber was war es denn, was Gott von ihm wollte?

Sie schien in sich zu ruhen, als sie ihn vom Kirchensaal aus mit offenen, erwartungsvollen Augen ansah. Nichts Bewunderndes, nichts Keckes lag in ihrem Blick. Eine natürliche Selbstsicherheit strahlte sie aus, es war der angeborene Stolz einer jungen Bauersfrau, der vom Bewusstsein ihres Standes herrührte, das Land zu ernähren. Groß wie ein Mann war sie, aber schlank, und wirkte kraftvoll und doch sehr weiblich, ihre sinnliche Oberweite wurde durch eine Bluse aus weichem, glänzenden Stoff reizvoll versteckt und gleichzeitig auf harmonische Art zur Geltung gebracht, die Bluse steckte in dem breiten Rockband, das ihre erstaunlich schmale Taille betonte, während der schlichte, dunkelblaue, leicht ausgestellte Rock ihr bis zu den Knöcheln reichte und nur halb ihre Schnürstiefel verdeckte. Volles, gewelltes, dunkelblondes Haar war, wie bei allen Bauersfrauen, am Hinterkopf zu einem Nest geflochten. Dies betonte ihr klares, schönes Gesicht. Nichts war gekünstelt an ihrer Erscheinung, alles schien selbstverständlich und zu ihrem Wesen zu gehören, die großen, sichtlich an Arbeit gewöhnten Hände ruhten in ihrem Schoß.

Stille durchflutete den kleinen Kirchenraum. Alles lauschte seinem ersten Wort entgegen. Nur jetzt diese Frau nicht anstarren. Er tastete nach seinen beschriebenen Blättern. Ein Zettel fiel auf den Boden. Er bückte sich nach ihm und stieß mit dem Ellbogen an den Katheder. Jetzt müsste er etwas sagen.

Ob man wohl sein Herz pochen hörte oder das Glühen seiner Haut sehen konnte?

»Guten Abend, liebe Brüder und Schwestern.« Dies brachte er mühelos hervor.

»Lasst uns heute beginnen mit dem Lied *Oh Haupt voll Blut und Wunden*, ein Passionslied, das nicht nur in unsere vorösterlichen Tage passt, sondern auch in die jetzigen Zeiten.«

Das Singen mit der Gemeinde gab Heinrich seine Stabilität zurück.

»Warum lässt Gott so viel Leiden zu?, fragen sich viele in dieser schwierigen Zeit«, begann er.

Heinrich wollte wie immer keine Predigt halten, sondern die Fragen der Zuhörer aufgreifen, um dann auf seine präzis vorbereiteten Antworten zu kommen. Indem er die Gemeinde miteinbezog, gab er den Menschen das Gefühl, die Gedanken selbst erarbeitet zu haben, was ihn als Vortragenden besonders beliebt machte.

Oft wurde in diesen Bibelstunden gefragt, warum Gott es zugelassen habe, dass Deutschland den Krieg verloren hatte.

Gott wolle eben das Böse nicht einfach vernichten, indem er den Bösen vernichtete. Als Jesus gekreuzigt wurde, hätte Gott auch nicht die Gegner Jesu vernichtet. Die Überwindung des Übels läge vielmehr darin, dass der Gekreuzigte stirbt und aufersteht.

Nach einigen Wortmeldungen, die in allen Gemeinden ähnlich waren, meldete *sie* sich zu Wort: »Wieso fragen wir, warum Gott dieses Leiden zulässt? Wir haben ihn vor fünf Jahren ja auch nicht gefragt, was er will, als alle hurraschreiend diesen Krieg begrüßten wie ein lang ersehntes Volksfest? Das ist nicht Gottes Angelegenheit, sondern unsere, oder?«

Entsetztes Schweigen im Kirchensaal. Was für ein Weib! Ein Feuerpfeil schoss durch Heinrichs Leib und für eine Sekunde starrte er sie fasziniert an. Diese junge Frau bestritt nicht nur die Führung der Menschen durch Gott, sie trat auch in die offene Wunde des tödlich verletzten Nationalstolzes und schien der Trauer um die Toten des Krieges zu spotten, von denen jede Familie welche zu beklagen hatte. Schon kam ein Murren aus der Zuhörerschar. Aber weder Trotz noch Aufsässigkeit lag in ihrer Stimme.

Er strich sich verlegen über sein mageres Kinn. Jetzt die Nerven behalten. Wo war seine gewohnte Schlagfertigkeit? Normalerweise waren die Fragen der Gemeindeglieder vorhersehbar oder zumindest war Heinrich in der Lage, alle Aussagen geistig zu erfassen und zu beantworten. Ja, es lohne sich, darüber nachzudenken, wieso wir nicht immer vor unserem Handeln danach fragen, was Gott eigentlich will, aber letztlich sei es eben ER, der alles lenke. Das war es ja auch, was Luther so vehement verfochten hatte, dass alles dem Willen Gottes unterstehe.

Nur knapp war es Heinrich gelungen, den Faden aufzugreifen und das Gespräch wieder in seine Richtung zu steuern, dabei hatte er weder *sie* bloßgestellt noch die Gemeinde zu sehr beunruhigt.

Diese Frau würde ihm keine Ruhe mehr lassen, das wusste er in diesem Moment. Am Schluss stand er an der offenen Kirchentür, um jeden Besucher persönlich zu verabschieden. Freundlich und sicher war ihr Blick, als sie ihm die Hand gab.

Was für ein Weib! Heinrich blies Luft aus. Während er mit fahrigen Bewegungen seine Konzept-Blätter zusammenschob und während er durch die Nacht in das fünfzehn Kilometer entfernte Heimatstädtchen radelte, lebte nur diese eine Frau in seinen Gedanken. Dies blieb auch so die nächsten Tage und Wochen.

Nach der ersten durchwachten Nacht kniete er morgens um fünf Uhr im Stall.

»Gott, was willst Du von mir? Warum schickst Du mir diese Frau?«

Den erotischen Schauer beim Anblick eines schönen Mädchens hatte er schon oft gespürt, das konnte er inzwischen einordnen. Auch fühlte er in sich eine starke männliche Kraft, für die er irgendwann Ausdruck würde suchen müssen. Ab und zu hatte er schon Hand an sich gelegt, aber das schale Gefühl und das schlechte Gewissen danach wogen zu schwer, als dass er hätte Freude daran finden können.

Was er jetzt erlebte, war etwas ganz anderes. Es war stark und vernichtend, erhebend und zu Boden schmetternd, unwiderstehlich und Angst machend. »Stark wie der Tod ist die Liebe«, dieser Satz aus dem *Hohen Lied* im Alten Testament fiel ihm ein. War sie es, die Gott für ihn vorgesehen hatte? Er musste sie wiedersehen.

Vermutlich ist sie noch im Stall um diese Uhrzeit, sinnierte er, während er sich ihrem elterlichen Betrieb näherte, und tatsächlich war die Arbeit auf dem Hof noch in vollem Gang. Als er sein Fahrrad durch das Hoftor schob, trat ein alter Mann aus dem offenen Scheunentor.

»Du kommst mir gerade recht, Bub. Willst unserer Mine den Hof machen, gell? Da, hilf mir erst mal die Saatkartoffeln auf den Wagen laden.«

Auch zuhause würden sie morgen früh Kartoffeln stecken, aber dort bereiteten seine Brüder heute die Arbeit für den nächsten Tag vor. Jetzt musste er in seinem Sonntagsanzug zusammen mit Wilhelmines Großvater und dem fast ebenso alten Knecht die Säcke mit Saatkartoffeln auf den großen Sprossenwagen hieven. Ein stattlicher Hof war es, der hier zu bewirtschaften war, das überblickte Heinrich sofort.

»Wollen Sie sich jetzt als Knecht bei uns verdingen? Dazu ist aber Ihre Sonntagshose nicht geeignet!«

Spitzbübisch sah sie von unten auf den Wagen hinauf, wie er die Säcke in Reih und Glied setzte. Sie trug ein großes, schneeweißes Kopftuch, das ihre Haare vor dem Stallgeruch schützen sollte, eine dunkelblaue Kittelschürze und an jeder Hand eine Milchkanne.

Heinrich grinste vom Wagen nach unten. »Ich wurde zwangsangeheuert, dabei wollte ich nur einen Abendspaziergang machen. Am liebsten mit Ihnen.«

Durch das Wuchten der Säcke fühlte er seine männliche Kraft und freute sich über seine Schlagfertigkeit. Nur sein klopfendes Herz zerriss ihm fast das frische Hemd.

»Wenn Sie fertig sind, warten Sie kurz auf dem Bänkle im Hof, dann bringen wir zusammen die Milch zum Milchhäusle.«

Danach spazierten sie den frühlingshaften Feldweg entlang.

Sprachlos war er, der sonst so Redegewandte. Dumm und schüchtern fühlte er sich. Aber auch sie sprach nichts und bald genoss er einfach ihre Nähe. Der Duft der frischen Erde, das aufkommende Grün der Bäume, die knospenden Kirschblüten, das Veilchen am Wegrand, selbst der sonst unangenehme Geruch von Bärlauch kamen ihm heute wie ein Wunder vor, sie durchstreiften schweigend die Felder und Wiesen und obgleich die Luft abendlich kühl war, breitete sich zwischen ihnen ein Hitzefeld aus, das beide miteinander verband und in dem es weder Raum noch Zeit gab. Auf dem Rückweg ihres still trunkenen Spazierganges bemerkte er heimliche Blicke hinter Gardinen, und neugierig glotzende Bauersweiber an den Hofeinfahrten schubsten ihn in den Alltag zurück. Die frühlingsduftende Zauberglocke ihrer Zweisamkeit hatte sich verflüchtigt. Bald würde er sich entscheiden müssen, ob er um ihre Hand anhalten wollte.

»Darf ich wiederkommen?«

»Ja.«

Alles an ihr war schlicht und klar.

Ihrer beiden Augen begegneten sich zum Abschied. Sie sagten sich alles Unausgesprochene des heutigen und des morgigen Abends und noch einiger weiterer Abende, die im Schweigen verlaufen würden. Heinrich wusste, dass er dieser Frau nicht mehr ausweichen konnte.

Was hatte er alles in ihrem Blick gesehen? Trauer, Angst, Hoffnung und … Begehren? Jede Sekunde ihres Zusammenseins reflektierte er. Ist sie womöglich eine erfahrene Frau? Schließlich war sie schon einmal verlobt, zudem war sie schon achtundzwanzig Jahre alt. Das Ganze verunsicherte ihn plötzlich. Er würde sich zwingen, nicht gleich am nächsten Abend wieder nach Hohenstein zu fahren, sondern alles in Ruhe zu überdenken. Wie hatte er sich selbstvergessen dem Strom seiner Verliebtheit hingegeben! Lieber erst einmal wieder Boden unter die Füße bekommen.

Diese Frau, das wusste er, war ihm in jeder Hinsicht ebenbürtig. Mindestens ebenbürtig. Wie konnte er hier als Mann die Oberhand behalten? Sie stammte aus einem wohlhabenden Hof, er konnte sie nur in die Klitsche seines väterlichen Kleinbauernhofes führen. Andererseits brächte sie eine stattliche Mitgift ein, welche es ihm ermöglichen würde, seinen jüngeren Brüdern ihren Anteil auszuzahlen. War er jetzt selbst schon so ein erdverbundener Kartoffelbauer geworden, der alles berechnete?

Gott. Was wollte Gott von ihm? Hatte ER ihm nicht die unausweichliche Liebe zu dieser Frau geschickt? War dies Gottes Weg für ihn? Wie würden sich ihre Lippen wohl anfühlen? Wie ihr warmer Leib in seinen Armen? Wie würde sie wohl nackt aussehen?

Wie angenehm aufregend die Phantasien durch seinen Körper perlten. Hart und steinern dagegen stemmte sich der Felsklotz seines Glaubens diesem lebendigen Fluss in den Weg. Beten wollte er und Gott fragen, ob sie die Richtige für ihn sei. Noch nie hatte er eine nackte Frau gesehen, obwohl er bereits dreißig Jahre alt war.

Die geschlechtliche Vereinigung kannte er als Bauer von den Tieren, aber er würde mit Wilhelmine unendlich viel zärtlicher umgehen. Es gelang ihm nicht, seine sprudelnden Träumereien zu zähmen und die Versuche zu beten hatten keine Kraft, immer wieder landete er bei Wilhelmine. Noch nie hatte er bei einem Menschen eine solch unbändige Sehnsucht nach Nähe und körperlichem Zusammensein verspürt, als würde er sich gar nicht mehr richtig kennen.

Seine klarsten Gedanken hatte er frühmorgens im Stall. Dies war immer die Zeit des nüchternen Nachdenkens, aber auch des Gebets gewesen. Hier konnte er seine Zweifel zulassen: War diese Frau eigentlich eine Christin? Wie ernst meinte sie es mit dem Glauben? Sie würde ihn so manches Mal herausfordern mit ihren ungewöhnlichen Gedanken, würde sie nicht eine zu eigenständige Denkerin und würde sie ihn womöglich mit der Zeit in Glaubenszweifel stürzen? Und ob sie sich überhaupt um das paulinische Gebot scheren würde, nach dem das Weib zu schweigen hätte in der Gemeinde, daran mochte er gar nicht denken. Aufsässig war sie nicht, aber sehr selbstbewusst. Und klug. Vielleicht schickte ihm Gott nur diese ungeheure Anziehung, weil er ihn, Heinrich, auf die Probe stellen wollte? Vielleicht prüfte Gott ihn, ob er trotz des nie gekannten fleischlichen Begehrens nach dieser Frau auf dem Weg Gottes bleiben würde?

Nein, heute würde er nicht nach Hohenstein fahren. Und die nächsten zwei Tage auch nicht. Möglichst.

So lange hielt er es nicht aus und am übernächsten Tag radelte er wieder zu ihr. Als er sie sah, zerflossen alle Zweifel in ihm, nicht dass er hätte Gründe dagegensetzen können, nein. Aber es war nicht nur die Lust und das Verlangen nach ihrem Körper, denn als er in ihre Augen blickte, spürte er, dass er diese und keine andere wollte. Sein Herz quoll über und wieder versagten sich ihm die Worte. Nach einem weiteren schweigsamen Spaziergang wusste er, dass er beim nächsten Mal um ihre Hand anhalten würde. Im Hochgefühl von Liebe radelte er in der Dunkelheit nach Hause.

Und wenn es nur eine Prüfung Gottes war? Diese trüben Gedanken nieselten wie giftige Tropfen in sein Glück. Wieder zwang er sich, einen Tag nicht zu ihr zu fahren. Aber auch dieser Tag brachte nicht die letzte Klarheit. Das Einzige, was klar war: Er begehrte diese Frau. Würde er sie mehr lieben als Gott? War es das, warum Gott ihm auf den Zahn fühlen wollte? Dieser duldete keine anderen Götter neben sich, also auch nichts, was mehr Gewicht einnahm im Leben als ER selbst, Gott. Und nun diese Frau! Nein, das durfte er nicht machen. Er würde nicht mehr hinfahren, ihr vielleicht eine Karte der Absage schicken. Wenn nur der Pfarrer Frey noch leben würde. Er war so lebensklug gewesen und hatte ihm so manches Mal geholfen, seine Spur zu finden. Nun kam die wichtigste Entscheidung seines Lebens und Heinrich war allein. Jeder Versuch des Gebets brachte nur Leere und ein ständiges Abschweifen seiner Gedanken, nein, Absagen, das ging auch nicht. Wie oft hatte er Gott um Zeichen gebeten, um sehen zu können, was er mit ihm vorhatte, und nun diese Begegnung, die ihn in seinen Grundfesten erschütterte. War das nicht ein überdeutliches Zeichen?

Er blieb einen weiteren Tag fern von Wilhelmine. Am dritten Abend schnitt er im kleinen Garten der Mutter drei Osterglocken, fuhr nach Hohenstein und hielt um Wilhelmines Hand an.

»Ja«, sagte sie.

Ruhig und klar wie immer. Kein Erröten, kein Kokettieren, kein Hinhalten, keine geheuchelte Überraschung, kein »Ich muss es mir überlegen«. Einfach ja. Alles in ihm jubelte auf. Wilhelmine! Welch ungeheure Stärke in ihrer Schlichtheit lag. Ob er dieser Kraft gewachsen sein würde? Er hielt ihre Hand und las in ihren Augen nichts als Offenheit und Liebe. Fast schwindelte es ihn.

Dann, beim Heimradeln, dachte er nach. Dieses Ja. Wäre sein Ja auch so klar gewesen, wenn man ihn gefragt hätte? Er wusste: Sein Leib und seine Seele hätten ein volles, lautes, glückliches Ja gerufen. In seinem Verstand hingegen krallte sich dieser Rest von Skepsis fest, ob es auch Gottes Wille sei. In dieser Sekunde wusste er, dass ihn diese Unsicherheit nie wieder loslassen würde.

»Kannst du jetzt sehen, wie sehr du dich aus dem Schirm Gottes wegbewegt hast mit deiner Wilhelmine?«, fragte Vater Stanger, als Heinrich geendet hatte.

Heinrich schwieg und wollte mehr hören.

»Du hast deine geschlechtliche Begierde über Gottes Willen gestellt. Du selbst hast doch die innere Stimme gehört. Du hast nicht auf sie geachtet, weil du nicht auf sie achten wolltest. Du entbranntest nach dieser Frau.«

»Woher kann man wissen, dass die innere Stimme Gottes Stimme ist? Man hat sich ja schon öfter getäuscht, oder?«, fragte Heinrich.

Diese Frage dünkte ihm fast aufsässig, aber er wollte es noch einmal klipp und klar hören.

»Das kann man daran sehen, dass dein Begehren zu dieser Frau über allem stand. Du hättest auf keine Stimme gehört, nicht einmal, wenn der Allmächtige direkt vor dir gestanden wäre und dir Einhalt geboten hätte. Du *wolltest* diese Frau. Du warst ihr verfallen. Auch wenn du alles recht gemacht hast und die Ehe mit ihr eingegangen bist, anstatt schon vorher mit ihr geschlechtlich zu verkehren. Aber auch in der Ehe ist es Sünde, wenn die Leidenschaft alles andere überdeckt, denn du kannst Gott nicht mehr hören, wenn du an etwas anderes gefesselt bist.«

»Wieso hat Gott mir dann diese Frau geschickt?«
Heinrich versuchte zu begreifen.

»Er wollte dich prüfen, du hattest viel Pech in dieser
Ehe. Immer wieder hat Gott dich mit seinem Finger an-
geschubst. Er wollte, dass du zu ihm zurückkehrst. Und
schließlich hat er dich auch bestraft. Er hat dir alles genommen – auch das ist nur Zeichen seiner übergroßen
Liebe zu dir. Es lag ein Fluch auf dieser Verbindung, das
musst du endlich einsehen.«

Heinrich schluckte schwer, sein Hals schmerzte
und er fühlte seine Kehle innerlich brennen. Ein
Fluch. Also doch. Wenn er all die Jahre vor seinem
geistigen Auge vorüberziehen ließ, konnte er es langsam verstehen.

»Diese Frau hat dich verführt. Das liegt in der Natur
der Frauen, man muss ihr nicht einmal persönlich die
Schuld geben. Gott hat das Weib nicht umsonst so eng
mit dem Großen Verführer zusammeng'schirren lassen,
das weißt du ja schon von der Eva. Es passiert immer
wieder dasselbe, wie es schon bei den ersten Menschen
war. Die Eva – wie auch jede nachfolgende Frau –
nimmt ihre Macht aus ihrer Verbindung zur Schlange,
zum Teufel, wenn du so willst. Und diese Macht liegt im
Geschlechtlichen. Deshalb ist es eben so wichtig, dass
wir Männer immer die Oberhand behalten. Wir nämlich nehmen unsere Macht aus dem Göttlichen, wenn
wir ihm konsequent vertrauen. Denn wir sind nach
oben verbunden und das Weib nach unten. Aber unsere
Schwachstelle, das Einfallstor des Großen Versuchers ist
die Geschlechtlichkeit und das Begehren, und um uns
Männer zu prüfen, hat Gott die Frau so erschaffen, wie
sie eben ist.«

Diese Gedanken klangen vertraut und einleuchtend für Heinrich. Natürlich wusste er alles, aber in den Worten von Vater Stanger und nach all dem, was er durchlebt hatte, füllten sich diese alten Wahrheiten mit Leben.

»Ich sag's dir noch einmal«, die Stimme des Predigers wurde immer eindringlicher, »du bist ein Sünder und trotzdem ist Gott barmherzig mit dir. Gott ist barmherzig mit dem Sünder. Aber er ist nicht barmherzig mit der Sünde. Du musst diese Zeit aus deinem Leben auslöschen. Auch wenn sie es vielleicht nicht gewusst oder gewollt hat, so war diese Frau ein Werkzeug des großen Versuchers. Die Jahre mit ihr waren von Sünde und Begierde geprägt. Es ist nicht gut, wenn du die Erinnerung an diese Zeit pflegst. Zieh einen Strich. Lass die geschlechtliche Gier nie wieder Herr über dich werden – auch jetzt bei deiner jungen Frau. Übergib Gott uneingeschränkt die Herrschaft über dein Leben.«

Heinrich nickte. Er war nur zu bereit dafür. Wieder und wieder traten ihm Tränen in die Augen, er war dankbar, dass Gott ihn hierhergeführt hatte, Gott hatte ihm seine Krankheit geschickt, damit er endlich an diesem Punkt ankommen konnte. Plötzlich lag alles vor ihm wie ein aufgeschlagenes Buch.

»Wir Männer müssen das Zepter in der Hand halten«, wiederholte Vater Stanger, weil er wollte, dass Heinrich es verstand.

»Die Ehefrauen können nur dann ihren eigenen Weg zu Gott finden, wenn sie wissen, dass wir uns nicht von unserer Begierde leiten lassen. Sonst sind sie wieder und wieder versucht, ihre geschlechtliche Macht auszuspielen, die ihrerseits vom Versucher kommt.«

Heinrich fühlte sich fast kindlich, aber er musste diese Frage noch einmal stellen, über die er ja schon als Pfadfinder nachgedacht hatte, aber jetzt hatte sie eine neue, brisante Aktualität.

»Warum hat Gott es dann so eingerichtet, dass nur über die sündige Geschlechtlichkeit Kinder auf die Welt kommen?«

»Nicht die Geschlechtlichkeit an sich ist Sünde«, sprach der Prediger.

»Aber wenn wir ihr verfallen sind, wenn wir sie nicht kontrollieren können, wenn wir Gottes Willen hintanstellen, wenn ein bestimmtes Weib oder ein bestimmtes Erlebnis wichtiger wird als alles andere – dann ist es Sünde. Und natürlich darfst du deine Frau auch gernhaben, aber es darf niemals dein Begehren überhandnehmen. Sonst gibst du deiner Frau wieder die Möglichkeit, ihre Macht über dich auszuspielen. Das machen Frauen ganz automatisch, denn sie sind so geboren. Sie können gar nichts dafür. Anstatt die Frau zu dir hinaufzuziehen, lässt du dich von ihr hinunterziehen. Und das ist Sünde.

Wir sollen fruchtbar sein und uns mehren und uns die Erde untertan machen. Du weißt als Bauer, wie man sich die Erde untertan machen muss, damit was Ordentliches wachsen kann, damit sie gute Früchte trägt. Wenn dein Leben gute Früchte tragen soll, musst du dir das Erdverbundene in der Frau liebevoll untertan machen.

Heinrich begriff mehr und mehr. Er konnte nun die vielen theologischen Gespräche, die er mit Freunden geführt hatte, auch die Bibel-Kommentare, die er gelesen hatte, und Predigten, die er gehört hatte, gedanklich mit neuem Leben füllen. Er hielt die Folie seines eigenen Lebens dagegen und alles passte zusammen.

»Zieh einen Strich, sag ich dir. Jetzt hast du eine neue Familie gegründet, bald kommt dein erstes Kind mit deinem neuen jungen Weib – sie scheint mir übrigens eine ganz patente kleine Frau zu sein –, erzieh deine Kinder im Glauben an Christus. Mach es ab jetzt richtig. Lass Gott und Jesus über dein Leben herrschen. So wie du über deine Begierde und damit über deine Frau und Kinder herrschen musst. Wir Männer sind mit dem Göttlichen verbunden, ich sag's dir noch einmal. Darin hast du eine Verantwortung, auch deinen Töchtern gegenüber. Du hast ja schon drei. Wenn die Frau ihren eigenen Weg zu Gott finden soll, geht das nur, wenn sie so wenig wie möglich Gelegenheit hat, ihre Verführung auszuspielen. Dazu braucht es die männliche Klarheit und Führung.«

In Gedanken versunken nickte Heinrich. Immer wieder nickte er langsam, so als ob er etwas sacken lassen wollte, und Vater Stanger ließ ihm Zeit, damit die Worte in ihm nachwirken konnten.

»Noch eine Sache möchte ich dir sagen. Ich habe Erkundigungen über dich eingezogen. Du bist ein sehr belesener Mann. Unter den Bauern bist du sicher der Gescheiteste im Zabergäu. Das ist einerseits gut. Aber du hast einen Hochmut – nein, nicht *du* hast Hochmut, sondern der Hochmut hat *dich*. Auch das zählt zu deinen Gefahren, lass dir das von mir gesagt sein. Denn wenn du deine eigene Eitelkeit nicht im Griff hast, kannst du das Weiblich-Eitle, das sich bei Töchtern schon sehr früh zeigt, nicht erkennen. Stell dich immer wieder demütig unter Gottes Herrschaft und übe das auch so mit deinem ganzen Haushalt.«

Heinrich grübelte. Er wusste um seine intellektuelle Selbstgefälligkeit, erst neulich hat ihn der Wagner-Fritz besserwisserisch gescholten. Aber von nun an würde er bewusst darauf achten, in der Verbindung zu Jesus zu bleiben und sich immer wieder in die Demut zu stellen.

»Ja«, sagte Heinrich schließlich.

»Dann knie dich nieder vor dem Herrn Jesus Christus«, befahl der Prediger. »Lass uns gemeinsam beten und dein Leben von nun an rückhaltlos ihm, dem Schöpfer, übergeben.«

Heinrich kniete sich auf die Dielen des Gemeindehauses. Die Tannenholzriemen knarrten, fühlten sich aber warm und behaglich an. Auch Vater Stanger kniete sich neben ihn, er hielt die Bibel in seinen Händen.

»Herr, nimm diesen Sünder hier wieder in Deine Obhut. Er hat gesündigt und will nun voller Reue aufs Neue vor Deinen Thron treten.«

Der Prediger machte den Anfang und ließ dann Heinrich Zeit, sein eigenes Gebet zu sprechen.

Und Heinrich bat unter Tränen um Vergebung, noch einmal zählte er vor Jesus Christus seine Sünden auf und je länger er sprach, desto leichter wurde ihm ums Herz. Er fühlte, wie mit jedem Satz, den er hervorbrachte, mit jeder Sünde, die er nun sehen konnte, die Vergebung Gottes schon bereitstand. Am Ende überkam ihn eine solche Freude und Ruhe und er gelobte, dass er sein Leben neu und vollständig bis zu seinem Tod in die Hand Jesu legen wollte. Er versprach in seinem Gebet an Gott, dass er alles tun wollte, um in seinem Haus und in seiner ganzen Familie der Ehre Gottes die oberste Priorität einzuräumen.

Am Ende des gemeinsamen Gebetes ergriff Vater Stanger noch einmal das Wort.

»Lieber Gott, sieh diesen bekennenden Sünder. Du hast ihn gesund werden lassen an seiner Seele. Lass ihn nun auch gesund werden an seinem Leib, dass er ein Werkzeug Deiner Liebe und Deiner Macht sein kann. Darum bitte ich Dich, großer Gott und geliebter Herr Jesus Christus.«

Die Männer blieben noch einige Minuten sitzen in der Verbindung zu Gott. Als Heinrich aufstand, fühlte er sich wie ein anderer Mensch und wusste, dass er bereits gesund war an Leib und Seele. Es war ein stilles, tiefes Glück, das er von nun an nie wieder aus der Hand geben wollte.

Übergroß war dann auch die Freude, als ein paar Monate später der Arzt fassungslos seine vollständige Genesung feststellte. Niemals hätte Heinrich sich gefragt, was ihn hatte genesen lassen. Nie hätte er sich gefragt, ob die Befreiung von dem immensen Ballast, den er sich bei Vater Stanger von der Seele geredet hatte, womöglich heilend gewirkt hatte. Für Heinrich war klar: Ein Wunder war geschehen. Noch einmal fiel er gemeinsam mit seiner Frau auf die Knie und beide dankten Gott für sein neu geschenktes Leben. Das Alte war nun vollständig vergeben und vergessen, Jesus hatte den Fluch über seinem Leben durchbrochen, Heinrich konnte alles getrost hinter sich lassen, der ganze alte Schutt war abgeräumt worden, nichts mehr sollte an die alte Zeit und an diese Frau erinnern. Ein neues, reines Leben begann voll tiefem Gottvertrauen.

In den nächsten Wochen fühlte Heinrich, wie er an innerer Stärke gewann, wie er souveräner wurde und wie seine Beziehung zu Gott tiefer und tiefer wurde. Daraus konnte er künftig Stärke schöpfen. Öfter las er in dieser Zeit die Geschichten von Abraham aus dem Alten Testament. Er empfand sich auserwählt wie viele Männer vor ihm, erwählt von Gott, Stammvater einer großen Sippe zu werden, und er würde sein Leben dafür geben, dass alle bis ins dritte und vierte Glied Gott, dem Herrn, nachfolgen würden.

Nach und nach verblasste die Erinnerung an Wilhelmine.

KAPITEL 4 | *Elfriede*

I hr erstes Nein war dies in nunmehr zwölf Jahren Ehe mit Heinrich. Elfriede war im Herzen eine Ja-Sagerin. Ihren Mann unterstützen, der Familie ein Zuhause erhalten, sich in den Dienst anderer stellen, darin lag Elfriedes Würde.

Dieses Nein war eine neue Erfahrung. Es beunruhigte sie, denn es drängte aus ihrem Innersten. Es überraschte sie, denn es kam aus ihrem Leib, nicht von ihrem Willen. Sie hatte es nicht unter Kontrolle. Nein – nicht noch einmal ein Kind!

Vor sieben Jahren hatte sie Magda geboren. Wie schnell man doch vergisst. Als das Kind dann da gewesen war, gesund und kräftig, als man gesehen hatte, sie, die Mutter, würde auch überleben, als sie sich erholt gehabt hatte, wenn auch nur langsam, und als sie die gewohnte Zärtlichkeit für das Neugeborene fühlen konnte, war alles vergessen. Andere Mütter haben auch schwere Geburten, warum so viel Wesens darum machen. Stunden um Stunden hatten die Wehen gewütet und ihr Leib sich verkrampft, nun, da sie wieder schwanger war, sah sie ihn abermals vor sich – diesen Blick der Hebamme. War es Mitleid gewesen? Resignation? Hatte man sie schon aufgegeben? Aufs Neue spürte sie es, das matte, fließende Gefühl, wie das Leben aus ihr herausgesickert war, zusammen mit dem Blut. Nicht Todesangst war in ihr gewesen, nur diese grenzenlose Müdigkeit, keine Schmerzen mehr, nur noch schlafen, schlafen, wenn es sein musste, für immer.

Nun gut. Ein satter Atemzug durchströmte sie. Geschafft hatte sie es damals, knapp zwar, aber immerhin geschafft. Acht Kinder waren es jetzt, die vier Großen aus Heinrichs erster Ehe mitgezählt. Natürlich freute man sich über jedes Kind, aber es war hart, eine so große Familie über die Runden zu bringen in diesen Zeiten und mit dem Wenigen, was Stall und Äcker hergaben.

Elfriede blickte hinaus ins Leere. Feiner Regen kratzte an den unebenen Fensterscheiben. Wie angenehm so ein Schlechtwetter-Tag sein konnte. Für einmal nicht erst am Abend putzen, backen und fadenscheinige Kleider flicken, für einmal ein wenig ausatmen und Löcher in die Luft starren. Unten auf der Gasse marschierte ein Trupp der Hitlerjugend. *Heute gehört uns Deutschland und morgen die ganze Welt.* Es hieß, der Frankreich-Feldzug sei ein einziger Triumph gewesen. Sie zog ihre Strickjacke enger an sich. War das nicht der Max, der da mitgrölte? Der hatte noch nicht einmal Konfirmation gehabt und schon brüllte er mit diesen Kerlen? Dass Pauline ihrem Ältesten solchen Unfug erlaubte – aber ach, was dachte sie da, Heinrich und sie konnten ja nicht einmal ihren eigenen Mädchen verbieten, im BDM mitzumachen, was wollte da Pauline ausrichten, deren Mann an der Front war? Anders als ihre Schwester durfte sie sich glücklich schätzen, einen solchen Ehemann zu haben, an den sie sich anlehnen konnte. Elfriede bewunderte Heinrich, wie sorgfältig er darauf achtete, für die Kinder ein christliches Gegengewicht aufzubauen, ohne gefährlich direkt zu werden.

Neulich erst war ihre Hanna stolz von der BDM-Gruppe nach Hause gekommen und hatte gerufen:

»Papa, Hitler hat gesagt, harte Zeiten bräuchten harte Herzen!«

»Nein, Mädle – harte Zeiten brauchen *starke* Herzen.« Im Vorbeigehen hatte Heinrich geantwortet und Hanna war mit großen, nachdenklichen Augen stehen geblieben. Vielleicht schützte genau dies die Kinder vor der Anhimmelei Adolf Hitlers: ein starker Vater.

Da kam ihr Müllers Hermine in den Sinn, die gestern am Backhäusle geschwärmt hatte: »Seit mein Vater im letzten Krieg gefallen ist, gibt es endlich wieder einen Mann, zu dem ich aufschauen kann. Also für mich ist der Adolf wie ein Vater.«

Elfriede hatte lieber den Mund gehalten. Auch ihr Vater war bei Verdun gefallen und sogar ihr Bruder. Wie sie die Zähne zusammengebissen hatte damals, als die Todesnachricht überbracht wurde, zuerst die des Bruders, kaum hatten sie Zeit, um Luft zu holen, schon zwei Tage später stapfte der Amtsbote wieder die Gasse herauf. Dieser typische schwerfällige Schritt und die gebeugten Schultern des Büttels! Ihre Stoßgebete, er möge bei den Nachbarn läuten, hatten nichts genutzt.

Elfriede massierte mit der Hand ihren angespannten Unterkiefer und lockerte ihn, indem sie Grimassen schnitt. Dann schüttelte sie sich, um die Erinnerungen zu vertreiben.

Schon wieder war Krieg. Sie war schwanger. Zum fünften Mal. Ihr Magen zog sich zusammen. Sie versuchte es mit Ja-Sagen. Ja, ich will. Ja, das ist Gottes Wille. Ja. Gott will dieses Kind. Ich wollte schon immer *Sein* Werkzeug sein. Ja, ich will. Für kurze Zeit konnte sie sich entspannen. Ja! Aber es hielt nur für ein paar Sekunden. Ihre Zellen sagten nein. Ihr Magen sagte nein. Ihr Unterleib sagte nein. Es hilft nichts. Ich bin nun mal schwanger. Fertig. Also nehme ich mein Schicksal an. Es wird schon alles richtig sein. Nein, sagte alles in ihr. Diesmal nicht.

Sie stritt mit sich selbst, während sie Kartoffeln schälte, während sie Wäsche für den morgigen Waschtag einweichte, während sie am familiären Mittagstisch saß, während Heinrichs abendlicher Andacht, während des Melkens, während des Ausmistens, und als sie auf dem Abort saß, überkam sie die Hoffnung, dass dieses Kind vielleicht von selbst wieder abgehen würde. Andere Frauen hatten ja auch Fehlgeburten – Abort … Fehlgeburt … Aus dunklen Tiefen ihres Wesens nahm ein Wort Gestalt an, das eigentlich gar kein Wort war. Es war ein Unwort, ein kalter Hauch. Ein Wort ohne Gott. Ein Wort wie ein schwarzes Gespenst. Ein Wort, das Schuld und Sühne im Schlepptau führte, ein Wort, das mit Elfriedes Natur nichts, aber auch gar nichts zu tun hatte, ein Wort, auf dessen Durchführung immerhin die Todesstrafe stand. Nun schlich sich dieses Undenkbare, Düstere in sie hinein und hielt ihr Herz in seinen eisigen Pranken. *Abtreibung.*

Niemals. Doch! Nein.

»Ich bin schwanger«, sagte sie endlich zu Heinrich, und mit Überraschung erblickte sie Funken von Freude auf seinem Gesicht. »Ich kann nicht. Das geht nicht mehr. Was soll ich tun?«

Sie musste Heinrich überdies daran erinnern, dass die letzte Geburt sie fast das Leben gekostet und dass der Arzt damals von einer weiteren Schwangerschaft vehement abgeraten hatte.

»Dann gehen wir halt zum Doktor und fragen ihn nochmal, was er jetzt meint«, sagte Heinrich.

Wie immer tat ihr seine praktische Art gut. Seit seiner wundersamen Heilung von Kehlkopfkrebs vor mehr als zwölf Jahren war er unerschütterlich in seinem Gottvertrauen. Sie fühlte, wie sie durch Heinrich an der göttlichen Geborgenheit teilhaben konnte, und das schenkte ihr für heute einen ruhigen Schlaf.

»Ich rate Ihnen dringend davon ab, dieses Kind auszutragen, Frau Schneider! Schon nach Ihrer letzten Geburt habe ich Sie vor einer neuen Schwangerschaft gewarnt. Jetzt ist es schon wieder passiert.«

»Was soll ich tun?«

»Ausschabung und dann Unterbindung, damit dies nicht noch einmal vorkommt!«

»Wie soll das gehen? Das eine ist so verboten wie das andere!«

»Als Arzt habe ich Möglichkeiten, machen Sie sich da keine Sorgen. Und bringen Sie nächstes Mal Ihren Mann mit. Ich muss ein Wort mit ihm reden, er muss außerdem unterschreiben.«

Heinrich schwieg, als sie ihm vom Arztbesuch erzählte. Es war derselbe Doktor, der damals schon seine erste Frau behandelt hatte. Inzwischen besaß er eine Praxis und seit die staatliche Krankenkasse eingeführt worden war, lief es gut bei ihm, denn sein Wartezimmer war immer voll, fast so, als wären die Leute gerne krank, wenn sie nicht selbst bezahlen mussten. Elfriede wusste, ihr Mann würde nicht mitkommen zur Sprechstunde.

Heinrich schwieg den ganzen Tag, die ganze Nacht und auch den nächsten Vormittag. In Elfriede war es nicht ruhiger, sondern langsamer geworden. Nicht entspannt war sie, vielmehr wechselte sie die Seiten bedächtiger und grübelte über die jeweilige Sichtweise mit weniger Panik.

Sie würde abtreiben lassen, der Arzt hatte es nicht nur empfohlen, sondern sogar befohlen. Ihm konnte sie trauen.

Es war ja nur ein kurzer medizinischer Eingriff, wie eine kleine Operation vielleicht. Frei und luftig fühlte es sich an, wenn sie ihre innere Stimme zu dieser Seite hin lenkte. Und wie selbstsicher und flott sich jenes *Wort* schon in ihrer aufgewühlten Gedankenwelt bewegte!

Mächtig baute sich die Gegenstimme auf.

Gott will dieses Kind, sonst hätte er die Schwangerschaft nicht zugelassen. Wie konnte sie es wagen, Gott ins Handwerk zu pfuschen! Das wäre Mord. Ein lebendiger Mensch wohnte in ihr. Wie konnte sie nur! Dann musste sie auch dieser Stimme recht geben, denn das war es ja, was sie immer gebetet hatte: »Mach mich zu Deinem Werkzeug, Herr.«

Wie immer führte sie ihr Tagwerk aus, aber in ihrem Herzen gab es keine Ruhe mehr. Um vor dem Haus die liegengebliebenen Mistreste und Strohhalme wegzufegen, holte sie sich in der Scheune den groben Besen und sah mit Verblüffung hinten im Stroh Heinrich im Gebet knien. Ihre ganze Liebe flog zu ihm hin, als sie leise die Stalltür wieder schloss. Es würde eine Lösung geben. Heinrich fand immer einen Weg. Es schien ihr überhaupt, als habe er einen direkten Draht zu Gott, und das gab ihrem Leben Halt und Richtung.

Nicht, dass sie allezeit harmonisch zusammenlebten. Sie stritten sogar recht häufig und während Elfriede vor der Haustür saubermachte, kamen ihr so manche zornige Ausbrüche in den Sinn, derer sie sich danach geschämt hatte. Sie sollte einmal über ihre Ehe nachdenken, vielleicht käme sie dann dem Rätsel auf die Spur, warum sie diese Schwangerschaft nicht annehmen konnte.

Auf einmal tat sie etwas, was sie noch nie getan hatte: Sie stellte den Besen an die Wand und marschierte ohne bestimmte Absicht in Richtung Wald. Kurzes Zögern, sollte sie ein Werkzeug mitnehmen, damit sich die Nachbarn nicht wunderten? Nein, das wäre albern. Am helllichten Tag einfach spazieren zu gehen, war für jeden im Dorf unvorstellbar, niemand würde sich Gedanken machen. Sie lief mit langen Schritten, genoss, wie leicht ihre Gelenke federten, wie die klare Luft sie nach vorne trug, wie herrlich ihr Atem pulsierte, als sie den Hügel hinaufstürmte, wie die Bewegung sie von innen her wärmte. Im Gehen riss sie ihr Kopftuch herunter und fühlte, wie der Frühling ihre Haare umwehte, wie sie sich dann von der Frische des Waldes umfangen und wieder abkühlen ließ, wie sie aufatmete, hier im satten Grün zwischen den bereits voll ausgeschlagenen Bäumen. Allein sein, welch seltene Kostbarkeit! Erst als sie sicher war, dass man sie zwischen den Bäumen nicht mehr sehen konnte, hielt sie an.

Da fand sie ein paar bemooste Baumstümpfe am Rand eines Abhangs, auf dessen Grund ein kleines Bächlein gluckerte.

Schön war es hier. Noch nie war sie einfach im Wald herumgestanden, um die Gegend zu bestaunen, noch nie war sie ohne Sinn und Verstand in der Landschaft umhergelaufen, fast musste sie kichern über ihre eigene Torheit, die ihr doch so wohl tat.

Die Sonne verströmte ihr Gold durch die Baumkronen und zauberte dem vielfältigen Grün diamantene

Ränder, die Luft war kühl und noch immer feucht vom vielen Regen dieses Frühjahrs. Sie setzte sich auf einen der Baumstümpfe und horchte dem Pochen ihres Herzens nach.

Heinrich. Wie gut kannte sie ihn überhaupt? Er war so entschlossen, so geradlinig und konnte scheinbar allen Widrigkeiten zum Trotz Kurs halten in seinem Glauben. Warum wurde sie nur immer wieder von dieser Eifersucht geplagt? Heinrich jedenfalls gab ihr keinen Grund dafür.

Streit gab es oft mit Karla! Sie war ihre größte Herausforderung unter den Mädchen! Wie mit einem unsichtbaren Band war seine zweite Tochter mit Heinrich verknüpft, als ob sie einen Faden bildete zu seiner ersten Frau. Karla und ihr Vater verstanden sich ohne Worte, und wenn sie nebeneinander arbeiteten, umgab die beiden oft eine Atmosphäre von Stille und Einheit. Auch das tägliche Arbeitspensum im Betrieb besprach Heinrich lieber mit Karla, die kaum achtzehn Jahre alt war, als mit ihr, seiner Frau. Manchmal kam es Elfriede vor, als hätte dieses Mädchen den Platz von Heinrichs erster Frau eingenommen, aber das war Unsinn und Elfriede schämte sich ihrer kindischen Gedanken. Unbestreitbar würden sie ohne Karlas Fleiß und Einsatz kaum über die Runden kommen, und doch, was war das für ein unterschwelliger Groll, der da an ihr nagte? Ja, er hatte seine erste Frau über alles geliebt, so sehr, dass er sogar Gottes Willen wegen ihr missachtet hatte. War das etwa der Grund für Elfriedes Eifersucht? Auf eine Frau, die schon lange tot war? Nein, so dumm konnte sie nicht sein. Sie schüttelte über sich selbst den Kopf.

Eine Weile starrte sie vor sich hin und verlor jeden Gedankenfaden. Wie müde sie war. Würde man ihr Wegbleiben bemerken unten im Hof? Ein Weilchen noch, es war so schön hier, nur kurz ausruhen, immer schläfriger wurde sie, nur ein paar Minuten, dann würde sie ihre Pflichten wieder aufnehmen, sich ein klein wenig gehen lassen, ein kurzes Schläfchen nur, wie still es hier war. Durch die geschlossenen Lider fühlte sie ein unergründliches Licht, selig glitt sie hinab in ein samtiges Schlummern, wie gut das war, sich hineinfallen lassen, was flüsterte ihr da jemand ins Ohr? Nur sitzen bleiben, weiterdösen, war das ein Traum? Was sprach zu ihr? Noch ein klein wenig Ruhe, sie wollte ja den Hof saubermachen, aber noch immer war sie so wohlig schläfrig, war es eine Gewissheit, die schon immer in ihr war, was dämmerte da herauf, was hieß dieser Satz? Sollte sie etwas erkennen? Nur widerwillig zog sie ihre ertrunkenen Sinne wieder herauf aus dem Ziehbrunnen ihres Dämmerschlafs, ein Satz, der traumhaft zu ihr sprach, was war das? Endlich schlug sie die Augen auf und streifte die letzte ätherische Haut des kurzen Schlafs ab, rieb sich mit den Fingern über ihre schweren Lider, holte kühle Luft, stand von ihrem grünbemoosten Baumstumpf auf, spürte, wie die Feuchtigkeit unter ihre Wäsche gedrungen war, schüttelte sich und schüttelte auch diesen seltsamen Satz ab, den sie im schummrigen Halbschlaf geträumt hatte.

Was war das? Ach, nichts. Einfach Dummheit.

»Die Zweite ist nicht so geliebt.«

Diese dämmrigen Worte hatten sich aus der Wolke ihres Dösens heraus geformt. »Träume sind Schäume!«, sagte sie sich, »was für einen Quatsch man manchmal in sich trägt.«

Sie sog noch einmal die herrliche Waldluft durch die Nase ein und blies sie durch den Mund wieder hinaus, strich ihre Arbeitsschürze glatt, schämte sich ein wenig, dass sie sich mitten an einem Arbeitstag davongemacht und *dem Herrgott den Tag gestohlen* hatte, dann marschierte sie mit langen Schritten aus dem Wald, um zuhause ihre Arbeit wieder aufzunehmen. Der Besen stand noch an derselben Stelle. Niemand hatte sie vermisst.

Bald war es Abend geworden, die Kleinen lagen im Bett, die Großen befanden sich in irgendeiner Gruppe, ob BDM, kirchliche Jungschar oder Mädchenkreis, während Jakob und Erwin im Posaunenchor den nächsten Gottesdienst einübten.

Heinrich und sie schwiegen sich über den Küchentisch hinweg an. Schließlich ergriff Heinrich das Wort.

»Wir wollen doch auf Gott vertrauen – er hätte die Schwangerschaft nicht zugelassen, wenn er dieses Kind nicht gewollt hätte. Wer weiß, was aus ihm einmal wird? Wer weiß, was Gott mit diesem Menschen vorhat? Ist es an uns, über Leben und Tod zu bestimmen?«

Sie hätte es wissen müssen. Das war Heinrich. Solch einer Unerschütterlichkeit konnte sie nichts entgegensetzen. Sie schwieg. Noch immer bäumten sich Leib und Seele auf. Diese Schwangerschaft vermochte sie nicht anzunehmen. War es Trotz? Sie horchte in sich hinein, woher diese Verhärtung kam. Nein, Trotz war es nicht. Angst? Vielleicht war es Angst. Vielleicht würde sie sterben bei der Geburt. Natürlich wollte sie nicht sterben. Aber dafür das Kind, das lebendige Wesen in ihr sterben lassen? Und war es wirklich nur die Angst?

Zwei Tage lang ging sie Heinrich aus dem Weg und am übernächsten Abend lag eine Karte mit einem Bibelwort aus dem Lukasevangelium auf ihrem Nachttisch.

»Fürchte dich aber nicht; denn es soll dir kein Haar gekrümmt werden!«

So war Heinrich. Wie dankbar sie war, ihn geheiratet zu haben. Er warb um dieses Kind. Niemals würde er seine Unterschrift zu einer Abtreibung geben, aber das wäre auch nicht nötig, denn ohne seine Zustimmung hätte Elfriede sowieso nicht die Kraft für diesen Schritt gehabt, und nun spürte sie, dass er sie nie im Stich lassen würde, er würde alles für sie und das Kind tun. Wie konnte sie nur Zweifel haben. Sie war Werkzeug Gottes und durfte auf ihn vertrauen. Dankbar schlief sie neben Heinrich ein.

Angst vor dem Sterben? Das Nachthemd nass von Schweiß, riss sie sich hoch, kerzengerade im Bett, presste die Hände an ihre pulsierenden Schläfen, das Herz revoltierte mit eisernen Hammerschlägen und zerbrach ihr Ja gerade jetzt, da sie meinte, es in Händen zu halten. Keinen Frieden mit diesem fremden Wesen in ihr! Die Augen weit aufgerissen, als ob sie in der Dunkelheit die Lösung erspähen könnten, die Ohren gespitzt, lauschend und wartend, ob die Stille der Nacht ihr die Antwort flüstern würde, saß Elfriede steif in ihre Bettdecke gehüllt. Nachdenken, wenn sie nur einmal in Ruhe nachdenken könnte! Zermalmt fühlte sie sich zwischen zwei numinosen Mächten.

Der Arzt verlangte Vernunft, Heinrich verlangte Gottvertrauen, was hätte sie solchen Gewalten entgegensetzen können, zu Staub wurde sie zwischen dem Vertreter Gottes und dem Vertreter der Wissenschaft.

Was konnte sie? Was sollte sie? Was durfte sie? Niemals wäre ihr die Frage eingefallen, was *wollte* sie?

Allein sein. Nur einmal einen Tag allein sein! Morgen – erleichtert kam sie auf diese Idee, ja, morgen würde sie allein in den Weinberg gehen und arbeiten, sie würde für sich einen Tag beanspruchen, an dem sie niemanden um sich haben würde. Ausatmend fiel sie zurück in ihr Kopfkissen und fand bald in den nächtlichen Schlaf zurück.

Die aufgehende Sonne überflutete das Städtchen mit feinstem Purpur, Gold und Silber, als ob Gott selbst seine edelsten Schätze wie sinnlosen Luxus über die Welt ausschütten würde. Von der hohen Brücke aus, die auf dem Weg zum Weinberg lag, konnte Elfriede nicht aufhören zu staunen. Und unter ihr der reißende Neckar. Sie liebte den Fluss. Auch wenn sie nicht schwimmen konnte, gab es im Sommer viele seichte Stellen, um sich nach langen, heißen Arbeitstagen darin zu erfrischen. Auch das war Leben. Glück und Sonne und Wasser und Lachen. Jetzt stand sie da, die Feldhacke über die Schulter gelehnt und stierte hinab in die Fluten. Vergessen der Sonnenaufgang. Wassermassen rauschten heute durch das Flussbett und rissen an seinen Ufern, der Strom brandete und toste, anstatt wie sonst träge in den Tag hineinzufließen. Natürlich – es hatte ja so viel geregnet.

Das Leben strömt einfach weiter, ohne sich um uns zu scheren, der eine kommt, der andere geht, es sind ein paar Jährchen nur, warum nicht gleich gehen, ein Schritt nur über das Geländer, wie würde es sein, würden die Wellen einen in die Dunkelheit ziehen, würde es schnell gehen, würde man einfach einschlafen, auch wenn es nass wäre

und alles dunkel wird, wäre es kalt, das wäre sicher nur
kurz, dann wäre alles vorbei, das Kind oder ich, wieso
nicht gleich beide, wieso nicht? Mord oder Tod, was ist der
Unterschied, wieso nicht? Ganz leicht wäre es jetzt. Was
kommt danach

Gott!

Der würde das nicht gutheißen! Auf einmal brauste
der Atem wieder in sie hinein und mit ihm das Erschrecken über sich selbst, ganz bestürzt war sie darüber, auf
welche Abwege ihre Gedanken gewandert waren, was
war nur in sie gefahren?

»Guten Morgen, Elfriede, willst du ein Stückle mit-
fahren, ich lass dich absteigen an eurem Wengert!«

Wie aus einer anderen Welt ertönte vom Ochsengespann hinter ihr die freundliche Stimme ihres alten
Schulkameraden Hermann. 's Hermännle nannte man
ihn, weil er so klein und zart war und trotz seiner sie-
benunddreißig Jahre eine Fistelstimme besaß, natürlich
hatte er noch keine Frau gefunden, und er bewirtschaf-
tete seinen Hof, der entsprechend seiner Körpermaße
winzig und armselig war, zusammen mit seiner buckli-
gen Mutter, aber er war immer fröhlich. Wie machte er
das nur? Dankbar stieg Elfriede auf.

Während die Holzräder des Ochsenkarrens über das
Kopfsteinpflaster rüttelten, ließ sie das soeben Erlebte
nachwirken. Sie hatte den Tod in Betracht gezogen und
keine Angst gespürt. Keine Angst! Tod, wo ist dein Stachel, fiel ihr ein, fast musste sie lachen. Freude flackerte
in ihr auf. Nein, es war nicht die Angst vor dem Tod,
die sie die Schwangerschaft ablehnen ließ. Sie würde
vielleicht nie herausfinden, was die wirkliche Ursache
für ihr Nein war. Aber es war stärker als der Tod. Diese

Gewissheit hatte sie nun. Es war ihr eigenes Nein und nicht das des Doktors, sie selbst besaß dieses Nein und erstaunt nahm sie es an wie einen kostbaren Besitz. Ihr Nein war es, ihr ganz eigenes Nein, niemand konnte es ihr nehmen und niemand hatte es ihr eingeredet. Diese Erkenntnis tat ihr unsagbar wohl und sie wunderte sich selbst, warum sie auf einmal so froh wurde.

Sie reinigte die Rebstöcke vom Unkraut. Wie ein Ofen heizten die sonnenbeschienenen Bruchsteinmauern die Luft auf, eine Stille lag über dem Land, nur die Vögel ließen sich nicht beirren und pfiffen, zirpten, zwitscherten ihren vielstimmigen Gesang.

Die Arbeit war anstrengend, doch köstlich war das Alleinsein, fast vergessen hatte sie, wie sich Freiraum anfühlte, bei dieser Rasselbande von Kindern und Jugendlichen. Auch die Schlafkammer bot ihr keinen echten Rückzug. Heinrich war ein viriler Mann. Es hatte sich bei ihr im Lauf der Zeit das Gefühl der Pflicht eingeschlichen in ihr eheliches Zusammensein, aber sie gab sich ihm nach wie vor gerne hin, noch nie hatte sie etwas gegen Pflicht einzuwenden gehabt.

Hier unter dem freien sonnigen Himmel genoss sie ihre Körperkraft und es war, als fließe ihr neue Stärke zu. Sie hackte die karstige Erde und sprach *nein*, sie riss die widerspenstigen Gräser heraus und rief *nein*, sie entfernte Löwenzahnwurzeln und schrie *nein*, sie zog wuchernde Wicken von den Rebenschenkeln und zischte *nein* und während sie das Nein ganz und gar in ihren Besitz nahm, erklang ganz leise von wer weiß woher, wie vom Lied der Vögel herbeigesungen, wunderbar süß ein Ja. *Ja. Ja!* Wenn sie nein sagen konnte, konnte sie auch genauso gut ja sagen. Beides war möglich. Mit dem Erkennen, dass sie die Wahl hatte, wuchs in ihr eine Art Zuversicht und Klarheit. Von Stunde zu Stunde wurde sie ruhiger und fand schließlich Frieden mit sich. Sie würde dieses Kind gebären. Zaghaft noch, aber stabil und beständig, fand sie zurück zu ihrem vertrauten Ja, das ihr eigentlicher Lebensatem war. Ja. Und schlussendlich hatte sie ja noch immer Heinrich, der diese Entscheidung mit ihr trug.

Als sie spätabends in die Küche trat, verschwitzt, hungrig und müde, spülte Karla gerade das Geschirr des Abendessens und Heinrich blätterte am Tisch eine Bibelseite um.

Die Geburt war unerwartet leicht. Heinrich und die Kinder freuten sich sehr und die sechzehnjährige Rosa, die ein besonderes Händchen dafür hatte, um aus Wenigem Schönheit zu zaubern, hatte einen Kranz aus den letzten Herbstblumen geflochten.

Elfriede war vor allem erleichtert. Als sie das Kind an ihre Brust legte, fühlte sie keine Liebe, keine Freude und keine mütterliche Zärtlichkeit, wie sie es von ihren anderen vier Kindern kannte. Auch keine Abneigung spürte sie. Sie fühlte gar nichts. Überstanden hatte sie es. Alles andere würde sich geben. Sie dachte nicht mehr nach, erfüllte ihre mütterlichen Pflichten und nach der üblichen Erholungszeit auch wieder ihre Pflichten als Ehe- und Bauersfrau. Doch ihr fünftes Kind blieb ihr fremd.

Sie nannten es Christel. Manchmal spürte sie selbst, wie eine eigenartige Kühle sie umwehte beim Blick auf dieses Mädchen. Sie nahm sich vor, dass es ihm an nichts mangeln sollte, sie beschloss auch, es besonders gut zu behandeln. Nur mütterliche Liebe wollte nicht aufkommen.

Zum Glück nahm sich Heinrich dieses Kindes in besonderer Weise an. Fast war es Elfriede, als hätte er es ohne ihr Wissen Gott geweiht. Hatte Gott etwas Spezielles mit diesem Mädchen vor? Oder wollte Heinrich nur ihre fehlende Mutterliebe ausgleichen? Aber davon konnte er ja nichts wissen.

Der Krieg ging in eine neue Phase. Bald begannen die ersten vereinzelten Bombenangriffe auf das Städtchen. Die Felder waren teilweise weit verstreut und nicht bei allen Bombenwarnungen konnte die Familie gemeinsam im Keller sein. Elfriede und Heinrich waren bis aufs Äußerste gefordert, eine so große Kinderschar beieinanderzuhalten, zu beschützen und zu ernähren. Wie gut sie zusammen geschirren konnten als Eltern in diesen verrückten Zeiten und bei all diesen Schwierigkeiten. Elfriede war aufs Neue froh, mit diesem Mann ihr Leben zu teilen. Auch wenn jeder Tag und jede Nacht gefährlich war, so musste der Alltag bewältigt werden, wollten die Felder bewirtschaftet und das Vieh versorgt sein. Und die Menschen wollten essen. Die großen Kinder blieben nach dem Schulabschluss noch zuhause, um die Familie zu unterstützen, jeder hatte zum Überleben beizutragen.

Jetzt, da sie viel häufiger zuhause waren, fiel Elfriede erst auf, wie unterschiedlich die Großen aus Heinrichs erster Ehe waren. Jahrelang hatte sie alle vier wie eine Front erlebt, diese weichte mehr und mehr auf. Während sich Karla nach wie vor eng an ihren Vater hielt, wirkte Luise oft zurückgezogen, ohne Krieg wäre sie sicher schon aus dem Haus, vielleicht hätte sie sogar bald einen Verehrer oder würde sich verloben. Manchmal schien ihr Luise einsam hinter ihrer selbstsicheren, ruhigen Fassade.

Rosa hingegen versuchte so manchen heimlichen Machtkampf mit ihrem Vater. Kürzlich erst hatte sie ihn fast zur Weißglut gebracht, als sie nach dem Essen in die Küche gegangen war, um zu spülen. Was auf den ersten Blick normal und engagiert aussah, war für Heinrich eine direkte Provokation. Immer gab es am Abend eine Andacht, danach wurde gesungen und erst dann wurde die Küche sauber gemacht. Nun ja, Rosa befand sich gerade in einer schwierigen Lebensphase. Aber bei genauem Hinsehen erschien es Elfriede, als ob das Mädchen nie ganz aus dem Trotzalter herausgewachsen wäre. Ihr fehlte am meisten die mütterliche Hand und Elfriede tat es ein wenig leid, dass sie nicht schon früher mehr Stärke gehabt hatte, diese Hand zu sein.

Der schmächtige, schüchterne Jakob fügte sich ein in die große Mädchenschar, während Erwin, Elfriedes einziger eigener Sohn, bereits rechte Mannsbild-Allüren an den Tag legte und manchmal sogar den Mut aufbrachte, seinem Vater Paroli zu bieten.

Zwei Monate nach Christels Geburt nahm Heinrich den ehelichen Verkehr wieder auf. Zuweilen huschte das Wort »Unterbindung« an Elfriedes Alltagsgedanken vorbei. Ach ja, das hatte sie machen lassen wollen. Sie würde demnächst zum Arzt gehen und ihn fragen, wie das zu bewerkstelligen sei, aber sie bräuchte natürlich Heinrichs Unterschrift.

Im täglichen Überlebenskampf war es nicht schwierig, diese leise mahnende Stimme zu überhören. Nun war es passiert. Sie war schwanger. Es war Krieg. Schlimmer denn je. Wie sollte das gehen?

Und dennoch: Nachdem der erste Schreck vorbei war, stellte Elfriede zu ihrem maßlosen Erstaunen fest, dass sie sich diesmal freute. Woher kommt ein Ja, woher kommt ein Nein? Dies hatte sie noch nicht verstanden und sie fühlte sich, als hätte sie darüber keine Macht. Also würde die Familie ihr zehntes Kind bekommen.

Als die Wehen einsetzten, brannte draußen auf den Feldern der Himmel. Göring hatte dort eine Attrappe des Stuttgarter Bahnhofs aufbauen lassen. Ein unvergleichliches Spektakel war das, ein glitzerndes, schäumendes Feuerwerk, der Horizont badete in allen Rot- und Orangetönen, weiße Lichtfackeln zuckten in die Höhe, Donner von aufschlagenden Bomben dröhnten in den Ohren, rosafarbene Blitze von schwarzem Rauch umhüllt, loderten auf und erloschen, nur um zehn weiteren Lichtsäulen Platz zu machen. Funken, nein ganze Feuerflügel, Phönixe, stoben durch die Luft. Ein britischer Bomber nach dem anderen ließ seine gigantischen Feuerwerkskörper auf den falschen Großstadtbahnhof fallen, immer mehr kamen, es wollte gar nicht aufhören, so als ob die Engländer ein für allemal Schluss machen wollten mit diesem scheinbar kriegswichtigen Verkehrsknotenpunkt. Noch konnten die Bewohner des Städtchens zuschauen, denn noch hatten sich in den letzten Nächten die feindlichen Angriffe auf die Bahnhofsattrappe konzentriert. Mutig genug, kamen sogar Gaffer aus den Nachbardörfern, um das nächtliche Schauspiel zu erleben.

Unvermittelt zieht eines der Flugzeuge eine Schleife über das abgedunkelte Städtle und lässt wie beiläufig auf dem Rückweg eine Bombe mitten in den Kern des alten Dorfes fallen. Weitere Flugzeuge folgen und das Grauen beginnt.

Elfriede hatte sich mit Hebamme, Mann und fast allen Kindern schon zuvor in den Schutzkeller begeben, auch Nachbarn hatten dort Platz gefunden. Wo war Elisabeth? Heiß lief es ihr durch Mark und Bein, doch die nächste Wehe riss sie mit.

»Wo ist Elisabeth?«, kreischte sie, als sie wieder Luft holen konnte.

»Niemand kann jetzt hinaus und sie suchen!«, schrie die Hebamme, und im selben Augenblick bebte die Erde, alles wackelte, rutschte, donnerte, als würde das Haus über ihnen zusammenstürzen, dichter Staub wirbelte auf, nahm einem den Atem und brannte in den Augen, kaum sah man mehr den Nebensitzer.

Als wieder Ruhe einkehrte, war der Kellerausgang verschüttet. Sofort begannen alle, die zwei Arme und die Kraft dazu hatten, den Schutt und die Steinbrocken wegzuräumen. Draußen tobte die Hölle. Und drinnen, unter der dunklen Erde, wurde das Kindlein geboren. Im Augenblick seines Erscheinens auf dieser Welt zogen die Flugzeuge ab und es herrschte für einige Sekunden gespenstische Stille, als ob das Leben eine kurze Pause machen würde.

Zuerst schrie das Kind, dann die Hebamme: »Da ist noch eins drin, es liegt falsch rum, mit den Füßen voraus. So kann ich das nicht holen!« Nach kurzer Panik übernahm sie in gewohnter Manier das Kommando. »Elfriede muss ins Krankenhäusle runter! Kaiserschnitt!« Ihre Stimme überschlug sich. »Raus hier, die Bomben sind vorbei!« Heinrich kletterte als Erster über die Steinquader und zwängte sich durch die freigelegte Öffnung, kam nach ein paar Minuten wieder, riss die Decke von einem der Feldbetten, eine zweite noch, schüttelte den Staub und die Steinchen ab und trug mit Hilfe der Hebamme seine Frau hinaus auf den Leiterwagen, den er wohl gerade aus irgendeinem Stall gezerrt hatte.

»Luise, Karla, Hanna, ihr bringt die Mutter runter zum Krankenhaus, Erwin, geh du auch noch mit. Ich such die Elisabeth!«

Er nahm drei Gasmasken und rannte zum Nachbarskeller, der ebenfalls verschüttet war, Jakob und Magda hinter ihm her. Drinnen blieb die erschöpfte Hebamme und ließ sich von Rosa helfen, das Neugeborene notdürftig abzureiben und in die mitgebrachten Tücher zu wickeln. Daneben lag die kleine Christel und schlief, als ob sie wüsste, dass sie in diesem Chaos niemandem zur Last fallen durfte.

Einzelne Schreie drangen wie durch einen Wattenebel an Elfriedes Ohr. Unwirklich war alles. Auf dem Dachfirst vom Haus der Maiers hing ein Pflug, etwas weiter lag offenbar Hilde Güglers Mann, aufgerissene Augen, leblos, ohne Beine, hier ein abgerissener Frauenkopf, dort ein totes Kind auf dem Gesicht liegend. Es war Nacht, doch alles war erleuchtet von den Feuern, die die Engländer angezündet hatten, ein richtiger Wind blies und man musste aufpassen, dass es einen nicht in die Feuersbrunst hineinzog. Der Dorfkern wurde zu Brennstoff, die Scheunen, die Häuser, die Menschen, die Tiere. Elisabeth! Wo ist meine Elisabeth! Heinrich. Er wird sie finden. Ruhe. Dies ist ein böser Traum. Das kann nicht die Wirklichkeit sein. So etwas hat Gott sich nicht ausgedacht. Um sie herum dieses irre Inferno von Qual und Tod und Feuer, sie hatte noch ein Zwillingskind im Bauch und – freute sich! Ich bin vollkommen verrückt, dachte sie. Scharf brach eine Wehe herein. Die Kinder schoben, zerrten, hoben und trugen den Leiterwagen über das Grauen hinweg.

Sie schrien sich Kommandos zu. Das Kind konnte nicht heraus. Die Wehen drückten es nach unten. Endlich ein Stück freie Straße bergab. Rennt, Kinder, rennt, dachte sie. Die Kinder rannten, hielten rechts und links das Wägelchen und gaben ihr Letztes, um das kleine Krankenhaus endlich zu erreichen.

Als sie aus der Narkose erwachte, lag sie auf einem Feldbett im Krankenhausflur. Um sie herum ein unfassbarer Wirrwarr von Geschrei und Menschen und Weinen und Heulen und Sterben. Heinrich stand neben ihr und hielt zwei Säuglinge im Arm.

»Elisabeth war bei ihrer Freundin Gerda in deren Keller. Ganz aufgeregt, aber wohlbehalten hat sie mich empfangen!«

»Wir haben Glück gehabt! Ist das jetzt die Hölle oder der Himmel?«, fragte Elfriede.

»Vielleicht ragt der Himmel ein wenig in die Hölle herein?« Er grinste schief.

So war Heinrich. Sie seufzte still und schämte sich, dass sie glücklich war.

Wenn sie in den nächsten Tagen ihre Zwillinge Anne und Marie stillte, sann Elfriede zuweilen über Christel, ihre Zweitjüngste, nach. Warum konnte sie bei ihr bis heute keine rechte Mutterliebe entwickeln und warum fühlte sie für die beiden Säuglinge trotz widrigster Umstände eine solche Zärtlichkeit? War das ihre Schuld? Und wenn nicht, was denkt sich Gott dabei?

Vier Wochen später erhielt Elfriede einen dicken Brief vom *Führer*, das Mutterkreuz inliegend sowie ein Glückwunschschreiben mit dem Bescheid, Adolf Hitler werde persönlich die Patenschaft für ihre Zwillinge übernehmen. Sorgsam legte sie beides zurück in den Umschlag – und warf ihn in den Ofen.

Kapitel 5 | *Hanna*

Ohne sie eines Blickes zu würdigen, stieg Erwin über ihren Putzeimer. »Tod, wo ist dein Stachel, Sterben ist mein Gewinn!«, jauchzte er, warf ein Zehn-Pfennig-Stück in die Luft und fing es in seinem Flug wieder ein, schritt im viel zu kurz gewordenen Konfirmandenanzug quer durch die Küche in die Stube und hinterließ auf dem noch nassen Boden seine Fußspuren.

Frech! Süßsaure Gutmütigkeit verzog Hannas Mund zu einem schiefen Lächeln, doch gleich stieß ihr der Ärger auf und verbreitete seinen bitteren Geschmack. Wie kann man sich so an einem Bibelwort vergreifen! Verwöhnter, vorwitziger kleiner Bruder. Was der sich immer herausnahm!

Zudem hamsterte Erwin sein selbst verdientes Geld für sich, während sie ihre Putz-Zehnerle vom Pfarrhaus daheim abgab. Hanna wrang den Lappen aus und wischte über Erwins Schuhabdrücke. Auch Karla überließ ihre Pfennige vom Mesnerdienst der Familienkasse, obwohl dies eine zusätzliche Plackerei am Sonntag war. Leichenblasen dagegen, welch leichte Art, sich Geld zu verdienen! Zehn Pfennig heimste jeder der Buben ein, um gerade mal zwei, drei Lieder auf einer Beerdigung zu spielen. Im Posaunenchor sollte man sein. Aber natürlich – hier waren keine Mädchen zugelassen.

Mit Schwung klatschte sie das graubraune Putzwasser vor die Haustür, Jakob konnte gerade noch ausweichen, sonst hätte sie ihn erwischt mit ihrem

Dreckwasser. Vom Leichenblasen kam auch er, ebenfalls mit seinen Konfirmandenhosen, die deutlich über den Knöcheln endeten. Seit Neuestem hinkte er leicht. Beiläufig kopfnickend grüßte er Hanna, stelzte auf Zehenspitzen in die Küche, um Fußspuren zu vermeiden, legte sein Zehn-Pfennig-Stück in die angeschlagene Kaffeetasse, wo das Alltagsgeld der Familie gesammelt wurde, und wollte gerade einen weiteren Tritt in Richtung Stube machen.

»Solltest du nicht zum Doktor gehen und nach deinem Fuß gucken lassen? Das wird gar nicht besser mit dem Hinken«, sagte Hanna.

Für eine Sekunde blieb sein Bein in der Luft stehen – »War ich doch!« –, dann versuchte er, mit einem einzigen langen Schritt die Stubentür zu erreichen. Gesprächig war er nie gewesen, ihr Halbbruder, doch sorgte sie sich stets ein wenig um ihn, wollte ihn beschützen, obwohl er älter war, sogar schon fast volljährig. So zierlich war er, so verletzlich, das rührte sie, und manchmal kam er ihr verloren vor unter den vielen lebhaften Geschwistern.

»Aber dann sag schon: Was hat der Doktor gesagt?«

»Ich war schon dreimal dort, er hat viele Untersuchungen gemacht, und mich sogar nach Heilbronn zu einem anderen Arzt geschickt. Letzte Woche bin ich mit dem Fahrrad dorthin gefahren, das hast du gar nicht gemerkt.«

»Was hast du denn? Warum humpelst du? Und in letzter Zeit hältst du dir immer deinen Arm. Irgendwas ist doch, da kann doch was nicht stimmen.«

»Multiple Sklerose hab ich – du weißt ja sowieso nicht, was das ist. Also was soll's.«

Erneut hielt er auf die Stubentür zu, aber Hanna riss ihn am Ärmel.

»Was?«, rief sie. »Sag endlich, was ist das, Multipliss Kerose? So was habe ich noch nie gehört. Brauchst du einen Gips? Oder eine Operation? Oder musst du ins Krankenhaus? Sei doch nicht immer so wortkarg. Das macht mich noch ganz meschugge, Mensch!«

Jakob blies die Luft aus und tat ungeduldig. »Das ist eine Nervenkrankheit und es wird immer schlimmer, irgendwann kann man gar nichts mehr und dann stirbt man. Angeblich ist das unheilbar. Zufrieden!?«

Die Stubentür fiel hinter ihm ins Schloss und Hanna versteinerte mitten in der frisch geputzten Küche. Ihre Augen blieben starr aufgerissen und ihre Hand stand vor dem offenen Mund, als wolle sie einen Schrei verhindern. Aber alles war ganz still in ihr. Still und starr. Sogar das Blut gefror für den Moment in ihren Adern. Der Schrecken und die Angst um Jakob verloren sich in etwas viel Tieferem, in etwas Bodenlosem, in einem dunklen Loch ohne Grund, in einem Entsetzen, dem sie keinen Namen geben konnte und das weit größer schien als ihr kleines Leben oder ihr Begreifen. Etwas Numinoses wehte sie an. Kam sie hier in Berührung mit dem Allmächtigen Gott? War dies noch immer *Seine* Strafe für des Vaters Sünde, diese erste Frau geheiratet zu haben? War Gottes Zorn so groß, dass noch deren Kinder dafür büßen mussten? Welch ein ungeheurer Fluch musste auf dieser Frau gelegen haben!

Hanna schauderte, doch mit dem Frösteln und Schütteln kehrte wenigstens der Atem zurück, auch ließ der erneut einsetzende Herzschlag das Blut wieder pulsieren und Gedanken durchfluteten ihr ausgeleertes Hirn.

Waren denn Hannas vier Halbgeschwister auch von diesem Fluch betroffen? Was wird aus ihnen werden? Viel Rätselhaftes lag über den Geschehnissen lange vor Hannas Geburt, sie konnte es nicht richtig erfassen, obwohl der Vater immer wieder von seiner Verfehlung erzählte. Hanna hatte immer verstanden, dass er seine Kinder davor warnen wollte, Entscheidungen zu fällen, die nicht im Gebet errungen worden waren. Was war das für ein Verhängnis? Warum konnte Gott nicht endlich vergeben? Wo war hier *Seine* Liebe? Wo *Seine* Güte?

Metallisch-dunkel hallte der innere Gongschlag ihres schlechten Gewissens und riss sie aus ihren Anfechtungen. Wie konnte sie es wagen, an Gottes Plan zu zweifeln? Wie konnte sie es wagen, mit Gott zu rechten? Wie konnte sie es wagen, Gott zu hinterfragen?

Hinausgehen müsste sie, die Schnürstiefel anziehen für die Feldarbeit, das Kopftuch am Nacken neu binden, die Haarsträhnen drunterschieben, doch sie konnte sich nicht rühren, wie Stein waren ihre Glieder. Groll ließ seine Säure in sie einsickern, das war immerhin ein altbekanntes Lebenszeichen. Groll und Ärger, damit kannte sie sich aus, das waren kleinere, fassbarere Gefühle, die konnte sie wenigstens auf jemanden richten. Erwin. Er war so leichtfertig und diese ach so fröhliche Aufsässigkeit! Mit welchem Feuer spielte er! So die Bibelsprüche herumzuschleudern! Den Namen des Herrn soll man nicht vergeblich führen, das stand doch im zweiten Gebot. Wie anders Jakob dagegen war. Multipliss … Wie hieß diese Krankheit nochmal? Man wird immer schwächer und am Ende stirbt man! Wieso hat Gott die Familie so wunderbar beschützt während all dieser bedrohlichen Kriegsjahre, als sie ständig den

Tod im Genick spürten, und warum lässt *Er* Jakob nun krank werden? Was wollte Gott ihnen allen damit sagen? Kein Gedanke an Zufall war in Hanna, denn was war Zufall, wenn nicht Gottes Wille? Für sie stand sowieso fest: Sie wollte ihr ganzes Leben Gott widmen und Jesus über sich herrschen lassen. Denn hatte *Er* nicht über sie und ihre ganze Familie seine Hand gehalten? Es gab doch so viele, so unendlich viele Wunder, die gezeigt hatten, wie sehr Gott sie alle unter seinen Fittichen hielt und schützte.

Vor einiger Zeit beim Backhäusle hatte sie es zu hören bekommen. Es war schon dunkel gewesen.

Hanna und Elisabeth wollten die letzte Glut nutzen, um ein paar Flachswickel auszubacken, während zwei Dorfweiber noch beieinanderstanden, ohne zu bemerken, dass die Schneiders-Mädchen vor der Ofenklappe auf ihr Gebäck warteten.

»Von den Schneiders hat's mal wieder keinen erwischt«, sagte Schmälzles Ilse.

»Tja, da hat der Schneider Heinrich Glück gehabt, dass er so viele Mädchen hat. Der Erwin ist halt noch zu klein für den Krieg gewesen, die konnten sich ganz schön drücken!«

Die Bitterkeit in den Worten der Bauersfrau schwappte wie Dreckbrühe vor Hannas Füße.

»Warum aber auch der Ältere, der Jakob, nicht im Krieg war, ist mir ein Rätsel. Mein Norbert ist grad so alt wie er und wurde in den letzten Kriegstagen noch zum Volksturm eingezogen.«

Ein Schluchzen war jetzt zu hören.

»Ja … ich weiß, er ist nicht mehr gekommen …« Hörbar schnäuzte die Frau in ihr Taschentuch.

»Das wüsst ich auch mal gern, wie der Heinrich das gedreht hat, dass sein Großer zuletzt nicht mit rausmusste.«

»Genau! Dabei war der nicht mal linientreu, man hat so manches gemunkelt. Sogar eine Schwarzschlachtung im Keller soll er einmal gemacht haben, dafür hätten sie ihn aufhängen können.«

»Uns hat es gar nichts genutzt, dass wir dem Adolf gehorcht haben, mein Otto war in der Partei und musste wie alle anderen an die Front.«

»Ja, ich weiß, der ist ja in Frankreich schon gefallen, gell? Ich glaub, dass die Schneiders buchstäblich die einzige Familie sind, die gar niemanden verloren haben.«

»Außerdem sagt man, dass der Heinrich ja nicht einmal im ersten Krieg war. Meine Mutter hat das erzählt, man weiß aber nicht genau, warum. Das ist schon eine seltsame Sache mit dieser Familie!«

»Und dann aber fromm und gottesfürchtig bis über beide Ohren! Die haben es leicht, gläubig zu sein.«

»Ach, weißt du, die sind doch arm wie Kirchenmäuse, wenn die ihren Glauben nicht hätten, die wären doch asozial, das kannst du mir glauben …«

Nach und nach verloren sich die Stimmen der beiden Weiber auf ihrem Weg nach Hause.

Unfassbares Glück hatte ihre Familie gehabt. Was hieß hier Glück? So wenig wie Zufall war *Glück* in Hannas Gedankenwelt vorgesehen. Für sie hatte Gott seine Hand über die Familie gehalten, denn was sollte es denn geben auf der Welt, was nicht vom Schöpfer selbst gelenkt wurde? Hatte nicht *Er* die Bekehrung des Vaters damals angenommen wie das Opfer Abels nach der Vertreibung aus dem Paradies? Und war es dann nicht folgerichtig, dass *Er* den Vater gesegnet hat mit vielen Kindern? Und war es in dieser schweren Zeit nicht regelrecht Gottes Voraussicht, dass die Eltern fast lauter Mädchen bekommen hatten?

Noch schwebte das Gespräch der beiden Weiber vor dem Backhäusle in ihren Gedanken! Eigentlich sollte sie Mitgefühl haben mit diesen Frauen, hatten die doch Söhne und Ehemann verloren, aber wenn Hanna das Tüchlein ihres frommen Eifers ein wenig lüpfte, dann wehte – und das musste sie sich selbst eingestehen – nur miefiger Groll hervor und sie schämte sich, sobald sie es merkte. Eine einzige Verwirrung war in ihrem Kopf, die sie nicht zu ordnen vermochte.

Aus größter Not hatte Gott die Familie immer wieder errettet und … nein! Nicht jetzt! Nicht auch das noch. Dies wollte sie nicht sehen, nie wieder, doch unerbittlich schoben sich die Bilder vor ihr Gemüt, streiften die nebeligen Schleier ab, mit welcher die Zeit manch abgelebte Tage gnädig verhängt, und scharf, präzise, taghell stiegen die Szenen herauf, so als würde jemand mit Scheinwerfern noch die dunkelste Ecke einer Bühne ausleuchten. Jede Einzelheit sah, fühlte, hörte, schmeckte und roch sie wieder.

Es geschah im Vorfrühling fünfundvierzig. Gerade mal etwas mehr als drei Jahre war das jetzt her. Wie aus einer anderen Welt suchten diese Erinnerungen sie immer wieder heim, so sehr sie sich auch bemühte, zu vergessen.

Viele Menschen arbeiteten auf den Feldern, auf kleinen Parzellen im Beregnungsgebiet, alle eilig bemüht, wenigstens das Nötigste zu säen, Kartoffeln zu stecken, Pflanzen zu setzen, damit man später im Jahr zu essen hatte. Die Tiefflieger kamen schnell. Kein Luftschutz-keller auf freiem Feld. Keine Chance, sich zu verste-cken. Sich auf den Boden werfen oder in den Graben, ins Gebüsch, unter den Ochsenwagen, wo immer man gerade ist. Dieses dröhnend-sirrende Geräusch der he-ranbrausenden Flugzeuge, das krachende, berstende, ohrenbetäubende Rattern der Maschinengewehre und Splitterbomben, der Geschmack der Erde, die ihr in Mund und Nase bröckelt und sich mit ihrem Rotz und ihrer Spucke vermischt, das Schreien der Menschen wie von weiter Ferne, das erlösende ersterbende Singen der abziehenden Bomber, die Starre, wie sie feststellt, dass sie überlebt hat, die warme Pisse, die sie zwischen ihren Schenkeln spürt, die grauenvolle Stille, bevor sie aufste-hen kann und nachschauen, ob noch jemand außer ihr am Leben geblieben ist. Ein erster Blick auf die Felder rundum – gespenstisch. Die sind alle noch im Schock, denkt sie, sie können noch nicht aufstehen, wollen noch zuwarten, einfach noch ein Weilchen liegen bleiben. Vielleicht ist gar nichts passiert. Dann sieht sie das Blut, zerfetzt die einen, ein abgerissener Arm hier auf dem Boden, dort ein Kind tot auf dem Rücken, der Bauch blutend aufgesprengt, auch andere auf dem Rücken oder Bauch liegend, bewegungslos, verzerrt, verdreht, Körper herumgerissen, von der Wucht der Einschüsse unkennt-lich, erst jetzt sieht sie Karla aufstehen, ganz taub ist Hanna und noch nicht einmal erleichtert. Erwin kommt aus dem Gebüsch, auch andere Menschen bewegen sich jetzt, unsicher um sich schauend, tastend, wer von den ihren noch lebt, aber viel zu viele bleiben liegen! Vater, wo bist du? Da! Gerade kriecht er unter dem Karren des Nachbarn hervor. Leicht blutend am Kopf, die Deichsel des Wagens auf dem Boden aufgeschlagen, weggerissen vom zusammengesackten Ochsen, der im eigenen Blut liegt. Ein Kind hat Vater mit beiden Händen schützend auf dem Arm. Das ist doch die kleine Erna Siegloch! Wo sind ihre Eltern? Magda kommt dicht hinter dem Rücken des Vaters unter dem Wagen hervor, als wollte sie sich noch immer verstecken. Mutter! Luise! Rosa! Die Kleinen! Wer fehlt noch? Waren sie zuhause auch beschossen worden? Werden sie überlebt haben?

Nein, nein, nein, nicht schon wieder, wie oft, wie oft hat sich dieser Horror in ihre Träume und in ihre Gedanken geschlichen. Wird denn niemals Schluss sein?

Dennoch: Niemandem der Familie Schneider wurde damals auch nur ein Haar gekrümmt, neben all dem Grauen waren die ihren unversehrt. Durfte man sich freuen bei so viel Leid der anderen? Freuen nicht, das war unmöglich. Dankbar waren sie alle, unbeschreiblich dankbar. Das schon.

Hanna stand auf und nahm die Stühle vom Küchentisch. So hatte Gott sie behütet in diesem alles aufzehrenden Krieg. Wie oft könnte sie singen vor Freude und warum wurde dann Jakob *jetzt* krank? Jetzt, wo das Grauen vorüber war, jetzt wo sie es schön haben könnten? Was denkt sich Gott dabei? Warum kann und kann er nicht vergeben? Ist er wirklich ein rächender Gott, wie das Alte Testament ihn beschreibt?

»Wo bleibst du? Wir sitzen schon auf dem Wagen und warten auf dich! Was ist denn los? Was machst du denn für ein Gesicht?«

Ungeduldig hatte Vater die Tür aufgerissen.

»Jakob hat Multi… Multipliss Kerose.«

»Was ist das denn?«

»Hat er dir das noch nicht gesagt? Er war doch schon dreimal beim Doktor deshalb, sogar in Heilbronn. Du siehst doch, dass er seit Wochen manchmal so komisch humpelt.«

»Ja, aber der Jakob war ja schon immer ein bissle schwächlich. Was ist das denn, was du da sagst?«

»Das ist eine Krankheit, wo man immer weniger machen kann mit den Füßen und den Armen. Sie ist unheilbar und dann stirbt man.«

Der Vater starrte sie an. »Wo ist er jetzt?«

»Ich glaube, er wollte heute Nachmittag den Müllers aushelfen beim Heuen, die haben Mühe, alles fertig zu bekommen.«

Ganz blass war der Vater geworden und wie hart und zerfurcht sein Gesicht plötzlich aussah.

»Gehen wir. Die anderen stehen draußen.« Seine Stimme klang, als ob man zwei Steine zusammenklopfen würde.

Auf dem schwankenden Ochsenkarren ließ Hanna ihre Gedanken wieder schweifen. Die Sorgen um Jakob wollten sich ebenso wenig aus dem Kopf vertreiben lassen wie die Erinnerungen an den Krieg, als Gott sie inmitten von so viel Leid und Schrecken doch immer wunderbar geführt hatte. Nichts passte zusammen. Alles, was sie seither für selbstverständlich nahm, brach ein.

Gott verzeiht und liebt uns, wie er auch von uns fordert, unseren Mitmenschen zu verzeihen und unseren Nächsten zu lieben. Warum kann und kann er dieser ersten Frau und ihren Nachkommen nicht verzeihen? *Gottes Wege sind unerforschlich*, sprach sie beharrlich und fleißig hinein in ihre Verwirrung, doch wie trockene Papierschnipsel schmeckte der Satz, als sie ihn in ihrem Mund hin und her bewegte. Die Frage, ob Jakobs Erkrankung vielleicht noch etwas anderes war als Gottes Tat, hätte für Hanna keinen Sinn ergeben.

Immer tiefer grub sich die Gewissheit bei ihr ein, dass sie nie, niemals von Gottes Wegen abkommen wollte. Die verschwommene Angst vor dem, was Menschen und sogar ihren Nachkommen geschehen konnte, wenn sie Gottes Willen zuwiderhandelten, spürte sie nur vage, als etwas Fremdes, Ungeborgenes, Heimatloses, es war etwas, mit dem sie nie in ihrem Leben zu tun haben wollte. Vielmehr würde sie sich nur an das halten, was Gott für diejenigen bereithielt, die *seinem* Wort folgten.

Ständig fielen ihr die glücklichen Momente ein, in denen die Eltern mit ihnen sangen und beteten, egal ob im Luftschutzkeller oder abends vor dem Schlafengehen. Insbesondere an solchen Abenden, an denen niemand wusste, wer von ihnen am anderen Tag noch leben würde, half dieses Singen und Beten, es hatte die Kinder ruhig gemacht und die Jugendlichen fühlten sich in ihrer Angst geborgen von einem größeren Willen als dem eigenen.

Immer gleich wiegen einen die schwankenden Bewegungen des Ochsenkarrens, egal ob man wie heute im Frieden und in der schönen Junisonne auf die Felder hinausfuhr oder in anderen Zeiten mit vor Angst aufeinandergepressten Zähnen. Schwarze Nacht war es damals, denn nur noch nachts wurden jetzt die Felder bestellt.

Man war recht ins Hintertreffen geraten mit den Frühjahrstätigkeiten, weil man nie lange am Stück hatte arbeiten können.

»Wer geht mit hinaus heut Nacht?«, fragte der Vater beim Abendessen.

»Die Kartoffeln sind erst zur Hälfte gesteckt, die Zwiebeln müssen gesetzt werden, wir sind ziemlich im Rückstand, eigentlich müssen alle zusammenhelfen, wenn wir fertig werden wollen«, sagte Karla.

»Mutter und die drei Kleinen bleiben zuhause«, befahl der Vater.

»Die Zwillinge nehme ich im Wäschekorb mit und die Christel kann draußen ein wenig schlafen, es ist ja laues Wetter, dann könnte ich auch mitgehen heute.«

»Wenn es draußen auch noch bei Nacht losgeht, können wir euch nicht so schnell in Sicherheit bringen. Das kann ich nicht verantworten«, sagte der Vater.

»Ich gehe heute Nacht mit und wir legen die drei unter den Ochsenwagen, da können sie schlafen. Sicher ist es weder hier noch dort.«

Manchmal hatte die sanfte, nachgiebige Mutter eine Art zu reden, bei der niemand widersprach. Nicht einmal der Vater.

Als es vollständig dunkel war, zogen alle ihre Kittel und Arbeitsschuhe an, dann versammelte sich die Familie in der Scheune, wo Jakob und Erwin bereits den Ochsen anspannten. Der Stall war bei der letzten großen Bombardierung, als die Zwillinge geboren wurden, abgebrannt, aber ein Teil der Scheune konnte gerettet und notdürftig wieder aufgebaut werden. Auch das Haus war damals wie durch ein Wunder stehen geblieben. Die Dachluken der Scheune waren abgedunkelt, so konnten sie eine Lampe brennen lassen.

Bevor alle auf den Wagen kletterten, stimmte der Vater ein Lied an: *Drum soll vor Dir mein Herz sich stillen – ich weiß, dass ohne Deinen Willen – kein Haar von meinem Haupte fällt – auf Dich allein kann ich vertrauen …«*

Alle Strophen kannten sie auswendig und sie sangen langsam, jedes Wort des Liedes in sich aufsaugend, Hoffnung schöpfend auf erneuten Schutz und göttliche Fürsorge. Schon während der ersten Takte fing die kleine Magda an, am ganzen Leib zu zittern, ihr Gesicht wurde weiß wie Luckeleskäse und im Schein der Laterne sah man, dass es vor Schweiß glänzte, ihre Zähne klapperten so laut, als hätte sie Steinchen im Mund. Hanna stand neben ihr, aber wie ihre Schwester trösten? Sie konnte sich selbst nicht rühren, ihre Füße waren am Scheunenboden festgenagelt, die Hände und Arme taub, kalt und eisern wie der Saustallpfosten, an dem sie sich festhielt, genauso fühlte sie sich – zu keiner Bewegung fähig. Sie war doch schon bald fünfzehn, fast fünf Jahre älter als Magda, da sollte sie doch ein Vorbild sein für ihre jüngeren Geschwister, wie konnte sie Magda Kraft geben? Keine Tränen, einfach singen, weitersingen, nicht dran denken an die zerfetzten Leichen auf den Feldern am letzten Dienstag, wie viele waren tot gewesen, mehr als fünfzig hatte man später gezählt, viel mehr Tote als Lebende, ein tiefer Schluchzer bricht aus ihr heraus, einfach weitersingen, weitersingen, nicht aufhören, nicht aufhören, nicht auch noch den Eltern zur Last fallen mit ihrer Angst.

Während des Liedes machte der Vater einen Schritt auf Magda zu und legte ihr seine Hand auf die Schulter, unendlich sanft, wie es Hanna vorkam, und sogleich floss auch in sie wieder Atemluft ein, auch sie fühlte Ruhe und Festigkeit vom Vater ausgehen. Magda sah zu ihm auf, das Gesicht nass, ob von Tränen oder vom kalten Schweiß, der Unterkiefer flatternd, noch immer zitterte ihr dünnes Körperchen, doch bald konnte sie weitersingen. Hanna sah, wie Magda sich aufrichtete, mit ihr bekam auch sie wieder eine freie Brust, noch ein paar Mal schluchzte die Kleine, oder war sie es selbst? Immer ruhiger wurde sie unter der Hand des Vaters, das half auch Hanna, sich wieder geborgen zu fühlen und still zu werden. Bei der fünften Strophe blickte sie in die Runde und bemerkte, dass Vaters Geste sichtlich alle beruhigt hatte, und als das Lied zu Ende war, kam leise, von wer weiß woher, fast so etwas wie Abenteuerstimmung auf.

Los ging es also an die Arbeit. Zuerst durch die stockdunkle Kriegsnacht hinaus auf die Felder, Erwin lief voraus mit Streichhölzern, falls einmal zur Not ein wenig Licht benötigt wurde, Jakob führte die Ochsen und alle anderen schaukelten auf dem Holzwagen. Viele Menschen waren unterwegs, zu Fuß, mit Ochsen- und Pferdegespannen, kaum jemand sprach, allenfalls, dass man sich kurz grüßte.

Nachdem sie zwei Stunden unter Karlas effizienten Befehlen gearbeitet hatten, ertönte vom Dorf her Fliegeralarm. Nichts wie runter, unter den Wagen, wo die Zwillinge und Christel schon schliefen, alle Menschen auf den Feldern suchten sich irgendwo Deckung, von wo aus sie ihr Schicksal in Empfang zu nehmen hatten … Keine Tiefflieger diesmal? Es schien so … Zaghaftes Aufatmen … Vielleicht bombardierten sie einfach noch ein bisschen den falschen Bahnhof? Das war eine trügerische Hoffnung, denn längst war dieser enttarnt worden. Bomber brummten näher, immer näher, noch nie hatte Hanna die Dunkelheit so hautnah als Schutz erlebt. Schon erklang das so bekannte Dröhnen, welches sie seit ihrer Kindheit begleitete, zuerst als grandioses Spektakel beim Attrappenbahnhof, später dann lösten diese dunkel grollenden Geräusche Atemnot aus, niemals würde sie sich daran gewöhnen. Das Bombendonnern ertönte etwas weiter entfernt, vielleicht über dem Städtle, man konnte es nicht sehen und es wollte diesmal nicht aufhören, immer mehr Flugzeuge kamen und schienen all ihre tödliche Last auf einen einzigen Ort zu werfen. Als der Lärm der Flugzeuge erstorben war und man nicht mehr damit rechnen musste, dass etwa Tiefflieger nachkamen, kletterten alle aus ihren Verstecken. Still war es, sehr still, obwohl sicher sechzig, siebzig Menschen auf den kleinen Parzellen standen. Der Ortskern war verborgen im Tal, doch man sah einen gigantischen Widerschein von Feuer und Rauch gegen den schwarzen Himmel. Alles, alles musste brennen dort unten.

»Diesmal bleibt gar nichts mehr übrig«, sagte ein Mann, der im Dunkeln nicht zu erkennen war.

Wie auf ein unhörbares Kommando kam Bewegung in die Nacht und in die Menge der Menschen. Es war ein Schreien, Rufen und Rennen, man suchte die Seinen zusammen, um ins Dorf zurückzukehren und zu retten, was es dort unten noch gab.

»Gar nichts mehr bleibt übrig diesmal, gar nichts.«

Wieder sprach jemand aus der Dunkelheit. »Elfriede!« Der Vater rief die Mutter nur selten mit ihrem Vornamen. »Du hast dich wieder einmal durchgesetzt.«

»Ja«, sagte sie.

»Danke«, sagte er.

Kaum vorstellbar, dass zuhause jemand überlebt hätte.

»Hanna, wo bist du eigentlich mit deinen Gedanken?«, schrie Karla sie an. »Schon dreimal hab ich dich was gefragt, bist du vielleicht verliebt?«

Die Worte der großen Schwester schleuderten sie wieder zurück in den hellen Junitag und in den Frieden. Frieden hatten sie! Und das seit über drei Jahren. Wie es wohl Menschen ging, die ihr Leben lang im Frieden verbrachten? Ob es so etwas gab?

»Was denn? Nein, natürlich bin ich nicht verliebt. Zuerst bist du dran!«

Alles lachte, auch Karla, aber sie wurde ein wenig rot, denn sie war schon bald fünfundzwanzig und ein Verehrer war noch nicht in Sicht.

»Also, gehst du jetzt mit mir? Wir rechen das Heu von der Neckarseite her zusammen, die anderen kommen von oben runter«, befahl sie.

Während der gleichmäßigen Arbeit kehrten Hannas Gedanken zurück zu ihren Problemen, die ihr unlösbar schienen.

Warum schickt Gott nach all den überstandenen Strapazen und Gefahren Jakob jetzt diese schreckliche Krankheit? Wieso konnte *Er* nicht verzeihen? Wo bleibt *Seine* Güte? Sie suchte zusammen, was man ihr erzählt hatte: Vater und seine erste Frau wurden von Gott bestraft, weil sie gegen *Seinen* Willen heirateten, die Frau bekam eine schreckliche Krankheit und starb, Gott vergab Vater, heilte ihn vom Krebs und behütete die neue große Familie in den schwierigsten Zeiten, die sich Menschen nur vorstellen können.

Aber warum lässt Gott die Kinder dieser ersten Frau weiterhin leiden und schickt ihnen Krankheiten oder alle möglichen Erschwernisse? Kinder können doch nichts dafür.

Der Nachhall ihrer gemeinsamen Kindheit schwang durch die Sommerluft und erinnerte sie fast schmerzhaft an ihre schwesterlich-kindliche Zärtlichkeit. Obschon zwei Jahre älter, war Jakob immer schmächtiger und kleiner gewesen als sie, oft hatte sie ihn bewundert für seinen hellen Teint und sein stilles, in sich gekehrtes Wesen. Eine hohe, gewölbte Stirn besaß er, und an den Schläfen pulsierte ein feines Netz von hellblauen Äderchen, darüber dehnte sich verletzlich die weiche Seide seiner kindlichen Haut. Nie würde sie den Moment vergessen, von dem an sie ihn beschützen wollte. Es war an ihrem ersten Schultag gewesen.

Alle Schüler lernten in einem einzigen Raum und für Jakob begann bereits die dritte Klasse. Dieser Blick war es, den Hanna niemals vergessen würde. Mit dem beflügelten Stolz einer Schulanfängerin kam sie in der Pause gerade dazu, wie ein kräftiger Junge, sicher aus der vierten oder fünften Klasse, mit einigen halbstarken Bewunderern hinter sich, Jakob gegen die Mauer des Schulhauses drängte.

»Was musst du immer Einser schreiben, du Klugscheißer, denkst wohl, du bist was Besseres! Pass bloß auf, irgendwann seifen wir dich ein, wenn das so weitergeht!«

Jakob ließ sich gegen die Wand drücken und Hanna fing seinen Blick auf. Keine Angst, keine Wut lag in seinen Augen, es war, als würde sich ein Vorhang zur Seite schieben und als leuchtete für den Sekundenbruchteil eine andere Welt auf. Sie hatte als Sechsjährige diesen Blick erfasst mit ihrem Herzen, mit allen Fasern ihres Fühlens, doch nie hätte sie ihn beschreiben können. Heute würde sie, was sie gesehen hatte, als maßloses Erstaunen bezeichnen. Aber es war mehr als das. Es war wie das Aufblitzen von etwas Jenseitigem, als wäre seine Seele anderswo zuhause und könnte nicht mehr dorthin zurückfinden, als wäre Jakob irgendwo in der Fremde gestrandet, bei andersartigen Wesen, die er nicht verstand und mit denen er nichts anzufangen wusste. Diesen Blick, der Hanna als Erstklässlerin in seiner ganzen Wucht getroffen hatte, sah sie später hin und wieder – abgemildert zwar, nicht mehr so schutzlos, nicht mehr so unverhüllt, eher vorsichtig gedämmt, aber doch verstörend – bei den gemeinsamen Essenszeiten, vor allem dann, wenn es wieder einmal besonders lärmend und chaotisch zuging.

Hanna verkrampfte es das Herz, denn niemand schien es zu merken: Jakob war zu filigran für diese Welt.

Ist Gott so grausam? Wie konnte er dieses unschuldige Wesen bestrafen? Wieso ließ Gott Jakob so allein? Wie kann man sich an einem so zarten, wehrlosen Menschen so furchtbar rächen?

Doch sofort fielen all diese Fragen wie Steine auf ihr Gewissen. Wie konnte sie es wagen, Gott anzuzweifeln. *Er* wusste doch immer, was er tat! Zweifeln ist Sünde. Doch diese Sünde konnte sie nicht abstellen. In ihrem Kopf drehte der Kreis von Bildern, Erinnerungen, Dankbarkeit, Ärger, Angst, Sorgen.

»Bitte, lieber Heiland, verzeih mir meinen Hochmut, dass ich zweifle an deiner Liebe. Bitte hilf Jakob und mach ihn wieder gesund.«

Keine Kraft hatte dieses Gebet. Dann fing alles von vorne an. Schwer drehte sich das Gedankenmühlrad. Mit wem konnte sie reden? Mit dem Vater? Das wagte sie nicht. Mit Karla vielleicht? Oh nein, lieber nicht, Karla war ja auch eine Tochter der ersten Frau und Hanna wollte ihr keine Angst einjagen.

Heiß und anstrengend war es, das Heu zusammenzurechen und aufzubocken, aber es tat ihr wohl. Heute Abend würden sie noch in den Neckar springen, sie würden jauchzen und lachen und hätten keine Angst mehr vor Tieffliegern. Wie gut sie es doch hatten, jetzt. Bald würde sie neunzehn Jahre alt werden, ob Menschen zu anderen Zeiten auch so viel erlebt hatten wie sie? Wieder schweifte sie zurück zu den noch gar nicht lange vergangenen Geschehnissen.

Vater, Jakob und Karla waren damals mit vielen anderen Männern hinuntergegangen ins Städtchen, um sich einen Überblick zu verschaffen über das Ausmaß der Zerstörung. Die anderen blieben auf den Feldern und arbeiteten weiter, bis sie so müde waren, dass sie sich auf den Wagen legten und einschliefen.

Mit rußgeschwärzten Gesichtern, Brandlöchern in den Kleidern, schmutzig von oben bis unten und schwankend vor Erschöpfung kamen die drei bei Sonnenaufgang zurück.

»Alles ist verbrannt. Nichts ist mehr übrig, das Haus, der Stall, alles. Aber wir sind nicht die Einzigen.«

Vater berichtete als Erster. »Diesmal ist wirklich nichts mehr da, außer der Kirche. Ich hab den Schultes getroffen. Alle, die wie wir noch ein Fuhrwerk haben, müssen die nächsten Tage kommen, die Toten einsammeln und aufräumen.«

»Wir müssen uns aufteilen«, sagte die stets praktische Karla.

»Moment mal! Alles ist ganz und gar kaputt? Alle tot, die zurückgeblieben waren im Städtle? Alle Häuser verbrannt? Nichts mehr da, Betten, Decken, Haushalt? Das Vieh? Alles?«

Die Mutter wollte erst einmal begreifen, was geschehen war, bevor sie sich schon wieder einteilen ließ.

»Alles«, sagte Vater.

»Wo bleiben wir jetzt? Wo schlafen wir? Was essen wir?«

»Ich weiß nicht.«

Selten, dass der Vater einmal nicht weiterwusste.

Inzwischen stand die Sonne leuchtend am Himmel und versprach einen wunderschönen Frühlingstag. Panik stieg in Hanna auf, nie wird sie dieses falsche Gefühl vergessen, die Frühjahrssonne, die Tod bringt anstatt Leben, sie zeigt den Tieffliegern den Weg.

»Wir müssen weg von hier, so viel steht fest.«

»Gehen wir doch erst einmal ins Kellerle in den Wengert.«

Luise war es, die die rettende Idee hatte. Ins Kellerle! Seltsam erleichtert fühlte sich Hanna plötzlich. Das Kellerle, eine Höhle im steilen Weinberg, in der das Wintergemüse lagerte, erschien ihr nun als Ort der Geborgenheit, nichts wie hin, weg aus dem grellen Licht. In der Nachbarhöhle standen sogar ihre zwei Kühe, Glück gehabt, dass schon früher Teile des Stalles zerbombt worden waren und sie die Kühe hier hatten unterbringen müssen. Jetzt gab es wenigstens Milch zu trinken. Das andere Vieh, die Schweine, die drei Kälber, die Hühner, die Gänse – diesmal war alles verbrannt.

Damit sie Platz fanden, gruben die Großen zusammen mit dem Vater etwas tiefer nach hinten in die Erde und schufen damit Raum zum Liegen für alle dreizehn Familienmitglieder. Erst einmal schlafen, Heu war ja da. Was war es doch jetzt für ein Segen, dass die beiden Kühe hier und nicht unten im Stall standen, Hanna musste wieder und wieder staunen, denn was man einmal als Pech erlebt, konnte sich nachher als Segen erweisen. In den nächsten Tagen errichtete sie mit Jakob zusammen am Eingang notdürftig eine Holzhütte und ganz hinten in der Höhle gruben Karla und Luise einen Durchgang zur Nachbarhöhle mit den Kühen, denn man konnte auch hier jederzeit ausgebombt, verschüttet und lebendig begraben werden, so schufen sie sich einen Notausgang. Das Essen wurde im Freien zubereitet, im Schutz einer hohen Hecke, das Wasser kam von einer Quelle, ein, zwei Kilometer entfernt, nach ein paar Tagen kamen Feldbetten und Decken, vermutlich von der Gemeinde oder von der Winterhilfe, auch die Lebensmittelversorgung funktionierte bald wieder notdürftig.

So hausten sie bis Kriegsende. Für die Kleinen war dies ein wildes Abenteuer. Doch Hanna, als Älteste von den jüngeren Geschwistern, spürte ihre Verantwortung. Mit ihren fünfzehn Jahren fühlte sie sich als eine Art Wächterin über die neue Familie. Eine Wächterin des Glaubens vielleicht? Oder etwas wie eine Vermittlerin zwischen den Anliegen des Vaters und den jüngeren Geschwistern? Sie hätte es nicht zu beschreiben vermocht, es war auch kein bewusster Gedanke, aber der Grundton ihres Lebens war Pflichtgefühl, das aus dem Verlangen kam, den Vater in der Tiefe zu verstehen. Welch übermenschliche Anstrengung musste es für die Eltern bedeutet haben, in dieser drangvollen Enge und der elementaren Einfachheit zu leben, ständig begleitet vom Schatten der Todesangst um alle ihre Kinder.

Doch auch diese Situation betrachtete Hanna als Gottes Voraussicht. Die ersten Soldaten der französischen Armee drangen in das Ruinen-Städtchen, man sah es vom Weinberg aus, der Vater wurde sehr unruhig und achtete darauf, dass keines der Mädchen sich weit von der Höhle entfernte. Und obwohl man die Felder hätte bearbeiten müssen, obwohl sicher keine Tiefflieger mehr zu erwarten waren, durften sie nicht hinaus.

»Jetzt ist es bald vorbei«, sagte er.

Wie erschöpft er aussah. Und doch unendlich erleichtert.

»Bald ist Schluss mit dem Hitler seinem Irrsinn, bloß jetzt noch eine Weile Vorsicht, bis alles ganz rum ist.«

Und was hatte Hanna für Andeutungen gehört nach dem Krieg hinter vorgehaltener Hand! So manches hatte sie gar nicht richtig verstanden, man sprach nicht offen darüber, aber es mussten schlimme Dinge mit manchen Frauen passiert sein, sie wagte niemanden zu fragen, denn etwas lag in der Art des Gemurmels im Hintergrund, das kein offenes Reden und Schauen erlaubte. Nebelhafte Scham umgab sie, sie wusste aber nicht recht, warum. Sie und ihre Schwestern waren in Sicherheit, versteckt in ihrer Höhle weit draußen in den Weinbergen, so lange, bis sich die französische Kommandantur eingerichtet und nach den ersten wilden Tagen des Einmarsches wieder einigermaßen Ordnung hergestellt hatte. Für Hanna war es allein Gott, der auch diesmal wunderbar für sie gesorgt hatte.

Wieder schwenkten ihre Gedanken in die Gegenwart und Jakobs Erkrankung schob sich erneut vor ihren inneren Blick. Warum tust du das, Gott?

Am Abend vor dem Schlafengehen betete sie wie gewohnt und bat wieder und wieder um Heilung des Bruders. Flügellahm war das Gebet noch immer. Hanna fand keine Ruhe. Tage- und nächtelang mahlte es in ihrem Kopf, bitterer Groll mischte sich in ihre Sorgen, taube, unbestimmte Angst, dann eiskalter Zweifel an Gottes Güte, gefolgt von den Bruchstücken der Schuld, hinzu kam der Kummer um ihren Bruder, aber auch dieser wiederum war vermischt mit muffigem Ärger und immer wieder diese Wut! Auf wen eigentlich? Wenn sie ehrlich in sich hineinhorchte, musste sie sich eingestehen, dass der Groll Gott selbst galt und wegen dieser Erkenntnis ängstigte sie sich sofort. Dieses unordentliche, widersprüchliche Gemenge arbeitete, rührte, mahlte in ihrem Inneren wie ein Zementmischer, bis es immer schwerer wurde in ihr und sie selbst immer steinerner.

Nachdem Jakob seine nachbarschaftliche Mithilfe bei der Heuernte beendet hatte und wieder häufiger in der Familie war, beobachtete sie, dass er unentwegt kaute. Allenthalben griff er sich in die Hosentasche, holte etwas heraus, und kaute weiter darauf herum. Es war nicht viel, was er sich in den Mund schob, eher etwas wie kleine Körner oder Pillen, was war das nur? Vielleicht musste er unentwegt Medikamente nehmen? Irgendwann war ihre Neugier größer als die Befürchtung, von ihm abgeschmettert zu werden.

»Das ist vorgekeimter Weizen.«

»Und?«

»Was und?«

»Und warum isst du das die ganze Zeit?«

Jakob rollte mit den Augen, wie er das immer tat, zögerte eine Weile, seufzte und schien dann bemüht, seine Informationen in einem Schwall auszuspucken, als müssten sie ja doch heraus.

»Ich war mit dem Gaul von Müllers beim Hufschmied, der hat mir erzählt, dass seine Schwägerin auch so etwas Ähnliches hatte, der Schmied konnte den Namen der Krankheit nicht aussprechen, deshalb denke ich, es war dasselbe, so etwas kommt ja nicht so oft vor, er meint, dass man das mit vorgekeimtem Weizen heilen kann, aber der muss immer gut gekaut werden und ich weiche also die Weizenkörner über Nacht ins Wasser ein und stecke sie morgens in meine Hosentasche, in der Wärme können sie auskeimen, dann esse ich immer ein paar davon. Seine Schwägerin ist wieder ganz gesund geworden.«

»Der Hufschmied! Das gibt es doch nicht!«

Noch während Jakob gesprochen hatte, war ätzende Empörung in Hanna aufgekocht und hatte sie bis unter die Haare ausgefüllt.

»Wie wenn der was davon wüsste! Dass du dich darauf einlässt! Der bespricht und verhext doch die Gäule. Wie kannst du nur! Das kannst du doch als Christ nicht machen!«, schrie sie.

Ganz heiß war ihre Haut geworden und brannte auf Hals und Wangen und so sehr sie sich auch bemühte, diesmal ließ der Zorn sich nicht unterdrücken. Seit Wochen betete sie morgens und abends für ihren Bruder, sie war sich sicher, dass der Vater dasselbe tat, sonst wusste offenbar keiner von der Krankheit. Wie konnte sich Jakob von dem Hufschmied vormachen lassen, er könne sich selbst heilen! Von dem wusste man doch, dass er niemals die Kirche besuchte und dass bei ihm Seltsames vor sich ging!

»Wieso denn, wenn er Gäule heilen kann, versteht er doch was von Krankheiten!«, antwortete Jakob.

»Jeder weiß doch, dass da etwas nicht mit rechten Dingen zugeht! Die Sau-Bauern halten doch bloß das Maul, weil sie froh sind, wenn sie ihren Gaul nicht zum Abdecker bringen müssen!«

»Wer heilt, hat recht, hast du das noch nie gehört?«

Jakob lachte, aber seine Augen verrieten Unsicherheit. Vielleicht sogar Angst.

»Das ist ja nicht nur, wie wenn man sich selbst an den Haaren aus dem Sumpf ziehen will, das ist noch viel schlimmer!«, schrie Hanna. »Bei dem ist doch der Teufel im Spiel, das weiß doch jeder! Lass bloß die Finger davon!«

Nicht ein einziges Mal hatte Jakob sie darum gebeten, für ihn zu bitten vor Gott. War ihm denn mit keinem Gedanken klar, dass nur *Er* ihn heilen konnte, sonst nichts und niemand? Wusste er nicht, dass Gott ihm diese Krankheit geschickt hatte und dass nur *Er* sie ihm wieder nehmen konnte?

»Vorgekeimter Weizen! Dass ich nicht lache!«

Heiße, zornige Tränen standen ihr in den Augen und sie brauchte alles, um nicht laut zu schreien. Jakob aber, da er nun schon einmal dabei war, vielleicht auch, um sich Mut zu machen, legte nach.

»Der Hufschmied hat außerdem gesagt, ich soll bald weg von hier, weg von der Familie, ganz weg, mir eine eigene Bleibe und Arbeit suchen, das würde mir helfen, dann könnte ich besser gesund werden.«

Zu viel. Das war zu viel. Hanna rannte hinaus. Ziellos zuerst über den Hof, dann in die Scheune, der grobe Weidenbesen stand an der Wand und Hanna begann, die Scheune auszufegen, sie fing in der hinteren rechten Ecke an und stellte fest, dass dies schon lange nicht mehr gründlich getan worden war, jeden Strohhalm, jeden getrockneten Erdklumpen, jeden Mäusedreck, jedes Steinchen, alles, was auf dem gestampften Scheunenboden lag, fegte sie auf und versuchte, mit hartem Rhythmus ihren Geist zu sänftigen. Wie gut ihr diese ordnende Arbeit tat, sie war ein gewissenhafter und akkurater Mensch, wenn sie etwas anfing, dann wurde es mit Genauigkeit bis zu Ende ausgeführt. Ordnung schaffen. Schweiß rann ihr vom Gesicht über den Hals, ihr Atem wurde tiefer, je schneller sie schuftete, und sie versuchte, an nichts zu denken außer daran, wie sie die Scheune ganz sauber bekommen konnte. Aber je länger sie bürstete und kehrte, desto wütender verbissen sich die Gedanken in ihrem Hirn. Nein! Was Jakob da tat, konnte sie nicht gutheißen. Dass er auf diesen Hufschmied hörte! Wie konnte er nur!

Plötzlich, während sie das Gemisch aus Stroh, Staub, Resten von Mist, Rattendreck – sogar eine tote Maus war darunter –,während sie diesen Schmutz mit dem Besen nach draußen in den erdigen, grasigen Weg schwang, in die tiefen Furchen, die der schwere Heuwagen hinterlassen hatte, musste sie ein wenig kichern über sich selbst. Sie sah sich, wie sie versuchte, Ordnung zu schaffen. Vielleicht sollte sie endlich Ordnung in sich selbst schaffen? Diese verwirrenden Gedanken, derer sie nicht Herr wurde und die sie nicht sortieren konnte, grad wie dieser Dreckhaufen vor ihr.

Wie schafft man Ordnung im Innen? *Wie schafft man Ordnung im Innen?* Beten? Das tat sie ja tagtäglich!

Sie hielt inne, keuchte, stützte ihr Kinn auf beide Hände auf dem Besenstiel, blies die Luft aus dem Mund. Wenn sie nur einmal irgendwo allein sein könnte, immer war man mit Menschen zusammen in dieser großen Familie. Nirgends hatte man ein Fleckchen für sich. Ohne zu überlegen, stellte sie den Besen wieder an die Wand und kletterte die Leiter hinauf zum obersten Heuboden, direkt unter dem Scheunendach. Staubig und heiß war es, aber es roch angenehm, denn erst in den letzten Tagen war der Dachboden mit frischem Heu gefüllt worden. Spinnweben spannten sich im schummrigen Licht, eine Heugabel aufgehängt an der grob gezimmerten Holzwand, Staub, Staub, bereits benutzte Strohschnüre hingen an einem rostigen Eisennagel sauber sortiert, Heu, nichts als Heu, meterhoch. Schweiß grub kleine Rinnsale in ihr staubig überpudertes Gesicht. Ganz nach hinten stapfte und kletterte sie über die nachgiebigen Haufen, da, wo nur wenig Licht hinfiel, hinten in der stickigen Ecke, wo niemand sie finden würde, dort würde sie erst einmal Ruhe haben. Sie ließ sich fallen in das weiche Heu.

Wie wohl das tat. Ihr Körper war müde, aber ihr Geist war so aufgedreht, dass ihr auch hier keine Atempause vergönnt war. Gott. Mit welcher ungeheuren geheimen Macht hatte sie es hier zu tun! Wie konnten nur manche Menschen an seiner Existenz zweifeln, wo doch alles so offensichtlich vor einem lag! Nicht an Gott selbst, doch an Seiner Liebe und Güte bröckelte seit Tagen ihre Gewissheit wie ein langsam einstürzendes Gebäude. Wie war es möglich, sich einen kindlichen Glauben zu bewahren, wenn man es mit einem so unversöhnlichen, rächenden Gott zu tun hatte? *Wenn ihr nicht werdet wie die Kinder ...,* hat doch schon Jesus gesagt! Aber nicht liebend war Gott also, sondern zürnend, eifersüchtig, nachtragend! So war Gott? Wenn *Er* nicht aufhörte zu grollen, wie verlangte er dann von ihr als schwachem Menschlein, dass sie ihren Ärger bezähmte? Da schwoll ihr der Zorn an zu einem Strom aus Glut und Feuer, der ihre altbekannten Gewissensbisse mit sich riss und zu nichts verglühte. Schreien hätte sie können! Schreien wollte sie! Schreien gegen diesen Gott!

»Warum tust du das, Gott? Warum kannst du nicht verzeihen? Du, der unendliche Gott! Dein Erbarmen, dein Verzeihen sollen grenzenlos sein? Heile also meinen Bruder, nimm seine Krankheit weg! Nimm diesen Fluch von meinen vier Geschwistern! Wie soll ich dich als Herrn meines Lebens annehmen, wenn dein Zorn nicht vergeht? Wenn dein Verzeihen nicht unbegrenzt und deine Güte nicht unerschöpflich ist? Wenn deine Liebe nicht endlos ist, dann bist auch du nicht endlos!«

Schwer ging ihr Atem. Sie zog die Luft durch die Zähne, erstaunt über ihren eigenen Mut.

»*Dann – bist – du – nicht – Gott!*«

Heißer Schreck durchfährt sie über solchen Frevel. Sie hadert und rechtet mit dem Großen Gott. Doch noch immer ist ihre Wut nicht gestillt, weiter und weiter durchbricht ihre Rage alle Gewissenszäune und Vernunftmauern, die sie sich im Laufe ihres Lebens in den Weg gebaut hat. Laut schreien will sie noch immer. Die Heugabel reißt sie von der Wand und stemmt sie wie rasend in das lockere Heu, sie sticht zu, noch einmal und noch einmal.

»Dann – bist – du – nicht – Gott!«

Heraus reißt sie die Gabel aus dem Heuhaufen und stößt sie nach oben, Gott entgegen, wieder und wieder rammt sie sie in die Höhe.

»Wie soll ich an Dich glauben, wenn Du nicht einmal meinen Bruder wieder gesund machst!«

Nach oben in den Himmel stößt sie noch mal und noch einmal. Da rempelt sie mit der Gabel an das schräge Scheunendach.

Wie ein Blitz fährt es in sie. In dieser Sekunde sieht sie sich wie von außen mit der Mistgabel in der Hand gegen Gott wüten, in den Himmel stechend, heulend, schreiend, sie sieht das Lächerliche daran, ohne sich zu schämen, und aus ihr heraus bricht ein lautes, freies Lachen. So, als ob ganz unten auf dem Grund des übervollen Wut-Fasses ein himmlisches Gelächter zuhause wäre.

Sie lachte und prustete und wollte nicht mehr aufhören. Ganz schön verwegen war sie da. Nicht einmal ein schlechtes Gewissen hatte sie mehr. Es war, als ob sie sich auf wundersame Weise gereinigt hätte, als ob *etwas* sie gereinigt hätte. Vielleicht war das Gottes Antwort? Lachte er sie aus? Hanna selbst auf jeden Fall konnte in diesem Moment so herzlich über sich lachen wie noch nie. Dankbar und erschöpft ließ sie sich wieder zurück ins trockene, duftende Gras fallen. Dankbarkeit war alles, was sie zu fühlen noch imstande war.

Nach einer langen Weile im weichen Heubett kletterte sie vorsichtig die Leiter hinunter, klopfte sich die Halme und den Staub von der Schürze, ging an den Wasserhahn im Stall und wusch sich ihr Gesicht ab.

Am Abend zog sie ihre Kleider aus, stülpte das leinene Nachthemd über den Kopf und wollte gerade ins Bett steigen, als sie auf dem Kopfkissen einen Zettel mit der Schrift ihres Vaters vorfand. Es war nur ein kleiner Abriss aus dem Kalender, auf dessen Rückseite der Vater *Hebräer 11 Vers 1* geschrieben hatte. Dies war eine Botschaft, die ihr persönlich galt, und sofort schlug sie die Bibel auf, die immer auf dem Nachttisch lag.

Es ist aber der Glaube eine feste Zuversicht dessen, das man hofft, und ein Nichtzweifeln an dem, das man nicht sieht.

Fast kamen ihr die Tränen vor Glück. Ihr Vater hatte auf sie geschaut, ohne ein Wort zu sagen. Er hatte sie wahrgenommen in ihren Nöten, ohne dass sie es selbst bemerkte. Sie fühlte sich zutiefst berührt von ihrem Vater und auch von Gott. In ihrem Innersten gesehen zu werden, brachte plötzlich Licht in das Dunkel. Dankbar legte sie die Bibel auf die Seite und schlief zum ersten Mal seit einer Woche die ganze Nacht hindurch. Am nächsten Morgen erwachte sie erfrischt und mit neuem Mut. Sie legte Jakobs Schicksal in Gottes Hände. Hier hatte sie nichts mehr zu tun.

Sehr bald erhielt Jakob eine Stelle als Großknecht auf einem Gutshof hinter Heilbronn. Hanna wusste, dass er auch deshalb das Elternhaus verließ, weil er – obwohl er der älteste Junge war – keine Chance auf die Hofnachfolge hatte, oft hatte Hanna die Eltern deswegen streiten hören. Am Tag des Abschieds kamen alle zusammen, es wurde ein Choral gesungen, Jakob gab allen seinen Geschwistern die Hand.

»Ade«, sagte er zu jedem Einzelnen, nur als die Stiefmutter an die Reihe kam, sagte er: »Danke für alles.«

Am Schluss gab er dem Vater die Hand und sagte nochmals: »Ade.«

Sonst sprach niemand etwas. Jakob drehte sich um, ging zur Tür hinaus, alle schauten ihm nach. Er schien aufzuatmen, als er im Gehen in den freien, weiten Himmel hinausblickte. Von hinten sah man, dass er seine Hand in die Hosentasche steckte, etwas herausholte und es sich in den Mund schob.

Zu Weihnachten kam Jakob nach Hause auf Besuch. Er war viel kräftiger geworden, fast schien er sogar noch gewachsen zu sein. Männlich wirkte er, schlecht rasiert zwar, aber mit offenem, frohem Gesicht. Und er hinkte nicht mehr.

»Wie geht's?«, fragte der Vater.

»Gut«, sagte Jakob und streifte dabei Hannas Blick.

Nach einem Zögern fügte er hinzu: »Ich war beim Doktor in Heilbronn, der hat nichts mehr gefunden.«

Es war jener Weihnachtsabend im Jahr 1949, als sie neunzehn Jahre alt war, an dem Hanna die tiefste Entscheidung ihres Lebens fällte, denn nie hätte sie in Erwägung gezogen, dass etwas anderes als Gott selbst Jakob geheilt hatte. Weder fragte sie sich, ob die ursprüngliche Diagnose vielleicht falsch gewesen war, noch kam ihr in den Sinn, dass es für Jakob hatte heilsam sein können, aus der Familie weggegangen zu sein, dass er sich vielleicht hatte erholen können, weil er seinen eigenen Platz gefunden hatte. Auch überlegte sie nicht, dass sich manche Jugendkrankheiten einfach auch auswachsen, ganz zu schweigen vom lächerlichen vorgekeimten Weizen oder gar vom Spuk des Hufschmieds. Nie im Traum hätte sie sich Fragen über die Gesundung Jakobs gestellt. Für sie war Gott allein der Bringer der Krankheit und auch deren Heiler. Nie wieder wollte sie an *Ihm*, an Seiner Güte und an Seiner Allmacht zweifeln, nie mehr sollte ein Funken Unsicherheit sie von der Nähe Gottes trennen, nie mehr wollte sie hadern mit *Seinen* Ratschlüssen, und sollte sie einmal Kinder haben, würde sie alles tun, um auch ihre Nachkommen einzig in Gottes Namen und Sinn zu erziehen, damit auch sie und alle Generationen danach ihm nachfolgen würden.

KAPITEL 6 | *Magda*

Stefan Fuller trat auf die Bremse, als er die beiden Anhalterinnen am Straßenrand stehen sah. Die Strecke kannte er gut, hinter der weißen Markierung fiel das Gelände steil ab und aus den Augenwinkeln sah er die frischen Reifenabdrücke im Gras. Doch seine Aufmerksamkeit sprang zu den beiden Tramperinnen über, die verblüffend schnell in sein Auto gehuscht waren. Zwei Diakonissenschwestern im Rentenalter mit weißen Häubchen, knöchellanger Tracht und jeweils einem altmodischen Lederköfferchen in der Hand, baten ihn, sie rasch zum Flughafen zu bringen, sie seien schon recht spät und wollten keinesfalls ihr Flugzeug verpassen. Zur Bibelfreizeit nach Teneriffa sollte es gehen.

Weil Fuller in seinem Wagen sitzengeblieben war, hatte er nicht sehen können, dass am Fuß der Böschung ein alter Golf auf dem Kopf lag. Im Gurt hing eine dritte Ordensschwester.

Zehn Minuten zuvor war Magdas Wagen um die Ecke der Altenresidenz des Mutterhauses geflitzt. Die Bremsen quietschten, als sie ihn vor dem Eingang zum Stehen brachte, wo Schwester Gisela und Schwester Wilma auf sie warteten. Alle drei lachten und schwatzten durcheinander, während sie ihr bescheidenes Gepäck im Kofferraum verstauten. Endlich ging es los. Ferien machen! Mit dem Flugzeug fliegen! Auf eine Insel! Ans Meer! Noch nie in ihrem Leben hatte es das gegeben. Magda freute sich für ihre beiden Mitschwestern und hatte angeboten, sie zum Flughafen zu bringen, schließlich besaß sie als Einzige ein Auto.

Als junge Mädchen schon hatten alle drei Frauen ihr Leben Jesus geweiht und waren Diakonissen geworden. Viel hatten sie gearbeitet in all den Jahren – in Altenheimen, Krankenhäusern, Kinderheimen. »Mein Lohn ist, dass ich darf«, war das Motto, nach dem sie lebten, ihr weltlicher Verdienst war an das Mutterhaus gegangen, ihr Leben verschenkten sie an Gott, Leibeigene Christi nannten sie sich gerne, Ehelosigkeit und Gehorsam, Beten und Arbeiten – Ora et Labora – waren ihr lebenslanges Gelübde und so blieben sie auch im Alter eingebunden in das Gemeinschaftsleben mit den festen Gebetszeiten und Tagesrhythmen des kleinen Altenheims. Ferien am Meer auf einer fernen Insel im Süden waren im Gleichmaß ihrer Tage nicht mehr zu erwarten gewesen und deshalb umso kostbarer.

Später wird sich Schwester Gisela immer wieder fragen, warum sie ihre Mitschwester Magda im Stich gelassen hatte, sie wird ihr Leben durchforsten und darüber grübeln, wie es so weit mit ihr hatte kommen können.

Mitten im Krieg war sie als jüngstes von drei Kindern in eine Schuhmacherfamilie hineingeboren worden. Kaum war die kleine Nachzüglerin ein paar Wochen alt, wurde bei einem der ersten – noch kleineren – Luftangriffe 1942 auf Heilbronn die ganze Familie im Luftschutzkeller verschüttet. Die Mutter konnte nur noch tot geborgen werden. An Leib und Seele zerstört, war der Vater wegen einer schweren Verwundung aus dem Krieg zurückgekehrt, doch apathisch und wie ein Fremder lebte er in der eigenen Familie. Nach der Zerstörung ihres Hauses musste er mit seinen drei Töchtern nach

Böckingen in eine Mietskaserne ziehen, in deren Keller er eine kleine Werkstatt nutzen konnte.

Ein Säugling wie Gisela war mehr, als die Familie ertragen konnte. Das Neugeborene wurde eher schlecht als recht von den beiden älteren, pubertierenden Schwestern versorgt und mit der Flasche ernährt, musste aber oft genug stundenlang nach Nahrung brüllen, entweder weil niemand Zeit hatte oder weil keine Milch im Haus war – die Schwestern schoben die Wiege mit dem Kind dann augenrollend in die väterliche Schlafkammer, um sein Schreien nicht zu hören. Doch Gisela wurde ein kräftiges Kind. Krabbelnd erkundete sie zuerst ihre Umgebung bis in die kleinsten Winkel, konnte früher als gewöhnlich laufen, prügelte sich später mit gleichaltrigen und älteren Kindern und die Lautstärke ihrer Stimme ließ auf einen unbezwingbaren Überlebenswillen schließen, wohl wissend, dass sie eine Last für die Familie war, denn der Satz »Dich hätten wir nicht auch noch gebraucht« war vermutlich das, was sie am häufigsten zu hören bekam in ihren ersten Jahren.

Boden unter den Füßen erhielt sie dadurch, dass sie ihrem Vater bei seiner Arbeit helfen konnte, denn für das Schuhmacherhandwerk hatte sie sich früh Geschicklichkeit erworben. Sie lebte von den Brosamen der schweigenden väterlichen Anerkennung, die sie hungrig aufsammelte, als hinge ihr Leben davon ab.

Ihr Absturz kam erst mit der Pubertät. Besonders hübsch war sie nie und auf keinen Fall wollte sie ein Mädchen sein. Das Zupacken wie ein Junge hatte sie durch ihre Kindheit getragen, fleißig sein und es vor allem dem Vater recht machen – allein dadurch fühlte sie sich zum Dasein berechtigt. Sogar wie der Vater selbst wollte sie werden. So war das Entsetzen groß, als ihr Brüste wuchsen, ja sogar Schamhaare, und mit dem Beginn ihrer Blutungen wurde aus Scham blanker Horror, zum Glück hatte sie vorher schon von Schulkameradinnen gehört, dass es so etwas gab. Aus nicht besonders schön wurde in ihrem Empfinden bald grenzenlos hässlich, die roten Haare, die Pickel im Gesicht, die Figur, die trotz schlechten Essens in ihrem Urteil immer unförmiger wurde, dies alles füllte die Schale ihres Selbsthasses mit trüber Bitterkeit bis zum obersten Rand. Sie schämte sich für alles, was mit ihrem Körper zu tun hatte, und im Grund hatte alles mit dem Körper zu tun. Immer leerer und entseelter wurde es in ihr und sie begann, sich in ihre Tagträume einzuspinnen, die schwülstig ihren Geist vernebelten. Bald war sie sonderbar abwesend. Nichts fühlte sie mehr, wurde von anderen nur noch wenig wahrgenommen und wusste kaum noch etwas mit den Freundinnen ihrer Kindheit anzufangen. Zur Schule nahm sie einen Umweg. Nur nicht mit all den scheinbar glücklichen, lärmenden Schülern gehen müssen. Der Seitenpfad führte sie an einem nicht mehr benutzten Brunnen vorbei, auf dessen Grund in ungefähr zwei Meter Tiefe noch immer schmutziges Wasser lag, und eines Tages hörte sie ein jämmerliches Fiepen darin. Ein kleiner Hund war hineingefallen und schwamm um sein Leben. Immer im Kreis herum. Er hatte keine Chance, alleine herauszukommen. Gisela ging zur Schule. Auf dem Nachhauseweg schwamm der Hund immer noch, hatte aber kaum noch Kraft, er konnte weder fiepen noch maunzen, und seine Bewegungen waren fahrig, schnell, fieberhaft. Gisela stierte in das Wasserloch. Sie blickte in die verzweifelten, fast gebrochenen Augen des kleinen Hundes. Sie ging nach Hause.

Am nächsten Morgen schaute sie wieder in den Brunnen. Die kleine Hundeleiche schwamm aufgequollen auf der Wasseroberfläche.

Sie ging zur Schule.

Der heilsame Schock, der sie wieder ins Leben riss, kam mit ihrem Selbstmordversuch. Bäuchlings hatte sie sich an einem Bahnübergang auf ein Gleis gelegt, um darauf zu warten, dass die Eisenbahn ihrem Leben ein Ende setzen würde, doch statt des Zugs kam ein Ochsengespann von der Straßenseite her.

Am Kragen hob der Mann sie auf, ausgerechnet Herr Buchholz war das, der Bauer, bei dem sie immer Milch holen musste und der sie von klein auf behandelte, als wäre sie ein Nichts, weniger als Luft, jetzt gab er ihr rechts und links eine Ohrfeige, nannte sie eine dumme Kuh, die so früh und so nutzlos ihr Leben wegwerfen wollte, anstatt zu arbeiten wie andere Leute auch, als ob es nicht schon genug Tote gegeben hätte im Krieg, wie saublöd doch die jungen Leute heute sein können, als ob sie nichts Besseres zu tun hätten … Aufgebracht, fluchend, schimpfend schickte er sie nach Hause, nicht ohne ihr noch mit dem Fuß in den Hintern zu treten.

Zur Scham, die sowieso immer bei ihr war, gesellte sich überraschend ein aufflackerndes Glücksgefühl. Dass jemand, und gerade er, sie ernst nahm, sie eine dumme Kuh nannte und es nicht unerheblich fand, ob sie existierte oder nicht, hatte ihren fast verloren gegangenen Lebenswillen wieder angestachelt und es war ihr wie ein Aufwachen aus einem nebligen, völlig farbenfreien, wattigen Traum. Die Flüche, mit denen Herr

Buchholz sie bedachte, wirkten auf sie wie ein Schwall kaltes Wasser, durch das man einen Ohnmächtigen aufzuwecken versuchte. Aufgetaucht war sie, aus einer seltsamen fühllosen Bewusstlosigkeit. Unangenehm fühlte sich das an, aber auf einen Schlag spürte sie wieder etwas. Auch das Erschrecken durchfuhr sie. Vor wenigen Minuten hatte sie sich noch vom Zug überfahren lassen wollen. Wie konnte sie nur. Welch ein entsetzlicher Tod, was hatte sie sich bloß dabei gedacht?

Ab jetzt würde sie leben. Sie würde anderen nützlich sein. Ab jetzt würde alles anders werden. Unansehnlich, schäbig und minderwertig fühlte sie sich nach wie vor, aber sie versuchte, sich damit abzufinden und diese Mängel auf andere Art wettzumachen.

Nachdem sie sich ein paar Tage um die Aufgabe des Milchholens bei Bauer Buchholz drücken konnte, spürte sie, dass ihr neues Leben ein mutiges Dankeschön für diesen Bauern verlangte. Mit klopfendem Herzen und der Milchkanne in der Hand machte sie sich auf den Weg.

»Danke«, sagte sie, als sie ihm auf seinem Hof begegnete.

Zuerst schaute sie dabei auf den Boden, zwang sich dann doch, kurz aufzublicken und streifte seinen Blick.

»Hmm …«, knurrte Herr Buchholz und nickte.

Finster schaute er drein und ging gleich weiter, und doch – er hatte sie angeschaut. Er hatte sie wahrgenommen in diesem Bruchteil einer Sekunde und ihren Dank angenommen. Wie ein Sturm jagte der Atem in sie hinein, riss sie in die Höhe, blies ihre Lungen auf und als ein anderer Mensch fast atmete sie aus.

Die christliche Behindertenanstalt in der Stadt benötigte Hilfskräfte, dort konnte sie nach Schulabschluss beginnen. Später bot man ihr eine Ausbildung zur Pflegerin an. Am 5. November 1961 bekehrte sie sich bei einer Zeltmission zu Jesus und fühlte sich endlich angekommen, gewollt von Gott, von Jesus Christus, und im Frühjahr darauf meinte ein Pfarrer zu spüren, dass Gott sie auserwählt hätte, ihr Leben ganz und gar Jesus zu weihen und Diakonissenschwester zu werden.

Hochgefühl! Ungekannter Jubel strömte in sie ein. Sie hatte Gott auserwählt. Ausgerechnet sie. Vielleicht hatte *Er* ihr die schwierige Kindheit gegeben, damit sie eines Tages *Seinen* Ruf hören könnte. Bald verspürte sie selbst die Stimme Gottes und trat ins Mutterhaus ein, fünf Jahre später dann legte sie ihr Gelübde ab.

Die Frage des Zölibats hatte sie für sich schon viel früher erledigt. Dies flirrende Spiel von Eros und Begehren war sowieso nichts für sie, das war nur für die anderen. Besser sich früh damit abfinden. Kein Mann würde sie je anschauen.

Das Leben als Diakonisse war nicht leicht, denn ihr Wunsch, sich anpassen zu wollen, gut zu sein, es richtig zu machen, lag im schieren Gegensatz zu ihrem lebendigen Naturell. Immer wieder eckte sie an und die Scham, ihre vertraute Begleiterin, seit sie auf der Erde war, blieb auch in der Schwesterntracht eng bei ihr. Doch zu fühlen, wie sie in dieser Gemeinschaft und von Gott angenommen war, die Gewissheit des richtigen Wegs wog vieles auf. Dahin gingen die Jahre mit Arbeit in Pflege- und Altenheimen, mit Bibelstunden, mit gemeinsamem Beten und Singen. Träume hatte sie keine mehr. Doch ab und zu wurde sie schlagartig von einer Art Sehnsucht befallen, die sie nicht benennen konnte und auch nicht wollte, vielleicht war es sogar eine Art von Schwermut, ein seltsames Ziehen in der Herzgegend. So sah sie einmal im Alter von ungefähr achtundvierzig Jahren, als sich schon die Anzeichen der Wechseljahre zeigten, auf dem riesigen Werbeplakat eines Reisebüros ein junges, verliebtes Paar am Strand, hinter sich das weite Meer, neben sich eine Palme und auf der anderen Seite ein schönes Hotel. Da würgte sich alles in ihr zusammen, ein Schluchzen befiel sie, das sie nicht mehr kontrollieren konnte, egal wie sie es niederkämpfte. Sie fuhr mit dem Auto an den Straßenrand, rang nach Luft. Dort war das Leben. Nicht bei ihr. Für sie war das nichts. Für die anderen ja, für sie nein. Das Meer, die Liebe, die Sonne, das Abenteuer. Lange, sicher zwei Stunden, war sie im Auto sitzen geblieben, bis sie sich durchringen konnte, zu beten und dann ihr gewohntes Leben wieder aufzunehmen.

Als junge Schwester hatte sie zuweilen mit ihrer Sexualität zu kämpfen gehabt, was aber mit den Jahren nachließ, die geliebt-gehasste Scham half ihr darüber hinweg, schließlich konnte Jesus alles sehen, auch das, was unter der einsamen Bettdecke vor sich ging.

Jetzt, mit siebzig Jahren hatte sie sich schon lange mit ihrem Leben arrangiert, nicht nur das, sie fühlte sich glücklich und aufgehoben in der Gemeinschaft der Schwestern und in Gottes Willen. Und barg nicht jedes Dasein auch seine Schattenseite?

Sie, die nie eine Mutter hatte, fühlte sich hier im Mutterhaus geborgen. Nur dieses unbestimmte Sehnen blieb hartnäckig in ihr stecken bis ins Alter, auch wenn sie sich oft über ihre eigene Torheit ärgerte. Dieses manchmal bittersüße, manchmal fast unerträgliche Verlangen brannte in ihr wie die Restglut in einer fast verloschenen

Feuerschale: Ein einziges Mal hätte sie gerne das Meer gesehen, einen Strand, die südliche Sonne und ein fernes Land.

Das Unfassbare geschah im Januar. Es wurden dem Mutterhaus zwei Plätze bei einer kirchlichen Bibelfreizeit auf Teneriffa gespendet und sie wurde mit Schwester Wilma zusammen ausgewählt, mitzufliegen. Wohin nur mit ihrer Freude? Dankbar, dankbar war sie Jesus aus vollem Herzen. *Er* hatte sie gehört in all den Jahren. *Er* hatte ihren geheimen Herzenswunsch, auch wenn dieser noch so einfältig war, im Alter noch wahr gemacht. Wie wunderbar sie doch geführt wurde.

Zackig wie immer fädelte nun Schwester Magda Schneider ihren Wagen in die Schnellstraße ein. Sie war eine leidenschaftliche und sichere Fahrerin. Ihr Golf, den sie vor Jahren schon gebraucht von ihren Geschwistern bekommen hatte, mochte alt und rostig sein, aber mit seinen hundertzehn PS kam man doch ganz ordentlich vom Fleck. Schon immer hatte sie das rasante Fahren genossen und das Wort Gottes war ihr wichtiger als amtliche Geschwindigkeitsregeln. Ohne unnötig zu zögern, überholte sie LKW um LKW, während alle drei Schwestern aufgeregt durcheinanderquasselten.

Für eine Sekunde schätzt sie die Enge der Kurve falsch ein, das Auto kommt von der Spur ab, sie lenkt dagegen, verliert die Kontrolle, die Böschung ist steil und bietet keinen Halt, das Fahrzeug überschlägt sich mehrmals und kommt am Fuß des Hangs auf dem Kopf zur Ruhe.

Nach den Schreien Stille.

»Lebt ihr noch?«, flüsterte Schwester Gisela endlich.

»Ja«, kam zögernd vom Rücksitz.

»Ich glaube, mir ist nichts passiert!«

»Ich weiß noch nicht, was mit mir ist, aber wie kommen wir hier raus?« Schwester Wilma streckte die Arme unten auf das innere Dach. Wie konnte sie sich aus dem Gurt lösen, ohne auf den Kopf zu fallen?

»Was ist mit dir, Schwester Magda?«

»Weiß nicht.« Es war eher ein Stöhnen, aber immerhin ein Lebenszeichen.

»Ich glaub, ich schaff's – ich komm raus, Moment. Die Tür bei mir hinten ist ein wenig aufgegangen!«

Schwester Wilma wand sich aus dem Gurt und schlug schmerzhaft mit der Hüfte und dem Ellbogen auf, mit dem sie ihren Kopf geschützt hatte, aber dann gelang es ihr, aus dem Wagen zu klettern.

Die Beifahrertür ließ sich leicht öffnen. Mit dem Kopf voran konnte sich auch Schwester Gisela befreien und Wilma half ihr auf die Beine.

»So, jetzt du, Schwester Magda.«

»Nicht anfassen, bitte!«

Die beiden anderen blickten sich an. Wilma zog die Augenbrauen hoch.

»Ich spüre, dass mein Rückgrat gebrochen ist, ich darf mich nicht bewegen, sonst bin ich tot oder für den Rest im Rollstuhl. Ich weiß es – schließlich bin ich OP-Schwester gewesen. Schnell! Einen Notfallwagen.«

Schwester Wilma besaß ein Handy. Wo war das nur? Aber ja, im Koffer. Die Heckklappe war aufgesprungen und eines der beiden Köfferchen direkt hinter dem Auto herausgefallen, einige Meter weiter, fast oben an der Straße, lag das andere, die beiden Schwestern nahmen ihre Habseligkeiten zu sich und rannten die Böschung hinauf, wo Schwester Wilma ihr Gepäck nach dem Handy durchwühlte. Atemlos forderte sie den Notarzt an.

Nun standen die beiden frommen Schwestern am Straßenrand. Sie schauten sich lange in die Augen und als dieser elegante Mercedes heranfuhr, streckte Schwester Gisela kurz entschlossen den Daumen in die Luft.

Von da ab verlief alles reibungslos.

Ihr Kopf schien zu platzen. Frei nach unten hing er, die Beine blieben mit den Knien am Lenkrad hängen, während der Gurt verhinderte, dass sie auf den Dachhimmel fiel. Woher wusste sie, dass ihr Wirbel gebrochen war? Ihr Krankenschwesternverstand rebellierte, so etwas konnte sie gar nicht wissen. Und doch – sie fühlte es. Sie spürte ihre Beine und bewegte vorsichtig ihren Zeh, also ein Querschnitt konnte das nicht sein, was machte sie sich da vor, vielleicht sollte sie ihre Angst ignorieren und wie die beiden anderen einfach aussteigen? Wo blieben die zwei überhaupt? Hoffentlich kommt der Notarzt bald.

Nicht bewegen, ganz still hängen bleiben. Die Hüfte schmerzte, der Kopf brannte, die Arme wurden taub, die angeschwollenen Finger stachen, der Gurt drückte das Schlüsselbein in die Lunge und eines wusste sie ganz genau: Ihr Rückgrat war gebrochen. Muskeln hielten die Nervenbahnen an ihrem Platz. Was bildest du dir schon wieder ein, bist wohl alt geworden oder ist dir das Blut schon zu Kopf gestiegen, dass du Halluzinationen hast? Ihre innere Krankenschwester-Magda maßregelte sie.

Sie blieb hängen. Sie versuchte, sich nicht zu bewegen. »Ich bin in Deinen Händen, Herr«, betete sie. Wo blieben die beiden Schwestern nur? Übel und schwindelig wurde ihr und immer schummriger. Woher wollte sie wissen, dass sie sich nicht bewegen durfte? Sie wusste es, weil sie sich erinnerte! Vage, wie durch Nebelschwaden zuerst, dann immer deutlicher, stiegen Bilder in ihr auf. Schon einmal in ihrem Leben hatte sie sich das Rückgrat gebrochen. Höchstens neun Jahre alt war sie damals gewesen.

Der Geruch war zuerst da. Der Geruch von Trauben, alles um sie herum war säuerlich-süß-glitschig-nass-dunkel, sie konnte kaum atmen, sich nicht bewegen, alles tat weh, ein Holzbalken hielt ihren Kopf fest und als sie ihre Arme suchend ausstrecken wollte, schnitt etwas in ihre Hand. Glasscherben. Atemnot. Hilfe wollte sie rufen, aber sie konnte nicht schreien, ein kleines Mädchen war sie und sie wollte nicht sterben. Im letzten Moment strömte ihr die rettende Luft zu, sie wollte einen großen Atemzug nehmen, doch der Traubensaft lief in die Lunge und das Husten schmerzte höllisch. Der Holzbalken an ihrem Kopf war hochgehoben worden. Sie sah die verschmierten, verzweifelten Gesichter von Karla und Hanna. Hanna zog sie ganz vorsichtig hervor, während die bärenstarke Karla mit einer Hand den Wagen anhob und ihn dann mit dem Knie stützte. Die andere Karla-Hand hatte einen dicken Verband. Ja genau, jetzt fiel es ihr wieder ein. Heute früh hatte Karla ihre Hand verschnitten, als beim Einkorken vom Traubensaft ein Flaschenhals abbrach. Sie musste sich im Krankenhäusle nähen lassen, dadurch waren sie erst spät am Nachmittag zum Weinlesen in den Wengert gekommen und bis in die Dunkelheit hinein hatten sie gearbeitet. Es war mitten im Krieg. Eigentlich hätte Hanna zuhause den Ochsen holen sollen, um den vollen Wagen heimzuziehen, wie der Vater es befohlen hatte. Aber es war spät und bereits dunkel, außerdem hatte es angefangen zu regnen. Sie wollten nicht warten und hatten Angst vor den Bombenflugzeugen. Die beiden starken Mädchen Hanna und Karla dachten, sie könnten den Wagen alleine heimwärts ziehen, schließlich ging es ja nur bergab. Hanna hatte die Deichsel genommen und Karla bediente mit ihrer gesunden Hand die Kurbelbremse. Sie, Magda, die Jüngste, durfte auf dem Wagen sitzen. Doch offenbar hatten die beiden nicht mit dem Eigengewicht des überladenen Karrens gerechnet, er war ihnen außer Kontrolle geraten und an einer Kurve umgekippt. Das alles hatte sie sich später erzählen lassen. Jetzt im Augenblick fühlte sie nur Schmerz. Ihr ganzes dünnes Körperchen tat weh. Hanna und Karla hatten sie an den Straßenrand gelegt, sie konnte sich nicht bewegen und wenn eine der beiden sie anfasste, hätte sie schreien mögen. Aber sie konnte nicht schreien, so stark waren die Schmerzen, nur wimmern konnte sie.

Magda wimmerte. Wo war sie? Da war das Lenkrad. Es roch nach Benzin. Läuft da Benzin aus? Seit wann hat ein Ochsenkarren Benzin? Nein. Das war nicht die kleine, traubenverschmierte, blutige Magda, das war die siebzigjährige Diakonissenschwester, die da noch immer im Gurt hing.

So hatte es sich angefühlt damals. Ein Militärlaster vom Roten Kreuz, welches Glück, hatte sie mitgenommen ins Krankenhaus. Wo waren ihre Schwestern? Karla, Hanna! Sie waren da. Nein! Schwester Gisela und Schwester Wilma. Wo waren sie nur? Wo blieb der Notarzt? Oder sollte ein Militärlaster kommen? Die Gedanken irrten suchend durch ihren Kopf. Immer wieder wurde ihr schwarz vor Augen. Damals hat Gott sie gerettet. Wird er es auch diesmal tun? Alles schmerzte, drückte, spannte, kratzte, brannte, juckte … Beten. Atmen. Schwestern, wo seid ihr? Gott, wo bist Du? Spucke tropfte aus ihrem Mund, rann in die Augen und vermischte sich mit ihren Tränen. Wo war sie? Warum holte sie niemand? Sie war kein kleines Mädchen, nein, eine alte Frau war sie. Vielleicht war das ihr Tod? Den Heimgang zu Jesus, dem sie ein Leben lang gefolgt war, hätte sie sich anders vorgestellt.

Männerstimmen. Sie spitzt die Ohren. Soldaten, die ihr helfen? Jemand versucht, die Tür zu öffnen. Sie klemmt. Zur offenen Beifahrertür streckt ein elegant angezogener Mann mit Krawatte den Kopf herein.

»Können Sie mich hören? Der Notarzt kommt gerade. Kann ich Ihnen helfen?«

Aber schon wird der Herr von einem anderen in grell orangefarbener Jacke zur Seite geschoben. Die Sanitäter. Alle Geistesgegenwart, alle Professionalität der Krankenschwester schießt in ihren Verstand und sie gibt dem Rettungsdienst exakte Anweisung, wie sie zu bergen und zu lagern sei. Danach kann sie sich endlich der gnädigen Bewusstlosigkeit hingeben.

Wie gut sie den Aufwachraum auf der Intensivstation noch kannte. Früher war sie OP-Schwester gewesen, hier im Krankenhaus Kirchheim unter Teck, jetzt lag sie selbst auf der Pritsche. Hatte man sie operiert?

»Sie haben extrem viel Glück gehabt, Schwester Magda! Ihr fünfter Halswirbel ist gebrochen. Eine falsche Bewegung hätte Sie das Leben kosten oder Sie zum Pflegefall machen können. Diese Operation war eine schwere Geburt!«

Sie würde die nächsten Wochen im Korsett liegen, bewegungslos. Eine schwere Geburt … Dieser Ausdruck des Arztes surrte in ihrer Gedankenwelt hin und her wie eine Wespe an überreifem Obst. Eine schwere Geburt … Als ob eine Operation eine Geburt wäre. Eine Wiedergeburt vielleicht, denn Gott hatte sie schon zum zweiten Mal gerettet, als sie sich das Rückgrat gebrochen hatte. Dankbar hätte sie sein wollen, wenn nur die Schmerzen nicht gewesen wären.

Eine schwere Geburt. Ja. Sie wäre fast gestorben und ihre Mutter mit ihr. Damals vor über siebzig Jahren. Oft hatte man es ihr als Kind erzählt und schon damals hatte sie Grund, Gott für ihr Leben zu danken. Bis sie selbst Krankenschwester geworden war, wusste sie nicht, was bei einer Geburt wohl passieren würde, dass man daran sterben konnte. Ob sie sich dem aussetzen wollte, hatte sie sich schon als Kind gefragt.

Wie viele Gefahren hatte die Familie überstanden und niemand war je zu Schaden gekommen. Dankbar, dankbar war sie für ihr Leben. Reglos lag sie da, eingespannt in das Korsett mit der Halskrause und den klobigen Klettverschlüssen, nicht einmal die Hand konnte sie bewegen, was blieb ihr übrig, als die Gedanken flanieren zu lassen?

Das Bild ihres geliebten Vaters schimmerte in ihr auf. Ohne ihn und seinen starken Glauben wäre ihr Leben nicht denkbar. Geborgenheit hatte er seinen Kindern vermittelt, aber er war auch ein strenger Zuchtmeister und Wegweiser, der seine Kinder warnte vor eigensinnigen Entscheidungen, die nicht vor Gott errungen worden waren. Wie hatte Magda gebannt zugehört, wenn er von seiner ersten Ehe erzählt hatte, wie ihre Schwestern hing sie an seinen Lippen, wenn er über das Wunder seiner großen Heilung vom Kehlkopfkrebs berichtet hatte. Ein Fluch habe auf seinem früheren Leben gelegen, wurde der Vater nicht müde zu berichten und dass er ein Sünder gewesen sei und dass ihm vergeben worden war, denn er hatte seine erste Frau geheiratet, obwohl er wusste, dass es gegen Gottes Willen gewesen war, und Gott hatte ihn dafür bestraft, aber Jesus hatte ihn errettet.

Dies war die Hintergrundmusik von Magdas Leben. Die Kinder waren froh, dass am Ende alles gut ausgegangen war mit dem Vater. Jedes Mal, wenn diese Geschichte erzählt wurde, verspürte Magda ein Glück, in diese Familie hineingeboren worden zu sein, wo das Wort Gottes so selbstverständlich gelebt wurde, niemals hätte sie sich wegbewegt aus dem geistlichen Schutzschirm, unter den der Vater sie alle gestellt hatte.

Noch heute konnte sie seinen wohlwollenden Blick spüren, der oft auf ihr ruhte. Er liebte alle seine Töchter gleich, doch ohne Worte hatte sie immer gefühlt, dass entweder sie oder die etwas ältere Elisabeth Diakonisse werden sollte. Am Ende war sie es, auf die Gottes Wahl gefallen war.

Jung und schön war sie damals – und quicklebendig. Natürlich wollte auch sie heiraten und Kinder haben, sie schwärmte für einen jungen Mann aus dem Nachbardorf. Heiraten, ja klar! Irgendwann, wie alle anderen. Als Mädchen schauderte sie manchmal bei diesem Gedanken, denn eine geheimnisvolle Faszination umgab dieses Thema, aber auch etwas sonderbar Angstmachendes. Was ist es, was zwischen Mann und Frau so schicksalhaft scheint? Begeht man einen Jugendfehler, kann das ganze Leben verpfuscht sein. Warum hatten sich ihre drei ältesten Schwestern aus Vaters erster Ehe so unglücklich verheiratet? Luise zum Beispiel. Sie war so flott und gescheit, konnte Gedichte machen und rechnen wie der Blitz. Gerne trug sie ein hübsches Hütchen, wenn sie zur Kirche ging. Dann aber Luises Verlobung! Jedes Detail nahm in Magda wieder Gestalt an. Eine Verlobung ohne Bräutigam.

»Du wirst mit diesem Mann nicht glücklich werden«, hörte sie von der Küche aus den Vater zu Luise sagen.

Die Tür zur Stube war nur angelehnt, deshalb konnte sie damals dem Gespräch folgen und natürlich spitzte sie die Ohren, denn alles was mit Heiraten, Liebe und Verlobung zu tun hatte, interessierte sie brennend.

Von Luise kam keine Antwort.

»Er säuft. So viel kann ich sehen, und ich weiß, was das heißt! Dein Großvater war auch ein Säufer.«

Der Vater sprach sehr eindringlich. Stille folgte. Durch den Türspalt konnte Magda sehen, dass Luise auf den Boden starrte. Sie war schon sechsundzwanzig und wenn nicht so viele Männer im Krieg geblieben wären, wäre sie sicher schon lange verheiratet.

»Bitterarm ist er zudem. Als Schäfersfrau auf der Alb hast du nichts zu erwarten. Gib ihm den Laufpass, dem groben Kerl, sag ich dir.«

»Ich heirate ihn, das hab ich ihm schon versprochen. Und ob er grob ist, das kannst doch du nicht wissen!«

Luises Stimme wirkte trotzig, das konnte Magda sogar hinter der Tür spüren.

»Dann hast du dich womöglich schon mit ihm eingelassen?«, fragte der Vater.

Seine Stimme war etwas schärfer geworden. Wieder nur Schweigen.

Mit ihm eingelassen ... Das war schon wieder etwas, was Magda nicht genau verstand. Was macht man, wenn man sich mit jemandem einlässt? Küssen vielleicht? Oder sich umarmen? Darf man das sonst erst, wenn man verheiratet ist? Schon öfter hatte sie so einen Ausdruck gehört. Was war damit gemeint? Sollte sie Hanna fragen? Lieber nicht, sie war so ernst, mit ihr ließ sich nicht flüstern oder kichern. Schon gar nicht über diese Dinge.

»Noch kannst du dein Versprechen lösen, ganz egal, was du gemacht hast. Wenn du erst einmal verheiratet bist, gibt es kein Zurück. Überleg es dir gut.«

Egal, was du gemacht hast ... Was war es nur, das erwachsene Frauen da machten und doch nicht durften? Alles erschien Magda so rätselhaft und süß, verlockend und angsteinflößend.

Luise zuckte die Schultern und stand auf. »Am Sonntag in zwei Wochen ist Verlobung. Das steht seit einem Vierteljahr fest. Fertig.«

Sie eilte auf die Tür zu und stürmte an Magda vorbei nach draußen, ohne von ihr Notiz zu nehmen. Aber Magda hatte die Tränen in Luises Augen gesehen.

Wie großartig hatte man sich auf die Verlobung vorbereitet. Eier waren zurückgelegt worden für Kuchen und Spätzle, Fleischkonserven auf das große Ereignis hin rationiert, Butter gehortet, Zucker gehamstert, Walnüsse gesammelt, die getrockneten Früchte vor den jugendlichen Nascherinnen versteckt, Einmachgläser weggesperrt, weißes Mehl sichergestellt, und Karla hatte sogar ein wenig richtigen Kaffee ergattern können. Woher auch immer, das blieb ihr Geheimnis, sie war Meisterin im Organisieren. Die Stube wurde ausgeräumt,

Bretter auf Holzböcke gelegt für eine lange Tafel, die mit weißen, gestärkten Bettlaken bedeckt wurde, und Rosa hatte wieder einmal aus dem Nichts eine wundervolle Tischdekoration gezaubert. Lieder wurden auswendig gelernt, Programmpunkte eingeübt und tagelang vorher wurde gebraten, gesotten, gebacken, geputzt, gesungen und gewirbelt. Das Besteck und die guten Gläser aus Mutters Aussteuer wurden poliert, das ganze Haus blitzte nur so vor Sauberkeit und alles glänzte dem Fest entgegen. Magda und Elisabeth durften mit der kleinen Christel Hefekranz austragen an die nicht eingeladenen Nachbarn.

Am Morgen des großen Tages kleideten sich alle Mädchen zum Kirchgang mit ihren schönsten Sachen. Aus Luises abgetragenen Röcken hatte Karla für die Zwillinge entzückende Kleidchen genäht, Elisabeth und Magda befanden sich stundenlang im Freudentaumel über ihre neuen nahtlosen Strümpfe, Christel wurde ein Blumenkränzchen ins Haar gesteckt, ganz vorsichtig bewegte sich die Kleine, damit es nicht verrutschte. Es war ein Gejauchze im Haus, alles jubelte durcheinander und als die Verwandten eintrafen, gab es ein großes Ah und Oh. Nur Hanna, die ernsthafte Achtzehnjährige, tat streng und erwachsen, aber sie schaute immer wieder verstohlen ihre neuen Schuhe an, und wenn sie sich unbeobachtet glaubte, bückte sie sich und strich mit ihren Fingern über die glänzenden Schuhspitzen. Die geschickte Karla hatte ihr dunkelblaues Sonntagskleid mit einem selbst gehäkelten Spitzenkragen verfeinert.

Gegen neun Uhr wurde der Bräutigam erwartet, damit man gemeinsam den Weg zur Kirche antreten konnte. Als er gegen halb zehn noch immer nicht da war, machte sich die Familie mitsamt Tanten, Onkels, Vettern und Basen ohne Bräutigam auf den Weg zur Kirche. Immerhin kam er von der Alb herunter und wer weiß, was ihn unterwegs aufgehalten hatte.

Zum Mittagessen sollte es Spätzle, Kartoffelsalat, Schweinebraten und grünen Salat geben, zuvor Suppe aus Fleischbrühe mit Eierstich und Grießklößchen. Noch immer wartete die Festgesellschaft auf den Bräutigam und um noch ein wenig Zeit verstreichen zu lassen, sang man zwei lange Choräle. Die Mädchen kannten alle Strophen auswendig. Schließlich ließ man sich das Essen schmecken. Aber das gewohnte quirlige und laute Durcheinander der großen Familie mitsamt der Gäste machte gedämpfter Stimmung Platz und es war selten im Hause Schneider, dass das Geklapper der Löffel lauter war als die schwatzenden Mädchen. Zum Nachtisch gab es gebrannte Creme aus Gänseeiern. Der Bräutigam war noch immer nicht erschienen. Mitleidige Blicke ließen sich nur schwer verstecken. Luise saß ehrenvoll am Kopfende der Tafel. Neben ihr der leere Platz. Er war geschmückt und wirkte gerade deshalb nackt und frivol, bloßstellend, peinigend, triumphierend fast.

Immer härter wurde Luises Gesicht. Magda hatte mit Elisabeth und Hanna eine kleine Aufführung geplant, sollte die etwa ausfallen? Sie hatten so lange geprobt. Nein, das wollte man sich jetzt nicht nehmen lassen. Lustig war es eigentlich, aber das Lachen wollte nicht so recht in Gang kommen, die Tanten und Onkel hingegen lachten vielleicht ein wenig zu laut. Luise lächelte und hielt dabei ihren Mund geschlossen, als müsse sie ihr Gesicht sorgsam zusammenhalten. Was sollte man tun? Was sollte werden? Kuchen und Hefekranz hatte man schon gebacken, natürlich wurde gegessen, jeder Erwachsene freute sich über eine Tasse echten Bohnenkaffees und die Kleinen bekamen Zichorienkaffee mit richtigem Zucker, sogar Schlagrahm hatte man von der Milch der letzten Tage abgeschöpft. Verstohlene Blicke zur Tür, dann zu Luise. Vielleicht würde die Tür gleich aufgehen und der Bräutigam hereinplatzen? Vielleicht hatte er sich verfahren, vielleicht war ihm heute Nacht ein Schaf krank geworden, oder vielleicht hatte sich der Hütejunge verspätet, der ihn ersetzen sollte, oder sein Fahrrad hatte einen Platten bekommen? Er würde schwitzen und sich entschuldigen und seinen Platz einnehmen neben Luise, alles würde sich aufklären und man würde lachen und scherzen und endlich würde Feststimmung aufkommen.

Aber es wurde keine Tür aufgestoßen und kein Bräutigam kam herein. Keiner kam, um den Bann zu brechen und keiner, um das Rätsel zu lösen. Jeder Versuch, Luises Demütigung abzumildern, hätte diese nur verstärkt, doch das gut gemeinte Schweigen war beschämender als alles andere und man übersah gnädig, wie sie mit den Tränen kämpfte. Nicht nur Magda spürte, dass es Luise Mühe machte, ihre gleichgültige Fassade aufrechtzuerhalten. Schließlich bestimmte der Vater, dass noch einige Lieder gesungen würden zum Abschluss des Festes. Danach verabschiedeten sich die Gäste – leiser als üblich. Man drückte Luise die Hand und wünschte ihr alles Gute.

»Lass den Kerl fahren«, flüsterte ihr Tante Gertrud zum Abschied ins Ohr, das hatte die neugierige Magda belauscht und sie sah, wie Luise sich noch mehr versteifte.

Als alle Gäste längst verschwunden waren und die Geschwister sich verstreut hatten, klopfte es ungestüm an der Küchentür. Draußen stand der lang erwartete Bräutigam mit einer deftigen Alkoholfahne. Luise stieß ihn vor sich her in den Hof. Die wissensdurstige kleine Magda folgte und erfuhr, dass er seine Verlobung lieber im Wirtshaus hatte feiern wollen als beim frommen Schwiegervater.

»Ha ddess kannschdu doch sicher verschtehe, odder?«, lallte er und versuchte, Luise zu küssen.

Die schob ihn von sich weg und sagte: »Geh jetzt.«

Er war aufs Fahrrad gestiegen und im Zickzack weggefahren.

Und dann war da noch die Geschichte mit Rosa. Auch zu ihr wanderten Magdas Gedanken jetzt, da sie zur Ruhe gezwungen in ihrem Korsett lag. Auch Rosas Heiratsentscheidung war für Magda rätselhaft geblieben. Wie schön Rosa gewesen war als junge Frau, sie war die Hübscheste von allen. Runder und weiblicher wirkte sie als die eher hageren Schwestern. Nie wird Magda den Vorabend vor Rosas Verlobung vergessen. Diese lag bäuchlings auf ihrem Bett und weinte, während alle Schwestern um sie herum auf der Bettkante saßen. Alle, außer Luise – die wohnte zu der Zeit bereits auf der Alb und war mit ihrem versoffenen Schäfer verheiratet. Karla hatte mit ihrer lauten und etwas derben Stimme gesprochen.

»Rosa, du musst dich doch nicht mit diesem Kerl verloben, niemand zwingt dich dazu, er ist genau doppelt so alt wie du.«

Karla war schon eine rechte Autoritätsperson geworden und für die kleineren Mädchen fast wie eine Mutter.

»Ja, sag ihm einfach ab, das wird Papa sicher verstehen.« Das sprach Hanna, die sich, wie alle, gern am Vater orientierte.

»Den Verlobungskuchen können wir auch selber essen«, rief ein wenig vorlaut die kleine Christel, »und die Spätzle schaffen wir auch ohne deinen alten Kunze!«

Rosa hob den Kopf, hörte mit dem Schniefen auf und sagte: »Die Suppe habe ich mir eingebrockt, jetzt muss ich sie auch auslöffeln.« Wie hart war ihr Gesicht dabei geworden.

So wurde auch diese Verlobung gefeiert und danach die Hochzeit. Jeder hatte wieder sein Bestes gegeben, um die Feststimmung zu erhalten, aber in Magda breitete sich eine unbestimmte Schwere aus angesichts der offensichtlichen Verzweiflung Rosas. Warum binden sich Frauen an einen Mann, der ihnen das Leben schwermachen würde? Noch immer hatte sie damals nicht verstanden, was das Besondere am Heiraten war. Es sollte doch Liebe sein, aber warum war da so viel Kummer? Auch der Vater hatte ja früher die falsche Frau geheiratet. Wieso konnte man sich so irren? Würde es ihr später auch einmal so gehen? Das Geheimnis, das die Kräfte zwischen Mann und Frau umwehte, war ihr erregend und bedrohlich zugleich. Sie konnte es nicht entschlüsseln. Diesen Mächten fühlte sie sich nicht gewachsen. Welcher geheime Dämon zog zwei Menschen zueinander, die nicht zusammenpassten, ja, die sich sogar hassten?

Gott würde sie führen. Magda war entschlossen, keinen Fehler zu begehen, sondern so gut wie möglich auf Gottes Willen zu lauschen. Lieber wollte sie gar nicht heiraten, als sich einen Fehltritt einzubrocken, der ihr Leben zerstören würde.

Das alles war lange her. Reglos lag sie nun in ihrem Korsettgefängnis. Wird sie dies hier überleben? Schließlich war sie schon über siebzig Jahre alt, Zeit, um Bilanz zu ziehen. Durfte sie eine von Gott gefällte Entscheidung überhaupt bilanzieren? Hatte nicht Gott selbst sie berufen, als Schwester zu leben und nicht zu heiraten? Diese Tatsache hatte sie immer wieder über Zeiten des Zweifels getragen. So manches Mal hatte sie leise betrauert, keine Familie zu haben, keine Kinder, die sie aufwachsen sehen konnte, keinen Mann, den sie lieben konnte, kein Haus, das sie einrichten konnte. Und was ihr zeitlebens am schwersten fiel, war der geforderte Gehorsam gegenüber dem Mutterhaus. Aber ein Leben unter dem Schirm Gottes und die Gewissheit, auf dem richtigen Weg zu sein, wog alles andere auf. Ja, es war gut gewesen, ihr Leben. Gerne würde sie es noch ein Weilchen genießen.

Wie lange wird sie bewegungslos hier liegen müssen? Als Krankenschwester war sie realistisch genug, um zu wissen, dass es länger dauern würde, als sie ertragen konnte. Besser, sie fand sich damit ab. Ob man sich auch mit den Schmerzen und dem Juckreiz abfinden konnte?

Hin und her schweiften ihre Gedanken weit in die Kindheit hinein und wieder zurück. Wieso fielen ihr all diese Geschichten von früher ein? Wie oft in ihrem Leben war sie doch in höchster Gefahr behütet worden. Das war es, warum sie daran denken musste – an all diese Echos aus alten Zeiten, an die gefährlichen Ereignisse und schmerzlichen Erinnerungen, an die wundervollen Geschehnisse, die Gott an ihr bewirkt hatte, an die Gefühle von Geborgenheit und nicht zuletzt an die Gemeinschaft in der Familie.

»Vielleicht sterbe ich bald, da ist es doch wichtig, noch einmal darüber zu sinnieren, wie einem das Leben verlaufen ist. Warum nur breche ich mir zweimal in meinem Leben das Rückgrat?«, grübelte sie, während sie im Dämmer der Schmerzmittel in einen leichten Schlaf hinüberglitt.

Leise Frauenstimmen holten sie zurück. Wo war sie? Es war so hell hier. Wer war im Raum? Waren endlich die beiden anderen Schwestern gekommen? Schwester Brigitte war es, die Oberschwester aus dem Mutterhaus. Mit dem Nachlassen der Schmerzmittel war das Liegen im Korsett fast unerträglich geworden. Obwohl Schwester Brigitte zwanzig Jahre jünger war als sie, weinte Magda nun wie ein Kind. Die Oberschwester strich ihr über die Stirn und flößte ihr etwas Wasser ein.

»Was hast du nur gemacht, Schwester Magda?«

Magda wusste keine Antwort. Was hatte sie nur gemacht? Wie konnte ihr das passieren? Sie schwieg, während ihr die Tränen über die Wangen liefen. Schwester Brigitte wischte sie ihr ab.

»Sind die beiden anderen gesund? Wo sind sie? Ist ihnen nichts passiert?«

Magda machte sich Sorgen. Der Unfall war schon einige Tage her und sie hatte noch nichts von den beiden anderen gehört.

Schwester Brigitte blickte zur Seite. »Den beiden geht es gut.«

Magda hatte den Eindruck, als würde die Oberschwester ausweichen, und schwieg ihrerseits.

»Hör zu, Schwester Magda. Ich habe lange im Gebet gerungen und entschieden. Dein Auto ist ganz kaputt, du wirst den Führerschein abgeben und nicht mehr fahren.«

Magda öffnete den Mund und schloss ihn wieder. Sie atmete ein und vergaß auszuatmen. Darüber hatte sie noch gar nicht nachgedacht. Dies wäre ihr nicht in den Sinn gekommen. Baff war sie zuerst. Heißer Protest wirbelte ihr Innerstes auf. Sie hielt ihren Mund fest zu, presste die Lippen zusammen, um die spontane Wut nicht aus sich herausbersten zu lassen. Nicht mehr Auto fahren? Nein. Das konnte ihr die Oberschwester nicht antun. War den beiden anderen Schwestern doch etwas zugestoßen? Hatte sie Schuld auf sich geladen? Sie spürte, wie sich ihr Hals zuschnürte. Warum ließ man sie im Ungewissen? Warum nie wieder fahren? Sie schwieg. Was hätte sie auch sagen sollen. Schwester Brigitte würde schon wissen, warum sie ihr etwas verheimlichte.

»Wir beten für dich. Nimm diesen Beschluss einfach an«, sprach die Oberschwester und verabschiedete sich.

Auto fahren sollte sie nicht mehr dürfen? Sie wollte schreien und heulen ob dieser Zumutung, doch ihre Besonnenheit, lebenslang trainiert, hielt sie fest. Die Flügel wurden ihr gestutzt. Nicht mehr fahren? Nie wieder? Warum? Und warum machte es ihr so sehr zu schaffen? Sich dem Mutterhaus im Gehorsam zu beugen, war das Versprechen, das sie vor über fünfzig Jahren im Angesicht Gottes gegeben hatte, und wie schon oft hatte sie auch diesmal nichts zu hinterfragen. Sie hatte sich zu fügen.

Die Nacht war lang ohne Schlaf und ohne Bewegung. Das Korsett in die Luft jagen. Explodieren. Sich in die Freiheit sprengen. Laufen, rennen, fahren. Frei sein. Ihre Eingeweide brannten, doch ihr Gefängnis aus Hartplastik arretierte sie und ihre Selbstbeherrschung umklammerte sie mit eisernem Griff.

Ja, natürlich, sie brauchte Halt. Ohne Korsett würde sie zerbrechen, zerknicken, ihr Glaube war ihr Halt, ihr Vertrauen zu Gott ihr Schutz. Und immer war es das Fahren gewesen, das sie liebte. Fahren, ihre kleine Freiheit, ihre kurzen Ausbrüche aus dem festen Halt. Früher hatte sie manchmal das Fahrrad ihres Vaters genommen und war losgesaust, so schnell sie nur konnte. Bis zur Erschöpfung war sie die Hügel nach oben gehetzt und wieder abwärtsgerast, hatte den Fahrtwind scharf an ihrer verschwitzten Haut gespürt, die Augen tränend von der Zugluft, fast im Rausch und voller Glück war sie, wenn das Rad an Schnelligkeit zulegte, der Schotter spritzte zur Seite, wenn sie die Kurve nahm, sie flitzte die Fahrstraße entlang und stürmte durch die Gassen, fegte über die Feldwege, preschte sogar über Wiesen und jagte jeden Buckel hinauf und hinunter, den es im Zabergäu gab. Aber auch das gemächliche, schwankende Vorwärtskommen auf dem beladenen Ochsenkarren hatte sie genossen. Hoch über allem schwebte sie auf ihrem schwankenden Thron. So schön war das Leben. Alles war im Schwung, alles schwirrte und vibrierte vor Lebendigkeit.

Mit leiser Scham, aber heimlichem Schmunzeln fielen ihr die beiden Polizisten ein, die vor einigen Jahren ihr Foto ins Mutterhaus gebracht hatten. Sie war zum zweiten Mal innerhalb kurzer Zeit geblitzt worden. »Die rasende Nonne«, hatte einer der Polizisten sie augenrollend genannt. Die Strafe war ihr aber erlassen worden.

Was war mit den beiden anderen Schwestern? Das war es, was ihr mehr Sorgen machte als alles andere. War ihnen doch etwas Schlimmes widerfahren und sie war schuld? Und warum sagte ihr keiner etwas? Selten, dass sie sich so einsam gefühlt hatte.

Wer an jenem Tag im Spätsommer 2014 in der Ankunftshalle des Stuttgarter Flughafens seine Angehörigen abholte, ihnen durch die Glasscheibe zuwinkte und dabei beobachtete, wie sie ihr Gepäck vom Fließband nahmen, konnte vielleicht zwei sonnengebräunte, siebzigjährige Diakonissenschwestern erblicken, mit je einer Teneriffa-Strelitzie in Klarsichtfolie verpackt in der einen und einem altmodischen Köfferchen in der anderen Hand. Sie wurden von zwei Polizisten abgefangen, die mit ihnen redeten und dabei die Augenbrauen hochzogen. Die Wartenden vor der gläsernen Trennwand konnten vielleicht auch beobachten, wie die beiden frommen alten Frauen schuldbewusst den Kopf senkten und von den Polizisten mitgenommen wurden.

Die bußfertigen Schwestern fuhren nach ihren sonnigen Ferien vom Flughafen zum Mutterhaus im Polizeiwagen. An dem langen Gespräch zwischen der Oberschwester und dem Hauptkommissar durften sie nicht teilnehmen. Schwester Brigitte hatte den Herrn von der Polizei aber davon überzeugen können, dass sie die Angelegenheit unter sich regeln würden. Das weltliche Gericht würde den Schwestern also erspart bleiben.

Magda hatte später erfahren, dass die zwei eine schöne Bibelfreizeit auf Teneriffa genossen hatten und dass ein gewisser Herr Stefan Fuller Strafanzeige wegen unterlassener Hilfeleistung gegen die beiden gestellt hatte. Der Mercedesfahrer war zur Unfallstelle zurückgekehrt, weil ihm die Sache mit den zwei gottesfürchtigen Anhalterinnen seltsam erschien. Ein lebensrettender Zufall für Magda, denn offenbar hatten die Schwestern den Notdienst angerufen, aber im Trubel des Abenteuers vergessen, den Unfallort zu nennen, und Schwester

Wilma hatte sofort nach dem Anruf das Handy abgestellt. Vorsorglich, denn sie hatte in der Zeitung gelesen, dass Handys im Flugzeug ausgeschaltet sein müssten. Und dann hatten sie es eben sehr eilig gehabt.

Nur häppchenweise war Magda von den Geschehnissen unterrichtet worden. Schließlich war Schwester Wilma an ihr Krankenbett gekommen und hatte sie weinend um Verzeihung gebeten. Schwester Gisela dagegen musste am Morgen nach ihrer Rückkehr aus Teneriffa ins Krankenhaus eingeliefert werden, denn sie erwachte mit brennenden, juckenden Pusteln am ganzen Körper, so schlimm, dass sie ohnmächtig wurde.

Drei Monate später erhielt das Mutterhaus ein Schreiben von der Staatsanwaltschaft, in dem mitgeteilt wurde, dass das Verfahren gegen die beiden Diakonissen wegen unterlassener Hilfeleistung aufgrund des geltenden Kirchenrechts eingestellt worden war.

KAPITEL 7 | *Rosa*

Kurt Kunze hatte in den letzten vierzig Jahren einen guten Teil des Familieneinkommens dafür verwendet, seinen Alkoholspiegel möglichst nicht unter 1,5 Promille sinken zu lassen. Nun prognostiziert ihm sein Arzt für den Fall, dass er so weitertrinke, den baldigen Tod.

Diesen Gefallen werde ich meiner Alten nicht tun, beschließt er auf der Stelle. Seine Kraftquelle aus Hass und Eifersucht strömt reichhaltig, denn es gelingt ihm, ein halbes Leben Dauersuff mit einer einzigen grimmigen Entscheidung hinter sich zu lassen.

Durch seinen Zigarrenrauch und ihren Erinnerungsschleier hindurch sieht Sonja ihn sitzen in seinem goldbraunen Sessel, auf dem Beistelltischchen ein schwerer, gläserner Aschenbecher, das Kognakglas und immer eine Schachtel Vivil daneben. Unter diesem Arrangement liegt ein Spitzendeckchen aus Plastik. Dasselbe Deckchen, nur etwas größer, findet sich auf dem Wandbuffet Eiche rustikal unter einem Porzellanschwan mit goldenem Schnabel. Braungelbe Samtvorhänge an den Fenstern über den bodenlangen Spitzenstores, zurückgebunden mit Kordeln und farblich passenden Quasten, lassen nur wenig Licht in diese Zweizimmerwohnung.

Dick ist die Luft. Viel zu laut und für Sonja als Kind unverständlich in seinem ostpreußischen Dialekt redet Kurt auf das Mädchen ein, ohne je seine Frau Rosa oder Sonjas Mutter anzusprechen, die mit ihren Kaffeetassen auf dem Sofa sitzen.

Schweigend gießt Tante Rosa ihm ab und zu Kognak nach. Sie hat dafür wohl ihre Gründe.

Nach der ärztlichen Diagnose verlegt Kurt sich aufs Kaffeetrinken. Tatsächlich hält er noch ein, zwei Jährchen durch, bis ihn dann doch die Leberzirrhose einholt. Tage, bevor im Krankenhaus seine letzte Stunde schlägt, bereitet Rosa in froher Erwartung seine Beerdigung vor. Noch heute kann sich Sonja an ihren befriedigten Gesichtsausdruck erinnern.

»Tante Rosa hat nach dir gefragt. Sie ist schon fast blind, wer weiß, wie lange sie noch lebt!«

Nach dem Anruf der Mutter lässt Sonja all diese Bilder ihrer eigenen Kindheit an sich vorüberziehen. Tante Rosa ist ihre Patentante und ein Mythos in Sonjas Leben.

»Passt auf, dass es euch einmal nicht so geht wie der Tante Rosa ...«, war die allgegenwärtige Ermahnung an sie und ihre Geschwister.

Man wollte ihnen damit sagen – ohne es direkt zu benennen, denn das Wort Sex und alle Worte, die damit zusammenhängen, wurden niemals ausgesprochen –, dass Geschlechtsverkehr vor der Ehe geradewegs in ein verkorkstes Leben führt.

Fünfundachtzig Jahre alt ist Rosa. Pflegestufe eins. Die Wohnung, in der sie inzwischen lebt, sieht aus, als würde gerade jemand umziehen wollen. In ihrem Zimmer stehen die nötigsten Möbel unverbunden und wie aus dem Sperrmüll aufgelesen im Raum, das andere Zimmer, vollgestopft mit Krempel ihrer Schwiegertochter und Enkelinnen, ist unbewohnbar. In der Küche kommt kein Wasser, jemand muss es abgestellt haben, im Waschbecken des Bades mümmelt eingeweichte Unterwäsche vermutlich seit Tagen vor sich hin. Ihr entströmt ein scharfer Duft nach altem Urin. Offenbar kann Rosa aufgrund ihrer schlechten Augen auch nicht mehr richtig sehen, wie sie die Toilette hinterlässt.

Die erdrückende Lieblosigkeit der Wohnung scheint ihr Leben zu spiegeln. Sie trägt ein Kopftuch über dem strähnigen Haar, den roten Blazer aus Kunstseide hat sie wohl anlässlich von Sonjas Besuch über ihren speckigen Trainingsanzug gezogen. Mit offenen Sandalen, die Füße in dicken Wollsocken, schlürft sie hinter ihrem Rollator her den Flur entlang. War sie es, die früher Schönheit zaubern konnte aus dem Nichts? War das die Frau, die aus dem reizvollen, attraktiven Mädchen geworden war?

Kaum sitzen sie am Tisch, erzählt Tante Rosa die Parabel von dem Geschäftsmann, der im Flugzeug feststellt, dass sein Sitznachbar ein Pfarrer ist. Er ergreift die Gelegenheit und fragt diesen, was ihn schon lange beschäftigt: »Sagen Sie, Herr Pfarrer, warum wird bei Beerdigungen immer erzählt, was dieser Mensch in seinem Leben alles geleistet hat, und nicht, wie dieses Leben von Gott gedacht war?«

Drückt sie mit dieser Geschichte die Sehnsucht aus, gesehen zu werden, wie Gott sie gedacht hat? Während Tante Rosa erzählt, versucht Sonja, sich ein Bild von deren eigentlichem Wesen zu machen. Was hätte aus ihr werden können, wenn man sie nur gelassen hätte? Was ist in ihr angelegt gewesen, bevor sie sich selbst ausgeknipst hat? Und was liegt verborgen unter dieser Traurigkeit, die so abgrundtief scheint, dass sie sie schon lange nicht mehr spüren mag? Wie hat Gott das Leben der Rosa Kunze, geborene Schneider, gewollt, bevor ihm sein schwäbisches Bodenpersonal ins Handwerk pfuschte?

Rosa war zur großen tragischen Figur des Schneider-Klans geworden. Etwas Verrücktes haftete ihr an. Unvermittelt machte sie Sprüche über ihren verhassten Mann, die einen zum Lachen brachten ob ihrer Derbheit, doch die Schwärze, die sich hinter diesem Humor auftat, mochte man nicht ergründen. Ab und zu sprach sie hochdeutsch, was im schwäbisch-bäuerlichen Umfeld besorgt als ernste psychische Störung wahrgenommen wurde.

Ihr berühmtester Spruch wurde, zwar milde lächelnd, aber doch als Beweis einer verkrachten Existenz wieder und wieder kolportiert: »Ich bin nicht geboren, um mit der Scholle zu kämpfen.«

Sehr gepflegt war sie damals, trug ihre Haare hochtoupiert, mit viel Spray festbetoniert. Ihr Gesicht wirkte maskenhaft, immer ernst und als Sonjas Mutter Elisabeth sie einmal für ihre glatte, fast faltenfreie Haut bewunderte, konterte sie nur: »Ich lache auch nicht.«

Wann hat Rosa aufgehört zu lachen?

Sie könne sich an nichts erinnern, schon gar nicht an ihre Mutter Wilhelmine, grantelt Tante Rosa und mit einer wegwerfenden Handbewegung lenkt sie den Blick Sonjas auf ein uraltes, verblichenes Bild ihrer Mutter. Das Foto ist seltsam zerschnitten und wieder zusammengeklebt. Nach und nach knurrt Rosa dann doch Bruchstücke aus ihrer frühen Kindheit hervor, abschätzig spricht sie, als hätten diese alten Geschehnisse keinen Stellenwert, aber Sonja kann sich zusammenreimen, wie sich die kleine Rosa damals gefühlt haben musste.

Es ist das Jahr 1928.

»Ich will zu Mama!«

»Die Mama ist tot, mach nicht immer solche Zicken, Mädle!«, schrie der Vater sie an.

Rosa floh in die hinterste Ecke des Raums und starrte auf den Boden, aber ihren Mantel konnte sie nicht ausziehen, die Schuhe ebenfalls nicht.

»Lass gut sein«, sprach Tante Gertrud zum Vater, »ich schaffe das schon mit ihr.«

Er verabschiedete sich von der Tante und verschwand, ohne sich noch einmal nach Rosa umzuschauen.

Tante Gertrud richtete auf dem Sofa ein Bett. Rosa blieb in der Ecke stehen. Erst lange nachdem die Tante aus dem Zimmer gegangen war, legte sie sich unter die Decke – mit Mantel und Schuhen.

Auf einmal steht die Mutter im Raum. Sie trägt ein weißes Nachthemd und winkt ihr zu. Ihre Haare sind offen und Blut rinnt aus ihrem Mund. »Mama!«, schreit Rosa. Sie will zu ihr laufen. Mama winkt noch einmal und dreht sich um, Rosa läuft ihr nach, aber je schneller sie rennt, desto größer wird der Abstand, die Mutter geht langsam, sie schwebt fast, doch Rosa kann sie nicht einholen, immer weiter entfernt sie sich, ganz langsam, Rosa rennt und schwitzt, verzweifelt und schnaufend, außer Atem, doch immer durchsichtiger wird die Mutter, fast wie Nebel, weiter und weiter geht sie weg, bis sie ganz verschwunden ist.

Rosa wachte auf, nass geschwitzt, noch immer im Mantel, die Decke und das Laken verkrumpelt. Mama kommt nie wieder. Gewiss war sie, Rosa, schuld daran. Warum war sie immer so störrisch gewesen? Wo waren Luise und Karla? Ist die Mama wegen ihr gestorben?

War sie zu trotzig? Hatte sie zu oft geschrien und getrampelt? Sie starrte hinein in das dunkle Zimmer, bis die Müdigkeit sie wieder einhüllte – dann glitt unter das hauchzarte Seidentuch ihres Schlafs ein Zellgift mit dem Namen »Ich-bin-schuld«. Unbemerkt breitete es sich aus bis ins letzte Atom ihres Leibes, setzte sich in ihrer Seele fest als blinder Passagier, schmarotzte von ihrer Lebendigkeit und verschmolz nach und nach mit ihrer ganzen Existenz.

Tante Rosas Stimme klingt derb und sie schwatzt unaufhörlich. So genau hat sich offenbar noch nie jemand für ihr Leben interessiert. Hatte sie denn keine Heimat gefunden im neuen Zuhause? Schließlich war die Familie doch intakt geblieben und Elfriede, die neue Mutter, hatte die vier Kinder angenommen und für sie gesorgt, als wären es die eigenen. Auch später hatten sich die elf Geschwister immer gut verstanden, das weiß Sonja und Tante Rosa bestätigt dies mit Vehemenz.

»*Mehr* wie gut haben wir uns verstanden«, sagt sie, als wolle sie ihre Zugehörigkeit betonen.

Was war schiefgelaufen?

Es war 1938. Ein seltsames Gefühl stieg in Rosa auf. Warm wurde ihr vom Bauch her – nicht nur vom Bauch her, sondern von noch weiter unten. Ihre Wangen fingen an zu brennen, ganz heiß wurde ihr, vor allem ihr Popo war heiß und irgendwie auch unten rum. Der Lehrer stand vorne an der Tafel und erzählte ausführlich, wie er beim Arzt eine Spritze in den Po bekommen hatte, er schmunzelte dabei so seltsam und seine Augen glänzten. Zuerst habe er sich in der Arztpraxis über die Stuhllehne beugen und die Hose herunterlassen müssen. Dann hätte der Arzt eine große Spritze genommen und die Medizin aufgezogen. Dann hätte der Arzt mit einem Tüchlein so etwas wie Schnaps auf die Stelle an der Pobacke getupft. Das sei zuerst kalt gewesen, dann sei es dort ganz heiß geworden. Währenddessen sei der Lehrer die ganze Zeit mit heruntergelassenen Hosen über die Stuhllehne gebeugt gewesen. Dann hätte der Arzt ihm diese ganz lange Nadel in die Pobacke tief hineingestochen. Das habe zuerst ein wenig wehgetan. Dann habe der Arzt die Medizin mit der Spritze in den Po hineingespritzt. Das hätte dann nicht mehr wehgetan, es wäre sogar fast angenehm gewesen. Dann hätte der Arzt die Nadel langsam, ganz langsam wieder herausgezogen und noch einmal mit einem Tüchlein Schnaps auf die Stelle getupft. Das war wieder zuerst ganz kalt und danach war es heiß. Zum Schluss durfte der Lehrer seine Hose wieder hochziehen, aber die Stelle an seinem Popo spürte er bis heute.

Als er zu Ende erzählt hatte, war die Luft im Klassenraum sehr warm geworden und feucht und es roch ein wenig nach Schweiß. Rosa sah sich um, fast ohne den Kopf zu bewegen, und stellte fest, dass ihre Klassenkameraden rote Gesichter hatten und dass ihre Ohren glühten. Ziemlich still war es geworden, keiner schaute sich an, die meisten stierten nach vorne oder auf den Boden mit glasigen Augen, vergebens Langeweile vortäuschend.

Die kleineren Schüler hatten frei bekommen diesen Nachmittag. Hygiene-Unterricht war nur für die Zwölf- bis Vierzehnjährigen, schließlich ist es ja wichtig, dass man erfährt, was passiert, wenn man einmal zum Arzt muss.

Das *Gefühl* brodelte in den nächsten Tagen weiter und die Vorstellung vom Lehrer mit nacktem Popo über den Stuhl gebeugt wühlte Rosa auf, insbesondere am Abend, wenn sie in ihrem Bett lag. Prickelnd und gärend hielt es sie in Bann und gleichzeitig schwante ihr, dass das, was sie fühlte, nicht recht war. Die Art, wie der Vater sie in letzter Zeit anschaute, war ihr unangenehm, als spürte er, dass sie ständig an diese Geschichte dachte. Alle seine Kinder schien der Vater zu durchschauen, doch auf sie blickte er prüfend und sie schämte sich, sie wusste nicht genau, warum, aber sie befürchtete, dass es irgendetwas mit dieser neuen Empfindung zu tun hatte. Auch wuchsen ihre Brüste, sie wuchsen sogar schnell und waren bald schon größer als die ihrer älteren Schwestern Luise und Karla, vielleicht war es das, was dem Vater missfiel? Besondere Hemmungen bereitete es Rosa, wenn ihre Brüste beim Gehen und Laufen so wackelten, und sie bewegte sich in letzter Zeit immer vorsichtiger, gemessener und zog die Schultern nach vorn. Ihre Schwestern hatten bereits einen BH, aber woher sollte sie so etwas bekommen und würden dann die Brüste etwas kleiner werden und nicht mehr so wabbelig sein, weil sie sozusagen befestigt waren?

Der Blick des Lehrers auf sie war ganz anders als der des Vaters. Diesen Unterschied bemerkte sie genau. Der Lehrer tat so, als würde er nicht hinschauen, aber Rosa spürte es, ihm stand derselbe Ausdruck in den Augen wie neulich, als er die Geschichte mit der Spritze erzählt hatte, immer wieder schaute er auf ihre Brüste und dann sofort wieder weg, etwas daran verwirrte Rosa, doch sie bekam unter seinem Blick jedes Mal diese Wärme untenrum und im ganzen Körper, dann schämte sie sich für dieses Gefühl, denn es war nicht recht, so zu fühlen, aber die Lust war so machtvoll, sie ertränkte sie fast, insbesondere wenn der Lehrer sie anstarrte oder wenn sie allein war und an den Blick des Lehrers dachte.

Zusammen mit dieser Art von Hitze stieg so etwas auf wie ein Triumphieren. Nicht alle Männer schauten so missbilligend wie der Vater, andere fühlten sich also angezogen von ihren Brüsten. Dem Vater ging sie aus dem Weg, denn sobald sie ihm begegnete, schämte sie sich. Er sah sie an, als könne sie nichts vor ihm verbergen, als würde er all das durchschauen, was sie dachte und fühlte, als könne er in jede Zelle ihres Körpers blicken und als könne er alle ihre Gedanken lesen, er prüfte sie, er musterte sie, als würde er sie entlarven und allein durch seinem Blick bloßstellen, und sie spürte: Was er sah, gefiel ihm nicht. Alles zog sich zusammen. Doch war es unmöglich, dem Vater auszuweichen. Was war das nur, was Männer so abstieß und andere so anzog?

In den Schulstunden träumte sie oft vor sich hin und als sie eines Tages vom Lehrer etwas gefragt wurde und die Antwort nicht wusste, beschied er, sie habe nach dem Unterricht noch dazubleiben und nachzusitzen.

Nachdem alle Schüler draußen waren, hieß er sie, nach vorne an die Tafel zu kommen, er blieb auf seinem Stuhl hinter dem Pult sitzen und anstatt ihr eine Aufgabe zu geben, starrte er wieder auf ihre Brüste, diesmal schaute er nicht weg, sondern ließ seinen Blick darauf ruhen. Rosa blickte auf den Boden, aber sie sah, wie der Lehrer mit seiner Hand an seine Hose griff. So stand sie vor ihm. Sie schwieg und rührte sich nicht. Heiß wurde ihr wieder und etwas drohte, sie zu überspülen, aber sie wollte es so, es war etwas ganz Unwiderstehliches, vielleicht war das die Wollust, von der sie schon in Predigten gehört hatte und von der in der Bibel stand, dass es sehr sündig sei. Wollust, Wollust, Lust, Wollust, ihre Brustspitzen waren so warm, so selig und fest und wohlig, als würden sie sich dem Lehrer entgegenstrecken, aber sie blieb stehen, rührte sich nicht vom Fleck und guckte auf den Boden. Nur ungenau bemerkte sie, dass die Hand des Lehrers auf seiner Hose langsame Bewegungen machte, sie sah, wie der Lehrer seinen Hosenknopf öffnete und mit der Hand in seine Hose hineinfasste. Noch immer stand Rosa da, überflutet von einem nie gekannten Gelüste.

Der Lehrer war schon sehr alt, vielleicht vierzig oder sogar noch älter und auch etwas schmuddelig, er gefiel ihr nicht, ein wenig ekelte sie sich sogar und doch stand sie da und jede Faser in ihr wartete darauf, dass er sie anfasste, sie wollte nicht weggehen von hier, sie wollte dableiben im Bann seines Blicks, der sie festhielt mit seiner Lüsternheit und seinem Hunger, immer stärker schwoll auch in ihr nun die Hitze an, der Speichel strömte in ihren Mund, so dass sie immer wieder schlucken musste, alles in ihr vibrierte und sie meinte fast zu verglühen, dann fühlte sie eine Feuchte in ihrer Unterhose, aber sie war sicher, dass sie nicht pinkeln musste, in ihren Achselhöhlen brach der Schweiß aus und ihr Hals wurde immer heißer, aber sie blieb stumm stehen und hielt den Blick fest an den Boden, direkt neben die Schuhe des Lehrers gerichtet.

Endlich durchbrach dieser das Schweigen und er sagte mit rauer Stimme: »Ich muss kontrollieren, ob du schon einen BH trägst, machst du einmal deine Bluse auf, damit ich das sehen kann?«

Rosa hätte sagen können, nein, ich trage noch keinen BH, aber der Lehrer wollte es ja kontrollieren, also knöpfte sie sehr langsam ihre Bluse auf und glotzte weiter auf die Holzdielen des Fußbodens, aber sie bemerkte, dass der Lehrer seine Hand immer auf und ab bewegte in seiner Hose, und als sie ihre Bluse ganz aufgeknöpft hatte, blickte sie auf sich herunter, ihre Brüste zeichneten sich ab in dem verschlissenen Hemdchen und sie waren groß und die Brustspitzen hart und fest, dann sagte der Lehrer, sie solle ihre Unterhemdträger herunterziehen, sodass man sehen könne, ob sie einen BH trage. Sie zog ihr Unterhemd nach unten und steckte es unter ihre Brüste, die davon nach oben gedrückt wurden und nun dastanden und sich anfühlten, als würden sie dem Lehrer entgegenlaufen wollen. Sie dehnten sich seinen Händen und seinen Blicken zu und als er sagte: »Komm her«, ging Rosa wie von etwas gezogen zwei Schritte näher, auf die Hand des Lehrers zu, die ihre rechte Brust umfasste, dann zog er die andere Hand aus der Hose und nahm damit die linke Brust, das fühlte sich köstlicher an als alles, was sie bis jetzt erlebt hatte, dann steckte der Lehrer seine Hand wieder in die Hose und leckte mit der Zunge ihre Brust, plötzlich stöhnte er ganz seltsam.

Sofort atmete er auf, als sei er erschrocken. Er zerrte seine Hand aus der Hose. Die Hand war irgendwie nass geworden, er wischte sie am Hosenbein ab. Seine andere Hand riss er vom Busen weg. Er befahl ihr, sich wieder zuzuknöpfen.

Rosa erschrak. Sie sog die Luft ein, zog ihr Unterhemd wieder nach oben, hielt die Bluse zusammen. Vorbei war der Zauber. Von einer Sekunde auf die andere, vorbei. Die Hitze in ihrem Unterleib hielt aber noch immer an, sie wollte sich noch nicht schämen, wollte sich noch nicht so schnell wieder zusammenziehen, und zum ersten Mal in dieser Nachhilfestunde blickte sie auf und sah dem Lehrer ins Gesicht ...

Was sie dort sah, entschädigte sie für das schlagartige Ende dieses Stelldicheins. Sie atmete bis tief in den Bauch. Was sie im Gesicht des Lehrers gesehen hatte, hätte sie selbst nicht auszudrücken vermocht, aber das Gefühl des Auftrumpfens brach nun hervor und es war ebenso herrlich wie die süße Lust, die sie soeben kennen gelernt hatte. Eine neuartige Macht fühlte sie, denn was sie in den Augen des Lehrers sah, war etwas wie Drohung und Entschuldigung gleichzeitig, aber vor allem Angst. Als ob das Leben des Lehrers davon abhinge, dass sie diese Begegnung für sich behielt. Selbstverständlich würde sie dies für sich behalten und während sie dem Lehrer mit ihren Augen antwortete, ohne etwas zu sagen, fühlte sie sich gönnerhaft, gnädig fast. Als sie vor die Schultüre trat, schaute sie in den weiten Himmel. Sie holte tief Luft und wusste, dass sie kein Kind mehr war.

Schon unten an der Haustüre hörte sie das Lärmen und Lachen der großen Geschwisterschar beim Mittagessen. Sie mochte ihre jüngeren Schwestern, alle hatten sie etwas Leichtes, Fröhliches an sich. Ganz anders als sie oder Luise, Karla und Jakob. Auch wenn sie sich alle gern hatten, so waren die vier Ältesten doch viel stiller, als ob etwas Schweres auf ihnen lastete.

Den Blicken des Vaters wäre sie jetzt gerne ausgewichen, aber dafür gab es keine Chance. Dass sie nachsitzen musste, hatte bereits die Runde gemacht. Elfriede tadelte sie. Sie sei in letzter Zeit so geistesabwesend, was denn mit ihr los sei, fragte sie. Rosa schwieg, doch war sie dankbar um die arglose Frage ihrer Stiefmutter. Der stumme, alles durchdringende Blick vom Kopfende des Tisches her war dagegen schwer zu ertragen. Bald wäre sie erwachsen, dann würde sie dieses Haus verlassen.

Wie wohl die Arbeit am Nachmittag tat. Der Kartoffelacker musste vom Unkraut befreit werden und das gab ihr die Gelegenheit, für sich zu sein, weg aus dem engen Haus, weg von ihren lustigen, lauten Geschwistern und der gutmeinenden, aber doch naiven Stiefmutter. Sie riss und zerrte an dem Unkraut, sie hieb mit der Hacke die Wurzeln heraus und genoss ihre Kraft. Sie freute sich daran, wie sie schwitzte und sogar schneller schaffte als Karla, ihre ältere und fleißige Schwester.

Gegen Abend kam der Vater mit dem Ochsengespann und nahm sie mit nach Hause. Beide Mädchen ernteten Anerkennung. Karlas Gesicht strahlte. Voller Liebe und Bewunderung schaute sie zum Vater auf. Auch Rosa freute sich, nur zeigen mochte sie das nicht.

Arbeiten, das war es, was sie schon immer gern getan hatte, lieber im Haus als auf dem Acker, denn dort gab es neben dem Saubermachen vieles zu verschönern und zu verfeinern. Sie würde einmal keinen Bauern heiraten wollen, sondern jemanden aus der Stadt, am liebsten einen, bei dem es nicht auf jeden Pfennig ankam. Man könnte das Haus schön machen und man hätte Platz für Blumen in eleganten Vasen und Geld für hübsche Bilder an den Wänden, feines Besteck und Geschirr wären fabelhaft. Im Pfarrhaus hatte sie manchmal aushelfen dürfen beim Spülen und gesehen, dass dort blütenweiße Servietten zum Essen verwendet wurden mit Hohlsaum und einem Monogramm der Pfarrfrau.

Messerbänkchen gab es und Silberbesteck und für alle am Tisch dasselbe Geschirr, dieselben Gläser und sogar die Schüsseln waren aus ein und derselben Machart. Ihr eigenes Zuhause sollte auch einmal gepflegt und stilvoll sein, so viel stand fest.

Als ob er es geahnt hätte, brachte der Vater zur Abendandacht wieder diese Geschichte mit seiner ersten Frau, die er geheiratet hatte, obwohl es nicht Gottes Wille gewesen sei, und dass er dadurch Sünde auf sich geladen hätte und wie er zur Strafe alles verloren hätte und erst noch todkrank geworden sei, dann hätte Jesus ihn von diesem Fluch befreit und gesund gemacht.

»Warum hast du die Frau dann überhaupt geheiratet?«, fragte die kleine Magda mit ihrer glockenhellen Stimme.

Rosa schmunzelte. Kinder können manchmal Sachen fragen.

Und als der Vater nachdachte, lange nichts sagte und als er dann sprach: »Weil ich sie unbedingt gewollt habe« – in diesem Augenblick wurde Rosa etwas klar. Schon oft hatte sie diese Geschichte gehört, aber jetzt begann sie zu verstehen. Das musste mit diesem *Gefühl* zu tun haben, das sie heute in der Nachhilfestunde beim Lehrer gehabt hatte. Aber die erste Frau des Vaters, das war doch ihre Mutter! Hatte sie diese Lust von ihrer Mutter geerbt? War es das, was man Erbsünde nannte? Vielleicht konnte man mit diesem *Gefühl* die Männer willenlos machen und zu einem herziehen, obwohl Gott das gar nicht wollte? Und war es nicht so, dass der Lehrer es am Ende eigentlich auch nicht gewollt hatte? Hatte *sie* das gemacht? War sie also auch so verflucht wie ihre Mutter? Deshalb war also die Wollust eine Sünde! War das der Grund, warum ihr Vater sie immer so prüfend und kritisch anschaute?

Gerne hätte sie sich jemandem anvertraut. Aber das war unmöglich. Etwas an ihr war falsch, so viel wusste sie jetzt endgültig. Und das hatte mit diesem *Gefühl* zu tun und auch mit ihrer leiblichen Mutter. Es nagte an ihr und sickerte sacht, aber unablässig in ihr Gemüt. Sie zwang es nieder, doch es suchte seinen Weg durch ihren Leib in ihre Seele und wurde nach und nach zu einer Gewissheit, die sich im Lauf der Monate und Jahre mit ihrem ganzen Wesen toxisch verschmolz, eine Gewissheit, die bald aufhörte, Gedanke zu sein, weil sie vollständig von Rosa aufgesogen worden war, ihren Charakter formte und unerkannt ihren Werdegang bestimmte: Über ihrem Leben lag derselbe Fluch wie über dem ihrer leiblichen Mutter.

Die Jahre ihrer Kindheit hatte sie schnell zurückgelassen. Sie waren verschüttet unter den Trümmern des Hofes, der in einer höllischen Kriegsnacht völlig ausgebombt worden war, sie waren vertrieben von der wirtschaftlichen Not, mit der die Familie zu kämpfen hatte, ihre Kindheitsjahre waren weggeputzt von der nie endenden Arbeit in Haus, Stall und auf dem Feld, sie waren zerschlissen von einem Alltag, der allen das Letzte abforderte, und sie waren erstickt von Brutalitäten, die Rosa während des »Dritten Reiches« mit ansehen musste.

Am Kriegsende war Rosa neunzehn Jahre alt. Sie war von schlanker, schöner, weiblicher Gestalt, doch ihre Lippen standen bereits schmal wie ein waagerechter Strich in ihrem Gesicht und hinter dem Witz, der aus ihren Augen blitzte, entdeckte man bei genauerem Hinschauen eine seltsame Leere, eine Kümmernis oder

Resignation, die man sonst nur bei älteren Frauen beobachten konnte.

Manch heimlichen Verehrer hatte sie gehabt. Keiner davon war von der Front zurückgekehrt. Aus den Trümmern von Görings Attrappenbahnhof hatte der Vater Steinquader erworben, mit dem das neue Haus aufgebaut werden sollte. Schwerstarbeit, die allen Mädchen abverlangt wurde. Steine klopfen, den Wagen damit beladen, schubkarrenweise transportieren, Mörtel schleppen, Mauern aufziehen – halbwüchsige Mädchen und ein vierzehnjähriger Junge waren die eigentlichen Bauarbeiter. Vater Heinrich war kränklich und zudem ständig unterwegs, um Genehmigungen und Baumaterial zu organisieren. Handwerker gab es kaum mehr, von Baumaschinen hätte man nur träumen können. Freunde und Verwandte halfen, aber sie mussten dann auch verköstigt werden. Rosa wurde gebraucht, also blieb sie, und arbeiten war ja etwas, das sie konnte. Der Vater war ihr fremd geblieben. Sie hatte sich daran gewöhnt. Es schien ihr richtig so zu sein und es gab nicht einen Funken von Neid oder Eifersucht auf ihre jüngeren Schwestern, für die er viel mehr Wärme und Zugewandtheit aufbrachte. So sehr war sie mit der Idee verwachsen, etwas sei falsch an ihr, dass ihr alles richtig und selbstverständlich erschien.

Bis sie Eugen traf.

Er war ein stattlicher junger Mann von fünfundzwanzig Jahren, hinkte leicht wegen einer Kriegsverletzung, und bald würde er die elterliche Goldschmiede-Werkstatt samt Juwelierladen übernehmen. Für ihn war es Liebe auf den ersten Blick, für sie hingegen wie ein langsames Aufwachen aus einer dumpfen Betäubung. Sie rieb sich die Augen. Liebe also. Auch für sie? Konnte das möglich sein? Nein, lieber nicht, sie wollte lieber ihre Ruhe. Sein Werben war kreativ und ließ nicht nach, da spross schließlich ein zartes unbekanntes Etwas in ihr auf. Oder erklang eine uralte Erinnerung? War es das Nachhausekommen von einer elend langen Reise, die sie hatte vergessen lassen, was ein Zuhause war? Als ob sie sich endlich eingefunden hätte bei sich selbst, wurde alles leicht und schwingend, unwirklich und doch selbstverständlich. Eine Rose entfaltete sich in ihr: Glück. Für diesen Mann wollte sie eine Rose sein, im wahren Sinn ihres Namens. Zum ersten Mal fühlte sie, wie jemand sie sah, wie jemand ihre *wirkliche* Schönheit erkannte. Jemand hatte die Rose in ihr gefunden. Jemand hatte das entdeckt, was ihr eigentliches Wesen war. War es das, wie Gott sie gedacht hatte?

Ihr ganzer Körper atmete auf, ihr Gesicht entwölkte sich und wenn sie in den Spiegel schaute, silberte ihr etwas Zartes von weit hinten aus den Augen entgegen. Ihre Liebe war nicht aufregend, flirrend, hitzig, sondern tief und ehrlich, als ob sich zwei Seelen getroffen hätten, die sich von Urzeiten her kannten. Solange Rosa mit Eugen zusammen war, erlebte sie sich vollständig und sicher und alles in ihr war ruhig, ihr ganzes Sein dehnte sich aus, streckte und entspannte sich unter seinem Blick. Sobald sie zuhause bei ihren Geschwistern war, dem Vater, der Stiefmutter und all den Umständen, in die sie hineingeboren worden war, verlor sie jeden Halt. Ihre einzige Sicherheit bestand dann in ihrem alten Glauben, sie sei falsch und es vor allem nicht wert, dass man sie liebte. Und dann war da auch noch dieser Fluch, der auf ihr lag. Würde sie Eugen mit in etwas hineinreißen, was er am Ende gar nicht wollte?

Eugen kam häufig ins Haus und brachte kleine Geschenke mit. Schmuck für sie und ihre Schwestern, so etwas hatte es noch niemals gegeben. Der Vater ließ das Werben zu und als Eugens Eltern einmal in einem Brief an den Vater nachfragten, ob Rosa einige Tage in ihrem Haushalt mithelfen dürfe, damit man sehen konnte, ob sie hineinpasste, erlaubte er es. Selbstverständlich unter strengen Auflagen.

Ganz neue Seiten entdeckte Rosa an sich während dieser lichten Tage. Gewohnt, sich anzupassen und zu arbeiten, erfuhr sie ein Wohlwollen und eine freundliche Beachtung der ganzen Familie Bäumer, wie sie sie noch nie erlebt hatte. Staunend erhaschte sie einen Blick auf sich selbst als heiteres, freies Wesen. Welch feinsinniger Humor ihr über die Lippen tanzte, wie ausgerechnet sie es fertigbrachte, Fröhlichkeit und Lachen in die noch immer trauernde Familie zu bringen, denn zwei der Brüder Eugens waren gefallen, wie beschwingt ihr die leichte Arbeit im Haushalt durch die Finger lief. Die Feinheit der Wohnung, die bescheidene Wohlhabenheit, die erlesene Schönheit der Dinge erfüllten sie mit Vergnügen. Hier würde sie anfangen können zu leben.

Beim Mittagstisch stellte Eugens Vater die Frage, ob sie bereit sei, zu konvertieren.

»Was ist konvertieren?«

»Dass du den katholischen Glauben annimmst. Anders wird es in dieser Familie nicht gehen, denn die Enkelkinder werden ja in unserem katholischen Haushalt erzogen werden.«

Rosa erschrak und schaute zu Eugen. Diese Glaubenssachen – daran hatten sie noch gar nicht gedacht. Katholisch. Das war ja fast heidnisch. Die beteten Bilder an und vielleicht sogar Götzen. Ein wenig mulmig war ihr schon bei dem Gedanken. Der Vater wäre ganz und gar nicht begeistert. Sie erbat sich bis zum nächsten Morgen Bedenkzeit, aber in ihrem Herzen hatte sie bereits entschieden, selbstverständlich würde sie katholisch werden, sie wollte Eugen heiraten und ihr Leben mit ihm teilen, das war es, was sie wollte, und katholisch konnte doch nicht so schlimm sein, diese Menschen hier waren doch ganz normal. Alles fühlte sich richtig an in dieser Familie, als ob es genau ihr Platz sei. Bevor sie sich am nächsten Morgen bereitmachte, wieder zurück nach Hause zu radeln, versprach sie Eugens Eltern, sich gerne mit dem katholischen Glauben auseinanderzusetzen. Alles schien zu passen. Rosa war glücklich.

Am Abend desselben Tages machte Eugen seinen Antrittsbesuch und bat den Vater Schneider um die Hand seiner dritten Tochter. Er vergaß nicht, den künftigen Schwiegervater zu orientieren, dass Rosa zum katholischen Glauben übertreten werde.

»Katholisch? Du bist katholisch?«, fragte Heinrich voll ehrlichen Entsetzens.

»Ja, wir sind eine alte katholische Familie in Thalheim.«

»Wenn ich das geahnt hätte, hätte ich dieses Techtelmechtel schon früher unterbunden! Tut mir leid, das kann ich nicht zulassen.«

»Wie … wie meinen Sie das?«

»Ich meine es, wie ich sage: Meine Tochter kann nicht in ein katholisches Haus hineinheiraten. Wofür soll Gott uns den Luther geschickt haben, wenn wir jetzt wieder mit solchem Zeug anfangen? Eine Mischehe? Niemals«, sprach Heinrich.

Gelassene, ruhige Unerschütterlichkeit.

Schweigen. Jeder schwieg auf seine Weise. Eugen schwieg ungläubig und entsetzt, Elfriede schwieg mitfühlend, Heinrich schwieg charakterfest, Rosa schwieg leer und dumpf, die jüngeren Schwestern schwiegen lauschend, und im Raum sammelten sich all die vielen Arten des Schweigens, legten sich auf die Sachen, schlüpften in alle Ecken, waberten zwischen die Stühle, krochen einem unter die Kleider, vereinten sich über den Köpfen und machten die Luft dick.

Mechanisch aß man weiter. Niemand wusste so recht, was jetzt passieren sollte. Nach dem Abendessen hielt Heinrich seine tägliche Andacht und es wurden drei Choräle gesungen. Alles war wie immer, es schien höchstens, dass der Vater heute besonders lange Lieder mit vielen Strophen ausgewählt hätte. Eugen wusste, dass es mit Heinrich kein Argumentieren gab, und Rosa war verstummt.

Nach Abendessen, Andacht und Singen stand Eugen auf, bedankte sich für das Essen, schaute entschlossen zu Rosa, deutete eine kleine Verbeugung zuerst zu Elfriede, dann zu Heinrich an, und sprach: »Ich komme wieder.«

»Mach dir nichts vor, Bub. Das wird nichts mit der Rosa.«

Heinrichs Stimme war ernst und gesetzt. Nichts Spöttisches, nichts Kämpferisches lag darin, kein Fünkchen Unsicherheit. Klarheit war dies, sonst nichts.

Eugen ließ sich nicht abbringen, er sprach noch mehrmals vor, bestürmte Rosa bei ihren geheimen Treffen, doch einfach mit ihm zu kommen, schließlich sei sie fast volljährig und überhaupt, sie bräuchten ja nur ein halbes Jahr abzuwarten, dann hätte ihr Vater sowieso nichts mehr zu sagen, dann könne sie machen, was sie wolle, einfach ein halbes Jahr noch, dann würden sie heiraten, heimlich, wenn es sein müsste. Aber es sei doch klar, dass sie zusammengehörten.

Rosa unterdessen knipste ihren inneren Lichtschalter aus und kehrte zurück in die bleierne Glanzlosigkeit, die sie so gut kannte. Nur dass jetzt alles noch farbloser war, noch grauer, noch kühler. Es war eben eine Seifenblase gewesen, ein Hirngespinst, im Leben geht es halt nicht immer nach Wunsch. Nun, da sie einmal hineingeschaut hatte in ihre Herzenssehnsucht und auf das einen Blick geworfen, wie Gott sie gemacht hatte, war die Düsternis noch undurchdringlicher. Nicht heißer Schmerz brannte in ihr, es war eher ein Schatten, der kein Licht brauchte und der sie umgab, als ob er zu ihr gehörte. Das schöne Leben mit Liebe und einem kleinen Wohlstand, vor allem mit Liebe – das war nicht für sie gedacht. Für andere ja, nicht für sie. Gott hatte es eben so eingerichtet.

Ob sie denn nicht wütend sei auf ihren Vater, der ihr das Leben so verbaute? Eugen kämpfte um sie. Wütend? Nein, eigentlich nicht. Ohnmächtig, ja. Dann hatte sie die Schultern gezuckt. Nach zwei, drei weiteren diskreten Treffen setzte sie der Angelegenheit ein Ende.

»Warum hast du das gemacht? Warum hast du nicht aufbegehrt?«, ruft Sonja.

Zum ersten Mal schweigt die alte Frau lange. Irgendwann spricht sie einen Satz, den Sonja in ihrem ganzen Leben noch nie gehört hat. Ein Satz voller Resignation. Ein Satz, der bis heute in der gesamten riesigen Verwandtschaft nur entsetzten Widerspruch ernten würde. Rosa spricht ihn aus, weil sie es so empfindet.

»Heinrich Schneider war furchtbar. Man hatte bei ihm keine Chance.«

Sonja ist sprachlos, sinniert, sortiert, ein Licht geht ihr auf. Heinrich Schneider, ihr Großvater, ist auch fünfunddreißig Jahre nach seinem Tod der unumstrittene Patriarch des Familienklans. Noch immer wirkt er tief in jede einzelne Familie seiner Nachkommen hinein bis in die dritte Generation. Keine seiner vielen Töchter würde jemals ein kritisches Wort über die Lippen bringen, unangefochten ist die Liebe und die Verehrung für den Vater, kein einziger seiner acht Schwiegersöhne hat jemals *seinen* Status erhalten, noch haben seine eigenen beiden Söhne sein machtvolles Format ererbt, niemand war ihm ebenbürtig, sein ganzes Wesen duldete keine anderen Götter neben sich. Heinrich Schneider wusste immer, was Gott ist, was Gott will und was angeblich das Richtige für jedes seiner Kinder war.

In diesem Moment fühlt Sonja, dass auch sie seinen Anspruch mit der Muttermilch aufgesogen hat. Auch wenn sie ihren Großvater kaum mehr gekannt hat, auch wenn sie niemals gewagt hätte, ein Wort an ihn zu richten, war doch ihre Kindheit geprägt vom untergründigen Raunen, das aus einem diffusen Raum von weit her erscholl: »Du wirst niemals genügen.«

War es Rosa auch so ergangen? War sie die einzige der Schwestern, die sich nicht unter den Schirm seiner väterlichen Liebe und Autorität gestellt hatte, weil sie sich als »verflucht« fühlte, wie man dies ihrer Mutter zugeschoben hatte? Oder fand sie keinen Ausweg aus ihrem Trotz?

»Dann habe ich halt den alten Kunze geheiratet«, sagt die Tante lapidar und unterbricht Sonja in ihren Gedanken.

»Hattest du Onkel Kurt nie gemocht? Von Anfang an nicht?«

»Pff ... Ich habe immer auf ihn gepfiffen.«

»Aber warum hast du ihn geheiratet? Das verstehe ich nicht! Warst du schwanger, *musstest* du heiraten?«

»Nein, schwanger nicht.« Tante Rosa zieht die Mundwinkel nach unten, zuckt die Schultern. »Hat sich halt so ergeben.«

Dämmrig war es bereits, als sie eines Abends vom Schweinefüttern über den Hof ins Haus zurückkehren wollte. Etwas traf sie im Rücken, kleine Steinchen vielleicht, was war das? Sie drehte sich um.

»Tzzzssss ... Rosa ... komm doch mal ... komm!«, zischte es von der Scheune her.

Kurt. Na klar. Rosa rollte mit den Augen. Was wollte der schon wieder. Er war hinter ihr her, das hatte sie schon bemerkt, aber eigentlich nervte er nur. Kurt war mit dem großen Flüchtlingsstrom aus Ostpreußen ins Zabergäu geschleust und dem Hof des Vaters zugewiesen worden. Er und seine restlichen vier fast erwachsenen Kinder wohnten in der Baracke, die man aus dem ehemaligen Hühnerstall gezimmert hatte. Seine Frau und die vier anderen seiner Kinder waren auf der Flucht ums Leben gekommen.

Kurt war schon bald fünfzig und er sprach sehr dem Wein zu, dem er auch noch den letzten seiner hart verdienten Pfennige widmete. Vielleicht war sein Schicksal schwer zu verkraften ohne Alkohol, hatte sich Rosa immer gefragt.

»Was willst du?«

Harsch sprach sie. Den Futtereimer in der Hand, ging sie auf die halb offene Scheunentür zu.

»Dich«, flüsterte Kurt heiser, packte sie am Handgelenk und zog sie in die Scheune.

Dort drückte er sie gegen die Wand und presste sich an sie. Baff war sie ob dieser Unverfrorenheit, den Eimer hielt sie noch in der Hand und Kurt schmatzte mit nassen Lippen an ihrem Hals, er klebte so dicht an ihr, dass sie sich nicht rühren konnte, sie mochte ihn nicht, er roch immer nach Stall und Rotwein, hatte strähnige Haare und war wirklich uralt. Jetzt zerrte er an ihrer Bluse und schon packte er sie am Busen. Rosa stand da, steif und unbeweglich, während Kurt sich immer lauter schnaufend an ihr zu schaffen machte.

Auf einmal erwachte ein altbekanntes Gefühl in ihr. Wollust? Geilheit? Das war es auch. Aber es stieg noch etwas anderes in ihr auf. Macht. Wut. Groll von ganz tief unten. Nur nicht auf diesen Hanswurst, der sich da gerade an ihr abarbeitete, sondern auf Heinrich, den Vater. Hass war es fast. Sollte er doch sehen, was er davon hatte, von seiner evangelischen Moral, von seinen ach so frommen Sprüchen und Andachten, von seinen heiligen Reden über gute Eheleute und einer frommen Kinderschar, von seinen ellenlangen Chorälen, die man auswendig lernen musste. Kein Verkehr vor der Ehe, dass ich nicht lache. Soll er es doch haben! Verkehr vor der Ehe, wenn ihm das lieber ist als Verkehr mit einem Katholiken, warum nicht, dann eben mit einem stinkenden Alkoholiker …

Inzwischen war Kurt bereits so weit, dass er ihr die Bluse zerrissen und die Brüste aus dem BH gezerrt hatte, er krallte mit seinen schwarzgeränderten Fingernägeln in ihren fülligen Busen, mit der anderen Hand zog er ihren Rock nach oben und versuchte, ihr in die Unterhose zu fingern, währenddessen sein drahtiger, kräftiger Körper schwer auf den ihren drückte. Sie war eingeklemmt, konnte sich nicht bewegen, aber sie fühlte sich seltsamerweise ganz und gar nicht machtlos. Die Hitze hatte nun auch sie aufgepeitscht und sie ließ den Kerl machen. Er riss ihre Unterhose nach unten, an den Fußangeln trat er darauf und zog ihr linkes Bein nach oben, nebelfeuchter Atem und ein alkoholnasser Mund mantschten an ihrem Ohr, er schleckte in ihr Gesicht, fuhr mit der Zunge in ihre Nasenlöcher und riss ihre Lippen auseinander, eine dicke Schnecke aus Zungenmuskel streckte sich ihr fast in den Gaumen, Ekel und glühende Gier gleichzeitig erfüllten Rosas Leib und in ihrem Unterleib raste es. Während sie noch immer den Schweineeimer in der Hand hielt, drückte sich ihr Busen diesem brunftigen Mann entgegen, er blieb mit seiner massigen Zunge in ihrem Mund, es schnürte ihr fast die Luft ab, das machte sie nur noch hitziger, mit der Schulter hielt er sie fest gegen die Wand gedrückt, eine Hand im Busen verkrallt, die andere öffnete seinen Hosenschlitz, hervor kam ein großes, steifes Glied, bullenheiß rieb es sich zwischen ihren Oberschenkeln, seine Finger fuhren in ihre glühendnassen Schamlippen, mit seinen Knien riss er ihr Bein weiter nach oben und stieß seinen Rammbock in sie hinein, er zog seine Zunge aus ihrem Mund, ließ ab von ihrem Körper, nur ihr Knie hielt er so weit wie möglich nach oben gepresst, während er sich im Busen verkrallt hatte.

Er stieß und sie bewegte sich ihm hitzig entgegen, er rammte und rammte, als ginge es um sein Leben, schon so lange hatte er auf diesen Augenblick gewartet, immer weiter stieß er zu, immer härter, bis Rosa einen kurzen, grellen Gipfelschrei ausstieß, immer wütender hieb er und stemmte und prellte, er konnte kein Ende finden in seiner alkoholisierten Lüsternheit. Endlich hatte er sie so weit, und nun kam und kam er nicht. Bald verließen ihn die Kräfte und sein Glied wurde weich, unverrichteter Dinge, ohne Entladung knöpfte er seine Hose zu. Es war schon dunkel in der Scheune.

»Nächstes Mal«, sagte er. Wut lag in seiner Stimme.

»Mal sehen«, schnappte sie und klaubte im Gehen ihre Unterhose vom strohigen Boden, griff nach dem Schweineeimer und trat hinaus in den nächtlichen Hof.

Sie hatte es getan. Endlich! Endlich hatte sie es einmal erlebt.

So war das also zwischen Mann und Frau. Jetzt war sie endlich bis zum Äußersten gegangen. Wie bei den Tieren war das ja. Jetzt wusste sie Bescheid. Jetzt konnte man ihr kein X für ein U mehr vormachen. Das war es also. So banal. Und darum wurde so ein Wesens gemacht! Meine Güte. Scham? Nein. Eigentlich fühlte sie sich wider Erwarten gut. Stolz war sie fast und sie spürte auch etwas Triumphierendes. Mit diesem Erlebnis war sie vollständig mündig geworden und sie fühlte sich dem Zugriff des Vaters für immer entwachsen. Sollte er doch die Augenbrauen heben, das konnte ihr jetzt nichts mehr anhaben. Von ihm würde sie sich nichts mehr sagen lassen. Sie würde ihren eigenen Weg gehen. An Eugen mochte sie jetzt nicht denken. Das war vorbei. Aber sie wusste, dass ein neuer Lebensabschnitt begonnen hatte.

Schon am nächsten Abend nötigte Kurt sie zum nächsten Rendezvous im Schweinestall. Beim dritten

Mal dann, etwas bequemer im Heuschober, klappte es endlich und er entlud sich prächtig.

Stolz und befriedigt wie ein Gockel stand er auf und befahl: »Heirate mich!«

»Quatsch!«

»Du wirst schon noch sehen, wo du hingehörst!«

»Hab dich nicht so.«

Ihre abendlichen Treffen blieben nicht unbemerkt und der Vater stellte sie bald zur Rede.

»Entweder das hört auf, oder du heiratest ihn.«

Rosa blickte diesmal nicht auf den Boden, sondern auf halber Höhe am Vater vorbei.

»Dieser Mann wird dich nicht glücklich machen, Mädle. Lass ab von ihm, das kann doch nicht gut ausgehen.«

Der Bestimmerton war aus der Stimme des Vaters gewichen, eindringlich sprach er fast, als sei er wirklich besorgt. Noch immer Schweigen bei Rosa. Vom ihm würde sie sich nichts mehr sagen lassen.

Kurt fing an, ihr zuzusetzen: »Heirate mich, oder ich bring dich und mich um!«

»Quatsch, sauf lieber nicht so viel«, keifte Rosa.

»Ich meine es ernst – hier, den Strick hab ich schon aufgehängt im Dachbalken. Zuerst erschieße ich dich, ich hab noch meine Pistole vom Krieg. Dann hänge ich mich hier auf in der Scheune.«

»Du spinnst doch!«

»Rosa! Heirate mich – ich war schon bei deinem Vater und habe ihn gefragt. Er sagte, er sei auch einmal mit vier Kindern und einer toten Frau dagestanden, deshalb könne er mich verstehen. Er würde es erlauben – glaube ich. Also!«

Das letzte Wort war eher Forderung denn Frage. Zwei Tage später willigte sie ein.

Am Vorabend der Verlobung löste sich mit einem Mal ihre Starre. Als sich ihre Schwestern im Mädchenschlafraum hübsch machten, kicherten, lärmten, Schmuckstücke von Eugen anlegten und sich arglos gegenseitig darin bewunderten, brach sie auf ihrem Bett heulend zusammen. Was machte sie da nur? War das ihr Leben? Wie weit hatte sie es gebracht? War es das, was Gott für sie vorgesehen hatte? Einen stinkenden alten Alkoholiker mit feindseligen Kindern, die kaum jünger waren als sie?

Ihre Schwestern setzten sich zu ihr rund ums Bett, auf das Kopfkissen, zu ihren Füßen, ihr zur Seite und drängten sie, die Verlobung wieder zu lösen. Aber diese freundlichen Ermahnungen, diese gutmeinenden Reden, diese mädchenhaft naiven Ratschläge lösten in ihr einen seltsamen Widerstand aus. Je länger sie bäuchlings auf dem Bett lag, je mitfühlender die Mädchen mit ihr sprachen, desto entschlossener wurde sie. Doch. Sie hatte sich diese Suppe eingebrockt, jetzt würde sie sie auslöffeln. Das war sie ihrem Stolz schuldig.

So wurde ein paar Wochen nach der üppigen Verlobung die Hochzeit gefeiert. Ihre Ehe hielt, bis dass der Tod sie schied, nämlich genau einunddreißig Jahre, drei Wochen und fünf Tage.

Ob Rosa für ihre zwei Kinder genug Liebe übrig gehabt hat, fragt sich Sonja. Das sei etwas, sagt die alte Frau, worüber sie sich am Ende ihres Lebens wirklich Gedanken mache. Die älteste Tochter ist ihr an Krebs gestorben. Ihr Bild im schwarzen Plastikrahmen steht auf dem Fensterbrett.

Rosa zeigt Sonja Fotos ihrer zwei wunderschönen Enkeltöchter – Kinder ihres jüngeren Kindes, des Sohnes. Kann Sonja einen Anflug von Stolz auf ihrem Gesicht erkennen? Gerne hätte Rosa mehr Kontakt zu den Mädchen. Die Schwiegertochter jedoch ist der Meinung, diese hätten eine bessere Großmutter verdient.

An dieser Stelle schließen sich Rosas Lider, und langsam reibt sie sich mit Daumen und Zeigefinger der rechten Hand von der Schläfe bis zur Nasenwurzel über die Augen. Tief, abgrundtief liegt die Müdigkeit in ihrem Blick, als wieder aufschaut.

Ob Rosa wohl weiß, dass man munkelt, ihr Jüngster sei gar nicht von Kurt, sondern von dem Gutsbesitzer, bei dem beide als junges Ehepaar gearbeitet hatten? Kurt war damals Melker, sie die rechte Hand des Chefs. Das war auch die Zeit, in der er sie einmal fast krankenhausreif geschlagen hatte. War das wegen eines Seitensprungs?

»Du weißt ja – Kinder hat man schnell«, sagt Tante Rosa.

Auge um Auge, Zahn um Zahn.

Und Maren? Ahnt Tante Rosa, was damals passiert war mit dem kleinen Mädchen? Will sie es nicht wissen? Sonja verschont die alte Frau und sinnt im Stillen nach.

War es Lüsternheit? War es Hass auf seine Frau, die fünfundzwanzig Jahre jünger war, immer noch schön, und die ihn seit jeher verachtete? Was ging wohl in Kurt Kunze vor, als er die vierjährige Nichte Rosas auf seinen Schoß zog? Maren war wie schon öfter für ein paar Tage zu Besuch bei Tante Rosa und Onkel Kurt. Ihre Mutter

Christel war Pfarrerin und hatte oft viel zu tun. Während Kurt bereits seit einigen Jahren seinen braungelben Rentnersessel bezogen hatte, war Rosa immer noch berufstätig und an diesen Tagen vermutlich bei der Arbeit. Kaum wird Kurt sich vorgestellt haben, dass er das Leben dieses Kindes für immer prägen würde, als er seinen Hosenladen öffnete und sein steifes Ding in den kleinen Mund des schreckstarren Mädchens zwängte. Gar nichts wird er sich dabei gedacht haben in seinem alkoholvernebelten Verstand.

Sonja gibt sich einen Ruck.

Was für sie Glück gewesen sei in ihrem Leben, wenn sie zurückblicke, fragt sie Rosa.

»Glück, nein. Glück hatte ich keines in meinem Leben. Vielleicht im Himmel einmal.«

Von wem auch immer sie eines Tages dort im Himmel empfangen werden wird, vielleicht wird es ihre Mutter sein, oder womöglich hat Gott auch eine weibliche, eine mütterliche Seite und sie wird dann zu Rosa sagen: »Du bist nicht falsch, du bist ein Teil von mir, ein wunderschönes göttliches Wesen. Ich habe dich bei deinem Namen gerufen, du bist mein.«

Dann wird Glück sein.

KAPITEL 8 | *Karla*

Eine alte Jungfer war sie mit ihren achtundzwanzig Jahren, die Bürde wog schwer und jeder verstrichene Monat setzte einen weiteren Zentner auf diese Last. Wie ein gieriger Hausierer sein überladenes Maultier, so schien die Zeit sie vor sich herzupeitschen. Aus Hefeteig hatten sie ihr neulich einen Mann gebacken, die beiden ewig kichernden Backfische Elisabeth und Magda, ein naiver Schabernack, doch er verbiss sich wie eine kleine, fette Ratte in Karlas Herz. Vor den Mädchen wollte sie sich keine Blöße geben, doch als sie später allein beim Melken saß, lehnte sie ihre Stirn an die Flanke der Kuh und erlaubte sich ein paar Tränen. Was würde aus ihr werden? Wohin sollte sie gehen? In Stellung als Magd? Bei fremden Leuten dienen ein Leben lang, wo sie hier auf dem Hof wie die Herrin gehandelt und befohlen hatte?

Erschöpft war sie vor zwei Stunden ins Bett gefallen, doch anstatt wie gewohnt einzusinken in den erholsamen Schlaf, spielten ihre Nerven verrückt. Gedanken jagten sich gegenseitig im Kreis herum, ihr Herz trommelte Alarm und Karla warf sich von einer Seite auf die andere, auf den Rücken, auf den Bauch, nach links, dann wieder nach rechts. Zu einer Belastung war sie geworden. Hätte sie sich das je träumen lassen?

Abgerackert hatte sie sich, ihr ganzes bisheriges Leben, gearbeitet für die Familie, keine Aufgabe war ihr zu schwer gewesen, schon als Kind hatte sie mit angepackt und mit zwölf nahm man sie von der Schule, denn sie wurde gebraucht. Schön war es gewesen, sich einzusetzen für ihren Vater, den Hof und die große Geschwisterschar. Jetzt hallten seine Worte in ihr nach. Sie soll gehen! Sich endlich einen Mann suchen und heiraten!

Wehmütig sah sie sich als Fünfjährige, wie sie ihrem Vater die Schmach einer neuen Heirat ersparen wollte, wie sie sich verantwortlich gefühlt hatte, die verstorbene Mutter zu ersetzen, wie sie den Vater hatte leiden sehen und wie gerne sie ihm von seinem Kummer etwas abgenommen hätte. Ihm zu dienen, davon war ihr ganzes bisheriges Leben beseelt gewesen. Nun wollte man sie nicht mehr. War sie für die Ehe ihrer Eltern zu einer Zerreißprobe geworden? Als der Vater Karla nach dem Abendessen in die Stube geholt hatte, um jenes ernste Gespräch mit ihr zu führen, war ihr schließlich die Galle übergeschäumt und sie war hinausgerannt.

Das Klima zwischen ihr und der Stiefmutter Elfriede war in letzter Zeit immer unberechenbarer geworden, auch heute hatte es wieder ein Donnerwetter gegeben, dabei war es ein Morgen wie viele andere gewesen – der erste schöne Tag nach einem verregneten Frühjahr. Saatgut, Setzlinge, Kartoffeln drängten darauf, endlich ausgebracht zu werden. Am liebsten hätte man alles auf einmal getan. Schwatzen und Wirbeln erfüllten Haus, Hof und Scheune, bis alle wussten, was sie zu tun hatten. Wie jeden Tag besprach der Vater die vielfältigen Aufgaben mit Karla und im Weggehen beauftragte er sie, die Arbeiten einzuteilen.

Während die Geschwister ihre Befehle anstandslos entgegennahmen, löste sie bei der Stiefmutter Zorn aus.

»Willst du mir schon wieder das Geschäft zuteilen? Vielleicht überlässt du für einmal mir, was ich zu tun habe – bin ich denn euer Buddele!«, schrie Elfriede. »Ich weiß selber, dass wir ein verregnetes Frühjahr hatten, glaub mir's!«

Schrill klang Elfriedes Stimme und sie schien schon am frühen Morgen mit den Nerven am Ende zu sein. Karla zuckte die Schultern. *Türe zuschlagen, nichts wie raus auf den Acker*, schrie es in ihr. Aber sie beherrschte sich.

»Ja, pff … Dann gehe ich jetzt halt in die Kartoffeln. Die Rosa und der Jakob gehen in den Wengert.«

Betont leise schloss sie die Tür hinter sich.

Sich beherrschen können. Darauf war Karla stolz. Sich beherrschen, das war fast so etwas wie herrschen. Als Spiel mit sich selbst hatte sie dies in den letzten Jahren trainiert. Nicht dem Zorn nachgeben, der in einem brannte. So, wie man eine Sprache oder ein Instrument lernt, hatte sie diese Disziplin geübt. Je besser es ihr gelang, desto mehr Freude hatte sie daran, je weniger sie sich im Streit verausgabte, sondern sich beherrschte, desto mehr Kraft entdeckte sie bei sich, und von Mal zu Mal fühlte sie sich stärker. So manches Wortgefecht konnte sie an sich abprallen lassen und sie kostete den leisen Triumph aus. Insbesondere Elfriede wurde immer hysterischer in solchen Situationen. Karla spürte ihre Körpergröße in diesen Momenten, sie war größer als alle ihre Geschwister, einschließlich der Brüder, während Elfriede, die Stiefmutter, die Kleinste war. Sie, Karla, war auf Augenhöhe mit dem Vater. Vielleicht war das der Grund, warum er die betrieblichen und finanziellen Angelegenheiten mit ihr besprach und nicht mit seiner Frau. Karla genoss ihr landwirtschaftliches Wissen und ihre Erfahrung, natürlich auch ihre Muskelkraft und ihren Arbeitswillen. So war sie mit der Zeit zu einem echten Gegenüber für den Vater geworden.

»Kannst du nicht einmal Ruhe geben? Das macht mich ganz meschugge, dein Rumgewälze! Was ist denn los?«, zischte Rosa vom Nachbarsbett.

Rosa war verlobt, obwohl sie zwei Jahre jünger war als Karla. Sie würde bald das Haus verlassen, doch wussten alle, dass sie nicht glücklich war mit ihrem Kurt.

»Der Vater hat gesagt, ich soll heiraten und gehen. Wen soll ich heiraten und wohin gehen?«, flüsterte Karla zurück. »Was soll ich machen?«

»Hmm.« Rosa gähnte und stützte sich auf. »Heiraten? Willst du meinen? Ich geb ihn dir gern!«

»Mm … noi … danke für Backobst«, gab Karla zurück.

Und dann kicherten beide und hielten sich dabei die Hand vor den Mund.

»Ich weiß gar nicht, was ich mit einem Mann anfangen soll. Es kommt mir so komisch vor, dass ich mit einem Fremden plötzlich so eng zusammen sein soll. Abgesehen davon, dass es weit und breit keinen halbwegs annehmbaren Bauern in unserem Alter gibt.«

Beide schwiegen, denn Rosas Kurt war doppelt so alt wie sie. Karla versuchte sich auszumalen, was verheiratete Paare miteinander machten. Besser gesagt: *Was* sie miteinander machten, um Kinder zu bekommen, konnte sie sich vorstellen von den Tieren her, aber *wie* das genau ablaufen würde, dafür hatte sie kein klares Bild. Rosa wusste mehr von diesen Dingen, so viel war klar.

»Hast du deinen Kurt schon einmal geküsst?«

»Hmmm – nja …«

»Und wie ist das?«

»Geht so … Können wir jetzt schlafen, in vier Stunden ist die Nacht rum und wir stehen wieder im Stall.«
Rosa rollte sich zusammen und zog die Decke über ihren Kopf.

»Ich will nicht als Magd in Stellung gehen, das steht fest«, sagte Karla noch.

Dann wickelte sich Rosa wieder aus ihrer Decke und fragte: »Angenommen, du könntest frei wählen, niemand könnte dir etwas verbieten oder befehlen. Was wäre es, was du wirklich wolltest?«

»Ach, was weiß ich … keine Ahnung. Also gut, schlafen wir.«

Was Karla wollte, würde sie nicht einmal vor Rosa zugeben, denn am liebsten hätte sie eines Tages den elterlichen Hof übernommen. Ein Hirngespinst. Sie war ein Mädchen. Zwei männliche Stammhalter gab es schon, und diese waren bereits Anlass zum Streit zwischen den Eltern. Für den Vater war klar, dass Jakob, der Älteste, den Hof erben würde, während Elfriede gegen diese Idee kämpfte, denn für sie kam nur Erwin infrage, ihr leiblicher Sohn. Wochenlang hatte dieser Streit zwischen Vater und Stiefmutter geschwelt, die Kinder spürten es und da schließlich fast alles von Elfriede kam, Äcker, Geld, Aussteuer, Vieh, musste der Vater nachgeben. Karla hatte nichts zu erwarten. Sie war ein Mädchen und zudem die Tochter der ersten Frau. *Die erste Frau.* Seltsam, nie dachte sie von dieser Frau als ihre Mutter, immer war es *die erste Frau.* Karla konnte sich nicht an sie erinnern und sie wollte das auch nicht, schließlich war da etwas nicht richtig gelaufen – aber ach, was soll's. Sie hatte jetzt andere Sorgen.

Vor einer Mauer stand sie. Ein Zurück gab es nicht. Irgendwann einen Bauern zu heiraten, am besten mit einem stattlichen Hof, war immer selbstverständlich gewesen. Und jetzt? Es gab keinen. Überhaupt keine Männer gab es mehr. Der Krieg hatte sie gefressen. Sie musste gehen, nur wohin? Nein, nicht als Dienstmagd, nirgends, nein, Magd, das wollte sie nicht sein!

Was gab es sonst für jemanden wie sie? Arbeiten, ja, das konnte sie. Wenn sie nur an die letzten Winter dachte, als sie und Hanna die Steine geklopft hatten für das neue Haus. Tagelang schufteten sie in der Eiseskälte draußen auf dem Feld des früheren Attrappenbahnhofs. Die beiden Mädchen gruben die zentnerschweren Steinquader für den Neubau ihres ausgebombten Hauses zuerst aus den Fundamenten aus, schlugen sie mit Hammer und Meißel sauber und luden sie miteinander auf den Wagen. Mittags machten sie Feuer aus dem herumliegenden Bauholz und garten ihre mitgebrachten Kartoffeln in der Glut. Nach solch einem Tag waren die beiden manchmal so erschöpft, dass sie kaum noch heimlaufen konnten. Aber für das neue Zuhause zu arbeiten und ihren Beitrag zu leisten für die Familie, für einen neuen großen Hof, gab ihnen ein gutes Gefühl. Stolz fühlten sie ihre überanstrengten Muskeln und ihre schmerzenden Knochen und natürlich hatten sie abends einen Bärenhunger. Satt wurden sie meistens, auch wenn oft hartes Brot, Schmalz und ein paar verrunzelte Äpfel reichen mussten. Doch wie konnte man solche Strapazen für einen fremden Hof übernehmen? Nein, Magd wird sie nicht werden.

Ohne Karla – wie hätte die Familie über die Runden kommen sollen? Wie hätte Elfriede den großen Haushalt bewältigen können mit einem neuen Säugling in jedem Jahr? Wie wären vor allem die drei Kleinen durchgekommen? Karla wusste, sie war unentbehrlich gewesen in all den Jahren. Alles hatte sie gegeben und nichts blieb für sie.

Wie machte man das überhaupt, einen Mann finden? Noch nie hatte einer um ihre Hand angehalten. Schön war sie nicht, groß wie ein Mann, knochig und etwas sperrig, riesige Hände hatte sie und breite Schultern. Doch was wog schon das Aussehen? Auch ohne Vermögen oder besondere Schönheit konnte sie einen Betrieb, von welcher Größe auch immer, zusammenhalten. Das tröstete sie und endlich wurden ihre Lider schwerer, ihr Atem ging regelmäßiger.

Sie fühlte noch, wie der Schlummer begann, sie wohlig einzuhüllen, da schreckte der harte Kantenschlag eines Wortes sie auf, ein Wort, das wie durch eine vertrocknete Erdschicht zu ihr heraufstieß, unhörbar, aber alles aufrüttelnd, jede Zelle verstörend: Frau sein … Ehefrau … Diese Sphären beherrschte sie nicht, und sitzend im Bett spürte sie nun dieses Loch, diese riesige leere Stelle, welche sie jetzt ausfüllen sollte und doch nicht wusste, wie.

Hatte sie versäumt, am Ende ihrer Kindheit zur Frau zu werden? Wie ging das nur, für einen Ehemann die Ehefrau zu sein? Niemand hatte sie je als Frau betrachtet. Für den Vater war sie schon früh – viel zu früh – der Geschäftspartner, für die jüngeren Geschwister die Ersatz-Mama, für die Stiefmutter ein übermächtiges Arbeitstier, was gab es noch in ihrem Leben? Kein

Mann hatte sich je für sie interessiert, geschweige denn sie begehrt. Aber darum hatte sie sich auch nie geschert, denn der Vater hatte sie stets als ebenbürtige Arbeitspartnerin bekräftigt, das war ihr genug. Karla hatte angepackt und unmerklich war darüber die Zeit verflossen. Von ihrer Kindheit war sie geradewegs hier hinein in diese Sackgasse geschlittert. Wie ein Tier, das man von der Herde absondert und das plötzlich nicht mehr weiß, wer und was es ist, so verlor sie jedes Gespür für sich selbst. Wer war sie ohne das Fluidum ihrer Familie?

Am nächsten Sonntag zwischen Kirche und Mittagessen, Karla war mit Spätzlesdrücken beschäftigt und überlegte gerade, womit sie die Bratensoße heute strecken könnte, da klopfte es an der Küchentür.

»Herein«, fauchte sie, ungehalten über die Störung.

's Hermännle trat ein.

»Grüß Gott, Hermann, du kommst gerade recht, in einer Viertelstunde gibt's Essen, kannst gerne mitessen. Gell, du hast niemand, der dir kocht, seit deine Mutter tot ist. Da, setz dich an den Küchentisch, gleich sind wir fertig.«

Hermann blieb stehen mit seinem Hut in der Hand.

»Doch, doch, es ist genug da, unsere Gänse haben fleißig Eier gelegt. Die Spätzle reichen für alle.«

Karla wollte ihm seine Verlegenheit nehmen. Sie mochte ihn gern, den kleinen Mann.

»Eigentlich wollte ich mit dir g'schwind was schwätzen. Na ja, vielleicht passt es jetzt nicht. Du musst kochen, gell?«

»Mit mir? Ja, dann schwätz, was hast du auf dem Herzen?«

»Ich weiß, das ist jetzt ungeschickt, aber … es ist ein bissle persönlich.«

Karla stutzte. Was hätte denn 's Hermännle mit ihr unter vier Augen zu besprechen? Neugierig war sie trotzdem und jetzt erst fiel ihr auf, dass sie allein in der Küche war. Wo waren all diese Weiber nur?

»Kann mich eine ablösen beim Kochen!«, schrie sie unbestimmt ins Haus.

Rosa kam die Treppe heruntergerannt, Karla wischte ihre Hände an der Schürze ab, übergab Rosa den Spätzlesdrücker und ging mit dem Hermännle raus auf den Hof, erst da sah sie, dass er einen kleinen Strauß Feldblumen in der Hand hatte. Er hielt auf die Wiese hinter dem Haus zu, offenbar wollte er den hundert Augenpaaren ausweichen, die auf einmal hinter dem Küchenfenster erschienen.

»Karla, ich weiß, ich bin fünfzehn Jahre älter als du und du hättest einen Besseren wie mich verdient, trotzdem will ich es wagen und dich fragen, ob du mich heiraten willst, ich weiß, ich hab da ein Problem mit dem Geschlechtlichen, aber ich könnte dir ein Zuhause bieten und auf meinem Hof kannst du dich verwirklichen, wie immer du willst, du weißt ja, dass meine Mutter vor sechs Wochen gestorben ist, und ich hab gemerkt, dass bei mir im Haus eine weibliche Hand fehlt und neulich, als ich die Elfriede getroffen hab, deine Stiefmutter, sie war auf der Beerdigung meiner Mutter, da hab ich sie gefragt, ob sie mir nicht eine weiß, vielleicht sogar eine von ihren Mädle …«

Karla stand ihm gegenüber mit halboffenem Mund, während er einfach weiterredete, offenbar hatte er vor, so lange zu reden, bis sie ihr Ja-Wort gab. Als er so sprach und sprach, entdeckte sie, dass er beim Rasieren eine Stelle unter dem linken Kieferknochen vergessen hatte, immer sah sie diese Haarstoppeln zusammen mit dem Kieferknochen auf und ab gehen, während aus Hermanns Mund die Worte stolperten.

's Hermännle! Ihn sollte sie heiraten? Auf die Idee wäre sie nie gekommen. Ein Schulkamerad ihrer Stiefmutter war er und besaß einen kleinen Hof mitten im alten Ortskern, der so winzig war, dass man spottete, die Bombenflugzeuge hätten ihn übersehen, und den er zusammen mit seiner Mutter bewirtschaftet hatte. Ein zierlicher Mann war er, bald einen Kopf kleiner als Karla. Er war sehr freundlich und immer zuvorkommend. Wenn man ihn traf oder mit ihm sprach, wurde es einem warm ums Herz, etwas Feines, Sympathisches umgab ihn, auch wenn er sehr zurückgezogen in seinem kleinen Bauernhäuschen lebte.

Noch immer starrte sie auf die Stelle mit den vergessenen Bartstoppeln. Der Fleck stand jetzt still, zusammen mit dem Kieferknochen, doch gleich darunter bewegte sich ein Adamsapfel einmal auf und einmal nieder wie eine kugelige Marionette, von den Sehnen des Halses gezogen. Auch da waren noch Reste von Barthaaren. Dann hob sie ihren Blick ganz wenig und schaute sein Gesicht an. Dünn und faltig war es, abgeschafft, doch zarte, fast weiche Züge waren erkennbar, früher war er bestimmt sogar schön gewesen, wenn man einen Mann überhaupt als schön bezeichnen konnte.

Und endlich trafen sich ihre Augen. Freundlich blickte er sie an. Und sehr verlegen. Er musste zu ihr aufschauen, dann schaffte er es, ihr seinen Blumenstrauß entgegenzuhalten.

»Das … kann ich mir das noch durch den Kopf gehen lassen?«

»Ja, natürlich. Darf ich dann nächste Woche noch einmal vorbeikommen?«

Karla nickte. Sie schwiegen. Offenbar hatte er jetzt alle seine Worte verbraucht. Es kam nichts mehr aus seinem Mund heraus und auch Karla fiel nichts mehr ein, was sie hätte sagen können.

Dann gingen sie ins Haus zum Mittagessen.

»'s Hermännle!«, flüsterte sie abends im Bett der Rosa zu.

»Ich weiß, ich hab's gesehen. Wieso eigentlich nicht? Er ist nett, du wirst es nicht schwer haben mit ihm. Und G'schäft gibt es immer, egal wie groß oder klein ein Hof ist, vielleicht kannst du sogar was aufbauen dort, du bist geschickt und fleißig. Ich tät's mir überlegen.«

»Hmm«, machte Karla. »Pff … nett ist er schon, aber …«

»Nicht zuletzt – du hast keine Schwiegermutter, sondern bist gleich die Herrin im Haus. Bei jüngeren Männern müssen sich die Frauen in den ersten Jahren der Schwiegermutter fügen, das ist doch sicher nicht in deinem Sinn, oder?«

»Hmm …«

Das alles hatte sich Karla anders vorgestellt. Sie war ganz und gar nicht schwärmerisch veranlagt, doch hätte sie vage etwas Romantischeres erwartet im Zusammenhang mit Verlobung und Brautzeit. Auch wenn es weder bei Luise noch bei Rosa romantisch zugegangen war.

Also wieso auch nicht? 's Hermännle. Sie ließ die Begegnung vom Vormittag noch einmal hinter ihren geschlossenen Augenlidern vorbeiziehen. Was war es eigentlich, was er gesagt hatte? Seine Worte waren an ihr haften geblieben wie Klebebildchen, die sie erst jetzt abnehmen und betrachten konnte. Die Elfriede hatte sie also vorgeschlagen. War das Boshaftigkeit oder Wohlwollen von ihrer Stiefmutter? Sie wollte, dass Karla ging, nun, sie würde schon sehen, wie viel Arbeit sie ihr abgenommen hatte.

Boshaft war Elfriede eigentlich nicht, nur oft eifersüchtig, weiß der Himmel worauf, und wahrscheinlich im Grund überfordert. Ja, es war Zeit, dass sich die beiden Frauen trennten, und Karla wusste, dass sie es war, die zu gehen hatte. Was war es noch?

Sein Haus bräuchte wieder eine weibliche Hand und er hätte … Schwierigkeiten mit dem Geschlechtlichen … Was heißt das denn? Was meint Hermann mit *Schwierigkeiten mit dem Geschlechtlichen*? Diese Worte kamen aus einer Welt, zu der sie noch keinen Zugang hatte, und doch war das jetzt von ihr gefordert. Rosa war die Einzige, die etwas davon wissen könnte, sollte sie sie fragen? Lieber nicht. *Schwierigkeiten mit dem Geschlechtlichen* … Karla suchte ihr Gehirn nach Erklärungen ab, forschte vergeblich, wo sich ein Bild finden konnte für eine solche Redewendung. *Schwierigkeiten mit dem Geschlechtlichen* … Immer müder machten sie diese geheimnisvollen Worte und schließlich fielen ihr die Augen zu.

Wieder hatte er eine Stelle, die nicht richtig rasiert war, als er am Mittwochabend zu Besuch kam, diesmal zwischen dem rechten Ohr und dem Kiefer. Wieso hatte sie vorher nie darauf geachtet, wie sorgfältig sich ein Mann rasierte? Es gab außer ihrem Vater keine Männer in ihrem Leben. Die Brüder waren kleine Jungs für sie.

»Vielleicht möchtest du, dass wir uns noch besser kennenlernen, bevor du dich entscheidest? Oder willst du dir mein Betrieble ein bissle angucken? Komm einfach am Sonntag zu mir, dann kann ich dir alles zeigen, dann siehst du auch, wo es im Argen liegt, wenn man wie ich keine Frau hat.«

Karla willigte ein und am Sonntagnachmittag klopfte sie an Hermanns Küchentür, ein Korb hing ihr im Arm, in dem ein großes Stück Hefekranz und ein kleines Tütchen mit echtem Bohnenkaffee lag. Es war ein winziges Bauernhaus, mit dem Misthaufen wie üblich neben der Haustür der Straße zu. Karla zog beim Eintreten den Kopf ein und blinzelte. Wie düster der Raum war mit seinen kleinen Fensterchen. Der Stall war nur durch eine Tür und zwei Treppenstufen von der Küche getrennt. Zwei Kühe und zwei Schweine hatten dort ihr Zuhause gefunden.

»Die Äcker sind draußen vor dem Ort, Richtung Walheim zu, ein Stückle Wiese und noch ein kleines Äckerle hab ich auf der anderen Seite. Fast drei Hektar hab ich und dazu noch fünfzehn Ar Wengert. Das ist nicht wenig, wenn man es alleine zu bewirtschaften hat.«

»Ja, aber es ist auch nicht viel, wenn man einmal Kinder zu ernähren hat«, versetzte Karla und sofort tat es ihr leid, denn Hermann zuckte zusammen, zog seine Schulter ein und schaute auf den Boden.

»Kinder – ja – also …«, begann er.

»Man kann ja ein bissle was dazupachten, vor allem vielleicht noch ein Stückle Wengert.«

Karla wollte ihre schnippische Antwort wieder gutmachen, der kleine Mann rührte sie und sie fühlte, dass sie gut miteinander auskommen könnten. Zudem, was wollte sie, sie besaßen ja selbst nicht viel zuhause und Karla hatte gewiss keine Mitgift zu erwarten.

»Gemeinsam könnten wir da schon was draus machen.«

»Horch, Karla ... das mit den Kindern ...«

»Was?«

»Ich kann keine Kinder kriegen.«

»Ja, das musst du auch nicht, das mach ich! Ich bin die Frau!«

Jetzt lachten beide und versuchten, die Verlegenheit zwischen sich wegzukichern. Es gelang ihnen nicht und nach den Lachern ergoss sich eine zähe Stille auf den groben, hölzernen Küchentisch und lag dann schwer zwischen dem Brautwerber und seiner Angebeteten.

In Karlas Kopf begann diese Wortmühle wieder zu mahlen: *Schwierigkeiten mit dem Geschlechtlichen, Schwierigkeiten mit dem Geschlechtlichen, Schwierigkeiten mit dem ...*

»Horch, Karla, ich hab Schwierigkeiten mit dem Geschlechtlichen.«

»Was ... genau ... ist das? Was meinst du?«

»Also – das mit den Kindern ... also ... ich kann nicht mit dir geschlechtlich verkehren.«

Hermann atmete aus, nachdem er diesen Satz gesprochen hatte, und er wurde noch kleiner, als wäre er vorher von seinem Atem aufgeblasen gewesen. Und nun, da die Luft raus war, sackte er vollends in sich zusammen. Karla fiel nichts ein und sie hoffte, er würde von sich aus noch mehr dazu sagen, denn sie hatte so wenig Ahnung von diesen Dingen, dass sie nicht einmal wusste, was sie hätte fragen sollen – wenn sie sich überhaupt getraut hätte.

Nach einer sehr langen Pause fragte sie dennoch: »Wie meinst du das genau?«

»Ich bin kein richtiger Mann.«

Hermann wirkte nun sehr resigniert und genau aus dieser Resignation schien er plötzlich Klarheit zu beziehen. Auf einmal konnte er reden und erklärte Karla, was mit ihm war, als wäre er ein Arzt und als würde er gar nicht über sich sprechen, sondern über irgendein biologisches Phänomen.

»Ich bin ein Zwitter. Das ist … das bedeutet, dass man halb Frau und halb Mann ist.«

In Karla wurde es seltsam still. Eigentlich war sie jetzt nur noch neugierig. Nichts, aber auch gar nichts konnte sie sich zusammenreimen.

»Aber du rasierst dich doch, also bist du ein Mann, oder?«

Schon während sie sprach, erschien ihr naiv, was sie sagte.

»Ja, das schon, aber ich habe kl… kleine Brüste, die sieht man nicht unter dem Hemd. Und ich habe fast keinen Penis, nur einen ganz kleinen, und eine Scheide, nur keine richtige Scheide, also nicht wie bei einer Frau, dass ich die Periode bekommen würde – also von allem ein bissle, aber nichts richtig.«

Das leichte Rot, das sich schon seit einigen Minuten in Karlas Gesicht ausgebreitet hatte, flammte auf und zerglühte zu einem tiefroten Feuerteppich, der sich über Hals, Dekolleté und Ohren ausbreitete. Noch niemals hatte jemand in ihrer Gegenwart Ausdrücke wie Penis oder Scheide benutzt, auch wenn sie ganz genau wusste, was welches Wort bedeutete. Sie schaute auf den Boden und wollte nie wieder den Kopf heben, immer würde sie von jetzt ab auf diesen gestampften Lehmboden in Hermanns Küche starren. Der Fußboden war uneben und wies ganz unterschiedliche Farben auf, er wirkte weich und erdig, obwohl er hart war wie Stein, und er gehörte mal wieder ordentlich geputzt, genauso wie der Küchentisch mit seinen groben, verbogenen Holzriemen, Sand und Schmierseife würde sie nehmen und hier endlich einmal gescheit schrubben, dann würde sie Leinöl in das Holz reiben, damit es schön glatt wird.

Aber nein, das war es ja nicht, worüber sie jetzt nachdenken sollte. Ein bissle von allem, aber nichts richtig. Keine Kinder. Halb Frau, halb Mann. Dass es so etwas gab? Warum ließ Gott so etwas zu? Hieß es nicht in der Bibel, er schuf den Menschen als Mann und Frau, wieso dann so ein Zwischending? An der Schwelle zwischen Stall und Küche lagen Strohhalme, das würde sie nicht einreißen lassen, es müsste vor der Tür einen Durchgang geben, wo man seine Stiefel lassen musste, sie würde schon Ordnung schaffen hier und eine klare Trennung von Wohn- und Stallbereich durchsetzen. Was hatte Gott sich dabei gedacht? Halb Mann, halb Frau. Ob es so etwas öfters gab?

Eigentlich hatte man sie gelehrt, dass Gott keinen Fehler machte, aber das hier war nun doch einer, sie zumindest würde es Gott nie verzeihen, wenn er so etwas aus ihr gemacht hätte.

Irgendwann nach sehr langer Zeit hob sie den Kopf. Hermann wusste bereits, dass sie ihn nicht würde heiraten können. Die Einsamkeit in seinen Augen war schwarz und tiefer als alles, was sie kannte. Lange hielten beide ihren jeweiligen Blicken stand, bis ein unbekannter Schmerz von ihrem Unterleib aufstieg, ihr Herz überwältigte und sie mit sich zog, eine Ertrinkende war sie, die sich endlich dem reißenden Strom überließ. Aus war es mit Beherrschung. Jeden Halt verlor sie. Ein Schluchzen von ganz innen schüttelte sie und Tränen liefen ihr über die Wangen, dann legte sie den Kopf in ihre Arme auf den Küchentisch und heulte, ihr ganzer Leib zuckte und bebte, dabei wusste sie gar nicht recht, warum, alle Gedanken verschwammen, vielleicht war es der Schmerz um ihre Weiblichkeit, vielleicht ihre verborgen gehaltene Sehnsucht, wie eine Frau geliebt zu werden, vielleicht war es Hermanns Einsamkeit, vielleicht ihre eigene, von der sie bisher nichts gemerkt hatte, bittersüß auch war das Loslassen und alles vermischte sich im Rotz und im Wasser, die ihr über Hände und Arme flossen.

Hermann saß schweigend neben ihr. Er weinte nicht. Es genügte ihm wohl, wenn sie für beide weinte, wahrscheinlich hatte er auch gar keine Tränen mehr. Er versuchte nicht, sie zu trösten. Er ließ sie einfach und blieb sitzen.

Endlich blickte sie auf und ihre Augen begegneten sich aufs Neue. Da sah sie hinter seinem Kummer auch eine Würde, fein und unscheinbar wie Hermann selbst, und diese Würde, das wusste Karla plötzlich, war Hermanns Lebensfaden. Nicht von außen kam sie, sondern von seinem tiefsten Inneren, nicht von seinem Ich, sondern von Gott. Er hatte seinem Gott verziehen.

Nie wieder würde Karla ihn 's Hermännle nennen. Er war Hermann. Ein Herr und ein Mann.

Sie ließ sich Zeit auf dem Heimweg. Sollten die anderen doch den Stall machen heute. Zum Neckar hinunter zog es sie, nur ein Weilchen für sich sein, am Ufer sitzen, nachdenken. Etwas war geschehen und hatte ihr Leben verändert, obwohl sie sich nicht erklären konnte, was es war, so war sie doch gereift in diesen Stunden bei Hermann, eine letzte Haut hatte sie abgestreift, war es die ihrer Kindheit? So lange schon war sie doch kein Kind mehr. Was war sie dann? Was wollte da heraus aus dieser Haut? Stark und selbstbewusst trieb der Fluss an ihr vorbei, er hatte es nicht eilig, als wüsste er, dass er immer so weiterfließen würde, egal, was um ihn herum passierte. Sie liebte den Neckar, er war ein freundlicher Fluss. Meistens jedenfalls. Und wie herrlich war es im Sommer, wenn sie mit ihren Schwestern nach dem Heuen mitsamt ihren schweißnassen Kittelschürzen in die Fluten sprangen. Jetzt im Frühjahr führte er gefährlich viel Wasser, aber im Sommer konnte man unbedenklich darin schwimmen.

Wenn sie an ihren Vater dachte, fühlte sie sich plötzlich auf eine andere Art ebenbürtig, nun, da sie hineingeschaut hatte, in die *Welt des Geschlechtlichen*. Sie hatte einen Blick erhascht auf die andere Seite, auf die Seite derer, die miteinander *verkehrten*, die Welt der Verheirateten, selbst wenn sie noch nie einen Mann angefasst hatte … Wie das wohl sein würde, wenn ein Mann einen berührte? Sie wusste nichts darüber, niemals hatte man über diese Dinge gesprochen in der Familie, auch gab es keine Bücher im Haus, aber nun fühlte sie ihre Haut kribbeln und etwas in ihrem Inneren war in Aufruhr.

Dieser Geruch hier! Betörender Duft nach Frühling, er verlangsamte ihr den Verstand, betäubte sie fast ein wenig und träge ließ sie ihre Phantasien flanieren. Nach frischem Grün roch es, nach Erde, nach Keimen und Blühen, nach Samen und Pollen, die ausschwärmten, um sich zu verschmelzen mit dem neuen Leben. Kastanienblüten platzten auf und gaben sich hin, verschenkten ihren Staub, die Lanzen des Spitzwegerichs stießen aus dem Boden, der Löwenzahn breitete seine Glorie aus und brachte sie den Bienen dar, auch der zartere Huflattich ließ seine Blüten aufrecht vom lauen Lüftchen umwehen und aus harten Bucheckernschalen lösten sich die Keime, nackt und verletzlich streckten sie sich nach dem Licht, als würden sie einen kratzigen Winterpullover ausziehen.

Karla lauschte in die Stille. Alles bewegte und befruchtete sich, schwirrte umher und wuchs der Sonne und der Luft entgegen, ließ sich tragen vom Wind, alles empfing, reckte und dehnte sich aus. Nach und nach überließ sie sich der Sinnlichkeit der Natur, legte sich ins Gras, sog wieder und wieder diesen Duft ein, fühlte, wie ihr Unterleib pulsierte, sie strich über ihre Brüste, ein inneres Zögern noch, was machte sie da, doch nein, diesmal ließ sie es zu und wurde eins mit dem brünstigen Erdreich, der sich bestäubenden, begattenden Pflanzenwelt und der wollüstig summenden Insekten. Ja. Eine Frau war sie. Weib.

Später setzte sie sich auf, strich ihre Haare glatt. Sie musste weg von zuhause. Auch wenn es nicht Hermann war, den sie heiraten würde. Eine neue Stärke fühlte sie jetzt in sich. Etwas würde geschehen.

Am Dienstag klopfte der Briefträger. Das gab es selten. Es war wieder kurz vor dem Mittagessen und alle stürzten in die Küche, die viel zu klein war, wenn sich die ganze Familie gleichzeitig darin aufhielt.

»Das ist für mich!«, schrie Karla, »von Luise!«

Sie riss Elfriede den Brief aus der Hand, fast tat es ihr leid, dass sie so grob war, aber sie hatte noch nie einen Brief bekommen. Etwas verlegen schaute sie um sich und registrierte die Aussichtslosigkeit, Luises Nachricht für sich alleine lesen zu können, dann zog sie die Schublade auf und nahm ein Küchenmesser heraus. Sorgfältig öffnete sie den Umschlag und las vor.

Liebe Karla,

hier gibt es so viele Steine auf den Äckern, das kannst Du Dir gar nicht vorstellen. Die Leute klauben sie auf und bauen damit weiße Mäuerchen um die Felder, damit der Wind die gute Muttererde nicht wegbläst. Es ist kalt hier auf der Alb und sehr windig. Wir haben viel Arbeit mit den Schafen, das hätte ich nie gedacht. Die Bauern haben mehr Äcker als im Unterland und die Höfe sind größer. Aber man kann nur Getreide anbauen oder man hat Wiesen. Natürlich ist es viel zu kalt für Wengert oder Tabak. Zwiebeln habe ich probiert im Garten, das ging leidlich gut und den Salat muss man mit alten Glasfenstern abdecken bis in den Mai hinein.

Ich habe mich eingelebt, aber für die Frauen in Dottingen bin ich eine »Reing'schmeckte«, zudem ist unser Häuschen etwas abseits vom Ort. Da wünsche ich mir so manches Mal, dass ich jemand zum Schwätzen hätte, vor allem im Winter, wenn die Abende lang sind. Der Paule ist oft wochenlang unterwegs mit seiner Herde.

Nun hat es sich ergeben, dass ein Bauer in unserer Nachbarschaft, namens Otto Weber, eine Frau sucht. Sein Hof ist recht stattlich, da habe ich an Dich gedacht, Karla. Ich würde mich so sehr freuen, wenn ich eine Schwester hier im Dorf hätte, und habe ihm deshalb schon von Dir

erzählt. Kannst Du Vater und Elfriede Bescheid sagen,
dass er am zweiten Sonntag im Mai zu Euch zu Besuch
kommen wird, dann könnt Ihr ihn kennenlernen und er
Euch. Er wird um zwölf Uhr zum Mittagessen da sein.
Vielleicht ist es auch in Deinem Sinn, bald zu heiraten,
und so viel kann ich Dir verraten: Hier auf der Alb wird
Dir die Arbeit nicht ausgehen.

Viele Grüße von Deiner Schwester Luise

Der Vater lehnte an der Wand mit übereinandergeschlagenen Armen und schaute auf seine Leute, wie sie durcheinanderschrien und schwatzten, als Karla mit dem Vorlesen geendet hatte.

Hier war sie, die Lösung. Zu Luise auf die Alb würde sie ziehen und diesen Bauern heiraten. Der zweite Sonntag im Mai, das war schon übernächste Woche! Sie legte das Schreiben auf den Holztisch, hielt noch eine Sekunde ihre Hand darauf wie zur Bekräftigung und verließ mit sehr geradem Rücken die Küche, während sich die restlichen Familienmitglieder wie eine einzige Meute auf den Brief stürzten.

Die Spannung war groß, fast pünktlich kurz nach zwölf Uhr schob am zweiten Sonntag im Mai ein sehr dünner, langer Mann mit einem runden Gesicht sein Fahrrad in den Hof. Er war verschwitzt, sechs Stunden hatte er für die Strecke gebraucht, obwohl es viel bergab ging. Elfriede reichte ihm ein Tuch, um sich abzutrocknen, und stellte einen Humpen Most vor ihn auf den Tisch. Dankbar nahm er an.

Erst nachdem er das große Glas in einem Zug ausgetrunken hatte, schien er zu bemerken, wie viele Menschen um ihn herumstanden. Niemand sprach etwas. Alle schauten ihn an. Er indessen studierte sorgfältig die Küchentür, durch die er gekommen war. Da brach Elfriede schließlich den Bann und lud ihn ein, am Stubentisch Platz zu nehmen, das Essen stünde ja quasi auf dem Tisch.

Nach Tischgebet und Kanon-Singen ging es wie üblich laut und fröhlich zu, alle schwatzten durcheinander, kauten und mampften, das Besteck klapperte und die Messer kratzten auf den Tellern, die Geräusche vermischten sich mit dem Kichern und dem Plaudern der Mädchen. Wie ausnahmslos jeden Sonntag gab es Spätzle, Braten, Kartoffelsalat und grünen Salat. Warm und eng war es in der Stube. An der Längswand hing ein Bild vom Guten Hirten, der seine Schafe schützend und zu Gott betend vor ewig dramatischem Sonnenuntergang ausharrte. Weitere Möbel gab es kaum, nur die Stühle und den Tisch. Der war mit Holzbrettern verlängert worden. Er und die Menschen, die täglich darum saßen, füllten den gesamten Raum aus. Ein mildes Lüftchen wehte vom halboffenen Fenster, das Essen roch nach Heimat, nach Frühling und nach Wohlsein, leichter Schweißgeruch mischte sich unter und schenkte ein Gefühl von Nähe und Zusammenhalt.

Otto aß konzentriert, mit großem Appetit. So musste er erst einmal an niemanden das Wort richten. Als nach und nach alles aufgegessen war, wurde es immer stiller in der Stube. Erwartungsvoll still wurde es, mucksmäuschenstill, und Otto glotzte vor sich hin.

»Wie geht es der Luise?«

Wieder brachte Elfriede Linderung in die angespannte Situation.

»I woiß net genau – vielleicht isch se a bissle alloi. Der Paule isch halt au net so oifach.«

Otto hatte einen schauderhaft breiten Älbler Dialekt, fast kultiviert konnte man sich da als Unterländer vorkommen. Und jetzt, da er schon mal angefangen hatte zu sprechen, schien er seinen eigenen Schwung zu nutzen und mutig auf den Grund seines Hierseins zuzustürmen.

»Ja, die Luise hat jo wahrscheinz xaa, warum ich komm, oddr?« Er wandte sich dem Vater zu.

Dieser nickte freundlich abwartend.

»I suach a Frau un i han denkt, dass i oine von Ihre Döchter heirate könnt.«

Er sprach zum Vater, als sei niemand anderes anwesend und schon gar nicht die Töchter, von denen die Rede war. Diese lauschten hingegeben, mit schräg gestellten Köpfen und runden Augen dem weiteren Verlauf des Gesprächs. Dem »Kleeblatt« standen sogar die Münder offen. Das Kleeblatt, das waren die drei Kleinsten, die zehnjährige Christel in der Mitte und immer rechts und links einer der noch kleineren Zwillinge.

Freundlich und ernst antwortete der Vater, nur wer ihn kannte, sah den Schalk in seinen Augen.

»Eine meiner Töchter? Welche darf's denn sein?«

Otto machte eine Kopfbewegung in Richtung Rosa.

»Die ist schon vergeben«, sprach der Vater.

Ein feiner Hauch von Enttäuschung berührte im Vorbeiflug sein Gesicht, unmerklich fast, und schon zeigte Ottos Kopf mit winziger Bewegung ein Stückchen weiter zur Nebensitzerin.

»Dann nemm i die andere. Die Große da. Die kann sicher schaffe. Die anderen sind mir noch zu jung.«

Elisabeth und Magda schauten sich vielsagend an und prusteten in ihre Hände, Erwin lachte deutlich zu laut, Elfriede schmunzelte dezent, auch Karla musste lächeln und grinsend traf sie Rosas Blick, während die sechs Augen des Kleeblatts immer größer wurden.

»Da musst du sie erst selber fragen, Bub«, sagte der Vater, womit er Otto wiederum in tiefste Nöte stürzte.

Auf den Boden starrte er zuerst, dann streifte sein Blick flüchtig Karlas, und sofort stierte er wieder nach unten.

Schließlich rettete der Vater die Situation, indem er die sonntäglichen Choräle anstimmte. Nach der Andacht war freie Zeit und alles stürmte nach draußen, wo die Freundinnen bereits auf der Gasse warteten. Rosa übernahm das Aufräumen der Küche und zuletzt blieb Karla mit Otto alleine am Tisch sitzen. Er schien für immer verstummt zu sein und Karla spürte, dass sie ihm helfen musste.

»Also, wir können ein bissle rausgehen. Es ist ja schön warm heute.«

»Ja, hier im Unterland isch's warm, oben uff d'r Alb bläst's noch ganz ordentlich. Letzte Woche hemm mir Nachtfrost g'habt.«

»Ja, die Eisheiligen, die schlagen bei uns auch manchmal zu.«

Beide nahmen sie auf dem wackligen Gartenbänkchen Platz und schauten parallel in die Ferne.

»Also, was isch jetzt: Willsch mit mir uff d' Alb? Ich han en ordentliche Hof in Dottinge, 30 Hektar Äcker, au noch a paar Wiesen und elf Küh, zwoi Ochse und einige gute Muttersaue, vom Kleinvieh ganz zu schweige. Also, G'schäft hätt i gnuag, aber mir fehlt halt a Frau.«

Während dieser langen Rede hielt er seinen Blick streng auf den Horizont gerichtet.

Dreißig Hektar, das war viel, sehr viel für Unterländer Verhältnisse, wo das Realteilungs-Erbrecht galt. Natürlich waren die Äcker hier viel ertragreicher. Auch konnte man dort oben keinen Wein anbauen. Dieser Mann, der da neben ihr saß, kam Karla sehr fremd, sehr unzugänglich und sehr schüchtern vor. Nun denn – sie war entschlossen. Sie war schon entschlossen gewesen, als Luises Brief gekommen war. Man würde sich zusammenraufen und mit ihm konnte sie es allemal aufnehmen.

»Ja«, sagte sie ebenfalls in die Weite hinaus.

»Gut«, sagte er.

»Eine Bedingung hab ich noch«, sagte Karla.

Auf der Wiese vor ihnen tanzten im Glanz der Sonnenstrahlen zwei Schmetterlinge umeinander herum.

»Welche?«, fragte er nach einer Weile.

Unverwandt betrachteten beide einen imaginären Punkt am Ende des Horizonts.

»Du darfst nicht saufen wie der Paule«, sagte Karla.

»Des mach i net«, sagte Otto.

Summende Insekten und zwitschernde Vögel füllten die Lücken aus in den Verhandlungen zwischen den angehenden Ehepartnern.

»Und am Sonntag gehen wir in die Kirche, nicht in die Wirtschaft«, sagte Karla.

Besonders dieser Vertragspunkt benötigte gründliche Überlegung.

Schließlich sagte Otto: »J...ja.«

»Gut«, sagte Karla. Klar und unwiderruflich: »Gut.«

»Dann?«, fragte Otto.

»Dann«, sagte Karla.

Danach saßen sie noch eine Weile wortlos nebeneinander und schauten immer geradeaus.

So wurde bald die Verlobung gefeiert und kurze Zeit später die Hochzeit. Sie rauften sich zusammen. Und schlussendlich, wie sagte man schon von alters her: *Liebe vergeht, Hektar besteht.*

KAPITEL 9 | *Christel*

Hinauf, hinauf, immer weiter hinauf steigt sie, ihr Baby auf dem Arm. Unermesslich lang ist die Leiter. Das Ende kann sie nicht sehen und doch kennt sie ihr Ziel, irgendwo über den Wolken und noch weit, viel weiter in den Himmel hinein, immer höher, bis sie ganz oben, in strahlendes Licht gehüllt, Jesus stehen sieht. »Nimm es, nimm es wieder zu dir, ich kann dieses Kind nicht haben«, fleht sie und hält es ihm entgegen, »ich bitte dich, nimm es zurück.«

Maren schreit im Nebenzimmer. Christel erwacht. Kopfweh drückt von innen gegen ihre Stirn. Sanft bewegt die Nachtluft den Vorhang durch das offene Fenster und ins Schlafzimmer fließt gräuliches Mondlicht. Sie rafft sich auf. Stillen muss sie. Bevor dieses Kind den kleinen Benjamin aufweckt. Leise schnarcht Michael neben ihr. Der hat's gut, denkt sie. Die Schlafzimmertür ist nur angelehnt, sie zieht die Strickjacke an und tastet sich hinüber ins Kinderzimmer. Benjamin schläft im Gitterbettchen. Fast ohne ihn zu berühren, streicht Christels Hand über den seidigen Flaum ihres Zweijährigen. Nur ihn nicht aufwecken, den süßen Kerl. Vom anderen Bettchen her kreischt es. Viel zu laut ist dieses Kind. Im Hinübergehen knöpft sie unter der Jacke ihr Nachthemd auf. Dann nimmt sie Maren an die Brust. Halb vier zeigt die Armbanduhr. Wie Blei liegt Müdigkeit auf ihren Lidern. Christel schüttelt sich und reibt mit einer Hand die Augen, mit der anderen hält sie das Kind. Maren saugt sich fest. Wie eine gierige

Klette, denkt Christel. Aua, pass doch auf. Sie wechselt ihre Brust, sofort kommt wieder diese Schreigrimasse, schnell anlegen, damit das Gequake nicht nochmal losgeht. Hoffentlich wird diese Stillphase bald vorbei sein, diesmal wird sie früher abstillen, die unterbrochenen Nächte beginnen sie zu zermürben. So, jetzt ist aber gut. Entschlossen packt sie den Säugling wieder in den Stubenwagen und deckt ihn zu.

In drei Wochen ist Examen. Christel will gut abschneiden, schließlich ist sie bald zehn Jahre älter als die übrigen Studenten. Dieses Baby raubt ihr alle Kraft. Was war das für ein Traum gerade? Fast, als ob sie jemand ertappt hätte, zuckt sie zusammen. Nun, wie Träume halt sind, denkt sie. Schäume eben. Das Kind kam einfach zur falschen Zeit. Dann fröstelt sie, wie so oft, wenn sie an Maren denkt. Sie wickelt ihre Daunendecke um sich. Schlaf braucht sie jetzt.

»Was ist schiefgelaufen mit Ihrer Tochter?«

Christel konnte auf die Frage der Ärztin nicht antworten, nie wäre sie auf die Idee gekommen, Marens Magersucht hätte mit ihr zu tun. Jetzt im Auto, von der Klinik zurück nach Hause, kamen so manche Erinnerungen.

Dieser Traum damals. Weggeräumt hatte sie ihn in irgendeine Schublade ihres Gedächtnisses, abgelegt unter der Rubrik *Unwichtiges,* doch im Laufe der letzten fünfundzwanzig Jahre ragte von Zeit zu Zeit wie aus einem Nebel diese Himmelsleiter zwischen ihren Gedankenströmen heraus. Diszipliniert fegte sie das Bild jedes Mal wieder weg. Altes Zeug. Einen klaren Kopf brauchte sie in ihren übervollen Arbeitstagen.

Als hätte die Psychiaterin mit ihren Fragen sacht hineingeblasen in einen Stapel alter, staubiger Dokumente, so flatterten jetzt Erinnerungsfetzen vieler Details jener Zeit in ihrem Gehirn herum. Seltsam. Maren hatte solchen Hunger gehabt als Säugling, regelrecht ausgesaugt hatte Christel sich von ihr gefühlt. Nun wog dieses Mädchen – oder eigentlich sollte man *junge Frau* sagen – nun gut, jedenfalls wog sie keine vierzig Kilo, dabei war sie bestimmt über eins siebzig groß. Maren war also krank. Was hatte das Mädchen nur? Ob es mangelnde Mutterliebe gewesen war? Die Ärztin hatte so etwas nahelegen wollen. Maren war eben zur falschen Zeit auf die Welt gekommen. Doch hatte sie nicht alles getan, um das anfänglich Schwierige wieder auszubügeln? Wurde Maren nicht stets gleich behandelt wie die beiden Jungs? Christel drückte auf die Hupe. Was fährt da vorne bloß für ein Idiot! Meine Güte, auf dieser Strecke darf man achtzig fahren!

»Hallo – du Langweiler da vorne, du Depp!«, schrie sie gegen die Windschutzscheibe und schlug mit der flachen Hand auf das Lenkrad.

Hübsch war das Vorgärtchen. Michael hatte ein Händchen für Gartengestaltung. Vorbei an kugelig geschnittenen Buchsbäumchen in blau lasierten Tontöpfen und diesen herrlichen Rosenbeeten schritt Christel über die Steinplatten von der Garage zur Haustür ihres Einfamilienhauses. Welch köstliche, noch immer ungewohnte Freiheit, dass die Familie keine wirtschaftlichen Sorgen hatte.

Dann stolperte sie über die letzte Treppenstufe zur Haustür, schlug sich den Fuß an, strauchelte und knallte auf den Boden, die rechte Hand auf der Fußmatte abgestützt.

»Scheibenkleister!«

Zorn schoss ihr ins Gesicht, schlagen wollte sie, irgendetwas schlagen, mit der Faust hieb sie auf ihre Handtasche. Ein Blick auf die Nachbarhäuser, zum Glück hatte niemand zugeschaut. Der Eselsberg in Schwaigern war eine recht wohlhabende Wohngegend, man kannte sich. Sie zog ihren rechten Schuh aus und rieb den schmerzenden Fuß. Wie lange war sie schon wütend auf ihre Tochter? Und wie lange schon hatte sie diesen Groll in sich niedergerungen? Seit der Schwangerschaft? Fremd war ihr das Mädchen immer geblieben, das stimmte schon. Warum tat sie ihnen das an? Warum jetzt? Wurde sie diese Tochter niemals los? Nicht einmal nach sechsundzwanzig Jahren? Den Schmerz ignorierend, sprang sie auf.

Wohlig perlte das Duschwasser über ihren Körper. Runter mit dem Krankenhausgeruch, abspülen, den Unmut. Wie sie es liebte, ihr Bad mit den eierschalenfarbenen Fliesen und den großzügigen Armaturen. Erst vor zwei Jahren war es renoviert worden. Auch einen Wintergarten hatten sie anbauen lassen. Beide liebten es, sich schön einzurichten, und Christel war froh, dass Michael einen ähnlichen Geschmack hatte. Gern luden sie Gäste ein, auch darin konnten sie ein Vorbild sein für andere Christen. Gott will doch auch, dass wir es gut haben im Leben, dachte sie. Ein Leitstern als gläubiger Christ, das war es, was sie sein wollte. *Schließlich ist man nicht umsonst auf der Welt*, wie ihr Vater immer gesagt hatte. Sie, die unter ihren vielen Geschwistern als Einzige studieren hatte können, fühlte sich besonders berufen, Gottes Wort zu verkündigen und mit ihrem Leben Beispiel zu geben für andere.

Maren schien sich nicht darum zu scheren. Peinlich fast, wenn ein Kind psychisch krank ist. Immer würde das auf die Eltern zurückfallen. Wie die Ärztin würden sich auch andere fragen, was da schiefgelaufen war.

Sie trocknete sich ab vor dem hohen Spiegel. Dünn war sie auch, vielleicht hatte Maren es von ihr? Quatsch. Christel aß ja normal und hatte seit Jahren nicht abgenommen. Was war da in der Achselhöhle? Ein Furunkel? Ein Knoten? Ein Knoten in der Brust? Ach was, wird schon nichts sein. War sie jetzt auch so ein ängstliches Weibchen geworden? Wie nervig diese Frauen in ihrem Alter waren, die ständig Angst vor Krebs hatten und bei jedem kleinsten Anzeichen zum Arzt rannten. Wird schon wieder weggehen, dieser Hubbel. Demnächst wäre sowieso Vorsorgeuntersuchung.

»Was ist mit Maren?«

Michael streckte den Kopf durch die Tür. Dann begrüßte er sie mit einem gehauchten Kuss auf den Mund. Er würde am Sonntag zu ihr fahren. Wie gut, dass Christel nicht alleine war mit dieser Misere.

Michael. Mit ihm hatte sie es gut getroffen. Trotz seiner verantwortlichen Position im Beruf unterstützte er Christel, so gut er konnte. Die Kinder mochten ihn gern. Früher hatte es ihm an Strenge gefehlt und so war es Christels Aufgabe gewesen, die Kinder zu führen. Sie anzuleiten im Glauben, ihnen die Bibel nahezubringen, sie einzuspuren in ein gläubiges Leben war für Christel das Wichtigste gewesen. Ihre beiden Söhne engagierten sich in der Kirche. Das war ihr wirklich gelungen. Nur eben Maren: Wann wird sie endlich lebenstüchtig werden und eine frohe Christin?

Während sie das Abendessen zubereitete und über dieses und jenes nachsann, schlich das Bild des Knotens an der Achsel wie ein graues Gespinst zwischen ihren Gedanken umher. Mit einer Handbewegung verscheuchte sie es. Nein. Gott würde sie jetzt nicht an Krebs erkranken und sterben lassen. Nicht jetzt. Jetzt, wo klar vor ihr stand, was ihre Aufgabe war. Kraftvoll fühlte sie sich und inspiriert wie nie, endlich könnte sie loslegen. Wenn Maren ihr nicht einen Strich durch die Rechnung machen würde. Wieder einmal.

Hochgezogene Augenbrauen waren etwas, das Christel an anderen hasste. Vor allem an Ärzten. Wut zischte ihr durch die Adern, als man ihr riet, eine Gewebeprobe einschicken zu lassen. Was soll das denn werden? Wieso jetzt? Nein! Ich werde doch keinen Krebs bekommen. Jetzt fang ich doch gerade erst an! Ich lass mich nicht auf den Tod programmieren von diesen Ärzten! Reinstes Chaos im Kopf, alles rauschte und toste, wie Hochwasser, das unvermittelt durch die Straßen braust und Müll und Dreck mit sich reißt. Maren kam ihr zugleich wieder in den Sinn. Was fiel ihr ein! Sie jetzt so zu belasten mit ihrer läppischen Weigerung zu essen! Oh …! Wie konnte sie nur so über die eigene Tochter denken. Mit einem kalten Schwall löschte das schlechte Gewissen Christels flammenden Zorn ab. Erst einmal innehalten. Sortieren. Sie wird nicht an Krebs sterben! Nein! Nein, das wird nicht geschehen! Nicht sie. Andere vielleicht. Sie nicht! Gott wird es nicht zulassen.

Und doch – wie zogen sich die Stunden, wie trödelten die Tage dahin, wie zerbröselte ihr die Zeit in den nächsten zwei Wochen. Ihre Nerven, gespannt wie im

Streckbett, diese Ohnmacht, dieses Warten auf den Befund, auf das Urteil über Leben oder Tod.

Siehe, Gott ist mein Heil, ich bin sicher und fürchte mich nicht, denn Gott, der Herr, ist meine Stärke und mein Psalm und mein Heil.

An diesem Wort von Jesaja hielt sie sich fest, daran konnte sie sich irgendwann doch wieder aufrichten. Gott war ihre Stärke und ihr Heil. Bekräftigt und mit heiterer Gelassenheit fuhr sie schließlich zu ihrem Arzttermin.

Da sauste es nieder, das Fallbeil: *Bösartig.* Begleitet von der dringenden Empfehlung, sofort zu operieren und unmittelbar mit Chemotherapie und Bestrahlung zu beginnen. Schnell, lieber morgen als übermorgen, die Ärzte drängten.

Eine Nacht lang taumelte sie. Fast rauschhaft verwirbelten sich Panik und bizarre Euphorie miteinander, immer wieder drohte ihr der Rettungsring *Gottvertrauen* zu entgleiten, Zorn und Enttäuschung trieben sie mal hierhin, mal dorthin, dazwischen ungläubiges Staunen und immer wieder diese Wut. Nur nicht spüren, wie der Boden unter ihr wegrutschte, nur den Treibsand nicht fühlen, in den sie geraten war, immerhin hatte sie ihr biblisches Gerüst, ihren Glauben, ihr Geländer aus Sprüchen, Versen und Psalmen. Hatte man sie nicht gelehrt, sich in solchen Zeiten eisern daran zu halten? Stark bleiben, auf Gott harren. Härte gegen sich selbst war es dann schließlich auch, die sich destillierte aus dieser infernalischen Nacht und die sie für Gottvertrauen nahm. Damit begab sie sich ins Krankenhaus und ließ sich schnurstracks operieren, was sein muss, muss sein, eine Brust kam weg, gleich danach erfolgte die erste Tranche Chemo.

Nein. Was sich *so* anfühlt, kann nicht heilen! Nie hatte sie Schlimmeres erlebt. Erbrechen, Durchfall, Brennen im Mund, höllische Kopfschmerzen, Augenflimmern, Elend, Elend, Müdigkeit, Todesschwäche, dazu die mitleidigen Gesichter der Krankenschwestern, die undurchdringlichen Blicke der Ärzte, die wie mit erhobenem Zeigefinger ihre Hiobsbotschaften verkündeten. Schon sah sie das Leben aller kämpfenden Krebskranken vor sich, dieser Strudel, der einen mit aller Macht in sich hineinzog, das ewige Kreiseln zwischen Hoffnung, Verzweiflung, Abhängigkeit und ausgefallenen Haaren. Nicht mit ihr. Entweder Gott heilt sie oder gar nichts. Keine weitere Chemotherapie. Nach Hause. Dort die nächsten Schritte planen. Sobald sie wieder auf den Füßen stehen, sobald ihre zitternden Hände wieder einen Stift führen konnten, unterschrieb sie, ohne zu zögern, die Bestätigung, dass sie entgegen des ärztlichen Rates das Krankenhaus verließ.

Ernährung umstellen, Naturheilverfahren suchen, sich gutmeinende Ratschläge anhören, Allheilmittel ausprobieren, Vitamine schlucken, Heilpraktiker besuchen, mitleidig-neugierige Blicke abwehren, teilnahmsvolle Gespräche von sich fernhalten, Selbstmitleid niederringen, sich nebenbei um Maren sorgen. Alles Details, Details, Details, die viel zu viel Platz in ihrem Leben beanspruchten. Musste sie sich in ihr neues Schicksal fügen? Ausbrechen, nichts als ausbrechen wollte sie. Nein! Das war sie nicht, die Freiheit, die sie sich erhofft hatte, wenn die Kinder einmal aus dem Haus wären!

Umgestülpt hatte sich ihr Leben, innerhalb von nur wenigen Wochen. Was wollte Gott von ihr? Sie, die nie etwas anderes wünschte, als *Ihm* zu dienen? Schon als junges Mädchen hatte sie davon geträumt, die Gründerin einer großen Gemeinschaft zu werden. Und wie hatte sie sich ihr Theologiestudium erkämpfen müssen, gegen den Willen des Vaters! Ihr, als einziger seiner neun Töchter, war es erlaubt, einen Beruf zu erlernen. Schuhverkäuferin durfte sie werden, das war schon viel. Die älteren Schwestern konnten nicht einmal davon träumen, überhaupt etwas lernen zu dürfen.

»Ihr werdet schon noch sehen, was eure selbstverständliche Aufgabe als Frau ist!«, hatte der Vater einmal gesagt, als Elisabeth mit den Wunsch nach Berufsbildung ankam.

Messerscharf hatten seine Worte die Luft durchschnitten. *Die Aufgabe der Frau.* Wie altmodisch er war. Doch wie durch ein unsichtbares Band zwischen sich und dem Vater fühlte sie, dass er heimlich stolz auf sie war, auch wenn er dies nie ausgesprochen hätte.

War es schon Zeit Bilanz zu ziehen? Sie schüttelte sich. Nur das nicht. Gott würde sie heilen. Hatte er nicht seinerzeit den Vater vom Kehlkopfkrebs geheilt? Auch an ihr würde *Er* ein Exempel seiner Macht statuieren. Auf *Ihn* konnte sie setzen.

Dieses waren die hellen, die wachen Töne in ihrem Leben. Die Töne, die sie im Griff hatte, die sie selbst machen konnte. Irgendwo unterhalb ihrer Gedankenwelt jedoch, in einer unbekannten, feuchtkalten Senke, irgendwo dort, wo sie keine Kontrolle hatte, summte und blubberte etwas anderes. Etwas Graues, Düsteres war da noch, etwas mit einem dumpfen Klang ohne Echo. Keinen Boden gab es dort, keinen Halt. Was sie da zuweilen erahnte, das, nein, das wollte sie nicht ergründen.

Im Gegenteil. All ihre Kraft, alle ihre Gedanken, alle ihre Gefühle wollte sie auf die Zuversicht richten. Immer wieder bezwang sie sich, justierte sich neu und spurte sich auf Vertrauen ein.

Ein Tauziehen wurde das mit der Zeit, ein Tauziehen zwischen zwei Teilen in ihr. Dieses Lichte, Frohe, die Hoffnung auf Heilung und Gottes Hilfe schien ihr immer mehr von dem anderen, dem Bleiernen, überschwemmt zu werden. Die Abwehr des Grauens kostete sie bald alle Kraft.

Sie würde sich helfen lassen. Jemand musste sie begleiten, damit sie die Hoffnung auf den Herrn aufrechterhalten konnte. Seelsorge war nötig.

Und sie hatte Glück. Von der Kirche wurde ihr eine Auszeit genehmigt, sechs Wochen durfte sie in eine christliche Gemeinschaft an der Nordsee. Sechs Wochen ganz für sich, ohne Verpflichtungen, ausatmen, sich täglich unter Gottes Wort stellen, beten, spazieren gehen und das alles am Meer. Auch würde man ihr eine persönliche Seelsorgerin zur Seite stellen. Welcher Luxus! Michael würde sie mit dem Wagen nach Norddeutschland bringen. Jetzt konnte es aufwärts gehen. Jetzt durfte sie wieder hoffen.

Warmer Wind um die Nase, das Gesicht in die Luft gestreckt, lustvoll füllten sich die Lungen. Sofort nach ihrer Ankunft im Gemeinschaftshaus hatte es sie hinausgezogen auf den Deich. Schwarzgrau, ewig, unergründlich, fast angstmachend war das Meer, doch auf seiner Oberfläche traf es zusammen mit den Sonnenstrahlen und ließ abertausende glitzernde Diamanten in dieser so lebendigen Stille tanzen. Hier würde sie genesen.

»Haben Sie Probleme mit einem Ihrer Kinder?«, fragte die Seelsorgerin ohne Umschweife gleich beim ersten Treffen.

Frau Kulm hieß die Frau und quälte Christel mit Blicken aus wohlgeschultem Mitgefühl.

»Woher wollen Sie das wissen?«, fragte sie.

»Frauen mit Brustkrebs leiden nach meiner Erfahrung oft an ihren Kindern. Trauer, Enttäuschung, Trennung, was auch immer.«

Christel runzelte die Stirn, so etwas hatte sie noch nie gehört. Welch krudes Zeug diese Frau da redete.

»Wie ist es bei Ihnen?«

Nichts wie raus hier, dachte Christel.

»Vielleicht spielt aber auch die Beziehung zu Ihrer eigenen Mutter eine Rolle«, orakelte diese Frau weiter.

Maßlos ergrimmte sich Christel über diese Art von Gesprächsführung. Schließlich war sie selbst auch Seelsorgerin und hätte das Ganze anders aufgezogen. Andererseits – sie wollte ja auch nicht bockig sein. *Reiß dich zusammen*, echote die Stimme ihres Vaters irgendwo in ihr. Sie straffte sich. Sollte sie in ihrer Vergangenheit forschen? Als hätte man sie von der Leine gelassen, schwärmten nun wie von selbst ihre Gedanken hinaus in lange zurückliegende Jahre. Wie sie gesungen hatten damals, gegen Krieg und Angst, aber auch fröhliche Feste gefeiert mit dem Wenigen, das sie besaßen. Hatten sie nicht trotz Armut eine wundervolle Kindheit, alle miteinander? Eine lärmende und fröhliche Schar waren sie noch immer, wie laut und lustig es bei Familientreffen bis heute zuging. Gab es nicht trotz der widrigen Umstände einen großen Zusammenhalt unter ihren Geschwistern und hatte der Vater nicht alle erhalten, ihnen

Schutz und Orientierung gegeben? Wieso hätte sie sich ungeliebt fühlen sollen?

Mutter steht im sonnigen Weinberg mit verzerrtem Gesicht. Ist es Hass, welcher ihr Gesicht so entstellt? Oder war sie es selbst, Christel? Sie hackt das Unkraut von den Rebstöcken, auf einmal fasst sie sich zwischen die Beine und zieht einen Fötus aus sich heraus. Ein unfertiges Baby, die Nabelschnur durchtrennt die Mutter mit der Rebschere. Christel weiß, dass sie der Fötus ist. Die Mutter, seltsam verschwommen mit Christels eigenen Zügen, zerhackt den Embryo wie vorher das Unkraut in kleine Stücke mit der Feldhacke, auf einmal kommt ein ganzer Schwarm schwarzer Raben und sie picken die Fleischstückchen des Fötus auf, immer mehr Raben kommen und streiten sich um die Leckerbissen, sie zerren und ziehen die Haut, kämpfen um die sehnigen, blutigen Stücke, nehmen die fleischigen Knöchelchen mit und fliegen weg, aber immer noch mehr Raben kommen. Die Mutter lehnt ihr Kinn auf ihre Hände, die sie auf dem Hackenstiel übereinandergelegt hat. Jetzt sieht sie zufrieden aus. Bald ist nichts mehr zu sehen von dem Fötus. Alles haben die Raben weggefressen. Es ist, als ob es dieses Wesen nie gegeben hätte.

»Niemals! Unvorstellbar, dass meine Mutter an Abtreibung gedacht hatte. Wir waren eine gläubige Familie!«

Christel entrüstete sich. Hätte sie Frau Kulm nur nicht diesen Traum erzählt. Was die sich immer dachte.

»Wollten *Sie* eines Ihrer Kinder abtreiben, als Sie schwanger waren?«

»Auf keinen Fall wäre diese Lösung für mich in Frage gekommen!«

Hitzewelle bei Christel. Die Wechseljahre? Schon lange vorbei. Was fiel dieser Frau ein! Nie hätte sie abgetrieben. Von innen brannten Hals und Dekolleté und bis unter die Haarspitzen stieg bald die Glut auf.

»Diese *Lösung,* sagten Sie?«, fragte Frau Kulm. Als Christel stutzte, fuhr die Seelsorgerin fort: »Lassen Sie uns doch den Dingen ins Auge blicken, Frau Weber. Wir haben so viele christliche Ideale, von dem, was sein sollte. Nicht immer können wir da mithalten.«

Christel erschien es, als ob ein seltsam leeres, starres Gebäude in ihr wie im Zeitraffer Risse bekam und zu Staub zerkrümelte.

Diese Treppenstufen. Waghalsig war sie zu Beginn der Schwangerschaft mit Maren hinuntergesprungen, auch die harten Sprünge vom Holzstoß im Wald und ja, auf Schritt und Tritt war sie von heimlichen Gedanken an Abtreibung verfolgt worden, doch nicht einmal Michael hatte sie davon erzählt. Gesprungen, immerzu gesprungen war sie, bei jeder sich bietenden Gelegenheit. Dennoch – das Kind hatte sich festgekrallt. Müsste sie die Ablehnung ihrer Tochter bereuen? Alles in ihr blieb kühl, reglos. Fremd war ihr das Mädchen geblieben bis zum heutigen Tag.

Altweibersommer an der Nordsee. Wie gut ihr diese langen Spaziergänge taten, allein zu sein und doch eingebunden in dieser Gemeinschaft mit anderen Christen. Sie lief ihren täglichen Gang über den Deich, die Brise griff nach ihren Haaren und ihrer Bluse. Angenehm warm streichelte sie der Wind, die Sonne verbreitete ihre Wärme, vorne am Strand wurde gebadet. Gerne wäre sie auch ins Wasser gestiegen, aber mit ihrer einzelnen Brust hatte sie Hemmungen. Die Brustprothese wollte sie nicht auch beim Schwimmen tragen. Doch hier, hier könnte sie einfach hinein, vom Deich führte die Mole hinaus und gleich in die Tiefe. Hier wäre sie für sich, niemand würde sie sehen.

Zurück ins Zimmer, Badeanzug an, die Kleider darüber, ein Handtuch vom Ständer gerissen und nichts wie hinaus in die leichte Brise, ins Leben, in die Sonne und in das unendliche Meer. Kühl war es, vielleicht war es schon ein wenig spät, um noch ins tiefe Wasser zu gehen? Wundervoll die frische, salzige See, tröstlich, als würde sie all ihre Sorgen und beschwerlichen Gedanken abwaschen. Los schwamm sie mit Jubel im Herzen. Einfach leben, hineintauchen, sich bewegen, die Glieder am Leib spüren, weiter und weiter schwamm sie hinaus, wie herrlich das Wasser auf der Haut prickelte, sie konnte gar nicht aufhören, dieses frische Element zu genießen, so lebendig fühlte sie sich, so kraftvoll. Nein! Sie würde nicht sterben. Eine Brust hatte sie geopfert. Damit kann man leben. Wie viele Hürden hatte sie schon überwunden? Tief in ihrem Herzen fühlte sie, dass Gott sie auserwählt hatte. Sie mit ihren Möglichkeiten könnte umsetzen, was ihrem Vater verwehrt geblieben war. Weiter, weiter tat sie tiefe Züge. Wie getrieben war ihr Leben von dem Wunsch, ihm, dem Vater, zu gefallen, es ihm recht zu machen, doch würde sie es je schaffen? So riesig schien sein Anspruch, so unendlich wie dieses Meer.

Eine gute Schwimmerin war sie, denn der Neckar war ihr Freund gewesen. Auch er war manchmal reißend und oft stieg sie auch dann in die Strömung, wenn sich ihre Schwestern nicht mehr getraut hatten. So leicht ließ sie sich nicht unterkriegen. Was hatte Frau Kulm wohl gemeint, als sie nach der Beziehung zu ihrer Mut-

ter fragte? Fast nie dachte sie an ihre Mutter. Wo sollte
das Problem sein? Jetzt müsste sie einmal ans Umkehren denken und zurückschwimmen. Die Wellen werden
doch recht hoch hier draußen. Ganz klein ist die Mole
inzwischen, nicht einmal ihr Kleiderhäuflein kann sie
noch darauf erkennen, also nichts wie zurück.

Eintauchen mit dem Gesicht, gleiten lassen, auftauchen, Luft holen, das Salz brennt ihr schon in den Augen
und es wird auch recht kühl. Weiterschwimmen, nicht
darauf achten, immer in Richtung Mole, weiter, weiter,
auftauchen, Luft holen, wieder mit dem Kopf ins Wasser, gleiten lassen. Noch immer ist die Mole weit weg,
oder wird sie sogar kleiner, gibt es hier eine Unterströ-
mung? Wird sie hinausgezogen mit der Ebbe? Schafft sie
es womöglich gar nicht mehr? Natürlich – noch immer
kann sie kräftig schwimmen. Also weiter, weiter. Wie
lächerlich. Hier zu ertrinken, das kann Gott nicht mit
ihr vorhaben. Doch die Panik wächst. Jetzt nicht nachlassen. Sie, die alte Kämpferin, sie wird das doch meis-
tern, große Züge nehmen, gleiten lassen, Luft holen,
nein, nicht ausruhen, kämpfen, nach vorne, sie wird es
schaffen. Und wenn nicht? Ihre Züge werden fahriger,
das spürt sie. Den Horror kämpft sie nieder, denn sie
muss alle Energie für sich nutzen, wie oft hat sie schon
um ihr Leben kämpfen müssen, fast erscheint ihr diese
Heidenangst vertraut, dieses dunkel Drohende. Einen
Zug nehmen, Luft holen, sie hustet, besser aufpassen,
wird der Tod sie nach unten ziehen, oder wird sie das
Meer mit hinausnehmen in die Unendlichkeit?

Was soll's, sie wird vielleicht an Krebs sterben, warum nicht gleich, fast schmeckt sie schon die falsche
Süße der Resignation, fast fühlt sie schon die morbide

Lust in ihren Gliedern, sich fallen zu lassen, Traurigkeit so tief wie das Meer, müde wird sie, so müde, wo ist die Mole, nein, lieber nicht schauen, die Kraft schwindet, kurz ausruhen, vielleicht ist das dann ihr Tod, warum nicht, wäre sie dann nicht alle ihre Probleme los? Sanft, doch unerbittlich fühlt sie sich schon nach draußen gezogen von der gleichgültigen Macht der Schöpfung. Aber nein! Noch einmal springt der Wille zum Leben wie ein Tiger auf in ihrem Leib. *Nein!* Herauskommen von hier! Kämpferin war sie doch, also schwimmen, schwimmen, die Arme nach vorn, ein weiterer Zug, einer nach dem anderen, wieder zum Rhythmus zurückfinden.

Da ist jemand auf der Mole, ein Mann, so nahe ist sie schon gekommen. Wild gestikuliert er mit beiden Händen. Zurückwinken kann sie nicht, dafür fehlt ihr die Kraft. Jetzt wirft er den Rettungsring in ihre Richtung, sie kann ihn nicht erreichen, er ist angebunden an der Mole, die Wellen sind zu hoch, da, fast hat sie ihn, nein, doch nicht, er ist ihr wieder entwischt, jetzt, jetzt, sie bekommt ihn zu fassen, sie hat den Rettungsring, sie atmet, atmet. Geschafft, sie ist gerettet. Mit beiden Ellbogen hängt sie sich ein. Wieder einmal ist sie dem Tod entkommen.

Der Mann hilft ihr heraus, sie legt sich auf die Mole, kalt bläst der Wind, aufstehen kann sie noch nicht, der Mann legt seine Jacke auf sie. Danke, keucht sie. Danke. Danke. Sie lebt. Sie lebt. Danke, Gott, dass du diesen Mann geschickt hast. Noch ein klein wenig liegen. Dann lässt sie sich helfen, er nimmt ihre Kleider, ihr Badetuch legt er um sie und begleitet sie ins Gemeinschaftshaus. Jemand bringt sie aufs Zimmer und hilft ihr beim Ausziehen, nackt taumelt sie unter die Decke. Nur langsam wird sie warm.

Eine dunkle Gestalt, formlos, rüttelt an ihrer Schulter, ein ohrenbetäubendes Heulen klingt von draußen herein, Christel klammert sich an Rosas Rockzipfel, sie ist so klein, niemand achtet auf sie, unter Rosas Rock darf sie sich verkriechen, doch auch da umgibt sie dieses düstere Wesen. Christel krallt sich an Rosas Bein, alles tobt durcheinander, die ganze Welt schwankt, der Boden zittert und was darüber ist, wackelt, viele Menschen schreien, alle gleichzeitig, Steine fallen herunter, dieses Heulen und Pfeifen da draußen, ein riesiges wildes Tier, das hereinkommen will in den Keller und alle auffressen, vielleicht will es sogar ihre Puppe stehlen, noch fester hält Christel ihr Ännle mit einer Hand an ihrem Bauch, mit der anderen hält sie sich an Rosas Bein, das Riesentier draußen heult, tobt, donnert und dann wird es auf einmal leiser und fliegt mit grässlichem Gesang davon, die Menschen brüllen immer noch, manche weinen, Christel wird von Rosas Schenkeln festgehalten, wenigstens hat sie die große Schwester über sich, die würde sie schützen, oder haben die Erwachsenen auch Angst?

Sitzend im Bett fand sich Christel wieder, als Kind, horchend auf den Abzug der Bombenflugzeuge. Mit tiefem Ausatmen ließ sie sich ins Kissen fallen. Hier war er also, der düstere Kamerad, der sie ins Leben hineinbegleitet hatte, der bei ihr war, noch bevor sie ihren ersten Atemzug getan hatte, als wäre er Teil ihres Wesens, unlösbar mit ihr verbunden, auch in ihren ersten Jahren im Luftschutzkeller, ständig in Griffnähe des Todes. Seit gestern breitete dieses Grauen wieder seine dunklen Schwingen über sie aus und erinnerte an seine immerwährende Anwesenheit.

So kippte Christel schließlich müde und wehrlos hinüber in diese andere Seite, die sie schon seit Wochen in sich erahnte und die sie immer so tapfer abgewehrt hatte, nun stürzte sie, zu schwach, um sich zu halten, sie rutschte hinein in das dunkle Loch, das ohne Boden war, glitt ab in die Schwärze, wo es vielleicht nicht einmal Gott gab. Dieser Hoffnungslosigkeit konnte sie nichts mehr entgegensetzen, alles Kämpferische in ihr zerfiel zu nichts wie die Häuser ihres Heimatdorfes in den Bombennächten. Nur noch das Zittern war übrig, nichts war sie und zu nichts wird sie wieder werden, kein Trost lag darin, nicht die Zartheit des Loslassens, nur kalt war das Nichts, entsetzlich und unendlich kalt, so kalt wie das grenzenlose, eisige Meer.

Ich hebe meine Augen auf zu den Bergen.
Woher kommt mir Hilfe?
Meine Hilfe kommt vom Herrn,
der Himmel und Erde gemacht hat.
Er wird deinen Fuß nicht gleiten lassen,
und der dich behütet, schläft nicht.

Fast gezwungen hatte Frau Kulm sie, aufzustehen und zur Andacht zu gehen und später unter Menschen zu sein beim Frühstück. Am dritten Morgen nach ihrem Missgeschick in der Nordsee war die Seelsorgerin zu ihr gekommen. Man hatte sie in Ruhe gelassen, ihr Suppe und Tee gebracht, die sie nicht angerührt hatte. Ihre Seele war geknickt, auseinandergefallen, in alle Himmelsrichtungen entwichen, unfähig, dem Körper die nötigen Signale zu geben, um noch einen weiteren Tag im Leben anzutreten.

Nun hörte sie diesen Psalm, diesen berühmtesten und schönsten unter allen Psalmen, schon tausendmal vorher gesprochen, gesungen, gelesen, gehört, doch jetzt, jetzt erschien er ihr wie ein langsam aufgehendes Licht, ein Sonnenaufgang, der seit ewigen Zeiten die Menschen bewegte und ihnen Hoffnung gab. Ihr galten diese Worte. Sie war gemeint. Gott schubste sie an, holte sie noch einmal ins Leben, flickte ihr Gemüt wieder zusammen und als sie gemeinsam mit all den Menschen um sie herum diesen Psalm sang, spürte sie eine unendliche Dankbarkeit. Zerschlagen, zerschunden an Leib und Seele, wund von innen her fühlte sie sich, und doch dankbar, dankbar. Dies war eine Zeit der Heilung.

Weicher, durchlässiger war sie geworden, als sie im Frühherbst nach Hause kam. Viel hatte sie über sich gelernt. Gott würde sie nicht im Stich lassen.

Nachsorge-Untersuchung. Alles war gut. Atemluft, frische, lebendige Luft durchströmte ihren ganzen Körper, so tief, dass sie sich setzen musste. Geheilt war sie. Gott hatte sie geheilt. Sie hielt die Hände vor ihr Gesicht, um die Tränen des Glücks zurückzuhalten.

»Erst einmal – man weiß nie bei Krebs.« Der Arzt zog seine Augenbrauen nach oben.

Christel ballte die Fäuste.

Marens Krise hatte sich leicht entspannt, jedenfalls konnte sie allein leben und übte ihren Beruf in Teilzeit wieder aus.

Endlich durfte auch Christel das Ende des Fadens wieder aufnehmen, das sie vor Monaten loslassen hatte müssen. An ihrer Vision von einer christlichen Gemeinschaft arbeitete sie weiter, von Menschen, die zusammen im Glauben wachsen wollten, Menschen, die entschieden Jesus nachfolgten. Hatte *Er* sie nicht gesund gemacht, um sie wieder neu an ihren Platz zu stellen? Es war Christels Projekt, ihr *Kind*. Sie würde es aufbauen und führen, so lange, bis es von selbst laufen konnte. In der geistlichen Führung sah sie ihre Aufgabe, sie war diejenige, die die kleinen Gebets-Zirkel mit Anregungen, Denkanstößen und geistlicher Zurüstung versorgte.

In den nächsten Monaten erlebte sie eine Zeit ungetrübten Glücks am Arbeiten. Ihre Inspiration schien grenzenlos. Aus einer vorher kaum gekannten Quelle schöpfte sie ohne Mühe, und freudig nahm sie auf, was da in sie hineinströmte, setzte es um und erhielt Zuspruch von so vielen Menschen. Als ein Ernten im fruchtbaren Garten Gottes empfand sie dies und dankbar pflückte sie die bunten Blumen ihres Geistes, sie erntete das schmackhafte Gemüse ihrer Glaubenstiefe, hob die habhaften Wurzelknollen ihrer Erdverbundenheit aus.

Dankbar dachte sie immer wieder an ihren Vater, der ihr so viel Glaubensstärke und Charisma vermittelt hatte. Endlich war sie in Fluss gekommen und freudvoll ließ sie sich von seinem Strömen mitziehen. Angekommen war sie endlich, da, wo sie sein sollte, so und nicht anders wollte sie leben. Dass fruchtbarer Sommer und reicher Herbst in einen eisigen Winter übergehen könnten, mochte sie nicht denken, denn hatte sie nicht schon genug Winter überstanden? Jetzt war das Leben und jetzt galt es zuzugreifen, jetzt galt es zu erschaffen und immer wieder durchflutete sie die reine Freude am schöpferischen Sein. Wohl fühlte sie ab und zu einen Druck auf ihrer Lunge, doch maß sie dem keine

Bedeutung zu, von Maren hörte sie wenig, aber keine Nachrichten waren gute Nachrichten, sagte sie sich. Nur beseelt war sie davon, dass sie nun mit weit ausgeholtem Schwung und viel Phantasie weiterweben durfte am bunten Tuch von Gottes Werken.

Der Frost kam plötzlich und setzte ein, bevor die Ernte eingefahren war.

»Offenbar haben wir es mit einem schnell wachsenden Tumor in der Lunge zu tun«, sagte der Arzt. »Wenn Sie den Jahrtausendwechsel noch erleben wollen, müssen wir Glück haben.«

Nur noch sechs Monate. Was geschah da mit ihr? Fast trunken fühlte sie sich, als hätte sie Drogen genommen, dabei hatte man ihr gerade ihr Todesurteil verkündet. Ihre Knie zitterten, auch ihre Hände, wie sollte sie nach Hause kommen? Sechs Monate, das war ein halbes Jahr. Unwirklich klang das.

Michael holte sie ab. Er brachte kein Wort heraus. Dass seine Sprachlosigkeit noch einen anderen Grund haben könnte, kam ihr nicht in den Sinn. Abends saßen sie nebeneinander auf dem Sofa. Lange schwiegen sie.

»Gott wird mich nicht sterben lassen. Auch den Vater hat er damals geheilt«, sagte sie nach einer Weile.

Michael räusperte sich. Er öffnete den Mund und schloss ihn wieder. Dann blies er den Atem zwischen seinen fast geschlossenen Lippen aus.

Schließlich sagte er: »Maren.«

»Was ist mit ihr schon wieder?«

»Es steht schlecht um sie.«

»Wie – es steht schlecht um sie?«

»Man hat sie aus dem Neckar gefischt. Offenbar ist sie von der hohen Brücke gesprungen. Sie lebt noch, aber man geht nicht davon aus, dass sie durchkommt – Christel, was machen wir nur?«

Leere, nichts als Leere. Wie in Trance suchte sie in ihrem Inneren nach irgendeinem Gefühl, einem Wort, einer Erklärung, doch da war nichts. Lange blieb sie einfach sitzen, Michael stumm neben ihr. Durch das Vakuum ihres Gehirns flog ein seltsamer Gedanke, luftig wie ein graubrauner Traumfetzen, der, kaum wahrgenommen, auch schon wieder fort war: *Wer von uns beiden wird wohl das Rennen machen?* Eisig kalt war es plötzlich, Gänsehaut überzog ihren Körper. Was war das für ein seltsames Zeug? Dieser gläserne Couchtisch musste abgewischt werden, da waren noch Ränder der Weinflasche, erst gestern hatten sie doch Besuch gehabt. Gestern. Da war das Leben noch anders.

Gestern war Sommer.

KAPITEL 10 | *Elisabeth*

W ie sie diese Ungetüme hasste. Mit einem Seufzer wälzte sie die dicken Wollstrümpfe an ihren Beinen hoch, befestigte sie am Strumpfhalter und schaute an sich herunter. Raue Schafswolle rieb an der zarten Haut ihrer Innenschenkel und dann noch dieser abscheuliche Wulst von Naht hinten das ganze Bein entlang! Grottenhässlich, diese Dinger.

Dabei besaß Elisabeth seit Kurzem ein paar hauchdünne, nahtlose Strümpfe. Luises Verlobung war zwar ein hundertprozentiger Reinfall gewesen, weil der Bräutigam nicht erschienen war, doch auf Magda und Elisabeth fiel dieser große Tag wie ein Hauptgewinn. Nie hätten die beiden Mädels zu träumen gewagt, dass sie zum Fest nagelneue Seidenstrümpfe bekommen würden, und dann noch von den ganz feinen. Wie ein kleines Heiligtum hütete Elisabeth ihren Schatz. Nur zu Festtagen dürften sie getragen werden, hatte es streng geheißen. Nicht daran zu denken, mit ihnen in die Schule zu gehen, denn kaum etwas war dem Vater verhasster als Eitelkeit. Viele Mädchen in der Klasse besaßen schon nahtlose Strümpfe, nicht alle waren so edel wie die ihren, doch immerhin durften die anderen sie in der Schule tragen.

Halb angezogen saß Elisabeth auf dem Bett, rieb sich die schlafschweren Lider, schüttelte die Gänsehaut weg und ließ ihre Gedanken umherbummeln. Kalt war es in diesem Zimmer, in dem fünf Mädchen ihre Habseligkeiten aufbewahrten, in dem die Wäsche der Familie lagerte, in dem fünf billige Holzbetten mit Strohsackmatratzen eng nebeneinanderstanden, in dem es nach Bohnerwachs und billiger Kernseife roch, in dem es keinen Ofen gab, wozu auch. Gut, dass gerade keine der Schwestern im Schlafraum war. Wie von selbst nachtwandelte Elisabeths Hand in den Karton unter ihrem Bett und befühlte den geschmeidigen Stoff ihrer Strümpfe. Sie nahm die beiden Kostbarkeiten aus dem Schächtelchen. Wie Libellenflügel hoben sie sich von der zerschlissenen Bettdecke ab, gewichtslos, duftig. Ein ätherischer Zauberschein glänzte ihr im Halbdunkel des Mädchenschlafraums entgegen. Schwer, borstig und plump dagegen diese Strickstrümpfe, die sie gezwungen war zu tragen. Konnten diese Scheußlichkeiten Gott wohlgefälliger sein als hauchzarte Seidenstrümpfe in der Farbe von Milch? Was hatte Gott gegen eine solche Schönheit? Da kam ihr eine Idee.

Immer schon wäre sie gerne etwas Besonderes gewesen. Nicht einfach ein unsichtbares Glied in der langen Kette der Familienmitglieder sein, nicht einfach mittendrin stecken wie ein Pflasterstein neben dem anderen, nicht nur eines der vielen Schneidersmädchen sein, die seit Jahr und Tag der jeweils jüngeren Schwester die Kleider vermachten, welche, endlich bei Elisabeth angekommen, fadenscheinig, grau und unförmig geworden waren. Auch wenn sie sich wohl fühlte unter ihren Geschwistern. Aber flott aussehen, gut angezogen sein, das war es eben doch, was sie sich wünschte, da konnte der Vater noch so sehr die Gefallsucht und den Hochmut geißeln. Hübsch hergerichtet zu sein, mit etwas Schönem, Außergewöhnlichem gekleidet zu sein, war dem

Vater bei seinen Töchtern seit jeher ein Dorn im Auge. Bescheiden sollten Mädchen sein, möglichst nicht sichtbar, das wäre gottgefällig, man sollte leben, wie der Herr einen geschaffen hatte, und nicht meinen, *Sein* Werk verbessern zu wollen.

Nun – Gott hatte Elisabeth zu einem hübschen Mädchen gemacht, warum sollte sie das nicht zeigen dürfen? War sie nicht selbst *Seine* Schöpfung?

Rascher Blick zur Tür, die war geschlossen. Elisabeth tastete nach den feinen Strümpfen, nicht schwerer als ein Flaum wogen sie in ihrer Hand, sie schälte die hässlichen wieder von sich ab, rollte die seidigen, weichen an ihren Beinen hoch, herrlich rieselte der nachgiebige Stoff über die nackte Haut. Dann streckte sie den Fuß in die Luft, diese ewig-weibliche Bewegung, drehte ihn nach rechts, nach links und seufzte aufs Neue. Wie schön das aussah. Sollte sie es wagen? Warum nicht. Punkt, fertig. Sie schnappte nach den hässlichen Strickstrümpfen, zog sie mit einer blitzschnellen, geübten Bewegung die Beine hinauf und befestigte sie. Einatmen, ein letzter prüfender Griff an den Strumpfhalter, beide Strümpfe übereinander, alles saß richtig, ausatmen, dann erhob sie sich vom Strohsack und begann ihren Tag.

Erster Gang in der Schule zur Mädchentoilette. Klamm und zugig war es dort und es roch nach kaltem Unrat. Sie setzte sich auf die Schüssel, eine Klobrille gab es nicht, eisig brannte das Emaille an ihren Schenkeln. Schnell entfernte sie die gestrickten Grässlichkeiten vom Strumpfhalter, stopfte sie in den Schulranzen, prüfte den richtigen Sitz ihrer hingehauchten Seidenstrümpfe, stand auf und probierte die ersten Schritte.

Schade, dass es in ihrem Leben keinen einzigen hohen Spiegel gab, nirgends konnte sie sich selbst bis zu den Füßen anschauen. Aber das sollte sie ja auch nicht, denn die Eitelkeit könnte sonst überhandnehmen. Voll aufgeregter Freude schaute sie dennoch an sich herunter und wie in einen Windhauch gekleidet fühlte sie ihre Beine, als sie ins Freie trat. Ein wenig scheu huschte sie ins Klassenzimmer, gerade noch rechtzeitig zusammen mit dem Lehrer, und verschwand hinter ihrer Schulbank. Doch die, die es sehen sollten, hatten ihre Verwandlung erblickt und die Schulmädchen tauschten hinter dem Rücken des Lehrers anerkennende Blicke aus. Und was war das für ein Ah und ein Oh in der Pause, ein Sich-gegenseitig-Befühlen und ein Vergleichen der Stoffe nebst feinsten Farbabstufungen. Welch ein Erfolg für Elisabeth!

Zum Schulschluss, ganz einfach, die hässlichen Strümpfe obendrüber, wozu gab es ein Mädchenklo, und schon war sie wieder familientauglich.

Abermals hockte sie am nächsten Morgen auf dem Bettrand, scheinbar hundemüde, doch hellwach diesmal, seufzte leise und so nachhaltig, bis sie alle Schwestern aus dem Raum gegähnt hatte. Schnell die hässlichen Strümpfe runter, die feinen, schönen vorsichtig die Schenkel hinaufgerollt, noch einmal genießerisch darübergestrichen, wieder die Strickstrümpfe darüber und fertig. Dasselbe Prozedere auch in der Schule: der Toilettengang zuerst, Strickstrümpfe runter, in den Schulranzen gestopft und heraus aus dem stinkenden Abtritt trat die Prinzessin Tausendschön, zauberhaft verwandelt, hübsch, modern und etwas ganz Besonderes.

Inzwischen hatte sie den Dreh raus, ganz leicht ging es ihr am dritten Tag von der Hand, Toilettengang vor der Schule, Toilettengang nach der Schule und ab nach Hause.

»Hat der Papa dir das erlaubt?« Magda waren die wundersamen Metamorphosen ihrer älteren Schwester natürlich nicht entgangen.

»Pscht, ha noi, aber halt bloß das Maul daheim. Kann das unter uns bleiben?«

»So etwas würde ich mich nie trauen! Aber keine Angst, ich sag nichts«, flüsterte Magda mit glänzenden Augen.

Am vierten Tag ging es schon ganz flott, ihr kleines An- und Ausziehritual, das Herzklopfen war deutlich weniger geworden, jeden Tag weniger, bald schon war alles selbstverständlich und die Vorsicht ließ nach.

Dann war Sonntag. Diesmal durfte sie ganz offiziell damit zur Kirche gehen.

Am Montag abermals die märchenhafte Verwandlung vom Aschenbrödel zur Königstochter, zurückgezaubert bei Schulschluss, am Dienstag ging alles wie selbstverständlich, auch am Mittwochmorgen auf der Schultoilette, flott die scheußlichen Lappen runter, es war auch schon recht warm, das Frühjahr war zeitiger gekommen als gedacht. Schulschluss am Mittag. Sie hatte eine tolle Note bekommen in Religion und diskutierte auf dem Heimweg lebhaft mit den Schulfreundinnen über das Thema, freute sich darauf, zuhause ihre gute Note zu zeigen, machte die Türe auf, der Vater stand in der Küche, hatte gerade die Hände gewaschen vor dem Mittagessen, freudestrahlend hielt ihm Elisabeth das Heft entgegen, er schaute an ihr herab …

Das Heft noch ausgestreckt, folgte Elisabeth seinem Blick auf ihre schönen Strümpfe, flammendes Gesicht, den Atem angehalten, schluckte sie, da spürte sie auch schon seine harte Hand auf ihrer Backe, dann auf der anderen Backe, nochmals auf der linken und wieder auf der rechten.

»Raus! Überleg dir, warum ich dir verboten habe, mit diesen Strümpfen zur Schule zu gehen! Du läufst herum wie ein Flittchen. Noch einmal und ich werfe diese Dinger ins Feuer!«

Mit Tränen in den Augen rannte sie ins Schlafzimmer und warf sich wie alle pubertierenden Mädchen zu allen Zeiten bäuchlings auf das Bett, ihre Wangen glühten vor Scham und von den Schlägen des Vaters.

Wie konnte ihr das nur passieren! Schlimmer noch – wie konnte sie nur so eitel sein! Aus reiner Gefallsucht war sie dieses Risiko eingegangen, das hier war nun das dicke Ende. Sie riss diese Strümpfe von ihren Beinen und pfefferte den inzwischen leicht nach Fußschweiß duftenden Stoff in die Schachtel, aus der Liebe zu ihnen war auf einen Schlag fast Hass geworden. Weg war der Zauber. Zusammengefallen der äffische Popanz. War das doch Teufelszeug, diese feinen Anziehsachen? Hatten nicht diese Strümpfe sie verführt zum Ungehorsam, zur Selbstgefälligkeit? Nutzte der Teufel ihre Eitelkeit?

Wie sollte sie jetzt das gemeinsame Mittagessen überstehen?

Dem Vater begegnen? Den Schwestern? Sie rollte die hässlichen Strümpfe auf ihre Beine, umso mehr spürte sie nun die grobe Wolle wieder kratzen, das hatte sie nun davon, wieso hatte sie ihren Stolz nicht mehr im Griff gehabt! Erkannt, durchschaut und bloßgestellt fühlte sie sich. War sie ein Flittchen? Schon mehrmals hatte sie dieses Wort gehört, konnte sich aber kein genaues Bild davon machen. Flittchen. Das mussten bestimmte Frauen sein, solche mit dicken, rot angemalten Lippen und ordinärem Anblick. So hatte sie ausgesehen? Unanständig empfand sie sich auf einmal, beklommen, nackt. Nein, so eine Frau wollte sie nicht werden. Ein primitives Flittchen, das nicht.

Verpufft war die zornige Stichflamme gegen den Vater. Scham tröpfelte nun ihren giftigen Schlamm in sie hinein und vertiefte den Morast aus verlorener Selbstachtung, der sich im Laufe ihrer erst vierzehn Lebensjahre unmerklich in ihr angesammelt hatte.

»Du bleibst hier«, befahl der Vater am Abend nach Andacht und Singen.

Elisabeth schaute auf den Boden. Was würde jetzt kommen?

»Was wolltest du mir zeigen heute Mittag?«

»Was zeigen?«, fragte Elisabeth. Immer mehr sank sie in sich zusammen.

»Das Heft!«

»Welches …? Ach so! Mein Religionsheft. Wir mussten eine Auslegung schreiben über die Bergpredigt, die nehmen wir gerade durch.«

»Zeig!«

Hinauf in den Schlafraum sprang sie, ihre Zentnerlast schmolz mit jeder Treppenstufe, oben riss sie das Religionsheft aus dem Schulranzen, rannte wieder hinunter und schnaufte, als sie es vor dem Vater auf den Tisch legte. Lange blätterte und las er im Heft. Elisabeth saß daneben und schwieg – stolz und erwartungsvoll einerseits, denn sie hatte eine Eins geschrieben – angstvoll andererseits, ob der Vater ihre Gedanken wohl trotzdem kritisieren würde. Von Schulnoten hatte er sich noch nie beeindrucken lassen.

Schließlich klappte er das Heft zu, legte es zurück auf den Tisch und sagte: »Alle Achtung.«

Dann stand er auf und ging hinaus.

Zurück blieb Elisabeth mit zitternden Knien und flimmernden Augen. Dies war das höchste Lob. Dieses Wort war viel mehr wert als alles, was irgendein Lehrer je zu ihr hätte sagen können, tausendmal wichtiger als jede Schulnote. Was hatte sie doch für einen wunderbaren Vater. Streng war er, das schon. Aber gerecht. Er hatte sie gesehen. Jetzt war alles wieder gut.

Ohne Übergang war der Sommer gekommen. Warme Lüftchen wehten unter wadenlange Röcke, strichen genüsslich um nackte Beine und ließen die Strümpfe vergessen, die hässlichen wie die schönen. Einige Tage vor den Sommerferien, heiß war es und Mitte Juli, kam Elisabeths Freundin Gerda mit einer sensationellen neuen Frisur in die Schule. Nicht, dass sie etwa ihre Zöpfe abgeschnitten hätte, das war undenkbar, nein – Gerda hatte sich Simpelsfransen schneiden lassen, was an sich schon ein Spektakel war. Zu allem Überfluss aber hatte sie ihre Haare auf der linken Seite zu einem einzigen Zopf vereint und mit einer hinreißenden Spange auf der anderen Seite festgesteckt! Unglaublich schick sah das aus. Elisabeth konnte ihre Augen nicht von der Freundin wenden, die in der Pause umringt wurde von den Mädchen aller Klassen, mal wollten sie sie von vorne, mal von der Seite betrachten. Gerda indessen drehte mit nonchalanter Gelassenheit ihren Kopf langsam, scheinbar gelangweilt, mal hierhin, mal dorthin, eine Greta Garbo, die wehmütig in geheimnisvolle Ferne blickte, während die bäuerlichen Dorfschülerinnen wie aufgeregte Hühner deren Frisur diskutierten. Gerdas Mutter arbeitete als Verkäuferin in Heilbronn, da konnte man sich diese Extravaganz schon mal leisten und schließlich war man ja kein Kind mehr, nur noch sieben, acht Jahre zur Volljährigkeit, das war doch ein Klacks.

»So etwas würde dir auch stehen, es könnte dein Gesicht noch interessanter machen. Willst du es nicht mal wagen?«, fragte Gerda, als sie beide auf dem Heimweg waren.

»Ich? Mit welchem Geld denn, bitteschön? Stell dir vor!« Elisabeth brachte sich in Position. »Das wär's doch, ich sag zu meinem Vater: ›Mein lieber Papa, willst du mir vielleicht Geld geben, damit ich mir endlich eine neue aufregende Frisur machen lassen kann?‹«

Beide Mädchen prusteten bei dieser Vorstellung.

»›Und ja, lieber Papa, wenn du gerade den Geldbeutel offen hast, kannst doch noch was springen lassen für eine neue Sommerbluse, ja genau die, die ohne Ärmel …?‹«

Gerda ahmte Elisabeth nach mit hoher, koketter Stimme, legte ihren Kopf schräg und klapperte mit den Augenwimpern. Beide kicherten und doch gab es Elisabeth einen Stich. Diese traumhafte Frisur. Das wär's doch. Das sah einfach flott aus und bei ihr dürften solche Simpelsfransen noch schicker wirken, da sie ihr feines Gesicht betonen würden.

»Ich – hab – da – eine – Idee«, sagte Gerda und machte zwischen jedem Wort einen Schritt, als würde sie beim Gehen tief nachdenken. Dann fuhr sie auf und grinste. »Aber das verrat ich noch nicht. Warte bis morgen, vielleicht noch bis übermorgen, dann weiß ich, ob es geklappt hat.«

»Was geklappt?«

»Wart's ab, lass dich überraschen.«

»Komm in der Pause gleich auf den Abort!«, flüsterte Gerda in der ersten Schulstunde am nächsten Morgen Elisabeth zu.

»Was?«

Die hochgezogenen Augenbrauen des Lehrers ließ beide verstummen, doch beim Pauseläuten zog Gerda Elisabeth am Ärmel direkt aufs Mädchenklo und schloss hinter ihnen ab. Sie fasste in ihre Schürzentasche und streckte Elisabeth zwei Mark entgegen.

»Was ist das denn?«

»Zwei Mark, kannst du keine Zahlen lesen?«

»Und was soll ich damit?«

»So viel kostet die Friseuse, schenk ich dir!«

»Woher hast du das?« Elisabeth konnte es nicht glauben. Es war ein Vermögen.

»Sag ich nicht.«

»Sag schon – ich werde es dir niemals zurückzahlen können, das musst du einkalkulieren.«

»Macht nichts.« Gerda rückte näher und flüsterte ihr ins Ohr: »Ich hab's aus dem Schüssele von meiner Großmutter geklaut, sie merkt das sicher nicht, die ganze Tasse ist voller Münzen, also nimm's halt und lass dich schick machen!«

Elisabeth stieß die Luft aus und fächerte sich mit der Hand etwas Kühle zu. Schwül war es und ihr wurde von Sekunde zu Sekunde heißer. Vermutlich sah Gerda, dass sie ein rotes Gesicht bekam, denn sie machte ihr erneut Mut.

»Ich komm mit dir heute Nachmittag, direkt nach der Schule. Die Friseuse hat offen bis sieben Uhr, da ist noch genug Zeit.«

»Wirklich?«

»Ja, Mensch, mach keine Zicken! Das wird sehr schön aussehen. Komm, gehen wir, es läutet schon wieder.«

Helle Begeisterung erfüllte sie, gleichzeitig spürte Elisabeth eine kleine Rückwärtsbewegung in ihrem Inneren, kaum war es ihr möglich, dem Unterricht zu folgen. Was würde der Vater dazu sagen? Doch Vorfreude und Abenteuerlust spülten sie nach vorn. Wie gut ihr diese neue Frisur stehen wird.

Mit zitternden Knien und großen Augen betrat Elisabeth zum ersten Mal in ihrem Leben einen Friseursalon. Er lag im Tiefparkett eines ansonsten ausgebombten Hauses, um zur Eingangstür zu kommen, musste man an Trümmern vorbei über einen Hof, dann drei, vier Stufen nach unten gehen. Die düstere Ruinen-Umgebung war Alltag für die Mädchen. Welch eine andere Welt dagegen, als man in den Salon eintrat! Ein übergroßer Spiegel hing dort, weiß der Himmel, wie der den Krieg überstanden hatte. Klein, bäuerlich und fehl am Platz fühlte sie sich, als sie im Spiegel von außen auf ihr fadenscheiniges Sommerkleid mit der hundertmal geflickten Schürze blickte.

»Deine Freundin ist ja eine richtige kleine Schönheit«, sagte die Friseuse zu Gerda und auch wenn Elisabeth tiefrot wurde, richtete sie sich auf.

Als die Frau ihr Werk vollendet hatte, war Elisabeth sehr zufrieden. Gut sah das aus, genau wie sie es erwartet hatte. Voller Stolz legte Gerda »ihre« zwei Mark in die Geldschale der Friseuse. Die beiden Freundinnen hakten sich unter und als sie aus dem Friseurladen traten, warf die Abendsonne ihre grellen Scheinwerfer auf die Schönen, sie atmeten ein, was kostet die Welt, und hoheitsvoll machten sie sich auf den Heimweg. In das Hochgefühl mischte sich dann doch mehr und mehr Beklemmung, je näher sie dem heimatlichen Hof kamen, doch diesmal würde sich Elisabeth die Freude an ihrer neuen Frisur nicht nehmen lassen.

Der Blick des Vaters verbrannte diesen Beschluss mit einem einzigen Blitzschlag und ließ Elisabeth bereuen, jemals an so einen Unfug gedacht zu haben. Bruchteile von Sekunden, in denen sie wünschte, überhaupt nicht auf die Welt gekommen zu sein, eine Laus war sie, eine, die nichts im Kopf hatte als Eitelkeit, eine Null, die nicht da sein dürfte, ein ... Flittchen? Ordinär musste sie aussehen.

Zwei der Schwestern waren im Raum, sie sah sie nur schemenhaft, auch die Mutter stand da, entsetzt und gleichzeitig mitleidig ihr Blick, rot und heiß wurde Elisabeth, aber kalt von den Füßen her und irgendwie konnte sie sich nicht bewegen. Aber das war nur ein Augenschlag lang, denn schon hatte der Vater die große Schere aus der Tischschublade geholt und sie am Zopf gepackt. Mitten über die Stirn schnitt er, in großen gemessenen Zügen, doch nach der Schreckstarre schoss ein Reflex des Selbstschutzes in sie ein, sie schrie und wehrte sich, versuchte, sich zu entziehen, doch eisern war sein Griff.

»Heinrich!«, kam von Seiten der Mutter. Sie war aufgestanden und fiel dem Vater in den Arm, nahm ihm sanft, aber bestimmt die Schere ab.

»Heinrich!«, sagte sie. »Lass gut sein.«

Elisabeth rettete sich aus der Stube.

Schluchzend, wütend und doch voll Scham lag sie wieder einmal bäuchlings auf dem Bett. Nach dem ersten Schock befühlte sie ihren Kopf, die Haare waren übel zugerichtet und sie konnte den Schaden nicht einmal begutachten. Um sich zu sehen, müsste sie in die Küche. Über der Spüle, wo man sich auch wusch, hing ein kleiner, fast blinder Spiegel, der einzige im Haus. Aber hinuntergehen – das kam nicht in Frage. Sie drehte sich zur Wand. Wässrig ihr Blick von den Tränen, die einfach nicht aufhören wollten, starrte und schluchzte sie, starrte wieder, leer war es in ihrem Hirn.

Karla streckte irgendwann den Kopf zur Türe herein. »Kommst du endlich zum Essen?«

»Erst wenn du mir den Spiegel gebracht hast, damit ich mich anschauen kann.«

»Hab ich mir halb gedacht, hier ist er schon. Sieht scheußlich aus.«

»Ich komm nicht runter, bevor du mir nicht die Haare wieder einigermaßen gerade geschnitten hast.«

»Komm lieber erst einmal zum Essen. Mach doch kein Getöse, tu, als ob nichts wäre, sonst wird alles noch schlimmer. Nachher schauen wir, was wir machen können.«

»Ich kann einfach nicht aufhören zu heulen!«

»Jetzt reiß dich zusammen, Haare wachsen wieder, komm jetzt.«

In dieser Nacht schlief Elisabeth nicht. Etwas war anders als bei früheren Auseinandersetzungen mit dem

Vater, aber sie wusste noch nicht, was. Da ertastete sie etwas hinter der Scham und der Wut, etwas, das sich richtig anfühlte, wie ein kleiner Kern von Würde und von Stärke, und dieses Samenkorn hatte der Vater nicht verletzt, sie würde es pflegen. Dankbar war sie jetzt um die lange, dunkle Nacht. Ein vages Empfinden war da noch, das sie nicht herausfiltern konnte aus dem Gebräu der Gefühle, geschweige denn es benennen. Trotz Zorn, Geschrei und Tränen blieb sie seltsam unberührt von diesem Debakel, sie konnte es nicht orten, aber es war, als ob die Reaktion des Vaters nur oberflächlich ihr gegolten hätte, und zum ersten Mal in ihrem Leben erahnte sie ein Fünkchen davon, dass der Vater doch nicht alles richtig machte, dass er selbst fehlbar und menschlich war.

Vor einigen Wochen hatte sie im Elternschlafzimmer beim Fensterputzen ein kleines Zettelchen gefunden, das hinter dem Vorhang neben Vaters Bett aufgehängt war: *klein werden* stand drauf in der Schrift des Vaters. Kämpfte er gegen seinen eigenen Hochmut an und war deshalb so streng mit ihr?

Ja, etwas war anders geworden. Sie war dabei, die zarte Knospe *Nein* in sich zu finden, und auch wenn sie ahnte, dass sie diese noch hüten und schützen musste, so fühlte sie doch die stille Kraft darin. *Nein*. Sie war nicht nur hübsch und eitel, sie war auch gescheit. Denken konnte sie und sie würde sich mit dem Thema Schönheit und biblischem Glauben auseinandersetzen.

Christsein hat doch nichts mit der Frisur zu tun. Der Glaube kann nicht an solchen Äußerlichkeiten hängen. Sie würde es noch herausfinden, sie würde sich mit den

Bibelstellen beschäftigen und sich dann, wenn die Zeit reif wäre, mit dem Vater auseinandersetzen. Jetzt noch nicht, das hätte sie nie gewagt, doch ab jetzt würde sie sich mit jeder Faser darauf vorbereiten, dem Vater die Stirn zu bieten, sobald sie dieser Konfrontation gewachsen sein wird. Dies war ihr Schwur dieser Nacht. Als die Morgendämmerung ihr Silbergrau in den Schlafraum sickern ließ, spürte sie eine vorher nicht gekannte Entschlossenheit in sich.

Einige Jahre später, die Schule hatte sie längst hinter sich gelassen, da schenkte ihr Gerda ein Schnittmuster aus einer Zeitschrift. Klar, dass es im Hause Schneider keine Zeitschriften gab, für den Vater war das schlicht Schund, aber dieses Kleid sah todschick aus. Fehlte nur noch der Stoff, und irgendwann konnte sie sich Karlas abgetragenes, dunkelblaues Sonntagskleid sichern, auch Luise hatte bei ihrem Wegzug noch einige alte Sachen dagelassen, damit man sie später einmal neu verwerten konnte. Eine dunkelblau-weiß gemusterte Bluse fand sich darunter, farblich gut zum Stoff von Karlas Kleid passend, jetzt brauchte sie noch weiße Bordüren, die sie aus einem alten Laken zauberte. Elisabeth nähte sich ein großartiges Sommerkleid nach der ganz neuen Mode, die Taille eng, der Rock weit, knieumspielt, also grenzwertig kurz, aus zwei alten Unterröcken fertigte sie das doppelte Unterkleid, versteifte es mit Hoffmanns Kartoffelstärke, damit sich der Rock schön weit ausstellte, das Oberteil bestand aus zwei breiten gefassten Schärpen, die sich über der Brust kreuzten, dadurch einen V-Ausschnitt bildeten und die Schultern komplett bedeckten. Ärmel gab es keine. Obschon farblich dezent, war das Kleid selbst eine wahre Sensation. Elisabeth war glücklich.

Feuerprobe Kirchgang. Dieser Blick des Vaters, den sie so gut kannte. Heute aber hielt ein unsichtbarer Faden Elisabeths Kopf oben, auch die Augenlider fielen nicht wie sonst nach unten, offen schaute sie den Vater an. Und in diesem Moment wusste sie, dass ihre Zeit gekommen war. Mehr als vier Jahre lang hatte sie dieses Thema in ihren Gedanken und in ihrem Herzen bewegt. Es war so weit. Diesmal würde sie sich durchsetzen.

»Was hast du schon wieder für einen Fetzen an!«

»Selbst genäht.«

»So kommst du mir nicht in die Kirche.«

»Wieso nicht?«

»Ein Christ läuft so nicht herum.«

»Wieso nicht?«

»Frag nicht so frech, du weißt es genau.«

»Wieso frech? Ich will es wissen. Wirklich! Wieso? Was ist falsch? Sag's mir!«

»Das Kleid hat keine Ärmel, siehst du das nicht?«

»Das gehört so. So ist das Kleid geschnitten.«

»Das gehört sich nicht. Egal, wer das Kleid *geschnitten* hat!«

»Die Sonne scheint, es ist heiß heute, wir haben Anfang Juli, wieso soll ich Ärmel tragen?«

»Was glaubst du eigentlich, wer du bist? Ich sag dir – so kommst du nicht in die Kirche. Hinauf und umziehen! Das ist mein letztes Wort, sonst kommt dieser Plunder ins Feuer!«

Jetzt nicht klein beigeben, nicht schreien, nicht heulen, sagt sie sich. Und blickt dem Vater ins Gesicht.

»Bevor ich mich umziehe, will ich wissen, warum man als Christ kein ärmelloses Kleid anziehen soll. Erklär es mir, dann gehe ich rauf.«

»Ordinär sieht das aus, halbnackt!«

»Wir haben das Jahr 1952. Das ist die Mode. Es sieht nicht ordinär aus.«

»Umso schlimmer. Was geht mich die Mode an!«

»Aber mich. Ich habe bis heute noch nicht begriffen, warum der christliche Glaube an dem hängen soll, was man anhat, und warum man als Christ immer genau zwanzig Jahre hinter der Zeit herhinken soll. Das hast du mir bis heute nicht erklärt, und ich will es jetzt von dir wissen!«

Der Vater starrte sie an. Mehr erstaunt als wütend. Wortlos standen sich beide gegenüber, ob er wohl sah, wie seine Tochter innerlich zitterte? Ob er wohl spürte, dass sie diesmal standhalten würde, koste es, was es wolle? Wie lange hatte sie auf diesen einen Konflikt hingearbeitet, sie hatte es kommen sehen, hatte es in ihrer Phantasie viele und viele Male durchgespielt, hatte in ihrem Kopf Argumente gesammelt, Bibelstellen abgesucht, im Mädchenkreis mit den Leiterinnen und Freundinnen diskutiert, Gedanken dazu in ihr Tagebuch geschrieben, bis sie immer sicherer wurde. Sie musste ihm standhalten, dieses eine Mal. Wenn er ihr nicht anhand der Bibel plausibel erklären konnte, was das Christsein mit dem Kleidungsstil zu tun hatte, würde sie nicht weichen, ihr ganzes Wesen wusste, dass dieser Konflikt ihr Leben prägen würde. Es war mehr ein Spüren als ein Reflektieren, welches sie im Innersten wissen ließ: An dieser Stelle klein beizugeben würde bedeuten, jedem anderen klein beizugeben, niemals ihr eigener Herr zu werden.

Mit klopfendem Herzen, hochgebundenen Haaren, nackten Füßen in flachen Schuhen, gertenschlanker Gestalt, ebenmäßigem Gesicht und diesem phänomenalen, ärmellosen, aber schulterbedeckten Kleid stand sie ihm kerzengerade gegenüber und schaute ihm in die Augen. Vom heimlichen Herzklopfen abgesehen, fühlte sie sich stark, kein bisschen Rebellion spürte sie in sich, keine Wut, kein Kampf, rein fühlte sie sich fast, nicht stolz, aber mit jeder Faser entschlossen.

Unter dem Zittern war Ruhe. Nicht ein Kräftemessen war dies, vielmehr wurde wortlos ein neuer Vertrag zwischen Vater und Tochter ausgehandelt und die Tochter war es, die die Vertragsänderung erzwang. Ohne Auftrumpfen, ohne backfischhaften Trotz, wissend und unbeirrt.

»Dann zieh wenigstens ein Jäckle drüber. Vor allem in der Kirche«, sagte der Vater nach diesem schweigenden Ringen und wandte sich zum Gehen.

»Ja, in Ordnung«, sagte Elisabeth.

Sie atmete einmal durch, denn es war noch nicht zu Ende.

»Und nach der Kirche will ich eine Antwort auf meine Frage«, sagte sie, nicht patzig, doch fordernd und nun ganz ruhig.

Große Augen beim Vater. Schweigen. Erstaunter Blick. Elisabeth hielt ihm stand.

Die Spannung in Vaters Haltung ließ nach. Dann öffnete er den Mund, schloss ihn wieder und sprach nach einer weiteren kurzen Pause: »Alle Achtung.«

Unverzüglich drehte er sich um und folgte seiner Frau hinaus auf die Gasse der Kirche zu. Die Töchter rückten in unregelmäßigen Abständen nach.

Jubel. Herzrasen. Freudensprünge, aber nur solche, die niemand sah. Jetzt ganz gelassen bleiben, niemanden etwas merken lassen. Sie hatte ihm standgehalten. Welch wundervollen Vater sie doch hatte! Nie, niemals würde sie ihm das vergessen. Ab jetzt würde sie selbst verantwortlich sein für ihren Kleidungsstil und für ihre Art, das Christsein und ihren Glauben zu leben. Innerlich jauchzend ging sie zur Kirche.

Warum nur fielen ihr diese alten Geschichten ein, während sie jetzt am Krankenbett ihrer jüngeren Schwester Christel saß?

Oder war es schon ein Sterbebett? Christel kämpfte.

»Gott wird es nicht zulassen, dass ich sterbe, das wäre doch gegen alles, was wir immer geglaubt haben.«

Elisabeth schwieg. Jetzt kämpfte auch sie mit sich. Nach menschlichem Ermessen würde Christel aus diesem Bett nicht mehr aufstehen. Wäre es nicht besser, sie stellte sich aufs Sterben ein? Elisabeth hatte nicht den Mut, ihrer Schwester das zu sagen. War sie feige? Stünde ihr das überhaupt zu, sich in Christels Glauben einzumischen? Oder was, wenn sie doch wundersam geheilt würde? Hatte sie das Recht, daran zu zweifeln?

»Unseren Vater hat Gott damals auch geheilt.«

Elisabeth gab ihr einen Schluck Tee zu trinken. »Ja. Das ist schon lange her«, sagte sie.

Dann döste Christel ein, sie hatte kaum die Kraft zu reden, immer wenn sie die Augen öffnete, sprach sie einen Satz.

»Gott hat noch so viel vor mit mir. Gerade jetzt könnte ich ihm dienen. Jetzt, wo ich frei bin. Die Kinder sind aus dem Haus.«

Stickig war es im Krankenzimmer. Elisabeth öffnete das Fenster, um ein wenig Luft hereinzulassen. Christel schlief schon wieder ihren leichten, fiebrigen Schlaf.

Ausweglos, dachte Elisabeth. *Lass los.* Aber sie sagte nichts.

Ihre Schwestern wechselten sich ab, so konnte Tag und Nacht jemand bei Christel sein. Die Menschen aus deren Gemeinschaft bildeten einen Gebetszirkel und baten Gott um ein Wunder und um Christels Heilung. Noch immer.

Sie sollten um einen baldigen gnädigen Tod beten, dachte Elisabeth. Auch das sagte sie nicht.

»Wer, wenn nicht ich, könnte so auf Gott vertrauen. Er wird an mir ein Exempel statuieren, ein Exempel seiner Macht und seiner Liebe.« Christel konnte nur noch flüstern.

»Ruh dich aus. Ich bin da, kannst ruhig schlafen.« Christel hatte ihre Krebserkrankung zum Anlass genommen, vieles aus ihrem Leben zu überdenken, richtiggehend geforscht hatte sie in ihrer Seele, in ihrer Kindheit, die ja auch eine gemeinsame Kindheit war. Elisabeth war erstaunt, wie anders Christel vieles erlebt hatte, kaum hätte man denken können, sie kämen aus derselben Familie.

Die Gemeinsamkeit war der Vater. Immer wieder er. Für alle war er der Dreh- und Angelpunkt, ein charismatischer Glaubenslehrer. Bis heute. Obwohl er schon so lange tot war. War es nicht der Wunsch, es dem Vater recht zu machen, der alle seine Töchter verband? Und doch fühlte sich Elisabeth irgendwie freier. Die meisten ihrer Schwestern blieben sehr eng im Glauben, reflektierten weder nach rechts noch nach links, es gab feste Wahrheiten, die der Vater einmal verkündet hatte und die durch nichts und niemanden verrückt wurden. Nicht so bei Christel und Elisabeth. Sie beide waren immer wieder am Ringen gewesen, um den eigenen authentischen Lebensweg. Der Glaube an den christlichen Gott allerdings wurde nie in Frage gestellt.

Als Einzige unter all den Schwestern war Elisabeth mutig genug gewesen, sich mit dem Vater auseinanderzusetzen. Nie hatte sie aufgehört, ihn zu lieben und zu verehren, und doch hatte sie mit ihm diskutiert, ihm widersprochen, sich an ihm gerieben. Wie hart musste sie damals kämpfen, wenigstens die Landwirtschaftsschule besuchen zu dürfen anstelle von Erwin, der einfach keine Lust auf Schule hatte. Ihm, dem Bruder, hatte man die Ausbildung in den Schoß gelegt, den Mädchen war ein Weiterlernen nach der Volksschule nicht erlaubt. Gebildete Frauen, erst noch schön und adrett anzuschauen, waren dem Vater ein Graus. Aber durch die Diskussionen mit ihm hatte sie ihr Denken geschult und ihre Eigenständigkeit im Glauben herausgebildet. Alles konnte sie ihren Vater fragen, egal ob es um philosophische oder um theologische Themen ging. Wie anders hatten ihn ihre Schwestern erlebt: autoritärer, weniger zugänglich für Streitgespräche. Aber waren die Schwestern überhaupt beherzt genug gewesen, ihn so herauszufordern, wie Elisabeth das getan hatte?

Etwas Getriebenes hat Christel, dachte Elisabeth. *Sie ist nur dem Anschein nach offen gewesen im Glauben. Gehetzt hat sie immer gewirkt. Was fehlt ihr?*

Christel öffnete wieder die Augen und blickte ins Leere, ihre Pupillen bewegten sich, als würde sie nach etwas suchen in ihrem Gedächtnis.

»Weißt du, dass Mama mich abtreiben wollte, als sie mit mir schwanger war?«

»Äh … Christel … Das ist schwer vorstellbar. Wie kommst du denn da drauf?«

»Das hat mir der Vater einmal gesagt, als ich ihn direkt darauf angesprochen habe.«

Baff war Elisabeth nun. Sie konnte es kaum glauben. Die sanfte Mama? Was sagte Christel da nur? Konnte das stimmen? Sie wollte sie nicht belasten oder in ein Gespräch verwickeln, deshalb schwieg sie.

Doch Christel räusperte sich und sprach weiter: »Da waren doch schon acht Kinder, es war Krieg, verstehen könnte man das schon, gell?«

»Ja, schon. Aber man hat halt doch ein ganz anderes Bild von der Mama. Eine, die alles nahm, wie es kam.«

Schon waren Christels Augen wieder zugefallen, die beiden Sätze hatten sie erschöpft.

Die Mama. Selten dachte Elisabeth an sie. Immer wollte sie so werden wie der Vater, nie wie die Mutter, obwohl sie kein schlechtes Verhältnis zu ihr hatte. Nie war die Mutter Gesprächsthema unter den Geschwistern, immer nur der Vater. Jetzt fiel ihr ein, dass die Mutter einmal etwas länger im Krankenhaus gewesen war, als Elisabeth höchstens vier oder fünf Jahre alt war. Da wurde sie ebenfalls krank, nichts Schweres, eine Grippe vielleicht, aber sie konnte einfach nicht genesen, egal wie man sie umsorgte. Erst als die Mutter vom Krankenhaus kam, wurde auch sie auf der Stelle gesund. Ist es dieses mütterliche Angenommensein, das man, wenn es vorhanden ist, als selbstverständlich betrachtet? Fehlte Christel etwas, was man nicht benennen kann? War sie deshalb immer so umtriebig und unruhig?

»Und wenn ich doch sterbe?« Christel war wieder aufgewacht.

»Ja … das haben wir nicht in der Hand.«

»Es kommt mir vor wie eine Niederlage. Immer wollte ich doch Vorbild sein im Gottvertrauen. Immer dachte ich, Gott hätte mich als etwas Besonderes erwählt.«

»Sind nicht alle Menschen vor Gott etwas Besonderes?«

»Ja, aber …«, und schon dämmerte Christel wieder an einen anderen Ort.

Diese langen Stunden am Krankenbett empfand Elisabeth als anstrengend und doch bereichernd. Wann nahm man sich sonst schon Zeit, das eigene Leben so zu reflektieren? Was fehlte Christel, warum konnte sie noch immer nicht loslassen? Was war Sieg? Was Niederlage? Schwer zu verstehen, dass sie den Tod als Niederlage begriff.

Anne, eine der Zwillinge, kam leise herein und löste sie ab in der Krankenwache. Elisabeth verabschiedete sich leise von Christel. Ob das wohl ein Abschied für immer war, fragte sie sich in Gedanken.

Viele Jahre sind inzwischen vergangen. In ein paar Tagen wird Elisabeth achtzig Jahre alt. Sechs Kinder hat sie und neun halberwachsene Enkelkinder. Keines der Kinder oder Enkel ist in der Kirche geblieben. Früher wäre diese Vorstellung der blanke Horror für sie gewesen, zum Glück kann man nicht in die Zukunft schauen: die Enkel nicht getauft, deren Eltern nicht miteinander verheiratet. Neun uneheliche Heidenkinder wären ihre Enkel, hat sie einmal zur Erheiterung der familiären weihnachtlichen Tischrunde gesagt. Sie hat mitgelächelt damals, die Jungen verstehen nichts von ihrem verborgenen Schmerz darüber.

Zu ihrem Geburtstag haben sie sich etwas Besonderes ausgedacht: Sie wollen eine Art »Zuhör-Fest« machen. Sie soll erzählen aus ihrem Leben und alle hören zu. Die haben vielleicht Ideen. Wann hat sie in ihrer Jugend zum ersten Mal markant und bewusst etwas Eigenständiges gegen den Willen ihrer Eltern gemacht? Was waren ihre schwierigsten Jahre? Was ihre schönsten?

Und alle werden kommen, sogar aus Amerika kommen sie angeflogen, alle Enkel, teilweise schon mit Freund oder Freundin, alle Kinder mit ihren Partnern, insgesamt werden das mehr als dreißig Menschen. Eigentlich ist es ihr zu viel, aber sie freut sich. Gläubig oder nicht, es sind wunderbare, eigenständige Menschen geworden, ihre Nachkommen.

Warum ist der Großvater, also ihr Vater, für sie und all die Schwestern immer noch so sakrosankt und gottgleich? Das wird sicher eine Frage werden. Kritisch und rotzfrech wie sie halt sind, ihre Leute. Die Kinder wissen nicht, dass sie mit dieser immer wieder gestellten Frage bei Elisabeth einen Lebensnerv treffen. Wie sollten sie je verstehen, welchen Halt er ihnen gab in den unsichersten Zeiten, die Menschen sich vorstellen können. Sie, die doch nie etwas anderes erlebt haben als Sicherheit, Wohlstand und Freiheit im Denken?

Zwölf Jahre alt war sie, als am Kriegsende alles Denkbare und Sichtbare in Trümmern lag. Ein Kind eigentlich und doch für heute unvorstellbar, welches Grauen sie erlebt und gesehen hatte. Es war in der Familie ein so felsenfestes Vertrauen auf Gott in der Luft gelegen, dass sie sich sicher gefühlt hatte, ohne darüber nachzudenken, und es war der Vater, der diese Sicherheit gegeben hat. Es war der Vater, der ihnen allen »Gott« vermittelt hat.

Vom Gelingen würde sie reden wollen. Sie hat etwas gemacht aus ihrem Leben, sie hat herausgeholt, was möglich war, auch wenn die Höhen und Tiefen immens waren, auch wenn sie sich abgerackert hat als Bäuerin und oft das Letzte gegeben, auch wenn vieles anders gekommen ist als erhofft, auch wenn sie sich anders entwickelt hat als gedacht. Sie hat eine Ehe geschlossen, die getragen hat, fast sechzig Jahre lang, tiefe, zermürbende Konflikte eingeschlossen, aber sie hat getragen bis heute.

Die Sehnsucht nach Schönheit hat sie begleitet ihr Leben lang. Wie hatte sie der finanziellen Enge und der schier unendlichen Arbeitslast doch immer wieder Lebensqualität abgetrotzt. In geschmackvollen Räumen wollte sie leben, sich apart kleiden, sich einen schönen Garten erhalten und ab und zu auch ein Konzert oder eine Ausstellung besuchen. Das alles hat sie durchgesetzt, den ganzen Widrigkeiten zum Trotz. Schönheit war ihr Lebensatem. Bis heute erfüllt sie tiefe Freude, wenn sie an einem Sommermorgen auf die Terrasse tritt und ihre Rosenbeete betrachtet.

Vor allem aber hat sich ihr Glaube gewandelt. Freier, viel offener ist er geworden, aber in ihrem Gottvertrauen ist sie geblieben.

Und nach all diesem Runter und Rauf fängt dich unendlich sanft etwas auf. Dieses Lied würde sie ihren Kindern und Enkeln vorspielen an ihrer achtzigsten Geburtstagsfeier. Von einem gewissen Konstantin Wecker, sie kennt ihn nicht, aber ihre Tochter hat es vorgeschlagen. Es gefällt ihr – kein festes Bild von Gott, aber das Vertrauen in das Getragensein, das ist es, was sie ihren Nachkommen mitgeben möchte.

Doch vorher wird sie in die Stadt fahren und sich für das Fest noch etwas richtig Schickes zum Anziehen kaufen.

KAPITEL 11 | *Bettina*

Mäuschenstille im Kinderbund. Für immer brannte sich die Feuerschrift in die Herzen der Kinder ein. *Gewogen, gewogen und zu leicht befunden.* Der König Belsazar hätte gelästert gegen Gott, deshalb hätte er sterben müssen, nachdem die Schrift aus Feuer seinen Tod angekündigt hatte. Nun sei er für die Ewigkeit in der Hölle. Mitten hinein in die offenen Ohren und Augen, hinein in die kindlichen Seelen sprach Schwester Erika.

Bettina fühlte nicht die Kühle des sparsam beheizten Raumes, sie roch weder die abgestandene Luft noch das ewige Bohnerwachs, sie sah nicht die bilderlosen Wände und nicht das dunkle Holzkreuz – natürlich ohne den Gekreuzigten darauf –, sie beachtete nicht den einzigen Wandschmuck, eine Uhr auf bräunlich-gelben Stoff gemalt, deren Zeiger immer auf fünf vor zwölf standen, sie registrierte nicht die Eichenholzpaneele, mit denen der Raum getäfelt war, auch merkte sie nicht, dass die kleinen Sprossenfenster, weit oberhalb ihrer Reichweite angebracht, nur spärliches Licht hereinließen. Für Bettina war dies schlicht *der Saal*, den sie seit jeher kannte. Auch konnte Bettina nicht wissen, dass lange vor ihrer Zeit, bevor die altpietistische Gemeinschaft ihn übernommen hatte, *der Saal* das Gestapo-Quartier der kleinen Stadt gewesen war, damals bekannt als *das braune Haus*. Woher hätte sie es auch wissen sollen. Bettina spürte nicht, dass Kälte in ihr aufstieg. Auch dieses innere Frieren, so vertraut und selbstverständlich wie *der Saal* – es gehörte zu ihr.

Schwester Erika schaute nun jedem Kind in die Augen: »Kinder ... stellt euch vor, ihr müsstet heute Nacht sterben. Wärt ihr bereit für *Sein* Himmelreich? Glaubt ihr, Gott würde euch aufnehmen?«

Jetzt klapperten ihre Zähne doch vor Kälte, aber das sollte niemand merken, still für sich wollte sie alle Gebote Gottes erfüllen und Jesus noch mehr lieben, als sie es jetzt schon tat. Wie ging das nur?

Am Ende der Kinderstunde nahm Schwester Erika ihre Gitarre und stimmte das altbekannte Liedchen an. Wie aus einem Bann erlöst, schmetterten die Kinder:

Pass auf, kleines Auge, was du siehst!
Pass auf, kleines Ohr, was du hörst!
Pass auf, kleiner Mund, was du sprichst!
Pass auf, kleiner Fuß, wohin du gehst!
Pass auf, kleines Herz, was du glaubst!
Pass auf, kleines Ich, werd nicht groß!
Denn der Vater im Himmel schaut herab auf dich,
drum pass auf, kleines Auge, was du siehst ...

Aufpassen. Genau das wollte sie tun. Auch vor Sylvia und manchen anderen Mädchen ihrer Klasse würde sie sich in Acht nehmen. Wussten die nicht, dass ihr ständiges »Ach Gott!« und »Verdammt!« Gotteslästerung war? Sylvia würde nicht in den Himmel kommen. *Pass auf, kleines Ohr, was du hörst.* Aufpassen würde Bettina. Eigentlich hatte sie Sylvia gern, aber sie wird sich fernhalten von ihr.

Am Freitag wurde der Wilhelm-Onkel begraben. Er war schon sehr alt gewesen. Bettina durfte mit den Erwachsenen ins Leichenhäusle, wo der Großonkel aufgebahrt war, und mit schauriger Neugier betrachtete sie zum ersten Mal in ihrem Leben einen toten Menschen, weißgrau glänzend, eine Haut wie der Wachs-Joseph aus der Weihnachtskrippe, sonderbar fremd das Gesicht, eingefallen die Wangen, Augen und Mund fest verschlossen, verschwunden waren auch seine Falten, er war hier und doch nicht hier, kaum noch etwas erinnerte an den freundlichen Wilhelm-Onkel, den sie kannte.

»Warum hat der Onkel seine Hände gefaltet?«, fragte sie ihre Mutter.

»Psst! Weil er im Himmel ist, beim Lieben Heiland natürlich! Sei leise jetzt.«

Schon wieder so ein Rätsel. Wie hatte er bloß seine Hände falten können, nachdem er tot war? Hatte man ihm vorhergesagt, dass er sterben würde, wie dem König Belsazar, und konnte er noch schnell die Hände falten, um in den Himmel zu kommen? Aber von einer Feuerschrift hatte sie nichts gehört, darüber hätten die Erwachsenen bestimmt geredet. Woher weiß man, dass man stirbt, und hat man dann noch Zeit, seine Hände zu falten?

An diesem Abend, nachdem die Mutter mit ihr gebetet hatte und sie allein im Bett lag, behielt Bettina ihre Hände über der Bettdecke gefaltet. Jede Nacht würde sie nun mit zum Gebet gefalteten Händen schlafen, denn man wusste nie, wann Gott einen sterben ließ, und sie wollte es nicht dem Zufall überlassen, ob sie dann bereit wäre, in den Himmel aufgenommen zu werden.

Die Mutter. Wie sie sie bewunderte. So stark und sicher im Glauben, so klar, dass Gott sie liebhatte, und wie viel sie aus der Bibel wusste, wie viele Lieder sie auswendig kannte mit allen Strophen, ihre Mutter, ja, das war ein Vorbild für Bettina, so wollte sie auch einmal werden. So groß und schön, aber auch so rein und gläubig. Seit jeher spürte sie den Blick der Mutter auf sich. Prüfend. Nicht unzufrieden. Fast sogar stolz. Dass der mütterliche Blick kein liebender war, wäre Bettina nie in den Sinn gekommen. Sie kannte es nicht anders. Nur den Geruch der Mutter, den mochte Bettina nicht, aber so nahe kam man sich sowieso nur aus Versehen. Einmal hatte die Mutter gesagt, das Allerwichtigste in ihrem Leben sei, dass ihre einzige Tochter nicht aus dem Glauben an Gott herausfiele, dafür würde sie alles tun. Aber da brauchte ihre Mutter keine Sorge zu haben.

Am besten gefielen ihr die Feste in der Verwandschaft mit den Onkel und Tanten und den vielen Vetterle und Bäsle, da wurde Spaß gemacht, gelacht, Lieder gesungen, die Erwachsenen verulkten sich gegenseitig, mit den Kindern wurde getobt und man zeigte ihnen wilde Spiele, oft kam es Bettina vor, als ob alle gleichzeitig redeten und schrien. Nur wenn der Opa oder später Tante Christel eine Andacht hielt, war eine Weile Ruhe.

Oft war man im Garten, Oma und Opa hatten einen Klappstuhl bekommen, die anderen saßen und lagen auf Decken, es gab Wurstbrote, Kuchen und Kaffee aus Thermoskannen. Manchmal ging man nach dem Essen auch spazieren. Die Onkel spielten mit den Buben Fußball und einmal hatte Onkel Erwin den Ball übers Hausdach gekickt. Das war eine Gaudi gewesen. Auch wenn bei den Festen meist dreißig oder vierzig Kinder waren, so spielte sie doch am liebsten mit Maren. Die beiden Mädchen genossen den Lärm im Hintergrund und setzten sich oft abseits, um sich etwas zu erzählen oder mit mitgebrachten Sachen zu spielen. Vor allem aber konnte Bettina auf diesen Festen mitmachen, ohne aufzupassen, weil niemand fluchte oder den Namen Gottes in den Schmutz zog. In aller Ruhe konnte sie schauen und studieren, wie es die anderen Kinder machten, um ausgelassen zu sein. Wie funktionierte das nur, das Fröhlichsein?

Einmal hatte sie etwas entdeckt. Auf dem Spaziergang beobachtete sie eines ihrer Bäsle, wie sie hüpfte, lachte, quatschte und dabei immer die Hand ihrer Mutter hielt. So geht das wohl, dachte sich Bettina und beschleunigte ihren Schritt, um mit ihrer Mutter auf gleicher Höhe zu sein. Dann nahm sie deren Hand. Einfach so, weil sie meinte, man mache das so. Nicht, weil sie der Mutter speziell nahe sein wollte, nur ausprobieren, wie das Glücklichsein geht, einfach so sein wie andere, wie ihre Kusine, die doch so vergnügt wirkte. Ein Zucken durchfuhr die Mutter und die Hand war weg, kaum dass Bettina sie berührt hatte, so schnell wie die Maus, die sie neulich fangen wollte.

»Du bist aber eine arge Schmuserin«, sagte Mutter dann und lächelte schief.

Bettina zog ihre Fühler ein und verschwand im Schneckenhaus. Eine Schmuserin, nein, das wollte sie nicht sein. Wieder einmal war etwas falsch gelaufen und sie ließ sich zurückfallen, um schnell aus dem Blickfeld ihrer Mutter herauszukommen, niemand sollte sehen, wie sehr sie sich schämte. Lieber allein gehen. Nicht ganz am Schluss der Wandergruppe, da wäre man auf sie aufmerksam geworden, nein, irgendwo inmitten der anderen, da konnte man am besten für sich sein.

Für sich sein. Das war wie aufatmen. Allein war ihr am wohlsten. Nur durfte das niemand merken, denn sie wusste nicht, ob es recht war, so zu fühlen. Deshalb spielte sie laut und lustig mit den anderen Kindern, rannte, tobte wie alle, doch gleichzeitig übte sie, allein zu sein, so weit in ihrem Inneren, dass keiner davon wusste. In ihr war der leere Raum, da war die Stille, die ihr so gut tat. Niemand durfte merken, dass sie allein war und das auch sein wollte. Sich laut und lustig zu geben wie die anderen und doch eine Art Versteck in sich zu bilden, das gefiel ihr sehr. Manchmal löste sie Zahlenrätsel dort oder zählte alles um sie herum, meistens aber genoss sie einfach die Stille.

Doch würde man sie irgendwann dafür zurechtweisen? Sollte sie nicht so sein wie die anderen? Fröhlich? Ungezwungen?

Diese Kunst des Außen-und-Innen-Spiels beherrschte sie mit den Jahren virtuos. Sie hätte ein heranwachsendes Mädchen wie jedes andere sein können, denn niemand merkte ihr an, dass sie alles nur imitierte, das Lachen, die Bewegungen und das Sprechen der anderen Kinder, das Lautsein, das Herumtoben. Sie empfand sich selbst, als sei sie an zwei Orten gleichzeitig anwesend. Zuweilen hatte sie ein schlechtes Gewissen, doch niemals hätte sie gedacht, dass ihre innere Zuflucht gefährdet war.

Es war in dieser Mädchenfreizeit in den Bergen.

Dreizehn Jahre war sie inzwischen und durfte schon zum zweiten Mal ohne Familie wegfahren. Singen, Spielen, Beten, Bibelarbeiten, Spaß, Wettspiele, Sport, Bibelquiz, Wandern. All das gab es dort. Und auch eine Art christlicher Aufklärung. »Woher kommen die kleinen Buben und Mädchen?« hieß eine Vormittagsstunde. »Sex vor der Ehe?« eine andere, auch wenn die Frage offen blieb, was genau Sex war. Heiße Köpfe, rote Wangen, Tuscheln im Klo, schrilles Kichern überall. Auch im Schlafraum flirrte die Luft vor Leben und Aufregung. Mit einem Ausatmen drehte sich Bettina abends zur Seite, hier gab es nur das Bett als Rückzug. Schon lange konnte sie wieder einschlafen, ohne die Hände gefaltet zu haben, und sie dachte mit einem Schmunzeln an ihre früheren Ängste. Eine Ahnung durchwehte sie in dieser Zeit, dass ihre Kindheit zu Ende ging, und sie war es zufrieden. Dann hatte sie diesen Traum.

Mit anderen Jugendlichen sah sie sich herumtoben, Blödsinn aushecken, rennen und Wettspiele machen, singen und den Andachten zuhören. Das alles geschah auf der Oberfläche einer Art Blase. Bettina wusste, dass in der Blase ihr eigener Raum war, und sie tröstete sich damit, dass sie jederzeit hineinkonnte und für sich sein. Auf einmal fand sie den Eingang nicht mehr, ganz glatt und geschlossen war die Oberfläche. Sie jagte und suchte nach einem Weg, den sie nicht fand, sie hetzte überall hin, um in das Innere des Ballons zu gelangen, sie schwitzte und wirbelte herum und irgendwann fand sie den Eingang. Endlich drinnen, atmete sie auf und sah sich um. Da saß Er: In diesem ihrem inneren leeren Raum saß – Gott! Mittendrin, groß, dünn, streng füllte er alles aus. Er ruhte auf seinem Thron und wartete auf sie. In seiner Hand hielt er eine Waage. Gott würde sie wiegen und zu leicht befinden. Sie liebte ihn nicht genug. Sie war nicht genug. Sie glaubte nicht genug. Nicht genug. Nicht genug. Zu leicht befunden. Wohin sollte sie gehen? Vor Gott konnte sie nicht fliehen. Gott war überall. Auch in ihrem Inneren. Vor allem in ihrem Inneren. Wie hatte sie das nur vergessen können.

Nass vor Schweiß und zerknüllt war der Schlafanzug, als sie erwachte. Dämmerlicht fiel schon herein. Bettina starrte in den Schlafraum und merkte nicht, wie das Grau des Morgenlichts sich verwandelte, zunächst in Weiß und dann in strahlendes Silber. Erst als sie die anschwellenden Geräusche von erwachenden, gähnenden Mädchen hörte, die bald ins Kichern und Tratschen übergingen, begriff sie, dass sie auf der Mädchenfreizeit war.

So viele Leute und kein Rückzug! Die Panik des Traumes ließ sich nicht abschütteln, wie sehr sie sich auch bemühte. Träume seien Schäume, sagte man zwar, doch diesmal wusste Bettina es besser. Gab es nicht viele Geschichten in der Bibel, wo Gott den Menschen im Traum erschienen war? Das hatte sie nun davon, dass sie andere so täuschte. Sie konnte die Menschen irreführen, aber Gott konnte sie nichts vormachen, Gott würde jede Täuschung durchschauen, für immer würde er von nun an ihr Refugium ausfüllen. *Gott.*

Taub wurde alles, taub blieb alles. Sie gewöhnte sich daran. Dieses Taube, Gedämpft-Vorsichtige, das Grau-Trübe verwob sich mit der Zeit zum Grundton ihres Lebens. Auch die Panik-Attacken, die ihr blassfühlendes Leben seither regelmäßig unterbrachen, schienen zu ihr zu gehören.

Zu Beginn wollte sie diese verheimlichen, doch die Mutter hatte bald herausgefunden, dass da »etwas nicht stimmt mit der Bettina«, wie sie sich ausdrückte. Abhilfe verschaffte der Hausarzt mit einer kleinen, täglich einzunehmenden Tablette, die sie in ihren gleichförmigen Bahnen hielt.

Das Lernen fiel ihr leicht, vor allem Mathematik. Hier konnte sie sich mit Zahlen beschäftigen, die so funktionierten, wie man es vorhergesehen hatte. Ordnung herrschte in der Mathematik. Ein gescheites, unauffälliges, hübsches Mädchen war sie geworden, vor allem pflegeleicht, man hätte sie sogar als aufgeweckt betrachten können, wenn auch sehr still. Gut war sie in der Schule, sehr gut sogar, und niemandem machte sie Probleme.

Dieser prüfende Blick. Ständig fühlte sie ihn auf sich. Wie die Mutter, so schaute Gott auf sie. Prüfend. Abwägend, wiegend. Genügte sie? War sie es wert, dass Jesus für sie gestorben war? Hatte sie ihn lieb genug? Hatte sie sich genug in Acht genommen, aufgepasst? Schon seit vielen Jahren lag in ihrem Kopf eine Liste parat mit dem, was sie durfte und was nicht. Diese Liste war eine Zeitlang täglich gewachsen, später fielen einige kindliche Vorhaben weg, andere kamen hinzu. Im Laufe der Jahre wurde diese Lebensart zu ihrem Naturell. Die nie gestellten Fragen quälten sie bald nicht mehr, sie gerieten in Vergessenheit und setzten sich ab zu ihrem ganz eigenen Bodensatz, sie waren der verseuchte Humus, auf dem sie ihr weiteres Leben wachsen ließ, sie spürte sie nicht mehr und kaum einmal stieß ihr das Gift auf, das sich angesammelt hatte in ihrem Organismus.

Auf der Universität engagierte sie sich in der christlichen Studentenmission, denn längst gehörte sie zu denen, die anderen von ihrem Glauben an Jesus erzählten. Längst sah sie sich als eine gute Christin, längst waren ihre Zweifel zu einem Teil ihres Wesens geworden. Nicht mehr bohrend, nicht mehr schmerzend. Unsichtbar. Unspürbar. Wie nicht mehr vorhanden. Und doch mit ihr verwachsen.

Andreas aus der Studentengemeinde schenkte ihr zu Weihnachten ein selbst gestaltetes Kalenderchen, allerliebst, mit einem Bibelwort für jeden Tag in aufwändig gezeichneter Schrift und auf jedem Kalenderblatt passend zum Spruch eine winzige Bleistiftzeichnung. Zeichnen konnte Andreas! Für diese dreihundertfünfundsechzig filigranen Miniaturen musste er wochenlang gearbeitet haben. Sie genoss sein offensichtliches Verliebtsein, spürte seine Schüchternheit und mochte ihn gern. Irgendwann würden sie sich näherkommen, vielleicht war dies der Mann, den Gott für sie vorgesehen hatte. Womöglich würde sie heiraten.

Endlich schienen die Dinge ineinanderzugreifen, endlich schien sie angekommen zu sein im Leben eines guten Christen, hatte Heimat gefunden, langsam schien sie gelernt zu haben, wie man lebt. So kam es ihr vor.

Nach dem Examen die Doktorarbeit. Es fiel ihr leicht. Das Lernen für sich allein, am Schreibtisch sitzen, in der Bibliothek forschen, unbekannte Zusammenhänge finden, der Genuss und die Befriedigung am Herausfinden von Lösungen, wie sehr mochte sie das. Hier war sie allein, sogar ohne ihren inneren Raum betreten zu müssen. Wie liebte sie die Zahlen, wie mochte sie es, wenn sich im Denken eine Erkenntnis an die andere reihte, wie liebte sie das Ungestörtsein. Ob sie eine Universitätslaufbahn einschlagen sollte? Das würde ihr gefallen. Ihr Doktorvater ermutigte sie. Summa cum laude. Gute Chancen hätte sie an der Universität, auf eine Professur sollte sie sich vorbereiten oder in die Forschung eines großen Unternehmens gehen. Mit Handkuss würde man sie nehmen, überall. Lieber nicht, riet man ihr in der christlichen Gemeinschaft, der sie angehörte, nicht die wissenschaftliche Laufbahn. Es werde viel geforscht in »den Studierstuben«, da könne man schnell einmal vom Glauben abdriften. Wie viele Wissenschaftler waren doch zu Atheisten geworden. Nein, da sollte man sich fernhalten, nicht so tief hineinschauen.

Der Gemeinschaftsprediger beschwor sie. So sehr würde doch der Glaube gebraucht auf der Welt. Was taugte schon die Wissenschaft angesichts der Ewigkeit Gottes?

Pass auf, kleines Auge, was du siehst …!, kam ihr in den Sinn, sie schmunzelte, das kleine Liedchen ihrer Kindheit hatte sie ihr Leben lang begleitet. Sie wurde Mathematiklehrerin am Gymnasium.

Der Tsunami aus elementarem, unverfälschtem Leben traf sie im Referendariat, überspülte sie und drohte sie mit sich zu reißen. Wolfgang hieß er und war Deutsch- und Musiklehrer im vierten Jahr seines Lehramts. Der erste ausgetauschte Blick erschütterte die steinerne Bastion um ihre Einsamkeit und ein Spaziergang mit ihm führte sie mitten hinen in einen Gewittersturm von Gefühlen, wie vom tiefsten Meeresgrund heraufgewühlt. Mal Treibsand, mal Sumpf unter ihren Füßen, keinen festen Grund konnte sie erfassen, nirgends mehr den rechten Weg erkennen. Als zerstörende Macht war die Liebe über sie gekommen.

Sie war hinausgeeilt auf die Toilette, nachdem sie ihm im Lehrerzimmer begegnet war, nachdem ihre Blicke aufeinandergeprallt und in einem Feuerball miteinander verschmolzen waren. Alles an ihr brannte, rot war ihr Hals, ihr Gesicht, ihre Ohren und welche Augen loderten ihr aus dem Spiegel entgegen! Nicht mehr die Frau war sie, der sie jeden Tag im Bad begegnete beim flüchtigen Zurechtmachen. Schlank und groß war sie noch immer, sie trug dieselben welligen, hellbraunen Haare, dieselbe beige Bundfaltenhose, konisch geschnitten, dieselbe weiße Bluse mit den Schulterpolstern und dem feinen Goldkettchen um den Hals mit dem Fisch-Anhänger, dieselben hellbraunen Schuhe mit flachen Absätzen. Alles dasselbe und doch war es nicht die Bettina, die sie kannte. Ebenmäßig, gepflegt sah sie normalerweise aus und obschon recht hübsch, gab es nichts, woran ein fremder Blick hätte hängen bleiben können. Das war es ja, wofür sie ihr Leben lang gesorgt hatte – dass kein Blick an ihr hängen blieb. Verzerrt war nun ihr Gesicht, hilflos, wirr, die Haare strähnig ins Gesicht fallend, weder hübsch noch ebenmäßig. Sie wusch ihre glühenden Wangen mit kaltem Wasser, trocknete sie mit einem Stück des rauhen, grauen Papierhandtuchs, schloss sich in eine Toilette ein und saß so lange reglos auf dem geschlossenen Klodeckel, bis es zum Unterricht läutete.

Überall auf der Welt wurden zu jener Zeit eiserne Strukturen erschüttert und steinerne Mauern eingerissen. Perestroika war das Wort des Jahres und in einem anderen Teil Deutschlands begannen die Menschen, ihr Leben den Klauen einer Ideologie zu entreißen. Noch war das Pflänzchen der Selbstbefreiung klein, und im Jahr 1990 ahnte noch keiner, dass nach kurzem Aufflackern der trügerischen Hoffnung auf »blühende Landschaften« die Siebenmeilenstiefel der Profitgier alles niedertrampeln und neue Ideologien als die absoluten Wahrheiten verkaufen würden.

Wollte auch in Bettinas Leben die Perestroika Einzug halten? Begann auch in ihr der Keimling einer Sehnsucht zu wachsen nach Freiheit und Selbstbestimmung? Ein Verlangen nach Liebe ohne Bedingung? Ein Sehnen nach Echtsein, dieser unwiderstehliche Drang, der eigenen Wahrheit auf die Spur zu kommen? Auch ihre Mauern waren von Kindheit an für die Ewigkeit gebaut worden, auch für sie war ein Leben ohne Spaltung in Ost und West, in Glaube und Nicht-Glaube, in Gut und Böse, in richtig und falsch, nicht denkbar.

Er sprach sie an in der nächsten Pause und begrüßte sie als neue Kollegin. Als ob nichts gewesen wäre. Hatte sie Halluzinationen gehabt? Mitte dreißig, die Haare kurz geschnitten, dunkle Jeans, brauner Gürtel mit auffälliger Schnalle, helleres Jeanshemd, darüber ein braunes Sakko sportlich elegant, Schuhe Mokassins, hellbraun, kaum größer als sie war er, vielleicht sogar einen Tick kleiner, aber kräftig, weltläufig und sehr selbstbewusst, einer von der Sorte Männern, von denen sie normalerweise übersehen wurde. Wegen einer Grippe hatte er eine Woche nach Schulbeginn angefangen zu arbeiten, deshalb war sie ihm vorher nicht begegnet. All dies realisierte sie erst nach Schulschluss, als ob das Gesehene und Gehörte einen langen Weg hätte zurücklegen müssen, um bei ihr zu landen.

Genauso, wie sie sie am Morgen verlassen hatte, fand sie ihre kleine Wohnung an jenem Nachmittag vor, nur inzwischen wie aus einem anderen Leben. Das blaue Herrnhuter Losungsbüchlein auf dem Nachtschränkchen, akkurat neben der Bibel – Züricher Übersetzung –, das Wohn-Schlafzimmer penibel aufgeräumt, sauber übereinandergestapelt die zu korrigierenden Hefte der Schüler, das Poster eines Strandes mit zwei Fußspuren im Sand an der Wohnzimmerwand – die sollten zeigen, dass Gott bei

einem sei, »alle Tage, bis an der Welt Ende«, an der Küchen-
wand das Kalenderchen von Andreas mit den fein ziselier-
ten Zeichnungen und biblischen Tagessprüchen. Andreas:
verbrannt zu einem Häuflein Asche. Ein Niemand.

Dann läutete das Telefon.

Ob er sie abholen dürfe zu einem Abendspaziergang.
Wolfgang. Also doch keine Halluzinationen. *Aber ja,
natürlich*, jubelte es aus den Tiefen ihres ganzen Wesens,
ja, ja ja. Sie musste ihren Mund fest verschließen, damit
die Freude nicht aus ihr herausprudelte, damit sie nicht
überschäumte vor Aufregung.

Doch halt. Ob er wohl ein Christ war? Bestimmt
nicht. Die andere Stimme in ihr holte sie wieder herunter von ihrem flatternden Auftrieb. Diese Stimme war
nüchtern, warnend. Was tat sie da? Was soll das werden? Wohin führte das? Sie wird vernünftig bleiben,
versprach sie sich.

»Bist du noch da?« Seine Stimme war das jetzt, die
durch den Hörer kam.

»Ja, ja doch, klar. Ich bin hier. Ja. Wir können spazieren gehen. Jetzt gleich?«

»Ich kann in zehn Minuten bei dir sein. Einen Sturzhelm hab ich auch für dich.«

Zu viel. Das war zu viel. Motorrad fahren. Nein, das
konnte sie nicht. Auf keinen Fall.

»Ja, also, bis gleich!«

Das Glück hatte sich selbständig gemacht und ihre
Stimme mitgenommen. Diesem unbändigen Ziehen
konnte sie nichts entgegensetzen, zu weich waren ihre
Knie.

Schwarze Lederhose, Motorradstiefel, Lederjacke,
schwarz mit dunkelroten Einsätzen an Schultern und

Ellbogen, lederne Handschuhe. Mit dem Helm unter dem Arm wartete er auf dem schweren Motorrad auf sie, zerzauste kurze Haare, grinsendes, offenes Gesicht, auf dem Sitz ein zweiter Helm, »ihr« Helm, samt Nierengurt. Was für ein Mann! Warum interessiert sich so einer ausgerechnet für sie? Sie müsse sich mit ihm in die Kurve legen und sich nicht dagegenlehnen, sie könne sich einfach an ihm festhalten, sie brauche keine Angst zu haben, er würde extra langsam fahren, sie würden nur ein wenig rausfahren, eine kleine Spritztour ins Grüne zu den Bärenseen, dann spazieren gehen, wenn sie einverstanden sei. Sie war einverstanden.

Herzklopfen betäubte sie. Der Fahrtwind, die Geschwindigkeit, die Nähe zu diesem Mann, an dem sie sich festhielt, glattes Leder, an das sie sich lehnte, Achterbahngefühl in den Kurven und doch sich von ihm geführt zu wissen, dies alles ließ sie fast bersten. Als sei sie nicht sie selbst, als sei die Bettina, die sie immer glaubte zu sein, zurückgeblieben, grau und leer, fast irreal, halb zerknüllt wie eine gebrauchte Papiertüte.

Stille lag zwischen ihnen auf dem spätsommerlichen Spazierweg am Bärenschlössle. Noch war es warm, doch frische Abendluft hauchte zwischen den Bäumen hindurch, es duftete schon nach Herbst und eine Ahnung von Verwelken zog sich durch die sonnengetränkte Üppigkeit. Schweres Gold von letzten Sonnenstrahlen verhüllte die Überreife der Natur, noch schwelgte alles in barocker Sinnlichkeit, süßlich rochen die halb faulen Früchte im Gras, an denen sich die Wespen gütlich taten, und noch stand der Wald in scheinbar sattem Grün, doch bereits zeigten sich dunkle Ränder an seinen Blättern, ganz in Braun standen schon die Kastanien. Vorge-

fühl von winternackten Bäumen schlich sich fein frös-
telnd ins Gemüt.

Opernmusik liebe er, begann er unvermittelt. Ob sie
auch etwas für Opern übrig hätte, oder was ihr wichtig
sei im Leben, fragte er und schaute sie dabei von der
Seite an.

Mitten hinein. Mitten hinein mit einem einzigen
Schritt, mitten in ihre so ganz andere Welt, mitten hinein in ihre verheilt geglaubte Wunde war er getreten. Was ihr wichtig sei im Leben? *Gott!*, schrillte eine
Stimme in ihr. *Gott* sei ihr das Wichtigste. Nichts anderes dürfe sie sagen. Gleich jetzt müsse sie prüfen, ob er
der Mann für sie sei, jetzt müsse sie sich bekennen als
Christ, nicht weitermachen mit dieser Tändelei, bevor
dies nicht geklärt sei, die Stimme in ihr wuchs wie eine
dunkle Statue, sie schwoll an, drohte, gebot Vernunft,
gellte, warnte.

»Opern? Damit habe ich mich noch nie beschäftigt«,
sagte sie dann und hörte selbst, wie brüchig ihre Stimme
klang.

»Was ist es denn, womit du dich beschäftigst?«

Sie zuckte die Schultern.

»Oder rechnest du auch noch in deiner freien Zeit
die Zahlen zusammen, du Mathe-Genie? Das sagen die
Kollegen jedenfalls über dich!«

Er grinste sie an, sie lächelte zurück, ihre Augen blieben aneinander hängen, gingen ineinander über, fusi-
onierten, vermengten sich, verschmolzen miteinander,
saugten sich auf und verschenkten sich, wie sollten sie
sich je wieder voneinander lösen, wie nur, würden sie
sich je in ihr eigenes Reich zurückziehen können? Ganz
sacht, als würde eine Feder vom Himmel fallen, berühr-

ten seine Fingerspitzen dann ihre Wangen. Sie schloss die Augen, schluckte schwer, wandte sich ab.

»Ich bin Christ.«

»Christ«, sagte er und sah einen Augenblick lang sehr dumm aus.

»Richtig religiös bist du? Also gehst du jeden Sonntag in die Kirche?«

»Ja, nicht nur das, ich bin auch Mitglied einer Glaubensgemeinschaft und ja – ich praktiziere aktiv den Glauben.«

»Welche ist das denn, deine Glaubensgemeinschaft?«

»Manche sagen Pietismus, für uns ist es einfach unser Glaube. Wir sind Teil der evangelischen Kirche, aber wir meinen es halt ernst mit unserer persönlichen Beziehung zu Jesus.«

Diesmal war die Stille zwischen ihnen eine ganz andere. Bettina konnte es richtiggehend hören, sein Gehirn – wie es mahlte, wie die Rädchen ineinanderliefen, wie er versuchte, seine Gedanken zu sortieren, wie er ihre Worte einzuordnen sich bemühte, wie er seinen Verstand nach einer Antwort durchstöberte.

Verflogen war der zauberische Silberfaden, von dem sie umwoben gewesen waren. Das Abklopfen hatte begonnen. Aber das konnte er noch nicht ahnen. Sie plauderten Belangloses auf dem Rückweg. Von Zeit zu Zeit warf sie einen kurzen Blick zu ihm hinüber. *Strohfeuer*, sprach sie zu sich. *Lass es sein.* Fremd war er ihr auf einmal wieder.

»Dann nimmst du mich also mit in die Kirche am Sonntag?«, fragte er zum Abschied vor ihrer Wohnung, den Sturzhelm wieder unter dem Arm.

Hitze schoss ihr ins überraschte Gesicht, und als ob sie die Peinlichkeit des Rotwerdens dadurch verbergen könnte, schlug sie die Augen nieder, aber sie sollte ihm ja Antwort geben.

»Ja! Gerne«, sagte sie und zwang sich, aufzuschauen.

»Ich hol dich ab. Wann?«

»Halb zehn.«

»Gut«, sagte er.

»Also dann«, sagte sie und streckte ihm die Hand entgegen.

»Also dann«, sagte er und suchte etwas in ihren Augen.

Was ihr Trost und Zuflucht gewesen war, seit sie denken konnte, was sie immer so dringend gebraucht und stets gehütet und gesucht hatte, stürzte in dem Augenblick über ihr ein, als sie ihre Wohnung betrat. Einsamkeit. *Ihre* Einsamkeit. Grau, karg, düster. Nichts als Leere in ihr und um sie herum. Sie wanderte von der Küche ins Bad, durch das Wohnzimmer, wieder in die Küche, öffnete die Balkontüre, schloss sie wieder, schlenderte zurück ins Zimmer, nahm eines der Schulhefte in die Hand, warf es wieder auf den Schreibtisch, ging in die Küche, öffnete die Kühlschranktür, schloss sie wieder. Hunger, nein. Keinen Hunger. Was wollte Gott von ihr, dass er ihr diesen Mann schickte? Wollte er sie in Versuchung führen? Wollte er wissen, ob sie wirklich ganz und gar für ihn entschieden war? Wollte er, dass dieser Mann bekehrt würde durch sie? Was wollte Gott von ihr? Sie nahm die Bibel in die Hand, blätterte darin, nichts, versuchte zu lesen, las, las und vergaß jeden Buchstaben mit dem Lesen, da streunte sie wieder ins Wohnzimmer, nahm ein Buch vom Regal. Nichts stand in den Büchern, rein gar nichts. Nichts war auch in ihr. Später lag sie im Bett, ohne Schlaf. Was war das für ein Loch, das sich da plötzlich auftat? Nicht auszuloten. Niemand würde es ausfüllen können, auch dieser Mann nicht.

Kirchgang zu zweit am Sonntag. Freude sprudelte plötzlich, von welcher Quelle auch immer, Freude, sonst nichts, eine Freude, die sie noch nie in ihrem Leben gespürt hatte, Glück, sonniges, strahlendes Glück, rein, durchsichtig, glänzend. Wie wäre es, diesen Mann an ihrer Seite zu haben für das ganze Leben! Liebe? War es Liebe? Oder war dies hier nur dummes Techtelmechtel? Keinen Augenblick hörte sie, was der Pfarrer da vorne sprach, *welch seltsames Schauspiel*, schoss ihr plötzlich in den Sinn, sofort erschrak sie über sich, ihre Gedanken waren einfach nicht zu ordnen, während sie seine Körperwärme neben sich spürte, *pass auf kleines Herz, was du fühlst,* wieder dieses Kinderlied in ihrem Hirn, so kindisch konnte sie doch nicht mehr sein, Schluss jetzt mit dem Gedankenwirrwarr, aufhören mit dem Chaos im Hirn, befahl sie sich. Dann kam das Vaterunser und endlich auch das Schlusslied.

»Was für ein seltsames Schauspiel«, sagte er später.

Sie zuckte zusammen. Er merkte es, beschwichtigte.

»Ich muss verstehen lernen, was es dir bedeutet – komm, genießen wir die Sonne, gehst du mit in den Park?«

Als wollte ganz Stuttgart den letzten Sommersonnentag noch auskosten, wimmelte es von Menschen. Frisbeescheiben flogen durch die Luft, Duftschwaden von Grillwürstchen durchzogen den Park, auf dem Rasen räkelten sich Jugendliche mit Kassettenrekordern auf voller Lautstärke, Pärchen kuschelten auf Bänken, Kinder schmierten sich Erbeereis ins Gesicht, während türkische Großfamilien ihre Köstlichkeiten auspackten,

rüstige Rentnerpaare, die Männer in karierten Kurz-
armhemden, beige Westen über den mächtigen Bäu-
chen, und ihre Frauen, korpulent in knalligen Farben,
schoben sich über die Schotterwege dem Biergarten zu,
in dem es diese Riesenschnitzel gab, selbst Greise mit
ihren Gehwägelchen versuchten, noch ein wenig Son-
nenenergie einzufangen und ihre kalten Glieder am
prallen Leben zu wärmen.

Noch nie hatte sich Bettina so dazugehörig gefühlt
wie an diesem Nachmittag. Immer war sie anders gewesen, immer trennte die Mauer aus Vorsicht sie von Menschen, vom Leben, wie es nun einmal war, immer war
sie als *Christ* etwas Besonderes, etwas, das andere auch
sein sollten, aber nicht waren, immer fühlte sie sich au-
ßerhalb, vielleicht sogar als etwas Besseres, und doch
immer unsicher, immer gab es eine Welt *da draußen*, zu
der sie keinen Zugang hatte. Wolfgangs Gegenwart neben ihr machte sie durchlässig, schutzlos, sein Körper
strahlte Wärme aus und schweigende Intensität, alle Po-
ren öffneten sich ihr und sie ließ das Licht und die Welt
sie durchfluten. Zaghaft zwar, und doch strömte eigen-
artig neu das Leben in sie ein.

Vor dem Opernhaus blieben sie stehen.

»Die Saison beginnt mit der Zauberflöte. Das ist gut,
dann muss ich dich nicht gleich durch einen Wagner
quälen.« Er lachte und sprach weiter, als er ihre großen
Augen sah: »Du kommst doch mit, nicht wahr? Gleich
zum ersten Spieltag?«

Hingegeben, hingerissen lauschte sie den Mozartklän-
gen, Wolfgang neben sich. Direkt in ihr offenes Herz
schwebte, floss und rauschte die Musik, die Klänge

schmiegten sich an ihre Seele, streichelten, bezauberten, verführten sie und trieben ihr immer wieder Tränen in die Augen. Töne, die wie weiße Daunen herabschwebten von der höchsten Höhe der Opernkuppel und solche die sich gewaltsam tosend ihren Weg bahnten in ihr Gemüt. Wieso nur war sie noch nie im Leben in einer Oper gewesen? Wieso nur war diese überirdische Schönheit bis jetzt an ihr vorbeigegangen? Man rümpfte die Nase über Opernmusik in ihren frommen Kreisen, kaum einmal wurde darüber geredet, schöne Künste, einfach auch nur eine weltliche Ablenkung vom Glauben, teilweise sogar heidnischen Inhalts, also nichts Rechtes. *Pass auf, kleines Ohr, was du hörst*, man musste ja nicht unbedingt hin. An diesem Abend aber öffnete sich der Himmel für Bettina und das war ein ganz anderer Himmel. Erst später zuhause las sie das Libretto, Sarastro, die Königin der Nacht – das waren heidnische Anklänge. Also doch. Feine Tropfen von Unbehagen mischten sich giftig in ihren seligen, köstlichen Nachklang.

Wolfgang war mit dem Auto gekommen und sie waren nach der Oper noch lange darin gesessen. Mit zarter Sicherheit hatte er eine Hand in ihren Nacken gelegt, ihre geschlossenen Augen geküsst, mit der anderen Hand ihre Haare zurückgestrichen, ihren Kopf in beiden Händen gehalten, ihre Wangen, ihre Nasenflügel, ihre Stirn geküsst und wieder ihre Augen, langsam, unendlich langsam. Sie meinte zu vergehen, sich aufzulösen, ohne Widerstand überließ sie ihr erhitztes Gesicht seinen Lippen, jetzt spürte sie sein Herz klopfen, oder war es ihres? Schon die Musik hatte sie aufgeweicht, keine Grenze bot nun ihre Haut. Dann, als sein Mund den ihren gefunden hatte, brach etwas auf in ihr und unter der harten, karstigen Schicht quoll träge unaufhalsam vulkanisches Magma hervor.Von welchen Tiefen kam dieser Fluss aus Glut und Erde, der sie zu vernichten drohte und dem sie sich doch so sehr hingeben wollte?

Pass auf, kleines Herz ... Ein schrill anmaßendes Kind krachte in ihren Organismus ein, sofortige Aufmerksamkeit fordernd. Doch erstaunlich beruhigend wirkte der Überfall ihrer eigenen inneren Stimme auf sie, er verhalf ihr wenigstens wieder auf festen Grund, den sie schon mit den Füßen ertastete, und wenn er auch steinig, karg und dornig war, so war sie hier zuhause, hier kannte sie sich aus. Der heimische Wegzeiger der grauen Vernunft führte sie wieder auf den Boden der Tatsachen. *Was soll das Ganze? Das kann doch nichts werden!* Tief saugte sie die Luft ein, löste sich.

»Also dann«, sagte sie und machte sich steif.

Auch er zog die Luft ein, richtete sich auf, atmete aus.

»Also dann«, sagte er nach einer Weile und seine Augen sandten Fragen aus, die er nicht stellte und die sie nicht beantworten konnte.

Die Mutter war am Telefon. Sonntagmorgen, neun Uhr, schon längst müsste sie wach sein und unter der Dusche. Kaum würde sie es noch zum Gottesdienst schaffen. Erst im Morgengrauen war sie eingeschlafen. Neun Uhr sonntags, eine ungewöhnliche Zeit für Mutters Anruf, als ob sie etwas ahnen würde.

»Wie geht's?«

»Gut, ganz gut, danke.« Bettina versuchte, ihre verschlafene Stimme in den Griff zu bekommen.

»Bist du schon auf dem Weg in die Kirche?«

»Ich bin noch nicht ganz fertig, aber ich hab's ja auch nicht weit.«

Sie fröstelte, obwohl es sehr warm war in der Wohnung.

»Ist bei dir alles in Ordnung? Geht's gut in der Schule?«

»Ja – ja, natürlich. Die Schüler sind nett. Es geht gut.«

»Gestern Abend hab ich's schon mal versucht, da warst du nicht da.«

Bettinas Ohren sausten und der Digitalwecker wechselte die Minutenziffern. Neunpunktnulldrei.

»Bist du noch da?«

»Ich war in der Oper.«

»In der Oper? Du?«

»Ja.«

»Da gibt es ja so allerhand Zeug bei dir in der Großstadt.«

»Es war sehr schön.«

»Gut … ja, dann …«

»Also dann.«

»Warst du allein in der Oper?«

»Nein.«

Bettina suchte ihren Verstand ab, doch die aufgelösten Fäden ihres Lebens ließen sich nicht mehr zusammenschnüren zu einem Bündel verständlicher Informationen. In aller Stille klappte eine weitere Digitalweckerminute herunter: Neunpunktnullvier. Irgendwann sagte die Mutter: »Also – dann gehe ich mal, der Vater steht schon neben mir mit dem Gesangbuch in der Hand.«

»Ich mach mich dann auch auf den Weg.« Bettina legte den Hörer auf und ließ sich zurückfallen ins Kopfkissen, schon gab sie sich der matten Schläfrigkeit hin, nur noch ein Weilchen liegen, es war so schön, das gedämpfte Sonnenlicht durch die Vorhänge, die kühle Morgenluft und noch immer Wolfgangs Duft um die Nase. Es wäre das erste Mal in ihrem Leben, wenn sie jetzt nicht in die Kirche ginge. Wie eine Nadel bohrte sich dieser Gedanke in ihren Leib. *Wehret den Anfängen!* Auf fuhr ihr Oberkörper, schon stand sie kerzengerade auf dem Bettvorleger, kurzes Abduschen, Zähneputzen, hinein in Kleider und Schuhe und ab in die Straßenbahn zur Stuttgarter Hospitalkirche.

Wieder zuhause, der Sturz zum Anrufbeantworter: Nichts. Ja klar, er weiß ja, dass sie um diese Uhrzeit in der Kirche ist, sagte sie sich. Gleich wird er sich melden. Sie machte sich einen Kaffee und schaute aufs Telefon, nahm ein Buch, versuchte zu lesen, aber das schweigende Telefon forderte ihre ganze Aufmerksamkeit, sie dachte an einen Spaziergang, aber nein, lieber nicht den Anruf verpassen, sie lief in der Wohnung umher und schaute aufs Telefon, einfach einmal duschen, das würde die Zeit vertreiben, die Badezimmertür ließ sie offen, um das Telefon zu hören, dann überlegte sie sogar, ob sie heute am Sonntag die Hefte korrigieren sollte, das Telefon stand auf dem Schreibtisch und blieb still. Es blieb still, still, still – und die Minuten auf dem Digitalwecker wechselten einfach nicht, sie blieben stehen, bis sie nicht mehr anders konnten, dann fiel wieder eine herunter und die nächste begann, sich ganz langsam aufzubauen. Das Telefon stand still. Siebzehnpunktnullsieben. Siebzehnpunktnullacht, siebzehnpunktnull…, so ging das nicht mehr weiter. Warum ihn nicht selbst anrufen? Nein, das dann doch nicht. Der Hunger meldete sich, ein Stück Brot mit Marmelade genügte, das Telefon stand immer noch still. Abendsonnenstrahlen leuchteten herein und versuchten, sie ins Freie zu locken, warum nicht spazierengehen eine Weile? Nein, nur mit ihm! Mit ihm.

Es läutet. Das Telefon läutet. Sie atmet durch. Bezähmt ihre Stimme, hüstelt, streift ihre Bluse glatt, nur das um sich schlagende Herz läßt sich nicht besänftigen.

»Schön, dass ich dich auch mal antreffe, ich hab's schon ein paar Mal probiert, du bist ja viel unterwegs.«

Sie setzt sich auf den Stuhl, die Hand mit dem Telefonhörer sinkt ihr fast in den Schoß, sie zwingt sich zur Höflichkeit. Andreas.

»Bist du da?«, fragt etwas am anderen Ende.

»Ja, ja, natürlich, ich bin da, hallo Andreas, wie geht's?«

»Ich würde dich gern besuchen in Stuttgart, hättest du mal Zeit und Lust?«

Bettina suchte ihre Zimmerwände nach einer Antwort ab.

Nichts war da.

»Geht es dir gut?«, fragte dann wieder diese Stimme aus ihrem früheren Leben.

»Ja, es geht mir gut – hör zu, Andreas …«

Läuten an der Haustür.

»Hör zu Andreas, bei mir läutet's gerade an der Haustür. Kann ich dich später zurückrufen?«

Sie hörte nicht mehr sein »Ja, gern« und auch nicht mehr sein »Ich freu mich auf dich«. Sie warf den Hörer aufs Telefon, flog förmlich zur Wohnungstür, drückte die Sprechanlage und hörte: »Wolfgang hier, darf ich raufkommen?«

»Ja«, sagte sie und drückte den Türöffner. Sie schnaufte, als hätte sie einen Dauerlauf hinter sich.

»Zuerst wollte ich dich heute mal in Ruhe lassen, dann hab ich es nicht mehr ausgehalten – tja, jetzt bin ich hier.«

Da stand er und zog die Schultern hoch und Bettina wollte sich in seine Arme werfen, nichts als in seine Arme, seine Nähe, seinen Körper spüren, seinen Duft einatmen, seine Haut fühlen.

»Ja ... schön«, sagte sie und hielt ihm die ausgestreckte Hand entgegen.

Wolfgang nahm sie, zog sie an sich, umfasste mit der anderen ihre Hüfte und riss sie zu sich her, und als ob keine Macht im Himmel und auf Erden ihn mehr aufhalten könnte, presste er sie an sich, kaum bekam sie Luft, er küsste ihre Haare, ihr Gesicht, ihren Hals nicht langsam diesmal, nicht sacht, sondern fordernd und ungestüm öffnete er mit seinem Mund ihre Lippen, sie löste sich auf, biegsam, zu warmem Wachs wurde alles in ihr, widerstandslos floss sie ihm zu.

Weniger abrupt diesmal, aber doch entschieden, löste sie sich bald. »Was soll das werden mit uns, Wolfgang?«

»Was meinst du?«

»Du lebst in einer anderen Welt als ich.«

»Aber jetzt im Augenblick leben wir in so ziemlich der gleichen Welt, oder?«

»Ja«, sagte sie und blickte auf den Boden.

Noch immer standen sie im Flur, als sie es merkte, lud sie ihn ins Wohnzimmer ein, er ließ sich aufs Sofa fallen, legte seinen Arm über die Rückenlehne, einladend war diese Geste, fast besitzergreifend, und wie von etwas gezogen, von ihm gezogen, setzte sich Bettina neben ihn, lehnte ihren Kopf zurück auf seinen Arm. Seine Wärme ließ sie erneut zerfließen.

»Noch kaum eine Frau habe ich so begehrt wie dich, Bettina.«

So warm war seine Stimme. Doch was für ein Wort. Begehrt. Wie es nachhallte in ihr. Begehrt. Begehren. Das war eine Welt, mit der sie seither nichts zu tun gehabt hatte, nur das neunte Gebot fiel ihr ein, *du sollst nicht begehren deines Nächsten Weib*, aber das passte ja hier nicht her. *Kaum eine Frau begehrt wie dich. Kaum eine Frau begehrt.* Begehren ist nicht lieben, ihre Gedanken zerfaserten, verwickelten sich und sie fand nicht mehr heraus aus dem wirren Knäuel, während Wolfang sie ansah. Immer war es seine Stille, die so intensiv war, dass sie fast meinte, ihr Kopf würde zerspringen, vielleicht zersprang auch gerade ihr Herz? Sein Schweigen und sein Blick, alles brannte in ihr. *Begehren ist nicht Lieben*, das sagte ihre altbekannte Stimme, die mit dem Zeigefinger, *Begehren ist nicht Lieben,* das war das Destillat dessen, was sie in ihrem Leben gelernt hatte. Begehren ist schlecht, Liebe ist gut. Ein eisiger Lufthauch fiel auf sie herab. Entweder – oder, aber auch das stimmte wieder nicht, ihr Verstand hatte Aussetzer, nichts konnte sie mehr ordnen.

»Begehrt.« Das Wort fiel ihr irgendwann zwischen den Lippen hindurch.

Er lachte und übermütig wie ein Schuljunge drückte er sie an sich.

»Lass mich raten: Ihr Christen braucht Liebe und Verpflichtung, ist es nicht so?«

»Ja.«

»Von Anfang an, nicht wahr? Mit dem Feuer spielt man nicht. Habe ich richtig geraten?«

»Ja.«

»Was ich bei dir spüre, jetzt gerade, gestern Abend im Auto oder vorhin an der Tür, das ist aber kein Feuerchen, meine Liebe, das ist ein Vulkan, eine Feuersbrunst, ein Meer von Glut, aber du springst panisch zur Seite, suchst Sicherheit und die kalte Dusche.«

»Wahrscheinlich«, sagte sie und schaute ihn nicht an.

War es Sicherheit, die sie suchte? Aber sie hatte sich doch dem Glauben verpflichtet. Einen Mann wie Wolfgang zu heiraten, der so weit weg von Gott war, war undenkbar. Diesmal lag keine Stille in ihrem Schweigen, die Stimmen in ihr rasten, ihr Kopf stand in Flammen. *Wolfgang wird sie nie verstehen. Sie sollte der Sache ein Ende setzen.* Ihr Leib schrie auf. *Jetzt gleich am besten.* Nein, nein, ich will bei ihm sein, ich will ihn lieben. *Das kann doch nur in die Irre führen.* Das Herz klopfte, raste.

»Das ist alles so über mich hereingestürzt, das zwischen dir und mir. Womöglich brauche ich einfach noch ein wenig Zeit«, sagte sie schließlich.

»Zeit.«

»Vielleicht sollten wir etwas Abstand voneinander nehmen, damit ich mich in Ruhe sortieren kann.«

»Abstand.«

»Ja.«

»Wir sehen uns jeden Tag in der Schule, du meinst, wir sollen so tun, als wär nichts? Und wie lange willst du sortieren?«

»Ich weiß noch nicht.«

»Und wann?«

»Jetzt gleich – vielleicht.«

»Also, ich soll jetzt gehen und dann wirst du mir sagen, wann ich wieder kommen darf?«

»So, in etwa – ja.«

Wolfgang nahm den Arm von der Rückenlehne, den er wie schützend über Bettina gehalten hatte, atmete ein und blies die Luft wieder aus. Stumm blieb er noch sitzen.

»Also dann«, sagte er nach einer Weile und stand auf. An der Tür sagte er: »Weißt du, du schmetterst mich vom Himmel in die Hölle und wieder zurück.«

»Mir geht's genauso«, sagte sie.

»Also dann.«

»Also dann.«

Nachdem sich die Tür hinter ihm geschlossen, nachdem sie seinen Schritten auf der Treppe nachgelauscht hatte, nachdem auch die Haustür ins Schloss gefallen war und nachdem sie sein Motorrad aufbrausen und verschwinden gehört hatte, wurde es dunkel um sie. Als hätte man sie ausgehöhlt, als wäre ihre Seele weggeflogen, als hätte man ihren Leib zerschnitten. Ein schwarzseidenes Tuch senkte sich über alles, was sie umgab. Sie legte sich aufs Bett und dort blieb sie, sie hatte keine Kraft, ihre Kleider auszuziehen oder ihre Schuhe, noch weniger, um ins Bad zu gehen und ihre Zähne zu putzen. Am nächsten Tag meldete sie sich krank, es war ihr kaum möglich gewesen, anzurufen, bleiern war alles an ihr, ihre Hände, ihre Füße, ihr Kopf, ihr Verstand. Sie blieb im Bett, eine innere Kälte hielt sie fest mit eiserner Kralle, nichts fühlte sie mehr.

Am dritten Morgen erwachte sie, endlich hatte sie geschlafen, da pickte ein Spatz auf dem Balkon nicht vorhandene Krümel auf, setzte sich dann aufs Fensterbrett und piepte, als würde er ihr Guten Morgen sagen wollen oder sein Frühstück einfordern. Bettina saß auf, sofort flog der Vogel weg, aber vielleicht hatte ihn der Himmel geschickt. Heute würde sie wieder in die Schule gehen, das Leben geht weiter. Sie war ins Loch gefallen, nun, jetzt würde sie eben wieder herausklettern.

Wolfgang und sie versuchten beide, sich in der Schule einfach als Kollegen zu begegnen. Es gelang ihnen nur leidlich.

Einmal waren sie zufällig allein im Lehrerzimmer, da packte er sie am Handgelenk: »Wie lange noch?«

Sie schaute ihn an, öffnete den Mund, schloss ihn wieder, was sollte sie sagen, alles in ihr strebte zu ihm hin, wollte ihn, wollte nur ihn, nichts anderes. Wie sollte es weitergehen?

»Keine Ahnung«, sagte sie schließlich.

»Dann muss ich mir langsam was einfallen lassen.« Ein Grinsen huschte über sein Gesicht.

Wie sie sein spöttisches Grinsen liebte.

Der Anrufbeantworter blinkte, als sie abends heimkam, wahrscheinlich Andreas, sie seufzte, ging unter die Dusche und machte sich ein Abendessen. Heute Abend würde sie sich endlich einmal wieder Zeit nehmen für das Gebet, wieder zurückfinden zu ihrer früheren Ruhe, wie oft schon war sie gestärkt worden, hatte Zuversicht erhalten in der Stille. Klarheit brauchte sie jetzt, was wollte Gott von ihr, wieso schickte *Er* ihr diesen Mann, wieso konnte sie keine Minute aufhören, an ihn zu denken. Seit ihrem Absturz nahm sie wieder die Tabletten, das machte sie stabiler, nüchterner. Nur dieses Sehnen nach ihm, dieses unerträgliche Ziehen, das wurde auch durch diese Pillen nicht weniger. Sie würde deulicher sehen, wenn sie sich Zeit für Gott nahm. So dachte sie.

Störend blinkte noch immer der Anrufbeantworter, als sie sich setzen wollte, fünf Anrufe, Andreas musste sie gesucht haben, merkwürdig, dass sie ihn einmal gern gehabt hatte. Die Bibel in der Hand und innerlich die Augen rollend, drückte sie den Knopf und – welch eine Welle von Wärme und Liebe kam ihr entgegen, wallte in ihr auf, durchströmte sie, diese Klänge, diese Musik, die Bibel umklammert, ließ sie sich in den Sessel fallen, so musste sich der Himmel anfühlen, die schönste Liebesarie der Welt, für sie auf jeden Fall, für Bettina waren es die Töne, die sie durchlässig machten, selbst durch das Krächzen der Tonkassette hindurch. Taminos Sehnsuchtsgesang an Pamina …

… dies Etwas kann ich zwar nicht nennen
Doch fühl ich's hier wir Feuer brennen,
soll die Empfindung Liebe sein?
Ja, ja! die Liebe ist's allein,
die Liebe, die Liebe, die Liebe
Oh wenn ich sie nur finden könnte!
oh wenn sie doch schon vor mir stände!
ich würde – würde – warm und rein
Was würde ich! Was würde ich!
Sie voll Entzücken
an diesen heißen Busen drücken
und ewig wäre sie dann mein
und ewig …

Rauschen, hässliches Rauschen, dann: »Die Ansagezeit ist zu Ende«, klick.

Zweite Ansage: »Ich geb's zu, ein wenig kitschig, aber das war meine Einladung zur nächsten Oper, was heißt

Einladung – Aufforderung! Ich hol dich ab, Donnerstag Abend um 18.30 Uhr. Deine Anwesenheit wird erwartet.« Klick.

Dritte Ansage: »Ach ja, gespielt wird *Don Giovanni*, nachdem du zum Mozart-Fan geworden bist.« Klick.

Vierte Ansage: »Sei froh, dass ich nicht selbst auf deinen AB gesungen habe, das droht dir aber für den Fall, dass du meine Einladung nicht annimmst, dein Wolfgang.« Klick.

Fünfte Ansage: »Grüß Gott, Bettina, Mutter hier, ich hab's schon mehrmals probiert, kannst du bei Gelegenheit zurückrufen?« Klick.

Das Einzige, was stillsaß, war ihr Körper. Alles andere bebte, Nerven vibrierten, das Herz schlug ihr fast die Halsschlagader aus, die Augen flirrten, die Ohren sausten, die Gedanken schnalzten hin und her, kein Einziger davon war einzufangen, wie eine Gefängnisrevolte, Mauern und Zäune hart und fest, aber drinnen ist die Hölle los. Jubel bei den Mozarttönen und dann Wolfgangs Stimme, spöttisch, liebevoll und so sicher. Wie sie ihn liebte. Natürlich würde sie mitkommen zur Oper, natürlich würde sie neben ihm sitzen, seine Nähe spüren und die Musik in sich aufnehmen, seine Hand halten, das Leben, die Liebe, nur ihn wollte sie, nur zu ihm, *näher, mein Gott, zu dir*, tröpfelte es von irgendwoher in ihre überwältigten Sinne, näher wollte sie, Nähe, dieses Sehnen, dieses Ziehen – zu Gott? Nein. Als ob in ihr eine Kluft aufginge, ein Erdspalt, sie konnte ihn nicht überbrücken, so innig müsste sie doch zu Gott fühlen, ihm sollte sie näher kommen wollen, aber so war es nicht, was hatte die Mutter gewollt auf dem Anrufbeantworter, sicher ahnte sie etwas, war das Gottes Antwort, wollte *Er* ihr zeigen, dass sie sich nach Wolfgang mehr sehnte als nach Gott? *Du sollst keine anderen Götter neben mir haben.* Warum aber schickte er ihr dann diesen Mann?

Irgendwann atmete sie durch, versuchte ihre Gedanken zu erhaschen, zumindest an einem Zipfel, was rotierte sie denn so, sie war doch kein Kind mehr, Vernunft jetzt, ich habe mich in einen Mann verliebt, na und, sagte sie sich, das passiert anderen Christen auch, das darf doch sein.

Dann zwang sie sich aufzustehen, ging ins Bad, spritzte sich Wasser ins Gesicht, setzte sich auf den Toilettendeckel, mal wieder, natürlich würde sie mit Wolfgang in die Oper gehen. Punkt. Schluss mit dieser Raserei. Vernunftbegabtes Wesen, fünfundzwanzig Jahre alt, Doktor rer. nat., manche sagen überintelligent, hier saß sie nun auf dem Klodeckel und in ihrem Hirn revoltierten Kindergedanken. Sollte sie unter die Dusche, nein, da war sie ja vor zehn Minuten erst. Vor zehn Minuten, da existierte wenigstens noch ein Teil ihrer früheren Ruhe, jetzt war nur noch Chaos. Abendessen? Nein. Das war auch schon. Beten wollte sie, das hatte sie sich für heute vorgenommen und so wird es auch. Punkt. Schluss. Beten – ging nicht. Einfach stillsitzen und die Gedanken laufen lassen war das Einzige, wozu sie fähig war. Natürlich würde sie mit Wolfgang in die Oper gehen, aber natürlich, nur müsste sie sich im Klaren sein, dass das dann eine Zusage zu einer Beziehung oder gar Ehe mit ihm ist, und: *Kann sie ihn heiraten, wenn er kein Christ ist?* Das würde nie funktionieren, was bildete sie sich da nur ein, noch einmal wollte sie sich die aufgespielte Arie anhören und seine liebevoll-spöttische Stimme, doch fürchtete sie die letzte Ansage der Mutter, also ließ sie es sein. Die Mutter hatte das letzte Wort, als ob sie die Tür, die Wolfgang aufgerissen, ja fast aus den Angeln gehoben hatte, wieder schließen würde.

Schlaflos im Bett, irrsinnige Schallplatte im Kopf, kein Entschluss noch im Morgengrauen, sie hatte ja noch einen Tag Zeit, Donnerstag war erst übermorgen.

Zum Glück sah sie ihn kaum in der Schule, er hatte Pausenaufsicht und es schien, als würde er ein Zusammentreffen vermeiden, ihr war es recht.

Im Gegensatz zu Wolfgang war sie zwar respektiert, aber nicht geliebt von den Schülern. Ihr machte es nichts aus, die Schüler mussten ihren Stoff lernen, das war das Wichtigste, zum Glück hatte sie nur die Oberstufe, aber selbst dort langweilte sie das niedrige Niveau. Durch die große Glasfront sah sie Wolfgang auf dem Schulhof, wie er sich mit den Jugendlichen unterhielt und stritt, wie er streng sein konnte und doch gemocht wurde, er hatte einen Draht zu den Schülern, die ihr so fremd waren.

Mittwoch, Schulschluss am späten Nachmittag. Sie steuerte die Ausgangstür an, da rief er ihr quer durch das Foyer hinterher. »Morgen. 18.30 Uhr!«

Schüler glotzten, Schülerinnen kicherten, der Hausmeister grinste, sie konnte es körperlich spüren, ihren Tratsch. Macht nichts.

Donnerstag, Schulschluss am Mittag für Bettina. Zuhause würde sie es nicht aushalten. Sie fuhr in die Stadt. Kaum zu ertragende Freude auf den heutigen Abend, springen könnte sie, singen, hüpfen, wenn sie nicht gleichzeitig diesen Druck auf sich spürte, als würde sie an den Schultern nach unten gedrückt, als würde eine Kraft sie festhalten, nach hinten ziehen wie ein Pferd, das aus seinem Gespann ausbrechen will und doch keine Chance hat gegen den Kutscher. So streunte sie durch die Straßen, sie könnte ja immer noch in der Stadt bleiben, falls sie sich gegen Wolfgang entscheiden würde. Da fällt ihr Blick auf ein schönes schwarzes Kleid im Schaufenster, kurz, eng anliegend, damit zur Oper heute Abend, das wäre ein Traum, aber so ein Kleid hatte sie noch nie, das wäre doch nicht ihr Stil. Und wie sie es in den letzten Wochen schon oft erlebt hat, macht sich etwas in ihr selbständig, sie geht in den Laden, probiert das Kleid an, es steht ihr herrlich, die beiden Verkäuferinnen bewundern ihr »Figürchen«, überreden sie noch zu einem apricotfarbenen Seidenschal, einem dezenten Lippenstift und etwas höheren Schuhen, all das probiert und kauft sie, als würde sie jeden Tag todschicke Sachen kaufen, als würde diese Kleidung zu ihrem Leben gehören, als würde …

In irgendeinem Moment beim Blick in den Spiegel strafft sie sich. Sie wird mit Wolfgang in die Oper gehen. Egal, was daraus wird. Gott hat ihr diesen Mann geschickt, also soll er auch seine Hand über ihn halten und über ihre Liebe. Ab nach Hause, duschen, umziehen, sich herrichten. Etwas Helles, Selbstverständliches durchwebt sie in diesem Augenblick, eigentlich ist alles ganz einfach, wieso so viel Wesens darum machen.

Stille Freude breitete sich in ihr aus, als sie mit der Stadtbahn nach Hause fuhr, und sie nahm lange federnde Schritte auf ihre Wohnung zu.

Ein Brief steckte im Briefkasten. Von Mutter. Sie legte ihn auf den Küchentisch, das hat noch Zeit bis morgen, auf ins Bad, sich schön machen für die Oper. Und für Wolfgang.

Kurz vor halb sieben war sie fertig und starrte auf den Brief der Mutter. Schließlich öffnete sie ihn doch.

Liebe Bettina,

wir machen uns Sorgen um Dich. Du rufst nicht zurück, auch Andreas wartet auf Deinen Anruf. Er wäre ein guter Mann für Dich, schade, dass Du ihn so hängen lässt. Dein Vater und ich vermuten, dass ein anderer Mann dahintersteckt. In der Gemeinde beten wir für Dich, dass Du die richtigen Entscheidungen für Dein Leben fällst und dass der Mann, den Du wählst, ein gläubiger Christ ist. Denke an Deinen Großvater, auch er hat sich bei seiner ersten Frau von falschen Gefühlen leiten lassen anstatt vom Willen Gottes und es später bitter bereuen müssen. Denke auch an Tante Rosa, welche Konsequenzen sie tragen muss, weil sie sich zu früh auf den Falschen eingelassen hat. Ich wünsche Dir, dass Du Deine Entscheidungen im Gebet erringst und den Weg des Glaubens weitergehst. Wir alle werden für Dich beten.

Deine Mutter

Mit einer kleinen Handbewegung warf sie den Brief zurück auf auf den Tisch. Für heute hatte sie sich entschieden. Steif, fast trotzig setzte sie sich aufrecht, hart wurde alles in ihr, nein, diesmal würde sie gehen, da läutete auch schon die Haustür, sie stand auf, zog tief den Atem ein, zögerte, wollte noch kurz in den Spiegel schauen im Bad, tappte hin und her, da klingelte es zum zweiten Mal, lange diesmal, dann gleich nochmal. Sie drückte den Türöffner.

Er kam die Treppe heraufgesprungen, zwei, drei Stufen auf einmal, stand unter der Tür, schnaufte und starrte sie an.

»Was bist du schön.«

Sie sah, wie er schluckte. Auch er war heute eleganter gekleidet, das letzte Mal hatte er gelacht bei ihrer Frage nach dem Opern-Dresscode, ordentliches Lehrer-Outfit müsste reichen, war seine Meinung. Heute trug er Jeans (natürlich), jedoch ein weißes, sehr feines Hemd, einen schwarzen Sakko darüber und sogar eine Krawatte – apricot –, schwarze Schuhe. So standen sie sich gegenüber, einmal mehr, als ob sie nicht glauben konnten, wohin ihr Lebensschiff sie jeweils geführt hatte.

»Deine Augen flackern schon wieder so. Heute lass ich dich aber nicht entkommen.«

Ganz fest packte er sie am Handgelenk, doch sofort ließ er locker und unendlich sanft strich er mit seinen Fingerspitzen ihren Hals entlang und fuhr ihr mit dem Daumen über das Kinn.

»Was bist du schön«, flüsterte er.

»Komm!« Er nahm ihre Hand, sie griff mit der anderen nach ihrer Handtasche.

Unterwegs in der Stadtbahn erklärte Wolfgang den Inhalt der Oper und stellte ihr die einzelnen Figuren vor.

»Du bist aber nicht zufällig der böse Don Giovanni, der alle Frauen verführt, nur ich merke es nicht?«, fragte sie und lachte.

Glücklich fühlte sie sich, frei und irgendwie normal, als sie den Rest des Wegs Hand in Hand durch den Park gingen.

»Nein, meine Liebe, unser Drama spielt ausschließlich in der Zauberflöte, ich bin Tamino, hast du etwa deinen Anrufbeantworter nicht abgehört?« Er legte seinen Arm um ihre Taille und drückte sie an sich. Leiser fügte er hinzu: »Und ich hoffe, dass es genauso gut ausgeht.«

»Du willst mich also Sarastro entreißen?« Wie leicht ihr die Scherze über die Lippen hüpften, ausgelassen fühlte sie sich.

»Dafür werde ich alles tun«, sagte er.

Erst in der darauffolgenden Stille wurde ihr die Ähnlichkeit ihrer Situation mit der in der Zauberflöte bewusst und sie schwiegen, bis sie am Opernhaus ankamen. Auf dem Weg zu ihren Plätzen begegneten sie sich überall in großen Spiegeln und da sah sie dieses Paar, fremd und doch so vertraut, sie etwas größer als er mit ihren höheren Absätzen, sie gefiel sich neben ihm, zum ersten Mal in ihrem Leben sah sie sich schön, vorbei war das Blasse, Nichtssagende, gazellenhaft wirkte sie im kurzen Kleid und den hochgesteckten Haaren, zum ersten Mal in ihrem Leben Lippenstift, kaum sichtbar zwar und doch alles verändernd – sie beglückwünschte sich zu ihrem Mut. Er, männlich, muskulös und wie sicher er sich durch die Räume bewegte, wie er sie führte, indem er den Arm hinten um ihre Taille hielt, ohne sie zu berühren, besitzanzeigend. Sie mochte es. *Wer bin ich eigentlich*, fragte sie sich.

Und wieder strömte die Musik in sie ein, ihre aufgewühlte Seele war so empfänglich, so verlangend, so erwartungsvoll, sie nahm die Töne auf wie ausgetrocknete Erde den lange ersehnten Regen, endlich, endlich leben. Italienisch wurde gesungen, ihr war's recht, egal war ihr die Geschichte, einfach irgendein Märchen, ein bunter Reigen um Liebe, Rache und Verrat, aber die Klänge, der Gesang, nie hätte sie gedacht, dass sie ein solches Faible für Opernmusik hätte. Neben ihr Wolfgang, aufmerksam lauschend und doch ganz und gar bei ihr, als würden ihre Seelen still miteinander tanzen. Weil sie es nicht anders kannte, spürte sie nicht das Eis unter ihrem Glück.

Dann begann das große Inferno, auf das alles zulief in dieser Oper. Kalter Schauer durchfuhr sie, als der bedrohliche Bass des Komturs hinter ihr erklang, und noch bevor sie ihn gesehen hatte, wusste sie, dass sie all ihre Kräfte brauchen würde, um die Panik niederzuringen. Nur ein Märchen, sagte sie sich, nur ein Märchen, sonst nichts, und als dann auf der dunklen Bühne diese Tür aufging und sie nichts mehr sah als die schwarze steinerne Statue, dieser Komtur aus dem Totenreich, der aus bläulich-grauem Nebel aufstieg, Don Giovanni seine eisige weißgraue Hand gab und sein Menetekel verkündete, da spürte sie dieses schon so lange bekannte Zittern in sich. *Gewogen, gewogen …*

Hier bin ich doch, in der Oper, neben mir Wolfgang, alles ist in Ordnung, sagte sie sich, was passierte nur immer mit ihr, sie, die Gescheite, warum war sie sich so ausgeliefert? Er merkte ihr Zittern, legte den Arm um ihre Stuhllehne und hielt sie fest, aufatmen konnte sie, doch kaum war es ihr möglich, Don Giovannis Strafgericht mit anzusehen, wie er im Höllenschlund verschwand, sie schalt sich ob ihrer Dummheit, was war da in ihr, das alle Vernunft ausschaltete? Die Abschlussarien kamen nicht mehr bei ihr an. Endlich begann der Applaus, der Raum erhellte sich, sie atmete auf, klatschte wie alle anderen und lächelte dabei zu Wolfgang hinüber, vorbei war der Spuk. Doch ihr Gesicht glänzte von kaltem Schweiß.

Danach gingen sie noch im Park spazieren. Wolfgang rang mit sich, das spürte sie, was sollte sie ihm erklären? Froh war sie, dass er dann doch keine Fragen stellte. Irgendwann nahm er sie in den Arm und küsste sie lange voll Wärme, diesmal konnte sie es geschehen lassen, wie ein Entschluss war es, jene Stimme auszusperren, die da an irgendeiner Tür rüttelte, jetzt war sie hier, jetzt war das Leben.

»Bis morgen in der Schule«, sagte sie beim Abschied vor ihrer Haustür.

»Schlaf ganz gut, du – und …« Offensichtlich wollte er noch was sagen, suchte nach Worten, schließlich sagte er nur: »Pass auf dich auf, Bettina.«

Auf Küchentisch lag, noch offen, der Brief der Mutter. Wie aus einem anderen Leben, dachte sie im Vorbeiweg, doch als sie dann im Bad ihre Zähne putzte, begann dieses kalte Zittern wieder, es wollte gar nicht aufhören, dieses Frieren. Vernunft, Mädchen, sagte sie sich, dann machte sie sich eine Wärmflasche, nahm zwei Schlaftabletten und legte sich ins Bett.

Am Morgen konnte sie nicht aufstehen. Es ging einfach nicht. Keine körperlichen Symptome, weder war ihr schlecht, noch hatte sie Fieber, nicht einmal Panik. Sie konnte einfach nicht aufstehen. Nichts war mehr in ihr. Ihr Lebensgebäude war eingestürzt, es musste schon lange brüchig gewesen sein. Nicht einmal die Ruine war noch übrig. Schutt, Staub, Geröll, sonst nichts. Leere. Aber auch die fühlte sie nicht mehr. Es ging einfach nicht, das Aufstehen, das war alles. Krank melden, kam ihr irgendwann in den Sinn, die Reste von Pflichtgefühl zwangen sie, sich wenigstens krank zu melden. Das Telefon war vom Bett aus zu erreichen. Ausatmend ließ sie sich wieder auf das Kissen fallen nach dem Telefonat.

War sie wirklich krank? Sie versuchte, nachzudenken. Nein, das Nachdenken ging auch nicht mehr. Wolfgang kam ihr in den Sinn, sie würde sich trennen, vielleicht hatte er auch schon gemerkt, dass es mit ihr nicht ging, er will leben, und sie, was wollte sie? Die Antwort darauf zerfaserte irgendwo in einem Vakuum. Das Telefon läutete am Mittag, Wolfgang, sie ließ ihn auf den

Anrufbeantworter sprechen, hörte nicht hin. Türklingel am Nachmittag. Wo war ihr Verstand geblieben? Die Gedanken verschwammen jedes Mal sofort, wenn sie sie ordnen wollte, als ob sie sich ihrer Kontrolle entzogen hätten. Sie versuchte, in sich hinein zu lauschen. Was war los? Ach, nichts. Gar nichts. Telefon nochmal, wie Watte ging alles an ihr vorüber. Türklingel, heftig, lange. Irgendwann stand sie auf und öffnete. Nur einen Spalt. Wolfgang. Fremd erschien er ihr und sie wünschte nichts mehr, als dass er wieder ginge.

»Du brauchst Hilfe, das habe ich gestern abend schon gedacht.«

»Lass mich noch ein oder zwei Tage, dann bin ich wieder auf dem Damm«, sagte sie und hoffte, dass er sie in Ruhe ließe.

»Nur wenn du mir einen Wohnungsschlüssel gibst.«

Offenbar sorgte er sich um sie und sie gab ihm den Schlüssel. Dann legte sich wieder ins Bett.

Am vierten Tag konnte er sie überreden, mit ihm zum Arzt zu gehen, der riet zu einem zeitweiligen Aufenthalt in der Klinik. Von dort rief man ihre Eltern an. Antidepressiva ja, eine Psychotherapie nein, verfügten diese, Therapeuten seien selten Christen, sie würden eine Seelsorgerin schicken. Bettina war es egal.

Erst vier Wochen später kam wieder etwas Licht in ihr Gemüt, nicht mehr papieren trocken war sie innerlich, nicht mehr strohig, weißgrau, hohl, wenigstens ein bisschen konnte sie wieder fühlen, wenigstens ihren Verstand konnte sie wieder einigermaßen regulieren, und mit diesem ersten Spüren begann etwas an ihr zu ziehen, ein Sehnen nach enden wollen, nach verschwinden, nach sterben. Wenig konnte sie diesem Verlangen entgegensetzen, außer dem, was sie gelernt hatte, ihre christliche Verbindlichkeit. Denn war es nicht gegen Gottes Willen, hatte er ihr nicht das Leben geschenkt? Sie nahm sich vor, Sorge dafür zu tragen, nicht kaputt machen wollte sie, was man ihr geschenkt hatte.

Als die richtige Einstellung ihrer Medikamente erprobt war, wurde sie entlassen. Die zwei Wochen Erholungszeit würde sie zuhause bei den Eltern verbringen, entschied die Mutter. Der Vater kaufte ihr während der Zeit ein kleines Auto, damit sie öfter heimkommen konnte, die Großstadt tat ihr offenbar nicht gut, meinte er.

Es waren dreißig Kilomenter kurvenreiche Landstraße bis zur Autobahn. Wie würde sie Wolfgang begegnen? Sie würde sich trennen. Würde er es akzeptieren? Sie brauchte Klarheit und Ruhe in ihrem Leben. Gott hatte ihr das Leben geschenkt, sie durfte nicht so verantwortungslos damit umgehen. *Gott.* Sie würde zurückkehren zur Gemeinde, vielleicht Andreas heiraten. Da kam dieser Baum auf sie zu, Bettinas Augen flackerten, alles um sie verschwamm.

12. Kapitel | *Maren*

Januar 1998. Der Wind kracht in ihren Ohren, er jagt den Regen waagerecht über die Brücke, Kälte treibt ihr das Wasser in die Augen. Unter ihr tost der Neckar und seine schwarzen Fluten reißen alles mit, was ihnen im Weg steht.

Die junge Frau auf der Brücke wird von der Finsternis verhüllt, so sieht man nicht, dass die Kleider aus der Kinderabteilung um ihren mageren Körper flattern. Mit tauben Fingern klammert sie sich an die Brüstung hinter ihr.

Dies ist der richtige Moment. Im Sommer wäre der Neckar freundlich, er hätte nicht mitgewirkt in ihrem Spiel mit dem Tod, er hätte sie ans Ufer getragen, ihr womöglich noch ein wenig Lebensfreude eingehaucht, nein, von dieser Art Trost hat sie genug. Es reicht. Niemand soll sie mehr zurückhalten, auch nicht dieser gottverdammte Fluss. Man sagt, kurz vor dem Tod liefe das ganze Leben in Sekundenschnelle vor dem inneren Auge ab. Das wäre bei mir kurz und fad, denkt sie. Ein bitteres Zögern noch, dann stößt sie sich ab.

Eiskalt ist der Wind, euphorisch fühlt sie den Rausch des Flugs. Am Ufer zeichnet sich ein riesiger Baum gegen die Dunkelheit ab. Ein Baum? Eine schwarze Wolke? Welch ein Hochgefühl! Wie ein Schwall von Drogen! Ein unbekanntes Frauengesicht ersteht geisterhaft aus der formlos-finsteren Baumwolke, wer ist das? Mild ist der Blick der Unbekannten und wissend. Weitere Gesichter tun sich auf, gleichzeitig, hintereinander, übereinander.

Die Großmutter. Oma! Wo bin ich? Tante Luise, Tante Rosa, Tante Karla, unverkennbar und doch so anders, als Maren sie gekannt hat, freundlich allesamt, liebevoll beschützend und verstehend sind ihre Mienen. Wir gehören doch zusammen. Von weit hinten, fast in Nichts aufgelöst und doch klar, hauchzart unwirklich und dennoch überdeutlich alles durchdringend dieser Großvaterblick, luftig verschwimmend mit den strengen Zügen ihrer Mutter, beim Schauen schon wieder verschwunden, nur die Frauengesichter bleiben. Traumhaft sieht sie mit allen Fasern ihres Leibes Bilder und Schemen, die nicht von außen kommen und auch nicht von innen, dies ist keine Rückschau. Sehen, Fühlen, Wissen haben sich vermischt. Wie eingebunden verspürt sie sich plötzlich mitten im freien Fall. Sie, die Einsame, Haltlose, sie, die sich zornig von all ihren Wurzeln abschneiden will, findet sich wieder als Teil einer langen Reihe von Ahninnen, Tanten, Großtanten, Großmüttern, Kusinen. Ermutigend, erwartungsvoll, liebevoll – was wollen diese Frauen von ihr? Etwas spiegelt aus den Tiefen ihres Wesens herauf, als wäre es seit Urzeiten in ihr: das *Eigene* leben. Frei sein.

Bis ins dritte und vierte Glied ... Gewitterartig blitzt das alttestamentarische Wort in Maren auf und legt für den letzten Bruchteil dieser Lebenssekunden hart und grell den Blick frei: Auch ihr Sturz in die Tiefe ist nichts anderes als der Versuch, der verschleierten Macht ihres schon lange toten Großvaters endgültig zu entkommen. Banal.

Messerscharf erwacht sie aus dem Endorphin-Taumel. Allein ist sie, ernüchtert im letzten Moment. Umkehren! *Ich will leben*, schreit alles in ihr, bevor sie auf dem schwarzen Wasser aufschlägt, bevor ihr knochiger

Leib die Oberfläche durchstößt und bevor die dunklen Fluten sich wieder über ihr schließen.

Juli 2013. Die Tür der Frauenarztpraxis fiel hinter ihr ins Schloss und sie setzte sich auf die Stufen des aufwändig restaurierten Jugendstil-Treppenhauses.

»Positiv«, tippte sie in ihr Handy, stieß die Luft aus, rieb ihre Stirn, ein Hauch von Schweißgeruch zog von der Achselhöhle an ihrer Nase vorbei. Vor einer Stunde hatte sie doch geduscht! Angstschweiß? So schlimm ist es auch wieder nicht, sagte sie sich.

Dreißig Sekunden später blinkte die Antwort-SMS auf.

»Wow – super! Heiratest du mich dann?«

»Nein.«

»Bin um 17.30 Uhr bei dir, lass uns reden.«

»Okay.«

Ein hell glänzender Sonnentag strahlte ihr entgegen, als sie auf die Straße trat. Auf der Oberfläche ihrer Stimmung lag eine seltsame Ruhe, still wie die eisige Schicht eines gerade eingefrorenen Sees, doch darunter brodelten die Strudel ihrer aufgewühlten Sinne. Nur nicht daran rühren jetzt. Lieber die Stille genießen, das Dumpfe, solange es noch hält. Nur nicht zurück zur Arbeit jetzt, allein in ihr Atelier.

Ohne Ziel schlenderte sie die Fußgängerzone entlang und fand sich im Straßencafé beim Karlsplatz wieder. Leiser Ärger war es, den sie als Erstes spürte, beim Versuch, sich zu sortieren. Mit einem Ruck zog sie das Handy wieder aus ihrer Handtasche.

»Ich wollte noch nie Kinder und du weißt es, was sollte es da zu reden geben?«

»Lass doch mal gut sein! Geh spazieren oder einen Cappuccino trinken. Bis später.«

Sie warf das Telefon wieder in ihre offene Tasche. Dass sie abtreiben würde, war sowieso klar. Hoffentlich wird Johannes nicht so viel daran herummachen. Entscheiden wird sie. Sie ist die Frau. *Mein Bauch gehört mir.* Wie recht sie doch hatten, die Weiber damals in den Siebzigern. Dann zahlte sie den Cappuccino, raffte die Handtasche zusammen, griff ihre Jacke von der Stuhllehne und stand auf. Wie viele Frauen haben schon abgetrieben, heute ist das eine kleine Ausschabung und der Spuk ist vorbei. Genügend Schubkraft hatte sie nun, um sich wieder an die Arbeit zu machen. Noch zwei Stunden, dann wird Johannes kommen.

»Als Mann – was soll ich sagen – muss ich letztlich deine Entscheidung akzeptieren, das ist mir schon klar«, sagte Johannes am Abend. »Aber ich nehme mir das Recht, zu sagen, was ich denke.«

Maren schwieg. Sie war sauer. Unterstützung hätte sie sich von ihm gewünscht und froh wäre sie gewesen, wenn er ihr zugestimmt hätte in dieser Situation, nie hatte sie einen Hehl daraus gemacht, dass sie sich nicht eignete zur Mutter, sie war nun mal kein Muttertier, was wollte er jetzt plötzlich. Hätte sie nur besser aufgepasst vor einigen Wochen. So satt gehabt hatte sie die Pille, diesen ständigen künstlichen Hormonstatus, und durch das Absetzen war ihr Zyklus wohl nicht so schnell wieder eingespielt gewesen und na ja, sie hatten eben auch eine leidenschaftliche Situation gehabt. Johannes wusste nichts vom Absetzen der Pille, ihm konnte sie keine Schuld geben, schade eigentlich, gerade war sie voll im Vorwurfsmodus.

»Maren, ich will eine Zukunft mit dir! *Das* ist es, was ich will. Und ein Kind würde mich wahnsinnig freuen. So geht es mir, mehr kann ich nicht sagen.«

»Eine Abtreibung würdest du dann trotzdem mittragen?«

»Ja klar, aber ich darf auch sagen, dass es mir was ausmachen würde. Mach dir nichts vor. Das ist mehr als ein kleiner Eingriff.«

»Was denn. Mehr! Quatsch.«

»Du trägst wieder einmal deine Härte vor dir her.« Johannes lächelte und ließ eine ihrer dunkelbraunen Haarlocken durch seine Finger spielen. »Zum Glück kenne ich auch die andere Seite von dir.«

Genervt schob sie seine Hand weg.

Sie presste ihre Lippen zusammen, schwieg. So saßen sie nebeneinander auf dem kleinen Balkon, die Abendsonne glänzte noch zwischen den Häuserblocks hindurch, eine frühe Wespe balancierte auf dem Rand ihres Weinglases. Sie verscheuchte sie.

Schließlich fing Johannes noch einmal an: »Natürlich trage ich eine Abtreibung mit, das ist doch gar keine Frage …«

»Ja, also, was machst du dann für ein Theater, du weißt doch, dass ich schon entschieden habe.« Wie grantig sie sich fühlte.

»Mir kommt es vor, du nimmst das wie ein Geschäft, das du eben hinter dich bringen musst, möglichst bevor du dich besinnst.«

»Na und!« Maren spürte, wie ihre Gereiztheit langsam zu Zorn heranwuchs. Was nahm der Mann sich heraus!

Johannes' Augen funkelten, er zog die Luft ein, auch er bereit zu kränken, dann legte er nach: »Schnell,

schnell, bevor deine kalte Klarheit durch zartere Gefühle verunsichert wird. Zack, zack, weg mit dem Kind, zack, zack, rauf auf die Brücke, zack, zack, runterspringen, weg mit dem Leben ...«

Zu viel. Die Grenze war überschritten. Reflexartig ballte sie die Faust und schlug ihm auf das Bein, schlagen wollte sie, um sich hauen, er fing ihr Handgelenk auf und hielt es hart. So starrten sie sich an. Sekundenlang, hasserfüllt zuerst, dann ließ er locker und gab ihren Arm frei.

»Verzeih. Das war ein Ausrutscher«, sagte er.

Sie schwieg. Langsam verdampfte der aufgekochte Zorn in ihr.

»Wie viel Zeit hast du noch, bevor du entscheiden musst?«, fragte er.

»Schon vergessen? Ich hab schon entschieden!« Zischend kochte sie schon wieder.

»Nein, hör doch auf! Ich meinte, bevor du es real tun musst, wann sind die drei Monate um, das wollte ich wissen!« Jetzt schrie auch er und irgendwie schien er mit den Nerven am Ende zu sein.

»Drei Wochen ungefähr.«

Seine Erschöpfung rührte sie, aber das würde sie jetzt nicht zugeben.

»Darf ich einen Wunsch äußern?«, fragte er.

»Was denn?«

»Gib dir noch eine Woche. Nur eine Woche! Gib *uns* noch eine Woche, Maren. Vielleicht nicht so sehr für dich, wenn du schon so klar damit bist. Aber dann wenigstens für mich. Es ist auch mein Kind und ich will die Chance haben, mich damit auseinanderzusetzen. Eine Woche. Dann geh von mir aus und lass abtreiben.«

»Okay«, sagte sie.

Die Luft war raus. Wund gestritten hatten sie sich. Weinen könnte sie jetzt. Schon spürte sie, wie schwer sie wurde, das Heulen verbot sie sich, hielt die Luft an, um sich besser in den Griff zu bekommen, nahm einen Schluck Wein, stellte die Füße auf die Balkonbrüstung und war erleichtert, dass Johannes mit sich selbst beschäftigt war und in die Sonne schaute. Wenn sie ihn auch vor einigen Sekunden noch aus ihrer Wohnung hatte werfen wollen, so war sie jetzt froh um seine stille Anwesenheit. Er hatte ja recht, schließlich war es auch sein Kind, er musste sein eigenes Verhältnis zu der Angelegenheit finden. Was sie selbst betraf, war die Sache klar. Mutter sein – nein, das war nichts für sie. Wie sollte es auch, schließlich hatte sie ja selbst keine Mutterliebe erfahren, sie hätte nicht einmal die leiseste Idee, wie das ginge. Ihr eigenes Leben in den Griff zu bekommen, war genug Arbeit gewesen in den letzten neunzehn Jahren, nach wie vor fühlte sie sich defekt und war es auch an Leib und Seele, noch lange wird sie mit ihren eigenen Problemen beschäftigt sein. Eine Mutter wie sie würde sie keinem Kind zumuten wollen.

»Noch ein Vorschlag zur Güte«, begann Johannes, ohne seinen Blick von der nunmehr untergegangenen Sonne zu wenden.

»Was?« Das kam barscher aus ihrem Mund, als sie wollte.

»Eine Woche und jeden Abend sprechen wir, wie es uns mit dem Thema geht.«

»Das kannst du gerne machen, du Oberpsychologe, ich bin fertig, ich weiß, was ich will.«

Sie konnte sich selbst nicht leiden in ihrer Bockigkeit, welcher Teufel ritt sie da dauernd? Johannes zog die Stirn in Falten und sie spürte, wie er mit sich rang, um den Streit nicht wieder eskalieren zu lassen.

»Okay, dann spreche erst mal nur ich. Jeden Abend, von jetzt an sieben Tage. Nur, wie es mir geht. Ich spreche nicht über dich. Wenn du dann auch was sagen willst, okay, wenn nicht, auch okay. Bist du einverstanden?«

»Ja«, sagte sie. Nach einer Weile fügte sie leiser hinzu: »Find ich gut, deine Idee.«

Johannes atmete auf. Beide saßen nebeneinander und schauten schweigend in dieselbe Richtung. Irgendwann rückte Johannes seinen Stuhl näher an den ihren, auch sie schob sich näher, die Stuhlbeine kratzten auf den Betonplatten, er stellte seine Beine neben die ihren auf die Balkonbrüstung und bald berührten sie sich von den Schultern bis zu den Füßen. Gut ist es mit ihm, dachte sie, der erste Mann in ihren fast vierzig Jahren, der zu ihr stand, mit dem sie ihr Leben teilen wollte. »Wenn du diese Beziehung in den Sand setzt, dann bist du ganz schön bescheuert«, hatte Sonja, ihre Kusine, vor knapp einem Jahr zu ihr gesagt, fast die einzige ihrer mehr als vierzig Basen und Vettern, mit der sie Kontakt hielt. Das hatte gesessen damals. Nein, diese Beziehung wollte sie nicht in den Sand setzen. Diese nicht.

Später liebten sie sich lange und sehr langsam, scheu zuerst, noch verletzlich beide von ihrem Streit, dann immer inniger. Von Anfang an war es die Art von Sex mit Johannes, die sie so tief berührte, kein gegenseitiges Stimulieren, kein oberflächliches Zuarbeiten auf den Höhepunkt. Ziellos, langsam, ergebnisoffen war das Zusammensein mit ihm, das hebelte ihre Leistungsreflexe

aus, wie ein Nachhausekommen empfand sie das Liebe-
machen, nie erschöpfend, auch für ihn nicht, unwichtig
Orgasmus oder Ejakulation, vielmehr war es ein Lauschen aufeinander und ineinander, ein Verbinden ihrer
Körper und Seelen.

Lange lag Maren diesmal noch wach, sie spürte ihn
im Rücken, er hatte seinen Arm um sie gelegt, sie hörte
und fühlte seinen leisen, regelmäßigen Atem, wie verletzlich er ist, dachte sie, wie zugewandt, und irgendwann tropften ihr die Tränen aus den Augen und wollten
nicht mehr aufhören, ganz still hielt sie sich und hoffte,
dass er es nicht merken würde. Irgendwann schüttelte
ein Schluchzen sie, er erwachte, hielt seinen Arm noch
fester um sie, hielt sie einfach und schwieg.

Als Höllenritt würde Maren die folgende Woche später bezeichnen, mit gelegentlichen Höhenflügen direkt
in den Himmel hinein.

Nie hätte sie für möglich gehalten, wie tief sie sich
verletzen konnten, mal wollte er, mal sie die Beziehung
aufkündigen, mal hielt er sie zurück, dann sie wieder
ihn, immer erst nach tiefster Erschöpfung konnten sie
sich versöhnen, und als die Woche um war, war ein ge-
meinsamer Entschluss weiter entfernt denn je. Es war
aber diese Woche, die ihre Liebe im Brennofen stählte,
mit Hammer und Amboss formte und aus der beide am
Ende aufgeschürft, aufgeweicht, aber auch geklärter und
sich gegenseitig sicherer hervorgingen. Wenn sie sich
auch bis ins Mark wehgetan hatten, so war doch alles
gesagt worden, es war Wahrheit gesprochen worden
zwischen ihnen.

Noch ungefähr zwei Wochen hatten sie, dann war die
Frist für eine Abtreibung abgelaufen, und Johannes zog

sich in dieser Zeit zurück. Er hatte gesagt, was er sagen wollte, sich hinterfragt und versucht, ihren Standpunkt einzunehmen, er war entschlossen, sie zu begleiten, und egal zu welchem Entschluss sie kam, diesen mitzutragen, er hatte versucht, einer Abtreibung sein Gutes abzuringen, aber am Ende war da immer diese Trauer in ihm, diese Freude auf ein Kind und wenn er noch tiefer in sich selbst hineinlauschte, entdeckte er die Angst, dass sie mit dem Kind auch ihre Liebe abtreiben würden. All dies hatte er offengelegt im Laufe der Woche, nun konnte er es nur noch ihr überlassen.

Bei Maren lief es immer auf das eine hinaus, dass sie sich nicht fähig fühlen würde, ein Kind zu lieben, und immer wieder dieser Satz: »Ich bin kein Muttertier.«

Sie trafen die Vereinbarung, sich eine weitere Woche lang nicht zu sehen.

Am Ende dieser Woche erhielt Johannes eine SMS: »Könntest du im Notfall Mutterliebe für zwei aufbringen?«

»Ja«, simste er zurück.

»Würdest du Vaterschaftsurlaub nehmen, gleich von Anfang an?«

»Jaa!!«

»Also dann.«

»Yeahhhh!!!«

Da schlief es nun, das Baby auf ihrem Bauch. Sie lag auf der Matratze, Johannes saß neben ihr, still war es und warm im Raum, zwei Kerzen brannten, Rosenduft lag in der Luft, und leise klassische Musik verwob alles miteinander, eine behagliche, fast heilige Atmosphäre, und

Maren war einfach nur ratlos. Ihre Stimmung wechselte zwischen Wut, Verzweiflung fast, Stolz und Zärtlichkeit, aber auch Leere und Verwirrung. Alles war gleichzeitig da, dann wieder nacheinander.

Nachdem sie sich schließlich doch für das Kind und gegen die Abtreibung entschieden hatte, war die Schwangerschaft eine wunderbare Erfahrung für sie geworden. Johannes war so glücklich gewesen über ihren Beschluss und ihre Partnerschaft ging in eine neue, stille und innige Phase. Demnächst wird sie vierzig und nach den vielen Jahren von Therapie, Rückfällen, Phasen der Heilung, des Aufbruchs, nach Verzweiflung, Hass und Wut, aber auch tiefer Einsamkeit, nach sexuellen Abenteuern, mal zweifelhaft, mal leidenschaftlich, mal zum Kotzen, nach einigen verbrannten Beziehungen und immer wieder dieser Hoffnungslosigkeit, ob sie jemals glücklich werden könnte, hatte sie während der Schwangerschaft zum ersten Mal in ihrem Leben das Gefühl gehabt, angekommen zu sein.

Endlich erfuhr sie sich in ihren Fundamenten als Frau, als weibliches Wesen, das Leben geben konnte, und eine neue Knospe von Selbstbewusstsein entwickelte sich in ihr. Eine Knospe, die sie niemals für möglich gehalten hätte. Jetzt durfte sie ausatmen und stille Freude hatte sich in ihr ausgebreitet. Sie liebte es, wie sich ihre fast hagere Gestalt wandelte, wie das Leben in ihr wuchs, sie mochte es, wie ihre Brüste fester und größer wurden mit dem Verlauf ihrer Schwangerschaft und Johannes war fasziniert von ihrem Aufblühen. Die Geburt war nicht leicht gewesen, wenn auch ohne ernste Komplikationen, und als die Wehen und die Schmerzen nicht aufhören wollten, versuchte sie sich an den Aussagen aller Mütter aufzurichten, dass jede Frau diese höllischen Qualen sofort vergessen hätte, wenn ihr das Baby erst einmal im Arm läge, die Hormone würden von selbst dafür sorgen. Nun – ganz so war es bei ihr nicht gewesen und vergebens hatte sie auf das Einschießen des berühmten Oxytocins gewartet, des mütterlichen Liebeshormons. Richtiggehend gelauscht hatte sie darauf, ob auch sie diese unwiderstehliche Liebe, hormonell bedingt und unausweichlich, überwältigen würde.

Nichts war da gewesen. Gar nichts.

Als sie den nackten, gerade geborenen Säugling an ihre Brust gelegt hatte, erschöpft von den überwundenen Strapazen, noch war die Nabelschnur nicht durchschnitten, war außer Müdigkeit nur Leere. Wenigstens war sie berührt von Johannes' Glück. Das gibt sich, wenn sie erst einmal geschlafen hat, Johannes kann sich derweil für sie beide freuen. Und doch schwante ihr, dass diese viel gerühmte Mutterliebe bei ihr nicht auftauchen würde.

Das war vor drei Wochen gewesen. Inzwischen war sie schon genervt, wenn sie nachts aufstehen sollte zum Stillen, so schnell wie möglich wollte sie diese Stillphase hinter sich bekommen, das musste ja auch nicht so lange sein. Sie pflegte das Neugeborene, sie ließ es ihm an nichts mangeln und gleichzeitig konnte sie sich beobachten, mit welcher Kühle und mit welchem Pflichtbewusstsein sie sich ihrem Kind widmete. Wachsende Panik befiel sie, dass nun das eingetroffen war, was sie befürchtet hatte: dass sie von Natur aus keine Mutter ist, und sie wird ihre Aufgabe genauso schlecht machen wie ihre eigene Mutter. Der einzige und vielleicht entscheidende Unterschied war, sie konnte mit Johannes darüber reden. Er wusste um ihre Lebensthemen und auch um ihre Angst vor der eigenen Unzulänglichkeit.

»Jetzt ist es doch so gekommen, wie ich befürchtet habe: Das Mutterliebehormon umgeht mich!«

Johannes lachte. »Das glaube ich eigentlich nicht. Vielleicht bist du zu fixiert darauf? Lass doch einfach mal los und gib dir noch ein wenig Zeit.«

Sie schwieg in die Dunkelheit des Schlafzimmers hinein.

»Du bist zu ehrgeizig. Jetzt willst du es aber auch ganz bestimmt besser machen als deine Mutter. Sei doch nicht schon wieder so verbissen«, sagte er.

»Ja, vielleicht hast du recht.«

Johannes drehte sich auf die Seite, schlang seinen Arm um sie und schlief ein.

Irgendwann schrie das Kind und obwohl sie noch nicht geschlafen hatte, empfand sie die Zumutung, mitten in der Nacht aus dem Bett und ein kleines Wesen mit dem eigenen Körper nähren zu müssen, als fast unerträglich.

»Ich glaube, länger als sechs Wochen will ich nicht stillen«, sagte sie am Morgen.

»Schau, wir sind ein reifes Paar, beide sind wir bewandert in Psychotherapie jeglicher Couleur.«

»Und? Was nicht ist, ist nicht.« Maren wurde wütend. Was dachte der sich? Er ist ein Mann. »Keine Mutter gibt gern zu, dass sie ihr Kind nicht liebt. Man fühlt sich scheiße«, sagte sie.

»Gib uns doch noch eine Chance. Sei doch nicht dauernd so streng mit dir!«

»Was denn? Chance? Was soll ich tun, soll ich zaubern? Glaub mir's, ich hätte es gerne anders. Und irgendwie fühle ich mich auch verantwortlich für das Kind!«

»Wir machen gemeinsam einen Versuch, wenn du dich drauf einlassen willst. Mir ist heute Nacht eine Idee gekommen.«

So lag sie hier bei Kerzenlicht, ätherische Öle in der Luft, ihr schönes Zimmer geschmückt wie ein tantrischer Tempelpuff, Johannes saß neben ihr auf einem Kissen und das Baby schlief auf ihrem Bauch. Es einfach auf ihrem Bauch liegen und schlafen lassen. Egal was passierte, egal wie lange, einfach einmal miteinander entspannen. Egal, welche Gedanken und Gefühle kommen. Nur wahrnehmen und sich Zeit nehmen für die Nähe. Das war seine Idee gewesen. Mit der Esoterik hatte er es schon immer gehabt.

»Und die kleine Emma? Sie bekommt sicher meine schlechten Schwingungen mit, wenn ich sie so lange und so nahe auf mir liegen lasse. Mir kommt es vor, als müsse ich sie vor mir schützen.«

»Quatsch«, sagte Johannes. »Erstens bleibe ich daneben sitzen, egal wie lange, zweitens merke ich sofort, wenn ihr etwas nicht guttut.«

Maren seufzte, alles in ihr wehrte sich und gleichzeitig hätte sie Johannes umarmen können. Welch einen wundervollen Mann hatte sie endlich gefunden, schon ihm zuliebe würde sie sich auf dieses Experiment einlassen.

»Kannst dich gerne fallenlassen. Ich übernehme die Verantwortung für Emma«, sagte er noch einmal.

Diese schlief selig auf ihrem Bauch. Niedlich eigentlich, dachte Maren, die winzigen Fingernägel. Alles ist dran, faszinierend, so ein kleines Geschöpf. Doch dies waren nur Gedanken, distanziert und betrachtend, so viel war ihr klar. Liebe war das nicht. Dass Emma ihre »schlechten Schwingungen« mitbekommen würde, hatte sie noch eine Weile beschäftigt, doch immer tiefer konnte sie entspannen, da sie Johannes neben sich wusste.

Wenn das meine Mutter mit mir gemacht hätte, wäre mein Leben sicher anders verlaufen.

Ihre Mutter. Wie ideologisch verblendet sie doch gewesen war mit ihrem christlichen Fanatismus. Sie sah Christels Beerdigung vor sich. Das rote Tragetuch Gottes. So war die Mutter bis zum letzten Atemzug Pfarrerin geblieben, bis zum Schluss hatte sie ihren Auftrag erfüllt, den Menschen Gott nahezubringen. Ihr Sarg war mit einem roten Tuch ausgelegt, welches das rote Tragetuch Gottes symbolisieren sollte. Wie eine Mutter, so würde auch Gott sein Menschenkind durch das Leben tragen und am Ende wieder empfangen.

»Gott soll es richten, was sie selbst nie vermochte«, hatte Maren damals gedacht. Bitter war es ihr aufgestoßen bei der Beerdigung vor vierzehn Jahren. »Hätte sie besser ihre eigenen Kinder in einem roten Tragetuch herumgetragen.«

Ganz erfüllt war sie von einem inneren höhnischen Auflachen gewesen, hatte sich aber beherrscht, als der Beerdigungschor aufgehört hatte zu singen und Gebetsstille eingekehrt war. Wie satt sie es hatte, dieses fromme Getue.

Ganz frisch war sie zusammengeflickt worden nach ihrem Höllensturz in den Neckar und das Stehen mit den Krücken machte sie müde. Sie versuchte, durch die Menge der Trauergäste ihren Weg auf die Friedhofsbank zu finden. Wie sie die mitfühlend-neugierigen Blicke der Verwandten hasste, wieso war sie hergekommen? Abschied von der Mutter nehmen? Trauern? Wenn sie ehrlich mit sich war, spürte sie nur Erleichterung. Leise erschrak sie über dieses Gefühl, doch es war da: Erleichterung über den Tod ihrer eigenen Mutter. Hatte es auf dieser Welt für uns beide keinen Platz gehabt?, fragte sie sich. Vielleicht musste eine von uns gehen, damit die andere leben kann? Während des Gesangs der Trauergemeinde, während des kirchlichen Beerdigungsrituals hinter den hunderten von Trauergästen versteckt, ließ sie auf der Parkbank ihre Gedanken umherstreifen. Man hatte sie aus dem Neckar gefischt und wieder zusammengestückelt. Doch gesund war sie weder am Körper noch an der Seele. Durch den Tod der Mutter schien sich zum ersten Mal auf unbestimmte Art Leben oder zumindest eine Ahnung von Leben in ihr zu regen.

Gehab dich wohl, Mutter, dachte sie, als sie mit ihren beiden Brüdern und dem Vater vor das Grab trat und die obligatorische Rose hinabwarf. Gehab dich wohl. Böse fühlte sie sich, als ihr der Spruch »Geh mit Gott, aber geh« einfiel. Zwischen uns beiden hat es in diesem Leben nicht geklappt.

Wieso eigentlich rot?, fragte sich Maren jetzt. Wieso hatte die Mutter als Symbol für die Liebe Gottes ausgerechnet ein rotes Tuch gewählt? Auch auf ihre Matratze hatte Johannes ein rotes Tuch gelegt, sie hatten schon den einen oder anderen Tantrakurs miteinander besucht und waren es gewohnt, sich ab und zu einen rituellen Raum zu gestalten.

»Wieso eigentlich rot?«, fragte sie Johannes leise.

»Was?«

»Wieso hast du ein rotes Tuch gewählt, als du den Raum hergerichtet hast?«

»Rot, hm, das steht für Wärme wahrscheinlich, oder nicht? Aber warte, ich habe da vor einiger Zeit gelesen, es sei auch eine archetypische Farbe, die Farbe der Göttin, die Farbe für die weibliche Liebe.«

»Sie würde sich im Grab umdrehen«, sagte Maren mit dunkler Stimme.

»Wer?«

»Meine Mutter würde sich im Grab umdrehen, wenn sie das gewusst hätte! Sie hatte für ihren Sarg ein rotes Tuch gewählt. Völlig unbewusst natürlich. Es sollte das rote Tragetuch Gottes symbolisieren. Die Göttin – dass ich nicht lache.«

»Du klingst bitter«, sagte Johannes.

»Kann sein. Vielleicht bin ich das noch immer.«

Emma lag ruhig und schlief auf ihrem Bauch, die winzigen Fingerchen rührten sich sacht im Schlaf. Wie süß sie ist, dachte Maren, dann wurde sie schläfrig und döste ein wenig vor sich hin. Zwischen Halbschlaf und Traum stieg ein Bild in ihr auf, groß stand es vor ihr, überlebensgroß, sehr konkret im Stil einer Frida Kahlo, aber es war ihr eigenes inneres Bild. Es zeigte sie selbst als Neugeborenes, gerade war sie geschlüpft, sie lag auf den Händen ihrer aufrecht sitzenden Mutter, nur die Hände nutzte sie, um ihr Kind zu halten, als ob sie es von sich weghalten wollte, nicht an sich heranlassen. Die Mutter war ganz angekleidet mit ihren typischen modisch wallenden Kleiderstil der siebziger Jahre. Steif war ihre Haltung und verschlossen ihr Blick, sie schaute in die Ferne, halb nach oben, nicht auf ihr Kind. Hinter ihr stand Michael, Marens Vater, die Nabelschnur machte einen Bogen um die Mutter und führte, ohne sie zu berühren, über die Schulter bis zum Vater.

Ja, so war es und so ist es jetzt auch wieder, dachte sie, als sie ihre verschlafenen Sinne wieder zu sich zog. Ich hab es nicht geschafft, die fehlende Mutterliebe zu produzieren, ich konnte den Kreislauf nicht durchbrechen. Hart fühlte sie sich. Und plötzlich ganz wach.

Emma seufzte im Schlaf. Seltsam, als ob sie gar nichts mitbekommen würde.

»Johannes?«

»Hmm?«, machte er leise

»Bist du noch da? Passt du auf Emma auf?«

»Bis jetzt scheint es ihr gut zu gehen bei dir. Sie schläft selig.«

»Aber sie sind wie Seismografen, die Kinder, sicher bekommt sie meine Bitterkeit mit, was denkst du?«

»Ja, sie sind wie Seismographen, die Kinder, sie bekommen die Wahrheit mit. Wir gehen mit der Wahrheit, das ist der Unterschied zu deiner Mutter. Du kannst gern vertrauen. Entspann dich, vielleicht kannst du schlafen? Ich halte Wache, keine Sorge.«

Dankbar schloss sie wieder die Augen.

»Das war der tiefste Schmerz deiner Mutter«, sagte Johannes nach einer Weile. »Bis zu ihrem Tod blieb diese Sehnsucht in ihr, getragen zu werden und gehalten wie ein Kind. Das hat ihr selbst so sehr gefehlt, sie hat alles auf ihren Gott projiziert.«

»Ja.«

Maren erinnerte sich an die Jahre ihrer Magersucht. Wie hatte sie ihre Mutter gehasst. Nicht sehr schmeichelhaft aus heutiger Sicht, aber sie musste sich eingestehen, dass Hass das einzige und richtige Wort war. Reiner, unverfälschter, ungebrochener Hass. Wie viel hatte sie verarbeitet seither und wie viele Stunden Therapie hatte sie dazu gebraucht. Seit so vielen Jahren war sie schon auf ihrem Heilungsweg und noch immer sah sie sich als defekt an. Vermutlich wird ihr dieses Gefühl ihr Leben lang bleiben: beschädigt. Und doch ging sie ihren Weg. Was war denn eigentlich so schlimm an ihrer Mutter? Bei Licht besehen hatte sie ihr ja nichts getan.

Auf einmal erstand in Maren wieder diese Erscheinung, zuerst wollte sie schnell an etwas anderes denken, dann ließ sie es zu, wie eine Fata Morgana, doch mit allen Sinnen fühlt, riecht, schmeckt sie es wieder, sie klammert sich an den Rock ihrer Mutter, sie umklammert ihre Beine und will sie nicht mehr loslassen, sie weiß, dies ist ihre einzige Rettung, die Mutter, ihre Beine, ihr Rock, dort ist sie in Sicherheit, sonst würde sie sterben. Durch Hypnose-Therapie waren die Erinnerungen wieder zugänglich geworden.

Sie hatte gehustet und gewürgt, gewürgt, wie schlecht war es ihr geworden, diese Todesangst, dieser Ekel, die Atemnot, Matthias, ihr Therapeut, stellte ihr eine Schüssel hin und sie erbrach sich, als ob sie sich die Seele aus dem Leib kotzen würde. Vage Bilder und Gerüche tauchten auf, eklig nach Fisch und Alkohol, nach kaltem Zigarrengestank in diesem gläsernen Aschenbecher, die Schachtel Vivil daneben und dieses Halbdunkel, das goldgelbe Samt des Sessels und das Brummen und Stöhnen eines alten Mannes, eine ekelhaft dicke Schlange zwang sich in ihren Mund, der Mann hielt sie fest am Nacken, klemmte sie zwischen seine Knie, sie konnte nicht entkommen, aber sie hätte sich auch nicht bewegen können vor Angst, kaum bekam sie Luft, Tränen stürzten in ihre Augen, aber es waren kalte Tränen, sie waren zu Eis erstarrt, sie konnten nicht heraus, dieses Stöhnen und der Gestank, sie konnte nicht husten, ihr kleiner Mund wurde so weit aufgerissen, ersticken würde sie an der dicken Schlange in ihrem Rachen, Mama, wo bist du, ich sterbe, dann spuckte die Schlange einen heißen, ekligen Saft aus, der Mann stöhnte noch mehr, Ekel, nichts als Ekel und Todesangst, die Schlange wurde kleiner und verschwand, aber dieses schleimige Zeug in ihrem Mund, sie hustete, es kam heraus, doch etwas davon, viel zu viel, musste sie schlucken, ihr kleiner Körper zuckte. Der Mann wischte ihr den Mund ab und setzte sie auf den Boden zurück, dann langte er hinter sich zwischen seinen Rücken und der Sessellehne und warf ihr ihre Puppe zu. »Kannst weiterspielen, da hast du deine Puppe wieder.«

Maren blieb sitzen, die Puppe lag neben ihr, sie rührte sich nicht mehr von der Stelle, zu Stein war sie geworden, immer starrte sie die Türe an, immer auf die gleiche Stelle, aber sie konnte sich nicht mehr bewegen. Irgendwann, wie viele Stunden waren das wohl gewesen, dreht sich der Türgriff, sie hört die Stimme ihrer Mutter, die zusammen mit Tante Rosa den Raum betrat. Da strömte wieder Leben in sie ein, wenigstens so viel, dass sie aufstehen konnte. *Mama, Mama*, das sagte sie nicht, das dachte sie nur, denn sprechen würde sie nie wieder können, nie wieder würde etwas aus ihrem Mund herauskommen oder hineingehen. *Mama.* Sie sah die vertrauten Beine, den weiten Rock und klammerte sich an sie, denn es ging um ihr Leben, den Rock konnte sie nicht mehr loslassen.

»Was ist denn mit dir los, Mädle, was bist du denn für ein Mama-Kindle! So lange war ich doch gar nicht weg!«

Maren spürte das kühle Erstaunen ihrer Mutter, doch sie würde sich nicht mehr lösen von ihrem Rockzipfel und irgendwann machte die Mutter sie los.

»Zerreiß mir nicht mein neues Kleid, pass doch auf, Mädle! Kann man dich denn nicht einmal ein paar Stunden bei Onkel Kurt lassen?«

Dieser namenlosen Einsamkeit, nachdem die Mutter sie mit kalter Ungeduld von ihrem Rockzipfel abgetrennt hatte, konnte sie erst nach vielen Jahren Therapie wieder begegnen, entwurzelt hatte man sie, abgeschnitten vom Leben und von jedem natürlichen Schutz. Erst als Erwachsene konnte sie fühlen, wie sie durch ihre Kindheit und Jugend gegeistert war. Ein Irrlicht.

Welch Wunder, dass Emma schlafen konnte bei so viel Aufruhr in ihr. Inzwischen konnte Maren wenigstens an ihre Vergangenheit denken ohne körperliche Schmerzen, doch noch immer schlug ihr Puls höher. Drei oder vier Jahre alt war sie damals gewesen und natürlich war der Vorfall nie zur Sprache gekommen, irgendwann war er im Nebel ihrer vergessenen, verdrängten Erfahrungen verschwunden. Hätte sie es erzählen können, wenn ihre Mutter einen liebenden Blick auf sie gehabt hätte? Oder wenn sie nur ein Fünkchen von Gespür für die Verzweiflung ihres Kindes aufgebracht hätte?

Sie sah auf und blickte Johannes in die Augen. Er hatte sie beobachtet. Lange schauten sie sich an, *er* hatte einen liebenden Blick, das berührte sie in diesem Moment so tief in ihren Eingeweiden, dass ein Aufschluchzen aus ihr herausbrach, zuerst schluchzte sie trocken, dann flossen die Tränen. Welch ein Glück war Johannes für ihr Leben. *Ich hofft es, ich verdient es nicht*, irgendein Fragment Goethes schoss ihr ins Gehirn, das schönste Liebesgedicht, wo hatte sie es neulich gelesen? Doch, sagte sie sich. Ich verdiene es, diese Liebe habe ich mir erarbeitet, die *Fähigkeit*, einen Mann zu lieben, habe ich mir hart erarbeitet. Und sehr viel Geld für Therapiestunden ausgegeben. Jede einzelne Stunde selbst bezahlt. Wenn sie ihren Weg betrachtete, durfte sie stolz sein auf sich.

Auch wenn die Magersucht viel später begonnen hatte, war sie nie eine gute Esserin gewesen, irgendein Druck im Magen hatte sie, seit sie denken konnte. Die Mutter war ein paar Mal beim Kinderarzt mit ihr gewesen, aber es war nichts festgestellt worden. Eingestellt hatte sie das Essen erst, nachdem sie von zuhause ausgezogen war. Viel zu lange hatte sie das fromme Mädchen gespielt und sich selbst vorgemacht, sie sei christlich. Sich gegen die Mutter vom Glauben abzuwenden, wäre ihr nie in den Sinn gekommen. Doch als sie im Studium mit anderen, nichtchristlichen Kommilitonen zu tun hatte, fiel das fromme Hemdchen schnell von ihr ab, als hätte es nie zu ihr gehört. So war sie auch lange ohne Sex geblieben, und irgendwann hatte sie sich vorgenommen, es einfach einmal »zu tun«, mit dreiundzwanzig war es schließlich Zeit, die Jungfräulichkeit abzulegen. Besonders verliebt war sie nicht in den jungen Mann, aber er war recht ansehnlich, also ließ sie es darauf ankommen. Er wollte unbedingt oralen Sex. Danach sagte er, sie sei wie ein Stein. Sie hatte ihn nie wiedergesehen, aber von da an fand kaum noch eine Speise in ihren Mund. Bei ihrem Sprung in den Neckar hatte sie keine vierzig Kilo gewogen mit einer Größe von einsfünfundsiebzig. Und wie viele Therapien hatte sie abgebrochen oder war aus Kliniken hinausgeworfen worden, bevor sie Matthias getroffen hatte, einen Gestalt- und Hypnotherapeuten.

So manches Mal hatte sie zuvor der Versuchung nur mit Mühe widerstanden, einen weiteren Selbstmord zu planen und durchzuziehen. Fast fünfzehn Jahre war das jetzt her. Die Magersucht war schon lange geheilt, auch hatte sie nach und nach ihre Freude am Sex entdeckt, die sie selbst als *normal* bezeichnet hätte. Nur Liebe und Beziehung, das war etwas, was sie nicht wollte oder nicht konnte.

Sie war Industriedesignerin mit dem Schwerpunkt auf Textilien und warb gerade als Freelancerin um einen grenzwertig großen Auftrag beim Sportwagenkonzern in Zuffenhausen. Ein Gewebe für einen Autositz sollte entwickelt werden, der die Eleganz von Leder mit der Wärme eines gewebten Stoffes verband. Sie hatte einige gute Ideen. Johannes war angestellter Betriebspsychologe im selben Konzern. Dass ausgerechnet sie sich über den Weg laufen mussten in diesem Riesen-Komplex. Klassisch wie im Film, sie war in Eile, rechtzeitig zu ihrer Präsentation zu kommen, eigentlich hatte sie noch genügend Zeit, aber die Aufregung trieb sie vor sich her durch die Gänge und – wie banal – an einer Ecke stieß sie mit ihm zusammen, ihre Mappe, die sie vor ihrem Bauch getragen hatte, fiel zu Boden, den Laptop konnte sie gerade noch festklemmen zwischen Hand und Knie, sie war tödlich genervt. Er half ihr die Sachen aufzulesen, nahm eine der heruntergefallenen Visitenkarten an sich. »Darf ich?« Zerstreut schaute sie auf. »Wozu?« Er:

»Nicht jeden Tag lässt einen das Schicksal mit einer so schönen Frau zusammenknallen.« Mein Gott, nichts wie weg hier, zum Flirten war sie gerade ganz und gar nicht aufgelegt, und als er am nächsten Tag anrief, konnte sie sich nicht mehr an ihn erinnern. Och ja, wieso sich nicht mal wieder einen Flirt und ein wenig Sex gönnen, dachte sie und traf sich mit ihm.

Er passte nicht gerade in ihr Beuteschema, wie sie sich auszudrücken pflegte. Deutlich älter als sie, sicher Ende vierzig, graue Fäden in seinen Locken, die nach ihrem Geschmack im Nacken kürzer sein sollten, groß war er und sie sah, dass er wohl mit einem winzigen Bauchansatz kämpfte, obwohl man ihn noch als schlank bezeichnen würde. Ein Gemütsmensch, ging ihr durch den Kopf. Sie bevorzugte sonst jüngere, freche Männer, mit denen konnte sie mithalten, deren sexueller Hunger zusammen mit Marens schneller Intelligenz und sprunghafter Schlagfertigkeit ließ sie ihre Vitalität spüren und sie wusste, dass sie mit ihren hellwachen braunen Augen und ihrem Witz jeden Mann verzaubern konnte. Das war ihre Masche, ihre Formel, wie sie sich immer wieder andockte an die Außenwelt und sich ihre Zugehörigkeit zum Leben, zur Welt von Eros und Begehren bestätigte.

Mit Johannes ließ sich ein One-Night-Stand nicht machen, das hatte sie schnell herausgefunden und es verunsicherte sie.

Auf einmal fand sie sich wieder in langen Spaziergängen mit ihm auf der Karlshöhe, auf dem Birkenkopf, im Kräherwald und was sonst der Stuttgarter Westen an Grünflächen noch hergab. Viel zu intim war ihr das eigentlich, warum sie sich trotzdem mitziehen und auf lange Gespräche einließ, wusste sie selbst nicht. Ein paar hübsche sexuelle Zusammentreffen hätten ihr gereicht, dann wäre jeder wieder seines Wegs gegangen.

Bevor sie mit Johannes zum ersten Mal im Bett war, wussten beide fast alles über das Leben des anderen. Eine neue Erfahrung für Maren. Sie spürte, auf welch dünnem Eis sie sich bewegte, doch war ihr klar, dass dies ein weiterer Schritt in ihrer Heilung war: mit ihrer Verletzlichkeit leben und sich sacht, aber bewusst in etwas Neues hineinschwingen, das sie nicht von Anfang bis zum Schluss kontrollieren konnte.

Er hatte ein Jahr zuvor eine zermürbende Scheidung hinter sich gebracht und war selbst noch verletzt und vorsichtig. Maren ihrerseits hatte noch nie mit einem Mann geschlafen, der ihre Vergangenheit kannte oder überhaupt etwas von ihr wusste.

Mit dem gegenseitigen Wissen und ihrem Vertrauen war ihre sexuelle Begegnung von völlig anderer Art als die, die sie seither gekannt hatte, leiser, feiner, im Innersten berührend. So einfach Tschüss sagen, das ging da schon nicht mehr.

Dass sie einmal eine so ernsthafte und lang anhaltende Beziehung haben würde, hatte sie für sich nicht mehr erhofft und wusste auch gar nicht, ob sie das überhaupt gewollt hätte. Nun, das war vor fast zwei Jahren gewesen, und hier lag sie nun mit seinem Baby auf dem Bauch. *Sein* Baby? Wo war sie nur gelandet?

Noch immer schlief es auf ihrem Bauch, ein Wunder, dass es sich nicht stören ließ von den vielen Erinnerungen, die Maren durch den Kopf gingen. Langsam wurde sie unruhig. Was soll diese Übung hier? Warten auf das

Oxytocin, auf die einschießende Mutterliebe, entspannt im Hier und Jetzt bei spirituellem Kerzenschein, sollte der Brutaufzuchtstrieb etwa kommen, wie die Milch in sie eingeschossen war, als das Baby anfing zu saugen? Was hatte sich Johannes da ausgedacht mit seinem Psychotherapie-Esoterik-Fimmel! Ihr Rücken schmerzte langsam, sie wollte sich bewegen.

»Brauchst du was?«, fragte er.

»Ich muss mal«, sagte sie, obwohl es gar nicht stimmte.

Er nahm das schlafende Kind zu sich und sie ging nackt hinaus aufs Klo, grell war das Licht, sie fröstelte ein wenig und als sie wieder zurückkam in dieses warme, geborgene Zimmer mit dem gedämpften Licht, mit den sanften, rötlichen Farben, der leisen Musik, erschien es ihr wie ein kleines Refugium und sie sah Johannes, wie er das Baby auf dem Arm hielt, wie er es anschaute, mit so viel Liebe. Fast so etwas wie Neid tauchte in ihr auf, störrisch fühlte sie sich, irgendwie ausgeschlossen, und als sie dann wieder auf ihrer Matratze lag und Johannes ihr die kleine, noch immer schlafende Emma auf den Bauch zurücklegte, bemächtigte sich ihrer eine unerklärliche Schwere.

Woher kam das nur, dieses Gefühl, ausgeschlossen zu sein, das so diffus mit ihr verwoben, ja fast Teil ihres Wesens war, so sehr war sie damit verbunden. Immer hatte sie sich ausgeschlossen gefühlt. Die Mutter hatte vor allem zu ihrem ältesten Bruder ein enges Verhältnis, Michael, ihr Vater, war auf für sie geheimnisvolle Weise mit ihrem jüngsten Bruder verbunden, immer allein hatte sie sich gefühlt, eher dem Vater zugewandt als der Mutter. Michael mochte sie auf selbstverständliche Art, aber nie war diese Vertraulichkeit entstanden, die er mit seinem Jüngsten hatte. Immer empfand sie sich als zu viel. Verloren.

Verlorenheit, das war es auch, was unterhalb ihres forschen, selbstbewussten, manchmal harten Gebarens lauerte. Noch immer diese Entwurzelung. Würde sie die niemals loswerden? Wo war sie angebunden? Den christlichen Gott hatte sie schon lange aus ihren Zellen verbannt, zumindest so gut es ging, zum Glück bin ich wenigstens von diesem Übel erlöst, dachte sie, doch wo war ihre Heimat? Woher sollte dieses ominöse Gefühl kommen, welches Kinder so dringend von ihren Müttern brauchten? Die Chemie alleine konnte es nicht sein.

Emma bewegte sich, sie gähnte und es schien, als ob sie gleich anfangen würde zu schreien. Johannes war noch immer sehr aufmerksam, wie machte der das nur, schon seit Stunden saß er bei ihnen mit seiner Präsenz und seiner Liebe für sie beide. Er nahm Emma ein klein wenig hoch, legte sie Maren an die Brust und reflexartig begann sie zu trinken, ihre Fingerchen hielten sich am für sie übergroßen Busen fest und machten wieder diese feine, kleine, versonnene Auf-und-zu-Bewegung, ganz versunken und mit allen Sinnen konzentriert trank sie, und Maren, die gerade aus dem Morast ihrer Traurigkeit hervorschaute, traten nun wirklich Tränen in die Augen. Was für ein hilfloses, vertrauensvolles kleines Geschöpf, wie konnte dieses Kind ihr so vertrauen, ihr, die nicht fähig war, Mutterinstinkt zu entwickeln, wo sollte sie ihn hernehmen, was war ihre Quelle, heulen wollte sie, einfach nur heulen und dieses kleine Geschöpf diffus um Verzeihung bitten.

»Kannst du dich an die Ausstellung von Frida Kahlo damals erinnern?«, fragte Johannes leise.

Wie kam der jetzt auf Frida Kahlo, fast fühlte sie sich herausgerissen aus ihrer eigenen Welt, da sah sie dieses Bild vor sich, dieses Bild, vor dem sie damals sicher eine halbe Stunde gestanden hatte, Frida Kahlos »Liebesumarmung des Universums«. Und obwohl sie danach alle möglichen intellektuellen, auch feministisch-kritischen Interpretationen über das Gemälde gelesen hatte, so hatte es doch eine innere Saite in ihr zum Schwingen gebracht, eine Sehnsucht, die sie nicht hätte benennen können. Nun tauchte es wie aus einem unbekannten archetypischen Speicher ihrer Seele wieder auf, machtvoll, großartig, als wollte es direkt zu ihrem Herzen sprechen, als wäre es nicht das Kunstwerk einer mexikanischen Malerin, sondern ein Bild von ihr selbst, aus ihr, ein Wissen von wer weiß woher, ein Urbild, das schon immer in ihr war, das von irgendwo herkam, nur nicht aus ihrer Familie. Dieses schemenhafte Universum, weiß, formlos, weiblich, das die Erde umarmt, die Erde mit tropfenden Brüsten, die Fülle, die Wärme, die Geborgenheit, aus der wir alle kommen und zu der wir alle wieder gehen, und diese Frau im roten Kleid, wie sie geborgen saß im Schoß der Erde, umfangen von ihr, mag es nun Frida Kahlo sein oder irgendeine Frau, Maren selbst vielleicht, ein rotes Kleid trug sie, rot, das Kleid der liebenden Göttin.

Auf einmal fühlte sie diese unendliche Kraft in ihrem Rücken, die Üppigkeit der Erde, den umhüllenden Schoß, die selbstverständliche Liebe, die man sich nicht erarbeiten, nicht erkaufen muss mit Wohlverhalten oder Glauben, eingebunden ins unendliche All. Kein Kunstwerk war dies mehr, sondern etwas Wesenhaftes, wie das Zurückkehren in eine Heimat, die immer da war, die in keiner Sekunde verschwunden gewesen war, die nur Maren verlorengegangen war, Wurzeln, die man ihr abgeschnitten hatte.

Hier war ihre Quelle, von hier wurde sie genährt und von hier konnte sie ihr Kind, ihr Baby nähren. Eine überwältigende Liebe überschwemmte Maren in diesem Augenblick, wie weggeblasen war die Angst, nicht lieben zu können, schon immer hatte sie lieben können, sie wurde geliebt und gehalten, nur war sie abgetrennt worden durch kalte Ideologien und einen christlichen Großvatergott. Seit jeher war sie verbunden mit allem, auch wenn sie nur das Gefühl von Trennung und Einsamkeit kannte. Dies war die Täuschung, dies war die Lüge ihres Lebens. Endlich, endlich fühlte sie sich zusammengehörig mit der ganzen Existenz, Tränen kamen, sie ließ sie laufen, sie durfte sich fallen lassen, ohne zu fallen, sie durfte dieses Kind lieben ohne Grenzen. Wie hatte sie nur auf die Idee kommen können, nicht zu lieben, wie hatte sie sich nur so verhärten können?

Nun weichte und löste sich alles auf und doch fühlte sie sich sicher und bestimmt, sie war die Frau in Rot, die Frau, genährt vom Reichtum der Erde und gehalten vom weiten, unendlichen Kosmos, die Frau in Rot, die stillsaß, in sich selbst ruhend. Fest, selbstbewusst und doch weiblich, weich und liebend. Immer noch hielt sie ihre Emma im Arm, die wurde nass von ihren Tränen, doch sie schien sich nicht daran zu stören, entspannt und schläfrig löste sie ihren Mund von Marens Brust und schlummerte wieder ein. Maren hielt sie fest und noch immer wogte und schwemmte die Liebe, flößte sie mit sich, aber sie würde sich nicht darin verlieren, denn gleichzeitig war sie hellwach, sie fühlte eine kristallene Klarheit von ihren tiefsten Ursprüngen her.

Irgendwann, langsam, ganz langsam landete sie wieder in der Gegenwart, Johannes saß noch immer auf seinem Sitzkissen, ganz anwesend, ganz bei ihr, noch immer aufmerksam, es war bereits vier Uhr nachts, er hatte sie gelassen, sich nicht dazugedrängt zu ihr auf die Matratze, war ganz Beobachter, wie dankbar war sie ihm.

»Komm«, sagte sie jetzt und machte ihm Platz.

Er legte sich zu ihr auf die Matte, sie deckte sich und ihn zu, Emma schlief auf ihrem Bauch, Johannes schlang seinen Arm um ihre Hüfte, lehnte seinen Kopf an ihre Schulter und sagte: »Es ist durch. Lass uns noch ein wenig schlafen.« Sprach's und machte die Augen zu.

Müde, erschöpft, aufgeweicht, unendlich glücklich schlief Maren irgendwann auch ein.

»Danke«, hatte sie noch gemurmelt in die Richtung von Johannes.

»Hm …«, hatte er gebrummt, aber er war schon eingeschlafen.

Strahlender Sonntagmorgen im Februar. Als ein anderer Mensch erwachte Maren. Emma wollte trinken und mit völlig neuen Augen schaute Maren ihre Tochter an. Stolz, unsagbarer Stolz überflutete sie, sie hatte dieses wundervolle Kind geboren, in ihr, in ihrem eigenen Leib war es gereift, sie würde es aufwachsen sehen und lieben mit allem, was sie war. Lust war es, die sie begleitete beim Stillen, sinnliche Lust, doch so fein, so subtil, diese Dimension von Zuneigung war ihr fremd gewesen. Johannes lag noch im Tiefschlaf und als Emma fertig war mit Trinken, legte sie sie neben ihn und stand auf. Sie duschte, zog sich warm an, ging hinaus in die silberhelle Kälte, fuhr mit dem Fahrrad zum Bäcker am Hölderlinplatz und holte Sonntagsbrötchen. Dort gab es auch eine kleine Tankstelle, in der sie eine in Plastik verpackte Rose kaufte. Das Plastik riss sie ab.

Johannes kochte gerade Kaffee, als sie heimkam, Emma hatte er im grün-orangenen Tragetuch. Er wuschelte Maren über ihre schwarzen, dichten Haare und lachte sie an. Ja, sie hatten gemeinsam etwas durchgestanden die letzte Nacht.

»Willst du mein Mann werden?«, fragte sie, als er am Frühstückstisch sein Laugenweckle aufschnitt, und fuchtelte mit der Rose herum.

»Häh?«

»Willst du mein Mann werden, hab ich gefragt!«, rief sie. »Hast du was an den Ohren? Heiraten! Willst du?«

»Ja, schon lange«, sagte er und gelassen strich er sich Butter auf sein Brötchen.

Dann grinste er sie an und sie sah, dass seine Augen glänzten.

KAPITEL 13 | *Sonja*

Sonja kannte ihren Hang für Fettnäpfchen und beschloss, mitten hineinzutreten.

»Erzähl mir von Edeltraud. Was ist passiert damals?« Mit einem winzigen Ruck hob Luise den Kopf und streifte Sonjas Blick, bevor sie sich abwandte. Bruchteile von Sekunden nur, doch was spiegelten diese Augen: Überraschung, Schmerz, Angst, Abweisung. Vermutlich hatte sie noch nie jemand so direkt darauf angesprochen.

»Das ist schon lange her.«

Jetzt schwieg Sonja und ließ den Dingen ihren Lauf. Als sie schon dachte, es käme nichts mehr, sprach Luise mit fester, klarer Stimme.

»Ich habe mich schlecht verheiratet. Leider.«

»Ja, das mit der Verlobung ohne Bräutigam hat man mir erzählt.«

Luise antwortete nicht gleich, man sah, dass sie nach Worten suchte.

»Ich habe ihn gehasst, den Säufer. Aber dass ich sein Kind derart gernhaben würde, vom ersten Moment an, das hat mich überrascht.«

Sonja hörte die Wanduhr ticken. Draußen fuhr ein Lieferwagen vorbei und grätschte mit seinem Lärm in diesen dichten Augenblick hinein. Wie dünn und hellhörig die Wände dieses alten Häusleins waren.

Bis Sonja nach ihrem Besuch bei Tante Rosa den Mut gefasst hatte, auch deren ältere Schwester Luise zu besuchen und ihrem Leben zu lauschen, hatte es eine Weile gedauert. Und es dauerte noch einmal, bis Tante

Luise tatsächlich von ihrem Leben erzählte. Welch unterschiedliche Persönlichkeiten die drei Töchter Wilhelmines doch waren.

Tante Karla hatte im selben Dorf wie Luise gelebt, war aber viel enger mit dem Klan verbunden geblieben, Tante Rosa hingegen, die nie zu ihrem eigenen Glück gefunden hatte, galt als schrullige Eigenbrötlerin, und Tante Luise war für Sonja schon früh eine alte Frau gewesen, eigentlich die fremdeste von allen. Irgendwann in den fünfziger Jahren hatte sie ihre kleine Tochter Edeltraud durch einen Unfall verloren, das war vor Sonjas Geburt gewesen, und kurz darauf starb ihr Mann. Seither sah man sie kaum noch. Sie lebte zurückgezogen in ihrem kleinen Schäferhäuschen auf der Schwäbischen Alb.

Sonja hatte mit einer Postkarte ihr Kommen angekündigt, da die Tante kein Telefon besaß.

Wache, sehr wache Augen hatte Luise trotz ihres hohen Alters. War es ein Spötteln, das sie anblitzte, als die Tante sie an der Haustüre empfing? Misstrauen? Der Fuchs fiel Sonja ein. Einmal war sie lange an derselben Stelle im Wald gesessen, da zeigte sich ein Fuchs. In schicklichem Abstand war er minutenlang mit ihr im Kontakt geblieben. Angefunkelt hatte er sie mit seinen Augen. Wie bei ihm, so spiegelte auch Luises Blick ihren Kampf zwischen Vorsicht und Neugier. Dahinter, von tief innen loderte die Wildnis.

Früher lag ihr Schäferhäuschen abseits des Dorfes, heute war es umringt von kleineren Gewerbegebäuden. Irgendwann Ende der fünfziger Jahre waren Strom und Wasser gelegt worden, noch heute lagen die Leitungen wie vor sechzig Jahren auf Putz, die Wasserleitung an der Wand war durch Schaumstoff und Styropor isoliert. Auch ein Anbau war gemacht worden, ziemlich hässlich, für ein winziges Bad mit Klo.

Aus einem einzigen Raum bestand das Haus. Ein Sofa mit buntem Überwurf und Schaffell, davor ein Holztisch mit Wachstuch bedeckt, unter den Fensterrahmen lagen selbst gestrickte Würste aus Wolle, um den kalten Zug abzuhalten, Luise heizte noch immer mit einem Holz- und Kohleofen. Neben der Spüle, die eigentlich noch ein Spülstein im echten Wortsinn war, stand ein Zweiplattenkocher mit Stromkabel. Die Wand an der gegenüberliegenden Seite des Bettes war ein einziges Regal von oben bis unten, übervoll mit Gläsern, Dosen, Schachteln, Flaschen, Bündeln, Säckchen. Ein Regal voller Geheimnisse, niedrige Decke, die Tapeten vergilbt, teilweise mit rostfarbenen Wasserrändern.

»Was interessiert dich denn so?«, hatte Tante Luise schließlich gefragt, während Sonja sich an diesem Hexenhäuschen nicht sattsehen konnte. »Bei mir gibt es nichts Spannendes. Ich bin auf dem Heimweg.«

Dann war sie aufgestanden, indem sie sich mit ihren Ellbogen auf den Tisch stützte. Mit schwerem Schritt war sie zu ihrem Regal gegangen, um eine Flasche mit rötlicher Flüssigkeit zu entnehmen. Beim Gehen wankte, wie bei vielen alten Leuten, der Oberkörper hin und her.

»Schlehenlikör, willst du ein Gläschen?«

»Oh nein, lieber nicht, ich muss noch fahren.«

Im selben Moment hatte Sonja die Distanz gefühlt, die sie mit diesem Satz schuf. Ohne ein Wort stellte Luise die Flasche wieder an ihren Platz im Regal.

»Oder doch, vielleicht will ich doch ein wenig probieren, bis später ist der Alkohol sicher wieder verdampft.«

Ein Grinsen streifte Luises Gesicht und sie schenkte sich und ihr ein. Welch hübsche, altmodische, dünnwandige Likörgläser sie hatte, mit einem feinen Schliff. Gläser aus der Kaiserzeit?

»Das ist das Einzige, was man von meiner Mutter noch retten konnte.«

»Wie das?«, fragte Sonja

»Elfriede hat sie für mich aufbewahrt. Sie hat die Gläser bei ihrer Schwester deponiert. Bei uns war ja nie Platz, kannst dir denken. Zu meiner Hochzeit hat Elfriede sie mir gegeben. Das habe ich ihr hoch angerechnet.«

»Du lebst schon lange allein.«

»Ja«, sagte Luise.

Anders als bei allen anderen Tanten, bei denen die Geschichten nur so sprudelten, die gar nicht mehr aufhörten zu erzählen, kam bei Luise der Dialog nicht richtig in Gang. Kurz und bündig antwortete sie auf die Fragen und schon stand man wieder in einer Gesprächssackgasse und musste sich einen neuen Weg suchen.

Dann hatte Sonja nach Edeltraud gefragt und wohl Luises tiefsten Schmerz getroffen.

»Das hat mich sogar umgehauen damals.«

»Dass du das Kind deines Mannes so gern gehabt hast, obwohl er Säufer war?«

Nach und nach konnte sich Sonja lösen aus ihrem eigenen hektischen Großstadtmodus und sich auf die Langsamkeit der Unterhaltung einstellen. Sie nahm die Gerüche auf, die in diesem kleinen Häuschen offenbar zuhause waren, denn so musste es auch schon vor sechzig Jahren gerochen haben. Das Holz der Ofenscheite war deutlich auszumachen, aber es roch auch

»alt«, was immer das war, der süßliche Alkoholschleier des Schlehenlikörs zog in ihre Nase, dann noch etwas wie Heu, Kräuter, Erde, Wald und vom Klo her wehte es kalt-modrig, wie es in schlechten Toiletten eben roch.

»Sie hat wahrscheinlich gespürt, dass ich unglücklich war.«

»Aber das war doch ein Unfall«, sagte Sonja.

»Ja.« Luise schaute sich im Raum um, ihre Augen zuckten, dann richtete sie ihren Blick nach draußen.

»Natürlich ... das war ein Unfall.«

Früher hätte Sonja so ein Gespräch bald abgebrochen, und auf einmal war sie nicht mehr sicher, warum sie mit ihrer Anwesenheit in Luises Leben herumstochern sollte. Der Sinn dieses Besuchs war ihr plötzlich fragwürdig geworden. Was wollte sie von dieser alten Tante, die sie vorher noch nie besucht hatte? War es einfach Neugier, ganz egoistische Neugier? Wieso sollte sie verschorfte Wunden wieder aufbrechen?

»Lass nur, Tante, ich will nicht so in dich dringen. Das waren sicher schwere Zeiten.«

»So könnte man es sagen«, sagte Tante Luise. Aber nachdem sie Luft geholt hatte, sprach sie weiter. »Ich glaube, meine Edeltraud hat gespürt, dass ich wegwollte, aber nicht konnte.«

»Woher weißt du, dass sie das gespürt hat?«

»Sie hat immer Dummheiten gemacht, manchmal sogar gefährlichen Blödsinn, wenn ich mit meinen Gedanken dort war, wo ich damals hinwollte, nämlich in den Himmel. Ich hatte schon als Kind viel Heimweh nach meiner Mutter. Einmal hat Edeltraud einen seltsamen Satz gesagt. ›Bevor du gehst, gehe ich.‹ Das hat mich damals erschüttert, denn ich hatte häufig ans Sterben gedacht.«

Immer tiefer kam Sonja an in dieser fremden, alten Welt. Was in der ganzen Verwandtschaft niemals möglich war, war die Stille, diese zeitlose Kostbarkeit, die einem erlaubte, dem Gesagten nachzuhängen. Tante Luise schenkte sich noch einen Likör ein und zeigte dann auf die Flasche. Sonja nickte. Fast fühlte sie sich zu Hause hier.

»Noch Jahre nach Edeltrauds Tod habe ich an diesen Satz denken müssen. ›Bevor du gehst, gehe ich.‹ So spricht doch kein Kind.«

Sonja stellte sich vor, wie sich die damals siebenjährige Tochter Luises gefühlt haben musste.

1957. Heute war früher Schulschluss als sonst. Weil sie jetzt ein Fahrrad besaß, radelte Edeltraud umso schneller, denn vom Schulhof aus hatte sie die Herde gesehen, die auf einem Acker eingepfercht war. Immer jubelte es in ihrem Herzen, wenn sie die Schafe auf der Gemarkung stehen sah, denn dann war der Papa mal wieder nach Hause gekommen. Sicher musste er in ein paar Tagen weiterziehen auf die Herbstweide. Vielleicht hatte er etwas mitgebracht? Seine Schätze bewahrte sie sorgfältig auf in einer Holzkiste. Eine Adlerfeder, ein ausgewaschenes Wurzelstück aus der Lauter, ein Stein vom Ufer des Bodensees und viele andere Kostbarkeiten.

Gerade bog sie zu Hause in den kleinen Hof ein, da wurde die Tür aufgerissen, Papa kam heraus, er schwankte und suchte Halt an der Hausmauer, und obwohl es schon herbstlich kalt war, hatte er nur ein Unterhemd und lange Unterhosen an.

»Papa, Papa«, rief sie schon von Weitem, weil sie Angst hatte, wieder etwas zu sehen, was sie nicht sehen sollte, und sich dann schämte.

»Ja was, mmmeine kleine Prinzessin! Du wwwirst ja immer grössssser, jetzt gehssst du sogar schon in die Schule! Habt ihr schon so früh Sch…Schulschluss, da ist ja nicht viel mit Lernen!«

»Bloß heute, weil der Lehrer zu einer Beerdigung muss!«

»Komm gib deinem Vadder einen Kuss, Mädle.«

Der Vater hob sie hoch, gab ihr einen Kuss auf die Wange, einen rechts, einen links, er roch nach Schafen und Wein. Ein wenig verlegen wurde Edeltraud schon, denn so sehr sie sich auch immer auf den Papa freute, so musste sie sich doch jedes Mal wieder an ihn gewöhnen. Irgendwie fremd blieb er ihr immer.

Sie lief ins Haus, doch unter der Tür riss sie etwas aus ihrem Schwung und ließ sie versteinern. Obwohl es schon halb zwölf Uhr war, war das Bett der Eltern zerwühlt, als ob sie gerade aufgestanden wären, die Mutter knöpfte sich mit einer Hand die Bluse zu und versuchte, schnell das Bettzeug zu ordnen. Edeltraud sah, dass die Mama geweint hatte, sie hatte außerdem eine Beule am Kopf und blutete ein wenig aus der Nase. Edeltraud wollte zu ihr rennen und fragen, wo sie sich verletzt hatte, aber sie blieb stehen und starrte nur, irgendwas in ihr sagte, sie habe hier nichts zu suchen, und was hier war, ginge sie nichts an. Wie so oft kroch die Scham in ihre Knochen, ohne dass sie wusste, warum. Mutters Augen rasten von Edeltraud hin zum aufgewühlten Bett, zum Boden, zum Spülstein, zum Tisch, wieder zu Edeltraud, es kam ihr vor, als wüsste die Mutter nicht, wohin sie schauen sollte, und da war dieser Vogel in den Augen der Mama zu sehen, der wollte aus dem Käfig und kam nicht raus. Diesmal erschien es Edeltraud, als würde er schreien und kreischen und immer hin und her hüpfen. Aber es kam kein Ton aus dem Mund der Mutter.

Nachdem sie einige Zeit so dastanden, sagte die Mama, als ob nichts wäre: »Geh noch ein bissle raus, Fahrrad fahren, in einer halben Stunde gibt's Mittagessen, gell? Bist früh dran heute, was?«

Edeltraud rannte hinaus und schnappte ihr Fahrrad, der Vater stand an der Hauswand und pinkelte. Sie hoffte, er würde sie nicht sehen, vor allem hoffte sie, dass er nicht bemerkte, dass sie ihn beim Pinkeln sah.

Sie radelte und radelte, es tat ihr gut, den Fahrtwind zu spüren, und bald wusste sie nicht mehr richtig, wo sie war, schlimmer noch, sie wusste bald nicht mehr, wer sie war. In ihrem Kopf sah es aus wie in dem hässlichen, zerwühlten Bett ihrer Eltern soeben, hässlich war das, ein solches Durcheinander, sie selbst fühlte sich hässlich, klein und vor allem unnütz. Doch sie wusste es jetzt immer besser, immer sicherer wurde sie in ihrer Vermutung, da konnte Tante Karla noch so oft sagen, es wäre Quatsch: Die Mama wollte gehen und wohin sollte sie gehen wollen, wenn nicht zu ihrer eigenen Mutter in den Himmel?

»Aber das war ein Unfall damals?«, fragte Sonja noch mal.

»Ja, sie ist mit dem Fahrrad auf einen der neuen Schlepper gefahren, der am Straßenrand stand«, sagte Tante Luise.

»Vier Wochen später ist der Paule auch umgekommen. Vermutlich im Suff. Das war auch ein Unfall an der Lauter unten. Die Lauter ist ja nicht so tief, dass man ertrinken kann, aber wenn man sturzbesoffen ist ...«

Sonja blieb einfach sitzen, wartete, lauschte.

»Wenigstens den Gefallen hat er mir getan, damals.«

»Dass er gestorben ist?«, fragte Sonja grinsend und dachte an Tante Rosa, die sich ebenso unverhohlen über den Tod ihres Mannes gefreut hatte.

Noch mal schenkte ihr Tante Luise Schlehenlikör nach.

»Selbst gemacht«, sagte sie. »Alles hier. Der Keller ist noch voll von Gläsern mit Kräutern und Pilzen. Heute will das niemand mehr.«

Sonja wusste von Erzählungen der anderen Tanten, dass Luise nach dem Tod Edeltrauds wochenlang über die Wacholderheiden der Hochebene und in den Wäldern des Albtraufs herumgeirrt war, man hatte damals überlegt, ob man sie in die Psychiatrie bringen müsse, weil sie offenbar verwirrt war. Ab und zu kam sie zum Schlafen in das Schäferhäuschen, doch oft genug blieb sie auch nachts im Freien.

»Ich dachte damals nur noch an den Fluch.«

»An den Fluch?«

»Der Fluch meiner Mutter.«

Welchen Sinn hatte ihr Leben noch? Sterben wollte sie. Aber es war nicht dieses Heimweh, nicht die süßliche Todessehnsucht, die sie schon so lange kannte, es war die schwarze Verzweiflung, ein rasendes Umherirren, wie eine Fliege, die stunden-, tagelang gegen die Fensterscheibe krachte. Der Schmerz um Edeltraud machte sie taub, verrückt war sie geworden. Sie hatte sich in ihrem eigenen Leben verirrt. Wohin sollte sie gehen? Nur raus, laufen, laufen, nur weg, aber wohin? Stundenlang wanderte sie über die windigen, steinigen Ebenen der Alb, mal hierhin, mal dorthin, dann wieder zurück, keine Ahnung, was sie suchte, bis hinunter in die Wälder lief sie, manchmal zog sie sich in eine der kleineren Höhlen zurück, aber sie fand keine Ruhe, dann stieg sie wieder nach oben. Gehen, gehen, nur in Bewegung bleiben, egal wohin. Sterben. Wie ging das nur?

Unerträglich war es ihr, andere Menschen zu sehen. Auf ihrem Leben lag der Fluch ihrer Mutter. Nichts mehr gab es für sie auf dieser Welt. Alles, was sie liebte, würde ihr immer genommen werden. Mehr als einmal stand sie an der Kante eines der vielen hohen Felsen, ein Schritt und alles wäre vorbei. Was hielt sie zurück? Zuerst dachte sie, es sei ihre Angst, mit einem Fluch zu sterben. Aber nach und nach kam es ihr vor, als ob irgendeine unsichtbare, unspürbare Hand sie festhielt und sie nicht springen ließ.

Doch klar zu denken, war ihr nicht möglich in jenen Wochen. Sie aß kaum etwas. Kräuter kannte sie schon seit jeher, ab und zu ging sie zurück zu ihrem Häuschen und öffnete ein Glas mit Lammbraten, nahm ein Stückchen, den Rest packte sie sich in ihre große Umhängetasche und zog wieder hinaus.

Irgendwann kam sie an eine Waldlichtung, übersät mit Fliegenpilzen. Das war die Lösung. Ganz ruhig wurde sie jetzt und überlegte mit kalter Klarheit. Wie viele musste man davon essen, um zu sterben? Sie wusste es nicht. Sie schnitt eine große Menge ab und unter einem der Felsvorsprünge legte sie sich auf ihr Schaffell und begann zu essen. Die Pilze schmeckten unerhört scheußlich, alle schaffte sie nicht. Irgendwann streckte sie sich aus und wartete auf den Tod.

Ihre Mutter erschien ihr. Sie trug ein schneeweißes Kopftuch, hatte gesunde, sonnengebräunte Haut, trug den langen Rock und die Schürze einer Bäuerin der zwanziger Jahre. Sie lachte und es war, als ob die Sonne sie bescheinen würde.

»Komm, steh auf, Mädle«, sagte sie zu Luise. »Steh auf. Es ist kein Fluch. Es ist nur die übergroße Liebe.«

»Mama. Wo bist du?«

»Du bist das Kind einer übergroßen Liebe«, sagte die Mutter, schon schien sie sich aufzulösen. »Steh auf, meine Schöne«, sagte sie noch, aber es hallte schon wie von weit her.

Luise wollte ihr folgen, doch wie schon einmal, verschwand die Mutter im Nichts und ließ sie zurück.

Es kam ihr vor, als hätte sie nur ein paar Sekunden geschlafen, aber als Luise aus ihrem Pilzrausch erwachte, war es mitten in der Nacht, sie musste stundenlang weg gewesen sein. Hier lag sie in dieser Sommernacht im Wald unter dem Felsvorsprung, um sich herum hörte sie mit plötzlicher Sinnenklarheit alle Nachtgeräusche des Waldes, sie roch die Düfte, konnte sie unterscheiden, alles war mit einem Mal wie reingewaschen, kristallklar, wie sie die Welt um sich noch nie gesehen hatte, doch sie hatte keine Angst, sie gehörte dazu. Dies war ihre Nacht. Seltsam. Schon tage- und nächtelang war sie umhergeirrt, aber niemals hatte sie auf diese Weise gehört, gesehen oder gerochen. Wie wach sie war. Es kam ihr vor, als würde sie nicht nur aus einem Pilzdelirium aufwachen, sondern aus einem lebenslangen Albtraum, einer Starre, in der sie fast ihr ganzes bisheriges Leben verbracht hatte.

Unvorbereitet wie eine Riesenwelle kam die Traurigkeit. Es schüttelte sie von innen heraus, als ob sich etwas ganz Altes lösen würde, etwas, das schon so lange in ihr festgehalten worden war. Festgefroren. Ihre Traurigkeit war festgefroren in dem kalten Winter nach dem Tod ihrer Mutter und nie wieder durfte sie auftauen, denn immer hatte es geheißen, etwas hätte nicht gestimmt mit ihrer Mutter. Also auch mit ihr.

Jetzt war ihr, als ob sie schmelzen würde, Tränen flossen aus den Augen, doch nach wie vor war sie so hell, so wach, so klar, so – richtig, so nüchtern. Es war ein Fliegenpilzrausch gewesen, das konnte sie in ihrem Verstand exakt einordnen und doch: War ihre Mutter gekommen, um ihr etwas zu sagen? Sie hatte sie besucht, um etwas vom Kopf auf die Füße zu stellen. Kein Fluch war es also. Es war die übergroße Liebe. Ihr Körper hörte nicht auf, sich zu schütteln, sie ließ es zu, was passierte gerade mit ihr? Dieses Zittern – es war, als ob sich ihre Zellen an den richtigen Platz bringen wollten, als wären sie seither falsch aufeinander aufgebaut gewesen, immer wieder kam diese Welle von Traurigkeit und jedes Mal schüttelte sie alles durch. War sie traurig oder war sie glücklich? So gut waren ihre Tränen, so richtig. Irgendwann schlief sie ein, und als sie erwachte, glänzte die silberweiße Morgensonne durch die Baumwipfel. Sie lebte.

»Noch ein Gläschen?«, fragte Tante Luise.

Sonja hielt erschrocken ihre Hand auf das Glas. »Auf keinen Fall, ich bin nicht so trinkfest«, sagte sie und sah, dass es draußen dunkel geworden war.

Es hatte begonnen, ganz leicht zu schneien. Rau war das Klima auf der Alb, Ende Oktober schon Schnee, das war ungewohnt für sie als Unterländerin. Um jetzt über die Landstraßen der Alb nach Hause zu fahren, würde sie ihre wachen Sinne benötigen.

»Da solltest du heute nicht mehr fahren.« Offenbar hatte die Tante ihre Gedanken erraten. »Kannst hier auf dem Sofa schlafen.«

Sonja schüttelte den Kopf. Sie war empfindlich, hatte einen leichten Schlaf, liebte saubere Bettwäsche und ihr eigenes Bett. Alles war leicht schmuddelig hier. Wie das kleine Häuschen einer alten, sehr alten Frau eben.

»Ich hab frische Bettlaken, keine Angst.«

Diese Tante sah alles, konnte sie Gedanken lesen?

Sonja ging ans Fenster und beim Aufstehen spürte sie den Likör im Blut. Obwohl es nur drei Gläschen gewesen waren, an Autofahren war heute Abend nicht mehr zu denken. Vielleicht gäbe es einen Gasthof hier in Dottingen?

»Du bist etepetete, wie deine Mutter.«

»Was?«

»Elisabeth ist auch so pingelig.«

»Ja, stimmt.«

Etwas begann Sonja zu kratzen an diesem Gespräch gerade. Das Pingelige war etwas, das sie an ihrer Mutter immer genervt hatte. Zweifellos war sie jetzt selbst so geworden. Zudem war da noch so vieles, was sie Luise gerne gefragt hätte, der Besuch war noch nicht zu Ende. Ungeduld hatte sie plötzlich wieder am Haken, eine ihrer ständigen Begleiterinnen. Ungeduld und Hektik. Nun auch noch Pingeligkeit. Plötzlich konnte sie sich selbst nicht mehr leiden. Sie wurde unruhig, was tat sie hier überhaupt?

Weg hier, nichts wie weg, zurück nach Stuttgart, die Stadt, die tat ihr gut, da war Lärm und Trubel und trotzdem konnte man sich zurückziehen, man konnte sich seine kleine Wohnung sauber halten, man hatte Heizung und Warmwasser, so viel man wollte, man brauchte nicht in der Erde zu wühlen, in keinem Garten zu schaffen, nicht einmal Balkonpflanzen, die Stadt war wie sie, alles war ständig in Bewegung, blinkte, rauschte, raste, tönte. Ohne Wurzeln. Wie ein Sturm im Wasserglas, dieses Bild kam ihr in den Sinn und so fühlte sie sich gerade. Irgendwie unwohl. Aber auch nicht schlimm. Einfach genervt. Der letzte Gedanke blieb bei ihr hängen: *Ohne Wurzeln.*

»Du bist auch so eine verlorene Seele«, sagte Tante Luise.

Was sagte die da? Wieso sagte sie das jetzt? Sonja wurde immer gereizter.

»Was meinst du denn damit?«

Fünfzig Jahre war sie alt, stand mit beiden Beinen im Leben, hatte schon einiges geleistet, war an so manchem gescheitert, doch als verlorene Seele fühlte sie sich keineswegs.

Tante Luise antwortete nicht, und Sonja war dankbar für das Schweigen. Niemals sonst war Schweigen möglich in der Familie Schneider. Nie Stille. Nie gab es ein Nachspüren von dem, was jemand gesagt hatte, nie eine längere Gesprächspause, immer sofort die Reaktion, der Widerspruch, das Erzählen. Wie anders Tante Luise war. Als ob sie nicht in diese Familie gehören würde.

Langsam fühlte Sonja, wie der ruhige Atem dieses uralten Häuschens in sie einströmte. Und mit dem Atem kam der Beschluss. Sie würde heute Nacht hierbleiben.

Sie würde heraustreten aus ihrer Komfortzone, über ihren Schatten springen und in diesem Hexenhäuschen bei der alten Frau übernachten. Ob sie wohl schnarchen würde? Sonja mochte nicht daran denken.

Wieder stand sie auf und sah den Schneeflocken zu, wie sie durch den nächtlichen Himmel nach unten taumelten.

»Also dann, ich bleib hier, wenn du mich schon einlädst. Dann kann ich auch noch einen trinken.«

Sie ließ sich auf den Stuhl fallen und genoss das leicht schwammige Gefühl, das der Alkohol in ihr auslöste. Ein Gefühl von Feierabend, von Loslassen.

Schweigen. Immer wieder: wie wohl das gemeinsame Schweigen tat.

»Alle seine Mädchen sind Mütter geworden«, sagte Tante Luise jetzt.

»Was?« Sonja brauchte ein paar Sekunden, um ihre Aufmerksamkeit von sich wieder auf die Tante zu lenken.

»Alle, außer Magda, sind Mütter geworden, weil das eben ›die selbstverständliche Aufgabe der Frau ist‹, so hat sich Heinrich gerne ausgedrückt.«

Im dämmrigen Schein der Glühbirne, die ohne Lampenschirm über dem Tisch baumelte, sah Sonja das Spötteln in Luises Blick.

»Alle seine Mädchen haben Kinder bekommen, aber im Grund wollte keine von ihnen Mutter sein. Alle wären lieber Vater gewesen.«

Sonja versuchte, sich in das Gespräch einzufädeln, der Alkohol hatte ihre Gedanken träge werden lassen. Aber sie musste ja nicht antworten. Wie entspannend. So überließ sie sich ihren Gefühlen und ihren Erinnerungen.

Tante Luise hatte am Bodensatz gerührt, der sich schon abgesetzt hatte in Sonjas Leben. Ja, sie hatte sich verloren gefühlt als Kind und Jugendliche und es nicht einmal richtig bemerkt. Fest eingebunden in den Familienverband, in das bäuerliche Leben, fühlte sie sich doch allein. Sie war mittendrin in der großen Familie und Verwandtschaft, war stolz auf den Hof, dem sie entstammte, und doch war sie fremd. Niemals hätte sie diese Fremdheit als Mädchen benennen können.

Sie war Kind einer gesunden Familie, es gab keine Katastrophen, weder Übergriffe noch Schläge. Eigentlich hatte sie doch eine glückliche Kindheit gehabt.

Jetzt fiel ihr ein, dass sie schon früh Geschichten ihrer beiden Ahnenfamilien gesammelt hatte, als hätte sie damit ihre Wurzeln suchen und sich selbst ihre Zugehörigkeit zur Familie beweisen wollen. Mit großen Ohren hatte sie gelauscht und alles aufgesogen, was man ihr erzählte, wie ein leeres Heft war sie gewesen und jeder Erwachsene konnte in ihr kindliches Gemüt hineinschreiben, was immer er wollte. Aber die Einsamkeit, die Leere ganz am Grund ihres Daseins wurde nie aufgefüllt. Vielleicht hat die Religion gerade deshalb bei ihr so viel Schaden angerichtet: Alles hat sie ungefiltert absorbiert, wie ein trockener Schwamm, und doch hat die christliche Idee nie übereingestimmt mit der Klangfarbe ihres eigenen Lebens, so kam zum Alleinsein nach und nach auch das Gefühl von Falschsein.

Immer ist es die Pubertät, manchmal auch die Adoleszenz, die verborgene Wunden bloßlegt, diese Zeit der Umformung, in der die Gestalt vom Leben neu getöpfert oder zurechtgehauen wird wie eine Skulptur – gefährliche Zeiten, wenn die Seele bereits Sprünge hat. Es war ihr rätselhafter Absturz in der Pubertät, der sichtbar gemacht hatte, dass etwas nicht stimmte. Aus heutiger Sicht würde sie es als zeitweiligen Autismus bezeichnen, sicher wäre sie ein Fall für den Psychologen gewesen mit dreizehn, vierzehn Jahren. So hat es sich damals von selbst wieder ausgewachsen, ihre Störung. Aber was war es? Sie hatte ihr Leben ja dann gemeistert, die Schule, ihr Studium, ihren Beruf, ihre Ehe, ihre Scheidung.

»Die Mutterwärme hat dir gefehlt.«

Tante Luise holte sie zurück. Konnte diese Frau Gedanken lesen?

»Es sind alles starke Frauen geworden, die Mädchen von Heinrich.«

Ja, das stimmte. Starke Frauen. Vatertöchter. Alle, ohne Ausnahme. War Luise die einzige Ausnahme? Vielleicht auch Rosa? Ihnen hatte man die Mutter doppelt genommen. Nicht genug, dass sie ihnen weggestorben war. Die Tabuisierung war stärker als der Tod.

»Ich komme eigentlich gut aus mit Mutter«, sagte Sonja kühl.

Das stimmte auch. Elisabeth, ihre Mutter, hatte alles gegeben, um eine gute Mutter für ihre Kinder zu sein. Wieder regte sich kratzbürstiger Widerspruch in Sonja.

»Ich muss ein wenig Luft schnappen, bin gleich wieder da.«

Dieser Besuch bei der alten Dame setzte ihr langsam zu. Eigentlich wollte sie der Tante nur ein paar Lebenserinnerungen abluchsen, wie ein leichtes Erbe wollte sie noch Geschichten einsammeln, Erinnerungen horten, auf den letzten Drücker, die alte Frau sagte ja schon, sie sei auf dem Heimweg. Aber warum wollte Sonja das eigentlich?

Kalt war es vor der Tür, der Wind fuhr wohltuend durch ihre alkoholisierten Gedanken, sie hielt sich mit den Händen an den Oberarmen fest, schade, dass sie schon vor vielen Jahren das Rauchen aufgegeben hatte. Jetzt wäre der perfekte Augenblick für eine Zigarette. Was brachte sie so auf?

Dann wurde es doch zu kühl, sie schüttelte sich und ging wieder hinein. Tante Luise stellte das Abendessen auf den Tisch. Graubrot, Butter und zwei verrunzelte Äpfel.

»Soll ich dir ein Glas mit Lammbraten aufmachen? Ich hab noch viele davon.«

»Nein, auf keinen Fall!«

Dass sie Vegetarierin war, wollte sie der Tante nicht sagen, die hätte sicher nur den Kopf geschüttelt über diesen städtischen Quatsch.

»Musst viel Butter drauftun. Das ist gesund.«

Sie ging an ihr geheimnisvolles Regal, holte aus einem dunklen Glas ein paar Kräuter und warf sie in den Topf mit kochendem Wasser.

»Ein Abendtee, alles selbst gesammelt, aber ich kann schon lange nicht mehr wandern.« Und nach einer kleinen Pause – immer machte sie Pausen in ihren eigenen Sätzen – sagte sie: »Alles Bio, würde man bei euch sagen.« Sie grinste.

Sonja beobachtete Tante Luise, wie sie das Brot abschnitt. Obwohl sie altersgemäß recht knochig war, hatte sie einen großen Busen, wie alle drei Töchter Wilhelmines.

Sonja war froh, dass sie selbst keinen großen Busen hatte, das hatte ihr noch nie gefallen, ihr fiel ein, dass sie viele Jahre lang nicht gerne Frau gewesen war, Kinder hatte sie nie haben wollen und ihre Kinderlosigkeit auch nie bereut. Im Gegenteil, sie genoss ihre Unabhängigkeit und ihre Tatkraft.

Aber hier in diesem Häuslein bei der alten Frau hauchte sie etwas an, das an eine Zerrissenheit in ihr rührte. Widerstand regte sich, und immer anstrengender fand sie es, überhaupt hier zu sein. Sie könnte es sich gemütlich machen jetzt, noch ein wenig Likör trinken, bis die nötige Bettschwere da war, zwanglos mit der Tante plaudern, wenn nur ihre Widerborstigkeit sie nicht ständig kratzen würde. Sie beschloss, von sich abzulenken und die Tante noch ein wenig auszufragen.

»Was hast du dann gemacht, nachdem du deinen Rausch ausgeschlafen hattest im Wald?«, fragte sie und hörte selbst den gereizten Unterton in ihrer Stimme.

Wieder schwieg die Tante. Sie kaute an ihrem Butterbrot, das dauerte, denn sie hatte nicht mehr so viele Zähne im Mund, also gab sich Sonja auch dem Essen und Kauen hin. Der Tee schmeckte köstlich.

»Es war eine schwere Zeit, die dann kam, aber sie war auch gut«, sagte Luise dann. »Gut und hart«, wiederholte sie.

Auf ihr Erlebnis mit den Fliegenpilzen folgte eine Zeit von Trauer, Krankheit und Heilung. Ihr Verrücktsein verschwand völlig und machte einer ungewöhnlichen Klarheit Platz, fast hellsichtig fühlte sie sich damals, aber vielleicht war es gar keine übersteigerte Klarheit, vielleicht war einfach der Grauschleier von ihrem Gemüt gefallen, an den sie sich gewöhnt hatte seit ihrem sechsten Lebensjahr.

Umso schmerzlicher war das Empfinden von Trauer um ihre Tochter. Manchmal gab es Tage, an denen sie es nicht aushielt. Gleichzeitig ahnte sie, dass dies Heilung für sie bedeutete, sie war dankbar um dieses neue Spüren, denn das war das Leben. Sie war einfach am Leben, fertig. Noch manches Mal hatte sie mit Pilzen und auch mal mit Vogelbeeren experimentiert, weil sie den schwarzen, alles erdrückenden Kummer nicht mehr ertragen konnte, aber da sie keine neuen Erkenntnisse davon erhielt, keine neuen Träume, ließ sie es sein. Im Stillen hatte sie gehofft, dass auch Edeltraud ihr auf einer ihrer »Pilzreisen« erscheinen würde.

Dann bekam sie einen dicken Knoten in der Brust, Karla hatte sie förmlich zwingen müssen, zum Arzt zu gehen. Diagnose Brustkrebs, das hatte sie sich schon gedacht. Die Vorstellung, über Tage oder Wochen in einem Krankenhausbett gefangen zu sein, war ihr unerträglich.

»Entweder der Krebs geht oder ich gehe«, sagte sie zu dem verblüfften Arzt und verließ die Praxis.

Schon immer hatte sie ein Händchen für Kräuter gehabt und sich im Laufe ihres Lebens immenses Wissen darüber angeeignet.

»Aber sag doch mal: Welche Kräuter helfen denn bei Brustkrebs? Du könntest eine reiche Frau sein.«

Luise kicherte. »Gar keine, das ist doch Quatsch«, sagte sie. »Mich haben das Wandern und das Heulen geheilt. Vielleicht war es auch mein Schicksal zu leben, keine Ahnung, ich habe mich damals nicht viel darum geschert.«

Später hat Karla ihr Kunden vermittelt: Für eine kleine, exklusive Naturkosmetik-Firma sammelte sie wohlriechende Wildkräuter, für einen Hersteller von biologischen Tees und Brotaufstrichen sammelte sie Bärlauch und andere schmackhafte Wald- und Wiesenkräuter, für einen pharmakologischen Familienbetrieb, der homöopathische Medikamente herstellte, sammelte sie Heilkräuter, Pilze, Vogelbeeren und was alles gewünscht war. Damit hatte sie über viele Jahre ihren schmalen Lebensunterhalt bestritten. Als sie dann einen Drogenschein hätte machen müssen, konnte sie nur noch unter der Hand verkaufen.

»So, jetzt reicht es aber, Mädle. Ich bin eine alte Schachtel, ich geh jetzt ins Bett.«

Sie hieß Sonja eine Kiste unter ihrem Bett hervorziehen, worin die frischen Laken waren. Frisch. Na ja. Wahrscheinlich waren sie vor vielen Monaten oder Jahren einmal frisch gewaschen da hineingelegt worden. Jetzt roch alles ein wenig muffig. Aber Sonja verbot sich das Naserümpfen, sie würde diese Nacht hier verbringen, fertig.

Während die Tante sich im hinteren Teil des Häuschens auszog, richtete Sonja sich das Sofa her. Eine fremde Nähe, wahrscheinlich für beide von ihnen. Zum Glück war nur wenig Licht im Raum.

Als Sonja zugedeckt auf dem Sofa lag, das Licht war noch an, da kam die Tante noch einmal und setzte sich auf den Stuhl neben dem Kanapee. Luise trug ein langes Nachthemd und eine Strickjacke, die am Ellbogen ein Loch hatte und am Handgelenk ausgefranst war. Und nun fing sie an zu reden, leise, aber ohne zu stocken. Sie redete einfach, sie sprach von Edeltraud, sie erzählte, wie sie sich gefreut hatte damals, als sie das alte Fahrrad geschenkt bekam, wie sie ihr beim Kochen und Einmachen geholfen hatte, welche Schwierigkeiten sie in der

Schule und mit den Schulkameraden gehabt hatte, die Bauern sahen auf die Schäfer-Spitzbuben herab, sie kicherte, so albern kam ihr das Wort vor, erzählte, wie Edeltraud ausgesehen hatte, was sie gerne aß, wie sie sang, welchen Blödsinn sie machte.

Luise erzählte und Sonja wurde nicht müde, zuzuhören, sie genoss es, sich berieseln zu lassen in ihrem matten, entspannten Zustand, leicht alkoholisiert, oder was waren das für Kräuter, die die Tante ihr gegeben hat? Irgendwann hatte sie den Eindruck, Luise habe sich in der Zeit vertan, als wäre sie dort bei Edeltraud, das wäre ja normal, sie ist ja schon über neunzig, dachte Sonja gnädig, zudem hatten sie eine gute halbe Flasche Likör miteinander geleert. Aber zum ersten Mal fühlte sich sich heute richtig zu Hause, sie war selbst Kind auf einmal, und nun empfand sie ganz deutlich den weißen Fleck, dieses Nichts, von dem man nicht weiß, dass einem etwas fehlt, weil man es nie gehabt hat, das erdige, sinnliche, duftende, unpädagogische Gefühl von mütterlicher Nähe, nun saß diese uralte Frau neben ihr, sie roch etwas muffig, sie hatte dunkle Ränder unter den Fingernägeln, sie hatte Zahnlücken im Mund und erzählte ihr Gutenachtgeschichten.

Etwas Trauriges zog Sonjas Herz zusammen, aber es war eine gute Traurigkeit, sie spürte, was sie vermisst hatte im Leben. Nichts Schlimmes ist ihr passiert, niemand hatte ihr etwas angetan, sie ist nur in einem Umfeld aufgewachsen, in dem das Weiblich-Mütterliche nicht viel gegolten hat, in dem das körperliche, sinnliche, urtümliche Frausein durch eine männliche Religion ersetzt wurde, durch eine strenge Geistigkeit, die vom Großvater herüberwehte. Und natürlich: Sie selbst hatte es auch nicht entwickelt. Nun spürte sie das Einseitige in ihrem Leben, das Harte, das Kantige, das Intellektuelle.

Dann passierte etwas, womit Sonja nicht gerechnet hatte. Zuerst erschrak sie, das war jetzt wirklich zu viel, doch sogleich öffnete sie sich wieder, und als es dann vorüber war und die Tante im Bett lag, weinte sie leise.

Tante Luise hatte ihr mit ihrer rauen, knotigen Greisinnen-Hand über die Wange gestrichen und gesagt: »Schlaf gut, mein Mädle.«

DANK

Meiner Mutter: Sie schenkte mir das Bedürfnis, den Dingen auf den Grund zu gehen, und ihre Bereitschaft, sich in ihrem angestammten Glauben verunsichern zu lassen.

Meinem Vater: Er schenkte mir die Fähigkeit, in der Tiefe zu fühlen, und gab mir sein bissiges Misstrauen gegen alle Ideologien der Welt mit auf den Weg. Er schenkte mir den unbezahlbaren Wert seiner Integrität.

Meinen beiden (pietistischen) Ahnenfamilien: Sie machten mir das in Deutschland überaus seltene und doch so kostbare Geschenk, keine Nazis und gegen beide Kriege gewesen zu sein. Ihre tiefe Menschlichkeit hat mir den Boden bereitet.

Meinem Mann: Bei vielen Autorinnen ist es der Ehemann, dessen unendliche Geduld gerühmt wird. Ich kann mich nur anschließen. Auch schärfte sein geradliniger Blick so manchen Gedanken und feilte den Kitsch aus den Texten.

Alle anderen, die beim Entstehungsprozess meines ersten Buches mitgewirkt haben, kann ich nicht im Einzelnen aufzählen. Es sind so viele. Danke an alle!

HEINRICH
1889–1977

∞

WILHELMINE
1890–1928

LUISE	**KARLA**	**ROSA**	**JAKOB**	**HANNA**
1922–2015	*1924–2010*	*1926–2014*	*1928–1978*	*1930*
∞	∞	∞	∞	∞
PAUL(E)	**OTTO**	**KURT**	**GRETEL**	**HANS**

| **EDELTRAUD** | *4 Kinder* | *2 Kinder* | *4 Kinder* | **BETTINA** |
| *1950–1957* | | | | *1964* |

	∞	

ELFRIEDE
1903–1999

ERWIN	**ELISABETH**	**MAGDA**	**CHRISTEL**	**ANNE**	**MARIE**
1932–2004	*1933*	*1935*	*1942–1999*	*1944*	*1944*
∞	∞		∞	∞	∞
DORA	**EGON**		**MICHAEL**	**HEINZ**	**ALFRED**
1942–1988					

5 Kinder	**SONJA**		**MAREN**	*4 Kinder*	*6 Kinder*
	1958		*1973*		
	2. von		*2. von*		
	6 Kindern		*3 Kindern*		

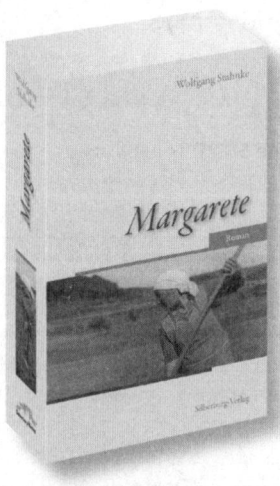

Eine deutsch-deutsche Familiensaga

Sigrid Ramge

Maifrost

Roman

Anne Stanbek reist von Stuttgart in ihre thüringische Heimat und wird dort unter Mordverdacht festgenommen. Tochter Katja sucht in Annes Aufzeichnungen nach möglichen Erklärungen. Großmutter Charlotte hat es einst von der Schwäbischen Alb nach Thüringen verschlagen, wo sie mutig ihre Familie durch die Hitlerdiktatur führt. Nach der Teilung Deutschlands sind die Stanbeks den Schikanen des DDR-Regimes ausgeliefert. Anne flieht in die BRD und findet in Stuttgart eine neue Heimat. Doch ihre Vergangenheit lässt sie nicht los. Ihr einstiger Jugendfreund Bruno ist zum Stasispitzel aufgestiegen. Sein Einfluss reicht bis nach Stuttgart und gipfelt Jahre später in einer schicksalhaften Begegnung …

416 Seiten.
ISBN 978-3-8425-1464-5

Silberburg·Verlag
www.silberburg.de

Zwei Leben – zwei Lieben

Katharina Conrad

Sommerflucht

Roman

Eine Geschichte voller Herz –
über zwei Leben, zwei Lieben
und eine ungewöhnliche
Freundschaft zwischen zwei
Frauen auf der Schwäbischen
Alb. Auf der Flucht vor ihrem
eifersüchtigen Exfreund
landet Sabina mitten in der
schwäbischen Provinz. Dort
trifft sie auf die alte Bäuerin
Emilia, die bis heute unter
den Folgen einer Entscheidung aus Kriegstagen leidet,
und auf Christian. Sabina merkt bald: Dieser Mann wird
ihre guten Vorsätze ins Wanken bringen, so schnell keine Beziehung mehr einzugehen. Doch er verschweigt
ihr etwas. Sabina schließt Freundschaft mit der alten
Emilia. Unerwartet taucht die Lebensgeschichte der
Landfrau, die sich zwischen der Schwäbischen Alb und
dem Stuttgart der Nachkriegsjahre abgespielt hat, Sabi-
nas Nöte in ein neues Licht …

288 Seiten.
ISBN 978-3-8425-1478-2

Silberburg·Verlag
www.silberburg.de